美しい夜

中山史花

美しい夜

earrings
制作　liimiing
宙フェス夜市【MyMoon】金蒼の月
撮影
當麻 結菜
装幀
長﨑 綾
(next door design)

ending:

波の音が永遠みたいにつづいていた。

ライターで灯《とも》した小さな火はみるみるうちに大きくなり、うねる生きもののように勢いを増して海沿いを照らした。爆《は》ぜる火の粉はこまかに舞って、紙ふぶきみたいに砂浜に落ちていく。

「晴野《はるや》くん」

美夜子《みやこ》はいつものようにぼくを呼んだ。火を見つめていた顔がこちらを向いて、その顔の片がわだけが炎のあかるさに晒《さら》される。光る頬の遠くに夜の暗さがあって、それはどこまでが空でどこからが海なのか、ほとんど彼女でいっぱいの視界では、区別ができなかった。

「ありがとうね」

美夜子が少しだけ傾けた首の先で、鎖骨の下まである髪が肩からこぼれ落ちる。炎の橙《だいだい》が移ったみたいに、真っ黒であるはずの髪の先がまばゆくかがやいた。ぼくにお礼など言ったあと、美夜子はその目をきっぱりひらいてまた炎を見つめはじめた。夜の暗がりの中で火に照らしだされた横顔が、炎の揺らぎに合わせてまたたくのが月の満ち欠けみたいに美しかった。

1

ずっと眠っているような、力の入らない身体を引き摺《ず》って外に出た。

あたりを見まわして、ひとけのないことをたしかめて歩きだす。水からお湯に変わる手前のシャワーみたいな肌寒さに、少し身を竦《すく》めた。真夜中の住宅街にほとんど音はなく、どの家の明かりも消えている。切れかけた街灯が明滅しながら道路を薄く照らしていた。

アパートからいちばん近いコンビニまで、歩いて十分ほど。目を刺すような白い光を視界に捉《とら》えると、ぎゅっと背すじが収縮した。速くなる鼓動をなるべく無視するようにつとめて近づいて、自動ドアを潜《くぐ》り抜ける。

店内はさらにあかるくて、外の暗さとの差に戸惑うみたいに視界がくらんだ。空調が効いていて、暑すぎることも寒すぎることもない温度が身体をなぞる。ほかにお客さんはおらず、アルバイトと思《おぼ》しき若い男性が検品をしながらいらっしゃいませと短く言った。おそらくは来店があればそう言うのだというマニュアルに沿って、吐きだされた声に背中が粟立《あわだ》つ。すべてふり払うように一度目を閉じて、足早に陳列棚に向かった。吟味はせず、インスタント食品やおにぎりやパンを、入れられるだけかごに入れていく。

重くなった買いものかごをカウンターに置くと、商品棚の前にいた店員がレジに戻ってきた。目が合いそうになって、あわてて逸《そ》らす。

「ありがとうございまーす」

店員の手が商品を摑《つか》んだ。ひとつひとつのバーコードを手早く読みとっていく。お会計二千五百二十円です、と告げる声が、ぼやけて、近い距離にいるのに遠くから響いてくるみたいだった。手足が震えだす。うまく枚数を数えられない指で、財布からどうにか千円札を三枚抜きとってカウンターの上に置いた。

「四百八十円のお返しですー」

揺れる手のひらを差しだして、小銭を置いてもらう。かすかに店員の指先が触れ、ほとんど反射のように手を引っこめた。財布を手に持っていたのに、勢いのままズボンのポケットに小銭を突っこんでしまう。商品の詰められたビニール袋の把手《とって》を握ると、店員の「またお越しくださいませ」の声を背中に浴びながら、ふり返らずにコンビニをあとにした。

急いで光から離れて暗闇に戻る。手足の震えはコンビニから遠ざかると少しずつおさまっていって、ぼくは身体をなだめるように歩調をゆるめた。まだせわしなく動く心臓を落ち着かせながら、身体の輪郭を溶かしていくような肌ざわりの空気の中を歩く。足を動かすと硬貨のぶつかり合う音が鳴って、さっきとっさにポケットの中にしまった小銭のことを思いだした。

手を伸ばして、ポケットの中に触れる。指先で硬貨を掬《すく》って、落とさないよう財布に戻した。数年前に買ってもらった二つ折りの財布は端がほつれて、チャックが嚙《か》んでときどきうまくひらかない。財布に小銭をしまったら、静かになった暗闇に靴の裏が砂利を踏む音が反響した。黒々とした空の端に、星がひとつ流れて消える。あっと思う間もないほど一瞬のできごとで、光の残像だけ眼裏でしばらく点滅した。

アパートに着いてすぐ、力尽きるように荷物をフローリングに置く。片づけもそこそこにベッドに倒れこむと、自分の乱れた呼吸がシーツにくぐもって、ぬるい吐息がはね返ってきた。中途半端にひらいたカーテンから入りこむ、街灯の光が暗い室内の光景をわずかに浮かび上がらせる。床と垂直に傾《かし》いだ目線の先にある灰色の壁に、ハンガーに吊《つ》られたままの学生服が見えた。制服は亡霊のように薄闇に浮かんで、さらさらと無音を揺れていた。


……☽……


記憶のいちばん端に、泣いている女の人の姿がある。

ぼくに背を向けて、薄暗い畳敷きの部屋で彼女は肩を震わせていた。ぼくは布団の中から、蛍光灯の明かりにおぼろげに照らされたその背中を見ていた。スカートから伸びた足を包むストッキングの踵《かかと》に、とり返しのつかない引っ掻《か》き傷のように伝線がある。彼女はぼくの視線に気づくことはなく、その場にへたりこんで知らないだれかの名前を呼んでいた。ぼくは彼女が泣く理由を知らないまま、嚙み殺してもなおあふれてくるような嗚咽《おえつ》が壁の薄い部屋に響くのを聞いていた。

昼間も暗い部屋だった。1Kの賃貸、その部屋が幼いころのぼくの世界のすべてだった。ぼくは部屋の中にうずくまって、お腹が空《す》くと買い置きされていたパンをかじり、喉《のど》が渇いたら蛇口に顔を近づけてそこから直接水を飲んだ。パンはたいていぱさぱさに乾いていて味がわからず、口からあふれた水は顎《あご》をつたっていって、決まって首や服の襟を濡《ぬ》らした。あとの時間は、カーテンの布地に無数にある細かい縫い目を延々と追いつづけたり、子供の弱い力でしか締められなかった蛇口から、水が時間をかけて一滴ずつ落ちるのをぼうっと眺めたりした。それははてがなく、まるで意味のない行動だった。

「はるや」

出かけていた母が、ただいま、と言ってぼくの名前を呼ぶ。意味のない行動は、いつもその瞬間までつづいた。呼ばれて顔を上げると、母は唇をゆるめてほほ笑み、なにしてたの？　とぼくに問いかけた。声を放つ母の唇は、いつも目がさめるように赤かった。

当時のぼくの中には自分のしていることを説明するための言葉はなくて、摑んでいたカーテンの裾《すそ》の縫い目を、指で軽く押してみせた。そうとしかできず、もちろんそれで伝わるわけがなかった。母はぼくがまともに返事をできなくてもとくに気に留めたふうでもなく、「いい子にしてた？」とにっこり笑った。そして二、三度ぼくの頭を撫《な》でると、満足したように背を向けて、纏《まと》っていた服を脱ぎはじめた。身体に吸いつくようなぴたりとした服を、脱皮する蛹《さなぎ》のように、けれど蛹よりもきっと圧倒的にすみやかにとり去って、母はぼくの着ていた服にも手をかけた。

「お風呂《ふろ》に入ろうね」

母の手がぼくの服を脱がせ、浴室へ誘導する。浴室の床は冷たく、そこは家の中でいちばん寒い場所だった。身を震わせているぼくの背中に、母の剝《む》きだしの膝《ひざ》がひたひたとぶつかった。くすんだ乳白色の浴槽は、照明を受けて靄《もや》のかかった硝子《ガラス》のように鈍く光った。

母の手がシャワーの栓を捻《ひね》る。ノズルから勢いよく放たれた冷水は、少し待つと急に熱くなって足の先を痺れさせた。母は指先で様子を見ながら、お湯をちょうどいい温度に調節していく。そしてぼくを風呂椅子に座らせて、人肌より少しあたたかいくらいの温度になったお湯をぼくの身体に注いだ。つま先、ふくらはぎ、腿《もも》、背中と身体の下から上に向かってお湯を浴びせられる。

「はるや、目を閉じて」

母の声も、身体や髪が濡れていくのも、ぼくはほとんどされるがままに受けとめた。目を閉じると完全な暗闇があって、少し落ち着かない。じゅうぶんに濡らされたら、髪と身体を洗われた。その間に母はシャワーを止め、浴槽にお湯を溜《た》めていく。泡を流したあと、浸かっておきなさいと言われて、湯船に身体を沈めた。母が髪と身体を洗い終わるのを、浴室のタイルの隙間を見つめながら待つ。タイルの隙間や浴室の隅には濁った黒色の黴《かび》が浮かんでいた。

母と一緒に浸かると、湯船に溜められたお湯は浴槽の縁ぎりぎりまでせり上がった。細い腕に引き寄せられて、母の膝の上に乗せられる。乗せられる、といっても浮力で身体は軽く浮くので、あまり乗っている感じはしなかった。ぼくの身体は水に浮きながら母の腕の中におさまって、肩口に、母の顔があるのを気配で感じとった。湯気にまざって耳を掠《かす》めた母の呼吸は、熱いのに生ぬるかった。

浴室から出ると、母はぼくの全身をバスタオルで拭《ふ》いて、髪にドライヤーをあてた。温風と轟《ごう》音《おん》に頭が揺れる。あたたかい手が髪のあいだに差しこまれて、少し眠くなった。眠って、次に目を開けたとき、母はいなかった。

母は、早朝から出かけていくこともあれば、夜から出かけていくこともあった。昼すぎに帰ってきたり、真夜中に帰ってきたり、帰ってこなかったりした。出かけていくときは決まってうつくしく身なりを整えていき、帰ってくるときは、うつくしいまま帰ってくるときもあれば、ぐったりと疲れた顔をしているときもある。そして程度の差はあれど、よくアルコールに酔っていた。ぼくは母が身なりを整えてどこへ行くのか知らなかった。出かけていった母は、知らない人を連れて帰ってくることもあった。だれかと一緒に帰ってきたときは、母はぼくではなくその人と一緒にお風呂場へ入っていき、そのまま長い時間出てこなかった。

「はるや、お外で遊んでおいで」「お母さんが起こすまで、ここで寝てなさい」母はたびたびそう言ったけれど、ぼくは外での遊びかたを知らなかったし、時間は無限のようにあって日中眠って過ごすことも多かったので、そのとき母に言われたとおりに行動することは難しかった。ぼくはアパートのドア脇の壁にもたれかかって雲が流れているのを何時間も見つめたり、押入れにしまわれた布団のあいだに挟まって、母がたまに買ってくる、サンドイッチの具材になったような気分を味わってみたりした。その行動はなんの生産性もなくて落ち着いたけれど、真夏は頭がぼうっとするほど暑く、真冬は身を切られるように寒くて少しこたえた。

目を開けると夜だった。部屋の暗さで夜だと察する。布団からはみだしていた手がすぐそばの空を摑んだ。室内のどこを見ても暗闇で、眠りからさめたはずなのに自分の目がいまひらいているのかどうかわからなくなる。けれどそのなにも見えなさに安心もした。ベッドの上で寝返りをうつ。

そのまま眠っていてもよかったのだけど、おとといの夜からなにも食べていなかった。おととい、というのはぼくの時間の感覚がちゃんと機能していて、朝を通り過ぎた回数を数え間違えていなければ。身体を起こして、自分の後頭部に手を差し入れる。ずっと寝転んでばかりいて、髪がぐちゃぐちゃに絡まっているのが手ざわりで感じとれた。倦怠《けんたい》感で頭が揺れたけれど、眠りすぎて身体が重いのか、もともとぼくの体力がなさすぎてそうなのか判然としなかった。

水中にいるみたいなけだるい身体を無理やり動かして、シャワーを浴びにいく。汗ばんだ身体にシャツが引っかかって、脱ぐのに少し苦戦した。全身を洗って乱雑に水滴を拭《ぬぐ》ったら、まだうっすら湿っている身体に服を纏う。洗濯を怠りがちなせいでもう替えがなくて、仕方なくハンガーにかけてある制服のカッターシャツに腕を通した。シャツのボタンを手さぐりで捕まえながら、そろそろ学校から連絡が来るのかな、と少し思う。ほとんど着ていなくてまだ糊《のり》の効いているシャツは、肌に触れると硬くひんやりしていた。厚紙を羽織っているようなぎこちない感覚に少し肩を捩《よじ》る。ボタンをいちばん上まで留めると、指の腹で喉をゆるく押さえつけられるようだった。袖《そで》のボタンも留めて、鍵《かぎ》と財布だけ持って、部屋を出る。春を過ぎて夏を近くに控えた夜は、家の中も外も変わらないくらい空気がぬるかった。歩くと背中に薄く汗がにじむ。深夜の住宅街は、人類の滅びた世界に迷いこんだみたいに静かだった。羽虫のぶつかっていく街灯が、光を宿したままときおり小さく唸《うな》る。

やがてコンビニの明かりが見えてきて、足どりが重くなった。

汗ばんだ首のうしろを意味もなく撫でつけたり、歩調をゆるめてみたりしても、まもなくたどり着いてしまう。自分の足で向かっているのにたどり着くことをおそれているなんて矛盾していた。だけど、店内を動きまわる店員の姿を捉えて、指先が勝手に震えてきてしまう。それをきつく握りこんで、動きたがらない足に力をこめて、前に踏みだした。

コンビニの中に入ると、弱冷房の涼しい空気がすぐに身体のまわりを覆った。汗ばんだところがゆっくりと冷やされていく。いらっしゃいませ、の声をなかば必死に聞き流して、食品の置かれた棚に急いで向かった。

多くの食品はスーパーで買うほうが安く済むのだろうけど、夜中にしか出歩かないから必要なものはいつも、二十四時間開いている近くのコンビニで買っていた。ネットで注文すればもっと楽で便利なのだろうけど、ぼくはオンライン決済ができる手段を持っていないから支払いのために結局外へ出なければいけないし、代引きにしても、部屋にやってきた配達員を前に、ちゃんとドアを開けて対応できるのか自信がない。そもそもネットで買いものをする方法も、ぼくはよく知らなかった。買い与えられた携帯はほとんど使うこともなくて、数週間前に電池が切れたきりそのままになっている。

——と、思いだして、もしかしたら、もうすぐ来るだろうとぼんやり予測している学校からの連絡は、もうすでに来ているのかもしれないと思った。

棚の向こうがわを、店員が通り過ぎていく。人影を目の端で捉えてしまって、その瞬間に全身が粟立った。指先が小刻みに揺れる。それはこのままここにいても、回復することはないともう知っていた。心の中でどんなに言い聞かせてもなだめても、身体は言うことを聞かずに震える。震えたまま、ぼくは空き巣に入った人間のような心持ちで手あたりしだいに食品を摑み、会計を済ませると逃げるようにしてコンビニを出た。

外に出ると、空調の効いた店内と、少し蒸し暑い外との温度差に息が漏れた。胸のあたりを押さえながら必死に歩く。逃げるように、というより、じっさい逃げているのだった。ひとけのない住宅街に踏みこんで、コンビニの光がすっかり見えなくなってようやく、震えがやわらいでくる。

手に提げたビニール袋の持ち手が、指に食いこんだ。ビニールの擦れる音が、ときどきぬるい風に泳ぐ。人類がもし本当に滅んでいれば、自分は生きやすくなるのだろうかと考えた。もちろん、そんなに都合よく、ぼくのためにほかの人たちが滅びる義理はまったくないし、そんな身勝手が通るとも思わない。世界じゅうの人々が滅んでいたとして、そのとき生き残っている人間がぼくであるはずもない。そもそもぼくは日中まともに家から出ることも、働いて自力でお金を稼ぐことも、農作物を育てたり動物を狩ったりして食べものを得ることもできないのだ。世界に自分ひとりになったところで、すぐに生きられなくなることは目に見えていた。

あまりに大仰で、おろかな想像だ。そんな世界を望んでいるわけでもない。黙々と足を交互に動かして、帰路をたどった。明かりの消えた家々の建ち並ぶそっけないような暗がりは、やっぱりぼくを安心させた。

だけど、安寧は、たぶん、つづかない。

——人がいる。

少し先の街灯の下に、前から歩いてくる人の形がうっすらと見えた。性別や顔の造形などまではわからなくて、わからないまま、人影はどんどんこちらに近づく。

どうしよう。

身体がまた震えはじめた。自分の歩いている道の先を、足許《あしもと》を、周囲を見る。ちょうど一本道で、すれ違うことを避けられそうな横道もなかった。いっそ一気に通り過ぎてしまおうか。思いながら、ぼくはその場からいっこうに動けない。

街灯の下にあったはずの人影が迫って、身体が、すれ違う。見ていたくなくて、ぎゅっと目をつぶった。目を閉じる寸前、自分の腰より下しか見えない狭い視界に一瞬よぎった、黒い布地につつまれた足首がひどく細かった。

夜道に響いていた靴音が止まる。

「——鹿野《かの》くん?」

聴覚が捉えうるぎりぎりのところで聞こえたような声に、身体がはねた。けれど、耳に入った声はきっと、雨や風の音みたいに、自分とは関係なくそこに偶然流れたものだと思った。早く過ぎ去ることを祈って、ぼくはいっそうかたく目を閉じる。

けれど思考とはうらはらに、暗がりの向こうからもう一度声がした。

「鹿野くん」

今度はさっきよりも声がよく通って、ぼくの耳と意識にまっすぐにぶつかった。背すじが一気に冷たくなる。声から少し遅れて、一度止まった小さな靴音がさらに近づいてくる気配に、逃げなくてはと、視覚に頼りたがる心がうっかり目を開けてしまった。

薄暗がりの中に、学校の制服を着た女の子が立っている。

目を開けた瞬間に、視線がかち合った。すぐに下を向いて、目を背ける。でも手遅れで、暑さでにじんでいたのとは種類の違う汗が、結露した窓ガラスにくっついた滴のように身体じゅうから噴きだした。心臓がシャツを突き破るかと思うぐらいに、激しく脈うつ。

「鹿野くんだよね?」

声が鼓膜を嬲《なぶ》った。鈍る思考の中で、そういえばぼくは鹿野だった、と思う。彼女が着ている制服に見憶《おぼ》えがあり、それはぼくが在籍している高校のものだった。黒のタイツに覆われた足の、膝のあたりでスカートの裾が揺れている。彼女がまた一歩こちらに近づいて、ぼくは一歩あとずさった。

「あ、ごめんね」

視界に入れてしまった制服から、同じ高校の生徒であるらしいことがわかった。けれど彼女のことはわからない。そもそもぼくは高校で人のことをちゃんと見たことなんかなく、だれの顔も、ひとつも憶えていなかった。

——鹿野くんだよね？

声が、頭の中で反響する。

ビニール袋を持った指先から力が抜けそうになって、あわてて両手で袋の持ち手を握り直した。ぼくは彼女を知らないけれど、彼女のほうはぼくを知っている。

「あのね」

ささやきかけられて、身体がこわばった。ぼくはうつむいたけれど、彼女はまだこちらを見ているみたいだった。人の声や吐息や気配がすぐそばにあることに戸惑って、出口のない迷路の中にいるような閉塞感《へいそく》につつまれる。

「鹿野くんが——学校に来ないのは、どうして？」

少し言い澱《よど》んで、ゆっくり言葉がとりだされるまでの時間は、そんなに長い時間ではなかったのかもしれなかった。けれどぼくにははてしない長さのように思えて、息苦しさに身を焦がされるようだった。汗が背中をつたう。指先はいつまでも震えていて、彼女の質問に対する言葉は出てこない。

「ん、違うな、えっと」

彼女は言葉をさがすように、また数秒間口を噤《つぐ》んだ。ほとんど真下を向いた視界に、彼女の膝下が見える。余分な皺《しわ》のないスカートのひだ、そこから伸びていく細い脚。ローファーはまだ新品であるように艶《つや》を含んで、夜と街灯の明かりの中に浮かび上がっていた。

「鹿野くんは、どうやって、学校に来ないの？」

これだ、と彼女は納得したような吐息をこぼしながら、ぼくへ問いかけた。

──どうやって、学校に来ないの？

軽い酸欠になりながら、学校へ行かないことに、どうやってもなにもあるんだろうかと思った。それは公式がわからないと解けない数学の問題とは違うのだから、方法を知らないと達成できないおこないではない。そもそも達成すべきでもない。学校へ行くことと行くのをやめることとでは、行くことのほうがずっとまっとうなのだって、それはぼくにももちろんわかっていた。思考をおぼろにめぐらせながら、けれどやっぱり、ひとつも声にはならない。

ぼくが黙っていると、彼女はまた、あのね、と言葉をつづけた。

「わたし、悪い人間になりたいの」

木琴をやさしく揺らしているような、なめらかな声が夜に言う。

……‥☽‥……

その日の記憶はよく晴れた日射しの中にある。

「はるや」

母はいつになく上機嫌な声でぼくを呼び、ほっそりした手でぼくの肩に触れた。母の隣には、母よりひとまわり大きい青年が人のよい笑みを浮かべて立っていた。そのころ母は二十代後半だっただろうか、青年の年齢も、おそらくは母とそう遠くなかった。

「この人が、はるやのお父さんになってくれるのよ」

仲良くしなさいね、と母は言った。その言葉を合図にしたかのように、母の隣に立っていた青年は笑顔のまま腰をかがめてぼくをまっすぐに見た。

「よろしくね、晴野くん」

母とともに家に来た何人かの人たちを、けれど紹介されたことはなかったので、母以外の人間とまともに対面するのはそれがはじめてだった。よろしくと言われてぼくはなんと返せばいいのか見当がつかず、彼から目を逸らして床に視線を落とした。緊張してるのかな、と青年は笑ってぼくの髪をくしゃりと撫でた。

母が連れてきた男はトウマといった。トウマが最初に家に来てからすぐ、三人でトウマの家に住むことになった。トウマの家は、母とぼくがそれまで住んでいたアパートとは違って部屋がいくつかあり、大きな窓からたっぷり光をとりこむからどの部屋にいてもあたたかかった。引っ越しの準備でせわしなく動く母とトウマをよそに、ぼくはあたためられた窓ぎわに座りこんで外を見た。するとトウマがぼくの隣にやってきて、「なに見てるの?」とその場にしゃがみこんだ。

「お、飛行機雲だね」

一緒に窓の向こうを見て、トウマは空を指さした。ぼくがろくに喋《しゃべ》らなくてもトウマは気にした様子もなく、にこにこしながら何度もぼくに話しかけた。トウマの家、とぼくが思ったその部屋は、母とぼくと三人で暮らすためにトウマが新たに契約したマンションだったということを、ぼくは数年経ってから知った。

トウマと住むようになってから、母は以前ほど外に出なくなった。「トウマくんはお仕事に行ったのよ」「お母さんとはるやのために、がんばって働いてくれてるんだよ」母は毎日、教え聞かせるように笑顔でくり返した。トウマが仕事に行っているあいだ、母は鼻歌を歌いながら洗濯物を干したり、腕によりをかけて料理を作ったりと、幸福そうに家事に精をだした。テーブルには毎日豪勢な食事が並ぶようになり、ぼくはいつも食べきれなくて、残った分をトウマが食べた。彼はその人のよさそうな笑顔でうまいうまいと言いながら、母の作った料理をぺろりと平らげた。

トウマの仕事が早く終わった日や、彼が休みの日には、ぼくはよく散歩に連れだされた。トウマは大きな手でぼくの手をとって、元気よく歩いた。トウマは背が高かったし、ぼくは背が低かったので、手を繫《つな》がれると腕をずっと上に伸ばしていなければならなくて腕がじんと痛んだ。

「こんにちはー」

道でだれかとすれ違うたび、トウマは笑って挨拶《あいさつ》をした。するとたいていは向こうもにこやかにあいさつを返す。相手がお喋りな人なら、そのままそこで話しこんでしまうこともあった。トウマと話しながらぼくに話しかけてくる人も多くいたけれど、そのほとんどにぼくは返事ができなかった。トウマはぼくが黙っているのを、「ちょっと人見知りなんですよ〜。そんなところもかわいいんですけど」などと言って、ぼくを抱きしめて場を和ませた。外に出るたびトウマは楽しげな顔でぼくの手を揺らしていたけれど、重い荷物を持って困っている人を見かければ、あわててそばに寄って助けに向かった。自然と手が離れ、ぼくはトウマのあとを追うでも、自由になった身でどこかに駆けていくでもなく、トウマの用が済むのを、うしろを歩いてぼうっと待っていた。

トウマと外を歩くようになってやっと、ぼくは外にも世界があるということに気がついた。それまでぼくの世界はほとんどが家の中で、外出はせいぜい、母が「外で遊んでおいで」と言ったときにアパートの壁にもたれかかって空を眺める、そのぐらいだった。ブロック塀に覆われてほとんど空しか見えない景色が、ぼくの世界のせいいっぱいだった。

だから、町を歩いてみるまで知らなかった。外には花の香りや葉擦れのささやかな音があって、気ままに歩く野良猫の姿や小麦の匂いを漂わせるパン屋があって、外は家の中より色彩豊かで、途方もなく広かった。トウマのマンションに引っ越したのは秋で、ぼくは紅葉というものをトウマに教わり、冬の寒さの中をあたたかい手のひらに導かれ、空から降る雪をはじめて手の上に載せてその冷たさに驚いた。コンビニに寄って、トウマが翔子《しょうこ》さんには内緒ねと言って買ってくれた肉まんは、ぼくの力でもつぶしてしまいそうにやわらかくて熱くて、摑むのが少しこわかった。

「お父さんって呼んでごらん」

梅の花が咲くころ、ぼくは母に促されて、にこにこしながらぼくを見ているトウマと向き合った。

「お父さん」

母の言葉に従ってそう呼ぶと、トウマはさらに顔をくしゃくしゃにして、「いやあ、晴野くんはかわいいなあ」と笑った。大きな手のひらが頭を何度も撫でて、それは窓から射しこむ陽光のようだった。お父さん、と言うことに戸惑いはあったけれど、それはトウマがどうとかではなく、それまでぼくの中に父親という概念が存在していなかったからだった。お父さん、というものがぼくにはどういう存在なのかわからず、その言葉は、どんなに考えても解けることのないなぞなぞを渡されているみたいに難解に響いた。

でも、その謎が解けなくても、暮らしはおだやかに過ぎていった。やがて、ぼくのような子供は、春になったら小学校に通わねばならないことを知った。

「六年間通うのよ、楽しみね」

母に言われて、けれど六年という時間がどれほどの長さなのか、数字の概念を知らなかったぼくには想像がつかなかった。小学校に通うというのは、楽しいことなのか。母の言葉を反芻《はんすう》しながら、けれど自分が楽しみに思っているかどうかは判然としないまま、ぼくはあつらえられた入学式用の紺のブレザーに袖を通した。

母とトウマに手を握られて訪れた小学校は、桜の木に囲まれた広い敷地の奥に建てられていた。校舎には等間隔に窓が嵌《は》まっていて、遠目に見るガラスの向こうは心許ない暗闇に見えた。吸いこまれればそのまま自分が闇の中へ消えてしまいそうな気がして、けれどもちろんそんなことはなく、ぼくはまず日のよくあたる教室へ連れていかれ、そのあと、今度は上級生に手を引かれて体育館に移動した。

体育館にはパイプ椅子がずらりと並べられていて、そこに児童と保護者が隙間なく並んで座っていた。どこを見渡しても知らない人間ばかりで、逃れるように天井を見ると、蛍光灯の白いかがやきに視界が明滅した。はじめて着せられたブレザーの硬い布地の下で、背中から汗がにじみ出る。入学式がはじまり、偉い大人の人がたくさん話していた気がするけれど、なにひとつ耳に残らなかった。頭の中で地震が起きているかのような感覚に襲われて、それがなるべく早く過ぎ去るのを、唇を結んでじっと待っていた。


小学校に入学してよかったことは、字を読めるようになったことと、数を数えられるようになったことだ。「意味のない行動」のバリエーションが広がって、退屈が少し楽しくなった。でもそれまで勉強なんてしたことがなかったから、学校で習ったことがちゃんと身に着くまでには時間を要した。多くの新一年生は、小学校で習う前からひらがなとカタカナ、数字の読み書きがすでにできていたけれど、保育園か幼稚園に通ったり、読み聞かせをしてもらったり習いごとをしたりという経験もなかったぼくは、たぶんスタートラインが違っていた。ぼくがいつまでも終わらない書きとりをやっているころ、同級生たちは連れ立ってグラウンドへ飛びだして行ったり、お喋りに花を咲かせたりして休み時間を謳歌《おうか》していた。

書きとりは終わらなくても構わなかったけれど、体育の時間は苦手で、いつも早く終わってほしかった。暑い日も寒い日も体操服に着替えてグラウンドや体育館を走らなければならず、体力のないぼくはふらふらになって、しっかりしろと先生から叱責《しっせき》を受けた。授業を通じて、人生ではじめてすることになった鬼ごっこでは、ルールがよくわからずタッチされても棒立ちになるばかりで、同級生たちから顰蹙《ひんしゅく》を買った。

「おまえルール知らないのかよ」

言われて頷《うなず》くと、へんなやつ、と顔をしかめられた。教えて、と言えたらよかったのかもしれないけれど、言葉は出なかった。そもそもぼくは走るのに疲れていて、こんなことはもうやりたくないなとぼんやり考えていた。だけどみんな楽しそうに走りまわっている。ほかの人にとってはあたりまえのことの多くが、ぼくにはなじみがなかったり、理解できなかったりした。

……•☽•……

――わたし、悪い人間になりたいの。

意味がわからなくて、思わず顔を上げた。鎖骨にかかるあたりまで伸びた髪が、彼女の動くのに合わせて靡《なび》いている。ぼくが無言のままでいると、聞こえなかったとでも思ったのか、彼女はもう一度同じことを言った。

「わたし、悪い人間になりたいの」

街灯の、心細くなるような光が足許を照らしている。指先はずっと震えたままで、うしろ手に持っていた袋を、結局落としてしまった。彼女はあっと声を上げ、ぼくの背後にまわると、ぼくの落とした荷物を拾い上げた。

「はい」

と、ビニール袋を差しだされる、その顔は見なかったけど、やさしく笑っているような息づかいだった。口の中が急速に乾いていく。喉が引き攣《つ》って、唇もうまく動かない。どうにか受けとったビニール袋を、もう一度落としてしまいそうだった。

「鹿野くん。いま、少しだけ、時間ある？」

時間？　立っていられなくなりそうなぬるい夜の中を、足に力をこめて踏んばる。夜道がうねる。早く、早く、帰りたい。でもどこへ？　一瞬わからなくなる。無為に過ごす時間は飽和するほどにあって、でも、その暗い平穏の中に、できるだけ長く身を潜めていたかった。

「よかったら、ちょっと座らない？」

けれど誘われて断ることも逃げだすこともできず、困りはてながら、ぼくは気づくと帰路の向こうにある公園のベンチに座らされていた。

彼女は須藤《すどう》美夜子といって、ぼくのクラスメイトであるらしかった。けれど入学した高校に最初の数日しか登校していなかったぼくは、彼女がクラスメイトなのだと聞いても、ちっともぴんとこなかった。

「鹿野くんは、どうしてこんな時間に？」

須藤美夜子は公園の自動販売機で買ったペットボトルの炭酸を、よかったらとぼくに寄こした。川に流されるように受けとったものの、手が震えて蓋《ふた》もまともに開けられない。するとすらりとした手がふたたび伸びてきて、彼女はぼくが怯《ひる》んだ数秒のあいだに、いとも簡単にキャップを外した。

「わたしはね。自分のできる範囲で、『悪いことをする』ことに挑戦しているんだけど」

自分の炭酸水に口をつけた彼女は、しゅわしゅわする、と楽しそうにつぶやいた。かと思えば、はっとしたように、

「ごめん、悪い人間になるのに、夜中に出歩くことに理由なんかさがしたらだめだよねえ」

と頭を垂れる。さっきぼくに、「どうしてこんな時間に」と訊《き》いたことを指して言っているみたいだった。

「意味なく歩くのだって、悪くて良いもんね」

と彼女は言ったけれど、その言葉の意味は頭に入ってこなかった。膝の上に置いた冷たい炭酸水が、じわじわとズボンを湿らせる。炭酸飲める？　と彼女が自動販売機で二本買ったうちの一本を、少しだけ口に含めば、火花がはじけるような液体が舌を痺《しび》れさせた。

「というか、さっきも、ごめんね。どうやって学校に来ないのって訊いたの、無神経だったかもしれない」

彼女が話すたび、電気が走るみたいに肩がはねる。まだほとんど減っていない炭酸水が、揺れて飲み口からこぼれかけた。彼女の話す内容を不快に思ったわけではないけれど、ただ、人の声

がそばにあることに、身体が無条件に怯《おび》えた。

「悪い人間になりたいからって、ごめんねえ」

「……わ、」

悪い人間になりたいって、どういうこと？

思っていても、言葉がつづかない。

人と極端に喋り慣れていない身体はいつも、せいぜい頭の中でなにか考えるだけだから、それは言葉として喉をすべってゆかず、やがて思考じたいが、靄がかかっておぼろになっていく。

「うーん、なんて言ったらいいのかな」

でも、中途半端に漏れた言葉の先を察してか、彼女は考えながらゆっくり答えをとりだした。生あたたかい空気が足許をすり抜ける。ぽつんと立っている街灯が、サンダルを履いたぼくの足の先を青く光らせた。

「悪いことをするのって、勇気がいるでしょう」

あいだを空けて座っている彼女にも、たぶん同じ光が射している。ずっと触れそうな距離に人の気配があることが、首をゆるく絞められるみたいな息苦しさを与えていた。彼女は言葉の合間に炭酸に口をつけて、こくり、と小さく喉を鳴らす。

「わたし、悪い人間になりたいんだけど、まだ、度胸がなくてね。家族が寝たあとに、ときどき、こっそり外に出るくらいしかできなくて」

それは、悪いことなのか。未成年の深夜の徘徊《はいかい》は、なにか条例で取り締まられる対象ではあるようだけれど、それで言うならぼくもまた、補導の対象なのだった。

「本当は、もっと勇気をだして踏み外したいの」

悪いことをするのに勇気がいる、なんて人間は、そもそも悪人に向いていないんじゃないだろうか。頭の隅で思う。尋常でない速度で動く心臓に手をあてて、乱れる息を飲みこみながらふり返れば、悪い人間になりたいなどと言うこの人は、ぼくが落とした荷物を拾ってくれたり、自分の発言を省みてぼくに頭を下げたりしていて、そのふるまいに、もう、言葉との矛盾がある気がした。

うつむいた先のコンクリートに、ふたつの人影が浮かんでいる。

そのうちの片方が、ふいに形を変えた。言葉を切った彼女が、身体ごと横を向いてぼくに向き直る。彼女の足を覆っているスカートのひだがぼくの膝下をわずかに掠めた。風の感触と変わらないようなわずかな接触に、全身がさあっと縮むような思いがする。たまらず目を伏せた。暗闇と、一瞬の静寂のあと、楽しげな声が鳴る。

「真夜中にこうして並んで座っているの、ちょっと、逢《あ》い引きみたいだね」

耳うちするような吐息の近さに、閉じた視界をこじ開けられた。

視線がまじわる。彼女の頬に射す街灯の、光の稜線《りょうせん》が月の影のように波うった。大きな目がゆっくり細められる。ほほ笑んだのだとわかるのに一拍遅れた。

ほんのりとした暑気の中で、全身が冷たくなっていく。

ぼくはぶんぶんと首を横にふった。逢い引きというのは、愛し合っている者同士が人目を忍んでひそかに会うことを言うのではないか。だけど初対面も同然のぼくと彼女のあいだに、愛なんてあるはずなかった。ずっと動くことのできなかったベンチから、転がり落ちるように身体を離す。炭酸水も一緒に転げて、まだ中身のほとんど残ったペットボトルはぼとりと音を立ててコンクリートに落下した。荷物を引っ掴み、よろけながら、ぼくは一歩、二歩と後退する。

「わあ、そんなにいやなんて。ごめんね」

謝りながらも、彼女はほがらかに笑っていた。ぼくは、もうこれ以上彼女と目が合うことがないように、深く視線を落として自分の青白い足許だけを見た。手足が震えている。止めようとどれだけ意識しても意識しないようにしても、自力では止められなくて参った。笑い止《や》んだ彼女がもう一度言う。

「ごめんね」

静かな声を聞いたのと同時に、ぼくは彼女に背を向けて駆けだした。

筋力のない脚に力をこめて、静かな住宅街をひた走る。日ごろ運動をしていない身体はすぐに悲鳴を上げはじめ、脚が震えているのが、走りだす前からなのか運動不足の身体に鞭打《むちう》っているせいなのかわからなくなった。サンダルなのもあって余計に走りにくい。それでも自分のアパートに着くまで足を動かすのをやめないで、身体に纏《まと》わりついてくるものを追い払うように走りつづけた。

アパートの、二階の部屋の前でついに力尽きて、ドアにもたれかかるように倒れこむ。酸素を吸いたいのに、吸っても吸っても足りなくて喉がひゅっと変な音を立てた。口の中がどろっと熱くて、砂を飲んだみたいにいがいがする。汗がまたあふれだして、シャツが肌にはりついた。生ぬるい夜の空気は汗ばんだ身体を乾かしも冷ましもせず、背中に触れるドアの無機質な冷たさだけが気持ちよかった。

暗い町をまばらに照らす街灯の白さが、疲弊しきった瞼《まぶた》を刺す。

「……暑い」

もう人の姿は見あたらない。だれの声もしない。部屋の中に入って、よりいっそう無人を感じて安心したかった。でも体力を使いはたした身体はまだ重くて言うことを聞きそうにない。学校指定のブレザーに覆われた彼女の肩の薄さが、その残像が、消えかかる煙のように瞼の裏で燻《くすぶ》った。

もう彼女の姿はどこにも見えない。

それでも、笑った声、ごめんねと言った木琴のようななめらかな声が、雨の滴のように耳殻をつたって、なかなか乾かなかった。

……☽……

トウマと母と三人で暮らすようになって、二年ほどたったころから母とトウマはうまくいかなくなりはじめた。昇進し、仕事が忙しくなりはじめたトウマのいないあいだ、母はふたたび、どこかへ出かけたあとなかなか帰ってこなくなったり、知らない人を家に上げたりするようになった。

　そしてある日、ひさしぶりに予定より早く仕事が終わったというトウマが、そこへ帰って来てしまった。そのときぼくはベランダにいて、夕暮れに流れていく秋の雲をひとりで眺めていた。物音がしてふり返ると、スーツに身をつつんだトウマが、彼と母の寝ているベッドの上にいた、母と見知らぬ男を見下ろしていた。

　会ったばかりのころ、トウマはいつも、人のよさそうな顔で笑っていた。けれど仕事の多忙さに少し痩《や》せて、家にいても、いつしか険しい表情をするようになっていた。ベランダの窓から覗《のぞ》いたトウマは、あかるさも仕事の疲れも、すべての感情を削《そ》ぎ落とした顔で、母と、知らない男を見つめていた。

　はたけば際限なく埃《ほこり》の出る敷布団のように、ひとつ明らかになると、母の余罪はつぎつぎあらわになった。トウマが働いて得たお金を、知らない人に贈る洋服や食事代に使いこんでいたということがわかったとき、トウマは母に向かって静かに、出ていけと言った。

「出ていけよ。……その子も連れて」

「待って、トウマくん、違うのよ。お願い、許して、ねえ」

　母がくり返しトウマに縋《すが》りつくのを見た。トウマはなにも言わないで、自分の足にしがみつく母の手をほどいて背を向けた。母は言葉を尽くして、自分がトウマを愛しているのだということ、トウマに構ってもらえずさびしくなって、出来心でしてしまったことだということ、等々、必死になって言い募った。けれどトウマは心を動かさなかった。泣きじゃくる母と無表情のトウマを交互に見ていると、目が合ったトウマは一瞬だけ、口端をいびつに持ち上げた。笑っているみたいに見えたけれど、憐《あわ》れんでいたのかもしれなかった。トウマはすぐ、その視界に母もぼくも入れたくないみたいに顔を背けた。飛行機雲を見つけて笑っていたトウマを思いだしかけて、でもその顔はうまく描けなかった。

母とトウマの離婚が成立したのは、ぼくが小学四年生に上がる少し前のことだった。ぼくはトウマの姓だった吉永《よしなが》から、母の旧姓の片倉《かたくら》を名乗ることになった。母とぼくはなかば追いだされるようにトウマの家を出て、はじめに住んでいたところよりも古く狭いアパートに引っ越した。学校も、隣県の小学校に移ることになった。

母は新しく仕事をはじめ、また家にいないことがほとんどになった。ひとりで過ごす家の中で、ぼくは学校の宿題くらいしかすることがなく、一緒に遊ぶような友達もいなかったので、鏡台にくっついた指紋を拭くでもなく眺めたり、電気を消した部屋で揺れる電気紐《ひも》を観察したりと、意味のないことをくり返して時間を過ごした。

ふたり暮らしをはじめて少し経つと、母はまた、見知らぬ男の人を家に連れ帰ってくるようになった。母はしばしば、

「はるや、お風呂にでも入っていらっしゃい」

と、ぼくがその日すでに入浴を済ませているかどうかは問わずに、妙な具合にぼくをお風呂場へ追いやった。ぼくは脱衣所の、薄い足拭きマットの上に腰を下ろして、母が、「いつまで入ってるの？　そろそろ上がったら？」と薄い引き戸の向こうから呼んでくれるのを、音を立てない

ようにしながら待っていた。そのあいだ、ぼくはタイル張りになっている浴室の床の、そのタイルの数を延々と数えていた。タイルの目は細かく、途中でどこまで数えたかわからなくなってしまうので、その作業はいつまで経っても終わることがなくてよかった。

母に呼ばれて脱衣所から居間に出るころには、男の人はたいていいなくなっていた。しんと静まった部屋で、母は晴れやかな顔でぼくに笑いかけた。

「はるや、晩ごはん食べようか」

ぼくは母の言葉に頷いて、皿を並べる手伝いをしたり、レンジであたためたできあいの総菜をとり分けたりした。母は、「お風呂に入って」いたはずなのにぼくの髪が少しも濡れていないことを、一度も追及しなかった。

母が連れ帰ってくる男性は、ひとりではなかった。ぼくは人の顔や名前を憶えるのが得意ではないけれど、この前の人とは違う気がするな、という程度にはわかった。なんにせよ、だれかを連れて帰ってくる、そのときだけは母は幸福そうな顔をしているように見えたから、それは母にとってただしいことなのだと漠然と思った。

そのうちに、ぼくは、家にいる時間のほとんどをお風呂場で過ごすようになった。母がいないあいだもそこにいて、学校の宿題も狭い脱衣所の床に筆記用具とプリントを広げてやった。ノートや筆箱、鉛筆、ランドセル、着替え、そういったもろもろは、トウマに買ってもらったものだった。トウマに与えてもらった鉛筆で、宿題のプリントの空白を埋めていく。氏名を書く欄で、ぼくはときどき自分の名前を書き間違えた。日付を書くとき、月が替わったばかりだとつい前の月の数字を書いてしまうような感覚で、〈吉永晴野〉と書いてはハッとして、〈吉永〉を消しゴムで消す。〈片倉〉と書き直して、けれどプリントには一度書いた線の跡がうっすら残ってしまって、それはどんなに消しゴムをかけても完全に消えることはなかった。

そもそも名字の概念じたい、ぼくは小学校に入るころまでよく知らなかった。吉永、という名字が自分のもので、自分のことを指して使われるということをようやく理解できてきたところで、その名字はぼくのものではなくなった。転校先の小学校で新しく担任になった先生はぼくを「片倉くん」と呼んだけれど、ぼくは「片倉」が自分の名前だということになかなかなじめなくて、気を抜いているうちに名前を呼ばれると、呼ばれていることに気がつかなくて無視をしているみたいになってしまった。

クラスメイト同士はたいていあだ名か下の名前で呼び合っていたけれど、ぼくの転入したクラスにはもう「はるや」という名前の男の子がいて、みんな彼のことをそう呼んでいたから、ぼくが名前を呼ばれることはなかった。やがて「はるや」も自分のことではないように思えてきて、ぼくは結局なんと呼ばれてもうまく返事ができなかった。ただでさえ、まれにクラスメイトから話しかけられても、自分の思考を言葉にする習慣がなかったぼくは、いったいなにを言えばいいのかわからなかった。ぼくが考えているうち、反応の鈍さに痺れを切らしたのか同級生は離れていって、そのまま話しかけてこなくなる。転校前も、転校した先でも似たようなもので、加えて名前を呼ばれても聞き逃して顔さえ上げないものだから、ぼくは「人に呼ばれても無視をする嫌なやつ」だと思われるようになった。

さいわいいじめられるようなことはなく、同級生は、ぼくを透明人間のように扱った。ひとりでいることは苦ではなく、ぼくは空き時間を、図書室で借りた本を読んでみたり、教科書の、これから授業で習う範囲を先どりして眺めてみたりして過ごした。だからといって内容がすっかり頭に入るわけでもないから、特別成績が良くなるということはなかった。

小学校から帰ったあと、居間でうたた寝をしてしまったときがあった。お風呂場で過ごすようになる前のことだ。夏休みが明けてすぐのころで、ぼくは残暑に汗ばんだ身体のまま、荷物を置いてうっかり横になって眠ってしまった。

ドアが開いたのか閉まったのか、激しくアパートを揺らすような音で目をさました。顔を上げると部屋は真っ暗だった。視界一面が暗くて、目ざめてもまだ夢の中にいるようだった。けれどまもなく部屋の電気が点《とも》されて、室内は鈍い光を放った。光に慣れていない目がくらみ、とつぜんのまぶしさに思考が追いつかないうち、「なんだこのガキ」と睨《ね》めつけるような濁った声が頭上から落ちてきて身体が固まった。

肩幅も胴も足も太くたくましい、大柄な男の人が居間の入り口に立っていた。そしてそのうしろから母が現れて、はるや、と呼びながらぼくの肩にすらりとした手を置いた。

「お部屋真っ暗にしてどうしたの。お風呂は？」

ほら、あっちへ行っておいで、と母がゆったりとぼくに言葉をかけて、その手と声が、そのままぼくを脱衣所のほうへと誘導した。でも必要なバスタオルや着替えがない。ぼくは母の手を離れて、無造作に積まれた乾いた洗濯物の山からタオルをさがした。引っぱりだそうとして、少し手間どる。

「萎《な》えるわ、ガキいるとか」

「ごめんねレンくん。そうだ、これ、頼まれてた煙草」

母が言い終わらないうち、男の浅黒く焼けてごつごつした手が母の手におさまっていた小さなパッケージを引ったくった。男は視線を落としてすぐ、うわ、と眉《まゆ》を吊り上げる。

「なんでもいいって言ったけど、なんでよりによってこれなんだよ。こんなん女の吸うやつだろ」

「そうなの？　私詳しくなくて。お洒落《しやれ》なパッケージだったから、これがいいかなって」

「使えねえな。あー、もういいよ、ないよりマシ」

骨太い指がパッケージのビニールを破り、煩わしそうに床に放って中から煙草を一本抜きとった。剝《は》がれ落ちたビニールが透き通る羽根のように床に落ちる。男はポケットからとりだしたライターで煙草に火をつけた。先端にオレンジが灯って、その反対がわを男が咥《くわ》える。吐息が吹きこまれて、じわりと炎が膨らんだ。「クソ、ゲロ甘いな」悪態をつく男の隣で、わあバニラのいい香り、と母が華やいだような声を上げる。これはバニラの匂いなのか、煙草の先端から立ちのぼる白い煙と、部屋に満ちていく甘い匂いに気をとられて、数秒ぼんやりしていると、男の舌打ちが耳を掠めた。

「やっぱ無理だわ、もういらねー」

低い声と同時に、焼けるような熱が手首に走った。

灰の混ざった火が、そこに押しあてられたのを見た。身体は床に崩れ落ち、口から自分のものなのかわからない呻き声が漏れた。数秒ののち離れた熱は床に落とされて、母の手があわてたようにさっと吸い殻を拾い上げた。

火が離れていっても手首はいつまでも熱く、痛みとごちゃまぜになって思考を霞《かす》ませた。じりじりと苛《さいな》まれる手首から先は熱で焼き切れて、燃えてなくなってしまうんじゃないかとさえ思うのに、見ればちゃんと繋がっていて、いつまでたってもぼくの手首はきちんとぼくの身体の一部だった。汗が背中や額を流れて止まらず、砕けそうなほどきつく奥歯を噛む。男はぼくの横を素通りし、物色するように室内を歩きまわりはじめた。なんもねーじゃん、とつまらなそうにぼやく。

「はるや?」

煙草を台所の流しに置きにいった母が戻ってきて、床でのたうちまわって汗でびしょびしょになっているぼくの額を、やわらかなハンカチでそっと撫ぜた。

「大丈夫? 火傷《やけど》しちゃった?」

母は眉を下げ、ぼくの汗を拭いながら、また別の濡らしたハンカチを持ってきてぼくの手首にそっと被《かぶ》せた。やけど、と母が言うのがはじめて耳にする言葉のように思えながら、返事をする余裕もなくて、ぼくは同じ場所でもがくことしかできなかった。

「お風呂で冷やしておいで。ね?」

冷やしたほうがいい、ということは理解できたけれど、弱った青虫のようにその場でじたばたしているのがせいいっぱいだった。自分が息を吸っているのか吐いているのかもさだかでなくなる。目尻《めじり》が濡れている気がしたけれど、生理的に落ちる涙と汗の区別もつかなかった。見てまわるほどの広さもない室内を見終えた男が、うるせえな、と吐き捨てる。

「お母さんが運んであげる」

母の細い腕が、動けないぼくを抱き上げようとした。けれどなかなか持ち上がらない。

「あれ？　はるや、思ったより重いなあ……大きくなったんだね」

視界が、濡れているのに燃え盛っているようだった。火の幻影が、見たものをまともに処理できないぼやけた視界に広がって、母の白いはずの頬は燻るオレンジ色に見えていた。母の顔のうしろが燃えていると思って、横抱きにされて浴室へ運ばれながら、ひどく混乱した。狭くて短い廊下で男とすれ違ったとき、ひときわ強く、まだ残っていた甘い煙の気配を感じた。

2

身体に鞭打《むちう》って、シャワーを浴びにいく。まだ湿っている素肌のままベッドに倒れこむと、灰色がかった低い天井を見上げる形になった。シーツが濡《ぬ》れてしまうなと思いながらも、一度倒れこんでしまうともう動けない。身体が重力にとらわれて、抗《あらが》うこともしないまま、シーツにゆっくりと沈んでいく。

須藤美夜子と会った夜から十日ほどが過ぎた。十日ほど、と思ったけれどぼくの体感なので、じっさいはまだそんなに経っていないのかもしれないし、もっと日が過ぎているのかもしれない。彼女に会うかもしれないという可能性も、それ以外の人に出くわすことも避けるように、寝てもさめてもほとんどずっとベッドの上にいた。食べるものがなくなればコンビニまで行かなくてはいけなくなるから、食事もあまり摂《と》らないでベッドでぼんやりして、外があかるみはじめたり、雨が降ったり夜になったりするのを窓を隔てながら感じとった。

だれにも会わず、だれとも連絡をとらずに過ごすということは、だれの言葉や行動にも脅かされないで済むということだ。

無機質な天井と、そこに存在しない目を合わせつづける。日々時間を無為に過ごしている自覚はあって、それでもぼくにはこの瞬間がいちばん満ち足りているように思えていた。それはどうかしているのだろうか。なにもしないで、なかば飽きながら天井を見つめつづけているだけのことが、いちばん気が休まって、自分の記憶の中でもっとも良いときだなんて思うのは。

濡れた髪から落ちる水滴がこめかみをつたう。手の甲で拭《ぬぐ》って、離すと、剝《む》きだしの手首に一円玉硬貨より少し小さいぐらいの、皮膚の引き攣《つ》れた痕《あと》が目に入った。左右の手首と肘《ひじ》のあいだから二の腕にかけて、似たような痕がいくつか散らばっている。左の鎖骨と心臓の中間あたりにもふたつ、同じ円形の痕があった。さわると、少し皮膚がでこぼこしている。痕は残ったけれど、痛みはもうなかった。いま痛くなければそれでいいと思う。

「はるや。これは、人には見せちゃ駄目だよ」

母はぼくの肌に残った火傷痕を指して、シロップをたっぷり染みこませたようなやさしい声で言った。


……☾……


「ひみつの痕だからね」

見せちゃ駄目、と言われても、服を脱いで半袖《はんそで》、あるいは水着に着替えなくてはいけない体育の時間や、心臓の音を聴いてもらうために胸をださないといけない身体測定のときはどうすればいいだろうと思った。どうして見せてはいけないのかという理由より、どうやって見せないようにすればいいだろうという方法のほうが気になって、ぼくは返事に困った。

だけど、そんなぼくの心配はよそに、そうした場面はなにごともなく切り抜けた。母が学校へなにか言ったのだろうか、ぼくは身体が少し弱いということになり、水泳は見学することになった。普段の体育では、絆創膏《ばんそうこう》を貼ったり軽い捻挫《ねんざ》ということで手首に包帯を巻いてみたりして、身体測定は服をめくりきらずに聴診器を挿し入れて心音を聴いてもらう形で、それとなく痕を隠しながらやり過ごした。体育をたびたび見学することで、ずるい、と顰蹙《ひんしゅく》を買うこともないではなかったけれど、学校生活はおおむね平穏に過ぎた。レンくんと母が呼んだ男の人とは家で何度か鉢合わせしたけれど、母の連れてくる人は頻繁に入れ替わっていき、やがて現れなくなった。

中学に上がる少し前、めずらしくひとりで帰宅した母は、ぼくに中学校の制服をプレゼントしてくれた。これどうしたの、と訊《き》くと、お酒を飲んでいるらしい陽気な声で母は「はるやはなんにも気にしなくていいのよ」と言った。笑った母はワインレッドのドレスにショールを羽織っていて、その赤の鮮やかな色味に目がちかちかした。隙間風の入る部屋のあちこちに、光沢をたっぷり含んだ革のバッグや宝石のちりばめられたアクセサリーが置かれるようになっていて、ぼくは、自分には価値のわからない美術品の展示に迷いこんだような心許《こころもと》ない気持ちがした。

母の持ちものの大半が、貢ぎ物で構成されていることを、察しの悪いぼくでもなんとなく理解していた。ぼくの中学校の制服もそうだったのかもしれないと、もう決定している事項をなぞるような気持ちで思う。名前もわからないだれかに対して申し訳なくも感じたし、母が、それでもぼくになにかを与えようとしてくれているということに驚きもしたし、制服を、自分がちっとも喜んでいないことに戸惑いもした。

制服は、三年間で成長することを見越してか、じっさいのぼくの身体よりもかなり大きかった。多くの同級生は、入学前に採寸を経て少し大きめに制服を作ってもらっていたようだけれど、そういう過程をすっ飛ばしてあつらえられたから、肩幅も着丈も少しどころでなくぶかぶかだった。とはいえ着るものに頓着《とんちゃく》する質《たち》でもなかったので、着られればそれでいいかとも思った。かつてトウマに買ってもらった洋服が中学に上がるころにはもうほとんど着られなくなっていたから、制服があるということには助けられた。トウマと暮らしていた小学三年生のころに比べればぼくの身体が多少は大きくなっているということもあるけれど、着古しすぎて、大多数の洋服が、穴が開いたり裾《すそ》が破れたりしてしまっていた。

大きすぎる制服を着て通った中学校では、必ずなにか部活に入ることが義務づけられていた。けれど興味のある活動もなく、運動部は論外で、せめてなるべく活動日が少ない部にしようと、ぼくは週に二日行くだけでいい美術部を選んだ。顧問はおっとりした年配の先生で、部員数も少なく、団結してなにかにとり組むということはなくおのおのが好きなものを描いたり好きな話をしたりしているようだった。その中へ、最初の数回ほどは顔をだしていたけれど、やがて足が向かなくなった。はじめのころしか参加していなかったから、存在を認識されていなかったのかだれに咎《とが》められることもなかった。

けれど二年生に上がって顧問が替わると、活動日である週二回はちゃんと顔をだすように、と注意を受けるようになった。けれど一年間なにもしてこなかった自分が、いまさら部活に行ってなにをすればいいのかわからなかった。ぼくが部活に参加しないままでいると、顧問はぼくを職員室に呼びだした。

「なんで部活に来ないんだ？」

なんでと問われても、ただなにもしたくなくて、だれとも一緒にいたくないだけなのだ。なにか描いたり作ったりしたい気持ちも、使ってもすぐ補充できる余分な紙や鉛筆もなかった。教室にいるのでさえ億劫《おっくう》で、ただぼくのような子供は中学校に毎日通うものなのだと、そういうものなんだと思ってどうにか学校には足を運んでいるだけだった。

みんなおまえが来るのを待ってるんだぞ、なんで来ない、やる気はあるのか、やる気のないやつはうちにはいらない、と詰め寄られ、ぼくは肩を窄《すぼ》めた。部活に来ない生徒が不要なら、ぼくがいなくなれば気も済んでくれるだろうか、とこわごわ転部を切りだすと、顧問はますます目を吊《つ》り上げた。

「なんでそうなる。おまえには根性ってものはないのか？」

根性があるならはじめから幽霊部員になどなっていないはずだ。ぼくはまた困ってしまった。顧問はさらにぼくを叱りつけ、「もっと情熱を持って取り組みなさい」「学生は目標に向かってなにかに打ちこむべきだ」「そんなことでは将来なにをやっても続かない」等々熱心になってぼくに語り聞かせた。そしてひとしきり言い終わったあと、確認のように、それとも、と問うた。

「ほかになにかやりたいことでもあるのか？」

あればよかったけれど、残念ながらなにもなかった。ぼくはなにもしたくなかった。なにもしないということが、ゆいいつ、みずから進んで望むことだった。生きていたら、なにかをしなければいけないのか。人は生きているだけで素晴らしいなんて言葉が出まわる世の中で、息をして、そこにいるだけではゆるされないみたいだった。ぼくは言葉を見つけられず、いつまでも答えあぐねていると、その言葉のつかえを問いに対する否定と認識されたようだった。顧問は深く眉《まゆ》をひそめた。

「あのなあ、片倉、そうやって適当に生きてたら駄目だぞ。そんなふうに物事をすぐ投げだしてしまうようでは、立派な大人にはなれない」

だけど、立派になりたい気持ちも、何者かになりたい気持ちもどこにもないのだ。説得の言葉はどうしようもなく身体をすり抜けて、ちっとも残らないで床へこぼれ落ちていった。嘘でもとりあえず頷《うなず》いておけばよかったのかもしれないけれど、ぼくはそれすらできず、うつむきながら顧問が話し終わるのを待っていた。向かい合う形で座っているぼくと顧問のあいだにある机には、彫刻刀かなにかで彫られた文字でも図形でもない傷があった。なんの意味も持たなそうな傷は、なんの意味もなさそうなところが好ましかった。けれど理由のないいたずらな心でつけられたものかもしれないし、だれかへの強い苛立《いらだ》ちや恨みのはけ口になってうまれたものかもしれない。そう考えはじめたら胃のあたりがかきまぜられるような心地がして、ぼくは机の端に視線を移した。窓から射す夕日にあたって机の縁は薄く光って、人の心の介入しないものはうつくしく見えた。

呼びだされた放課後の、顧問との応酬は完全下校の時間になるまでつづいた。疲弊した身体で帰宅すると、だれもいない散らかった部屋を進んでお風呂《ふろ》場の扉を開けた。脱衣所の狭く硬い壁にもたれかかり、そのままずるずると座りこむ。腰を下ろすと瞼《まぶた》が一気に重くなった。身体が動かず、ぼくは食事も摂らずにその場で眠りに落ちた。

目をさましたのは母の声がしたからで、でもそれはぼくを呼んだ声だというわけでもなかった。ただ、甘い声がした。目を開けると壁にくっついていたはずの背中は壁を離れて空気だけに触れていて、右頬は足拭《あしふ》きマットに擦りつけられていた。

脱衣所には窓も時計もなかったけれど、夜だとわかった。脱衣所のドアの隙間から射しこむわずかな電灯の光を頼りに、暗闇の中のものを見た。身体を起こして軽く頬を拭う。寝起きの目を擦る、その数秒の動作のあいだにも、母の声はつづいていた。

　もう一度眠れたらよかったけれど、都合よくそうもいかなくてぼくは時間を持て余した。本当にひとりきりであれば、なにもすることのない時間を、持て余すということはない。けれど壁の向こうには母の声があって、人の気配がすぐそばにあることが、ぼくをひどく落ち着かなくさせた。脱衣所に座りこんだまま、浴室へつづく扉をひらいてその空間にある意味のないものをさがそうとした。タイルの数を数えたり、シャワーヘッドを撫《な》でてそこについた傷や窪《くぼ》みをさがしたり、タオル地の足拭きマットの毛羽立ちを見つめたり、もう何度もしてきた数々の意味のない行動を、またくり返して、気持ちが揺れないようにする。日が沈みきって、冷えた空気がぶかぶかの制服の空洞を抜けて肌を震わせた。身を縮めながら、終わるのをじっと待つ。壁を隔てて聞こえる母の声を、幸福そうだ、とぼくは思った。


　髪が少し乾きはじめていた。寝返りをうつと、壁にかけたままの高校の制服が目に入る。

　ぼくは、母の想定——なのかどうかはわからないけれど——ほど背も伸びず、中学を卒業するころになっても、その中学の制服は身体よりはるかに大きいままだった。高校指定の制服は、採寸を経てあつらえられたものできちんとサイズが合っているけれど、そのブレザーには数回しか袖を通していない。制服があることで、着るものに悩まなくてもよくなってほっとしていたけれど、学校じたいに行かなくなってしまえばそれもさして意味がなかった。

起き上がり、適当に衣服を身に着ける。ふたたびベッドに戻ろうとしたところで、足の指がなにか硬いものに触れた。しゃがんで見ると、携帯が落ちている。

それはぼくにこの部屋を与えるのと同じタイミングで、母たちがぼくに宛《あ》てがったものだった。けれど使う場面がないから、無造作に床に放置してしまっていた。連絡をとるような友人はいないし、携帯ゲームやSNSもしないので、ぼくにとっては手のひらにおさまるごく薄い直方体でしかない。

携帯をその場に残し、ベッドに横たわった。自分の肌の温度でぬるいシーツに身体を預ける。そうしてまどろんでいると、ふいに、インターホンの鳴る音がした。

一度目は、それがなんの音なのかわからなかった。幻聴かと思っていればもう一度聞こえて、二度目でやっと、それがこの部屋のインターホンだと気がついた。

「鹿野ー？　担任の田代《たしろ》だけど」

三度目のインターホンの音とともに声がして、反射で身体がはねる。

「いないのか？」

担任、と言葉をなぞって、四月の教室まで意識を攫《さら》われた。入学式の日、割りふられた教室の教壇に立った教員の姿がおぼろげに浮かんだ。若く、がたいのいい男性。顔の造形は思いだせず、外見よりも、溌溂《はつらつ》としてやる気に満ちたような口ぶりのほうが印象に残っていた。けれどその声そのものは、いまはじめて聞いたように感じるぐらいに記憶にない。高校で見た人や物の記憶は、霧の立ちこめた風景写真を見ているようにひどく不鮮明だった。

ベッドの上で、声を遮るように布団を被《かぶ》る。

「鹿野ー?」

布団の内がわに熱がこもって暑い。喉《のど》の奥から全身へ震えが飛びだしそうだった。気づいたら歯を食いしばっていて、歯列が鈍く痛む。嵐が過ぎ去るのをなすすべなく待つみたいに、物音を立てないように布団の中でうずくまった。

「……死んでないだろうな?」

やがて、ドアから人が離れていく気配がして、部屋はしんとした静けさをとり戻す。帰った、のだろうか。

ぼくは布団にくるまったまま息をひそめた。頭と腕をだして、床の携帯に手を伸ばす。電池が切れていて、液晶は暗闇を映しだしていた。充電器に繋《つな》いで少し待つと、画面に明かりが灯《とも》る。

携帯を、人が使っているのは見たことがあっても、自分で使ったことはほとんどないに等しかった。だから、電源を押して起動させて、そこから先がわからない。パスコードを入力、という表示に戸惑った。パスコード。なんだっけ。磨《す》りガラスの向こうにあるような記憶をたぐり寄せる。買ってきた携帯を、箱に入った状態で紙袋ごと差しだされて——「パスコードは、はるやの誕生日にしてあるからね」と母が言っていた——ぼくは自分の誕生日を母に憶《おぼ》えられていたことのほうに驚いたけれど——数字を打ちこむと、ロック画面が解除され、初期設定のままの待ち受け画面が現れた。

受話器のマークと、封筒の形のマークの右上に、数字がついている。どちらも片方の手で足りるぐらいの数だった。それを押してみようとして、また、インターホンが鳴る。途端に身が竦《すく》んだ。

「おーい、鹿野？」

さっきの担任の声だった。帰ったわけではなかったらしい。部屋の壁は薄く、玄関から部屋の奥までの距離もあまりないアパートだとはいえ、ドアも布団も隔てているのに聞きとれるほどの大声で呼びかけられていることにたじろいだ。何度かの呼びかけのあと、だれかと話しているような声がして、かと思えばドアの向こうからがちゃがちゃと物音が聞こえる。痒《かゆ》くないところをくすぐられるようなざらざらした音に固まっていると、施錠して閉じていたはずの部屋の扉が、勢いよく開け放たれた。

「鹿野！」

玄関から一直線に廊下を突き抜けてきた大柄な男性が、ベッドにうずくまって布団を被っていたぼくを見て、素早くしゃがみこんだ。

「無事か？　怪我は？　どこも悪くないか？」

ふたつの目が、ぼくの安否をしかと確認するように視線を上下させる。ぼくの感情がなにか思う前に、全身が粟立《あわだ》った。暑いと思っていたはずなのに、いきなり雪国にでも放りこまれたかのように、手足が震えはじめる。

寒気がする。

「どうした、寒いのか。熱があるのか？」

でも、寒くは、ないのに。

担任のうしろに、遠慮がちな佇《たたず》まいで、初老の男性が立っていた。その手に鍵《かぎ》が握られている。大家だろうか。思考する冷静さを失っていく全身が、震えながら汗で濡れていく。湿った手ですぐそばのシーツを握りつぶしながら、ぼくはうつむいた。

「鹿野？　大丈夫か？」

自分以外の人間の姿が、ふたつ、ある。

全身が湿っているのに喉はからからだった。声が掠《かす》れて、言葉は喉より奥に閉じこめられてしまったみたいにとても遠い。なにか言わなくては。伝えなければ、この人はぼくの無事を確認しつづけると思った。だけど首をわずかに縦にふることしかできない。

「本当に大丈夫なのか？　具合が悪いんじゃないのか？」

担任は、目を覗《のぞ》きこもうとするように、大きな手を伸ばしてぼくの両肩を摑《つか》んだ。とっさに身体を引いたけれど、その力は強くてびくともしない。触れた他者の手の感覚に、震えや寒気を通り越した恐怖で目の前が薄暗くなる。

さわらないで。

言葉はいっこうにとりだせず、かわりに胸を圧迫されるような息苦しさと吐き気がこみ上げた。

「鹿野、聞こえてるか？」

肩にかかった手に力がこもる。身体を揺すられて、肩口で服が引っぱられた。袖で隠れていた手首が少しあらわになる。

――はるや。これは、人には見せちゃ駄目だよ。

母の言葉がよぎった。母の言葉を気にして、忠実に守ろうとしつづけているわけではないけれど、かといって進んで破ろうとしたこともなかった。ただ、まるで希望に満ちたような目が、手首の痕を見つけてしまったら、この人はもっと、その手を離してくれなくなるような予感がした。

「様子が変ですよ、救急車呼びますか」

おそらく大家であるらしい人の声が、鼓膜をなぞる。救急車。なんて、来てしまったら。呼んだことがないので正確なところはわからないけれど、救急隊員がこの部屋に押しかけてくる光景を想像して、ますます、呼吸が乱れた。

「だ――、は、は……」

必死にふり絞る声は、けれど意味を成さない。

「か、……」

「え?」

途方もない気持ちになっていく。目の奥が熱くて視界がぼやけた。

「な、て……」

担任は大きな手でぼくの腕をさすりながら、どうした、大丈夫かと何度も問うた。手が上下に行ったり来たりする感触がシャツ越しに伝わって、さすられている腕の、皮膚が悲鳴を上げるように冷たくなっていく。助けて。とっさに思って、だけど、自分で思った願いに、ほとんど呆《あき》れるみたいに驚いた。だれにも近づけなどしないのに、だれに助けてほしいなんて思うんだろう。

「はな、して」

何度も何度も言葉を頭の中でくり返して、どうにかひとこと口にした。ひどく舌足らずに響く、それだけしか言えない絶望的さと、それを言っただけですべてやりきったかのような達成感めいたものに挟まれて、わけもわからずに涙が出てくる。身動きもとれず、もうこれ以上声も出なくて、ぼくは震えながら時間が過ぎるのを待った。爆発の寸前のように揺れ動く心臓の速度についていけなくて、酸っぱいものが喉下までせり上がってくる。

「田代さん、無事も確認できましたし、今日のところは……」

担任はぼくをなだめながら長らくそこにいた。いつまでも動かないぼくと変わらない状況に、疲弊をにじませながら大家が遠慮がちに言う。担任は納得がいってなさそうだったけれど、なにも言わないぼくを見下ろしてやがて諦《あきら》めたように、また明日来るから、と告げて帰っていった。


静まった部屋で、ぼくは再度途方に暮れた。ひとりでいられるこの部屋の中だけが、だれにも会わなくていい、安全な場所だった。けれどその安心は崩されて、鍵をかけていてさえもう安全ではない。今日はどうにか帰ってくれたけれど、そのあとは?　担任は、「明日」と言っていたから、明日も来るのだろう。もしかしたら、ぼくが学校に来るまでずっとやって来るのかもしれない。だけど何度考えても、もう、学校に行ける気はしなかった。

担任と大家が帰ったあと、身体の震えはおさまっても、嫌な汗がなかなか引かなかった。ベッドの上で長い時間動けずにいたらシャツの吸った汗が冷えて、もう夏が近いのに寒くなる。数時間前にシャワーを浴びたのも、すっかり無意味になってしまっていた。もう一度シャワーを浴びて服を替えよう、そう思うけれど、いっこうに身体に力が入らない。シャツの濡れたままベッドで丸まっているうち、窓の外が白んでいくのをカーテンの色の移り変わりで感じとった。ほとんど暗闇と一体化していたカーテンの布地は、少しだけみずからの輪郭をとり戻したみたいに窓に垂れ下がっている。

昨日充電した携帯は、触れると黄色がかった明かりを宿して、まだ薄暗い部屋をわずかにあかるくした。数件溜《た》まっていた着信履歴とメールを確認する。それは母と、知らない番号からだった。

〈はるや、最近学校をお休みしているって先生から連絡があったけど、どうかしたの？〉

〈お休みもいいけど、ほどほどにね〉

母からの連絡は一度の電話と二件のメールで、あと数件の着信は、すべて同じ番号からだった。心あたりといえば学校くらいしかなく、ぼくは部屋の隅にある通学鞄《かばん》から、生徒手帳を引っぱりだしてみる。そこに記載されている高校の電話番号は、履歴に残っている番号とやっぱり一致した。

携帯を置き、ベッドにうつ伏せになって目を閉じる。

疲労感でいっぱいのまま迎えた夜明けが光を降らせるけれど、ふたたび身体を起こすことはできなかった。摑まれた肩に、もう残っていないはずの他人の体温がよみがえる。押し寄せてくるものから、逃れようとするみたいにベッドの上で寝返りをうった。シーツをしわくちゃにしながらベッドでのたうちまわっているだけでも時間は過ぎて、いつのまにか高くのぼっていたらしい太陽が、やがてゆるやかに傾きはじめていた。

結局昨日から着っぱなしのシャツから、乾いた汗のにおいがする。

昨日担任が来たのは、まだ日が落ちる前だった。日中は学校があるだろうから、今日も来るのだとしたら同じくらいの頃合いなのだろうか。鍵をかけて閉じこもっていても、昨日のように鍵を開けられてしまったらなす術《すべ》がなかった。チェーンやドアロックのあるアパートであればよかったかもしれないけれど、この物件にはない。セキュリティが強固なほど賃料は上がるし、この部屋の家賃を払っている母の再婚相手が、ぼくが不自由なく引きこもるためにそこまでお金をかける義理もなかった。

外へ逃げたほうがいいのかとも考えて、けれど外に出てどこに行けばいいかもわからない。まだあかるいから、きっと人通りも多いだろう。外で人と遭遇してしまっても、困る。なにひとつ行動することはできないで、ぼくはふたたびインターホンが鳴る未来を、したくもないのに何度も想像してしまった。昨日聞いたその音が頭の中でくり返し響いて、そのたびに肩が縮こまる。そのうちに記憶の中の音と現実の音の区別がつかなくなって、だから、しばらく、いま本当に鳴っているインターホンに気づかなかった。

「鹿野、いるかー?　田代だけどー」

声がして、意識が戻ってくる。

追いつかれる。

ふらつきながらベッドから下り、力が抜けて、その場に座りこんだ。息をひそめて、担任が、なにもなさず、諦めて帰ってくれるとても低い可能性に期待する。期待とは裏腹に、インターホンは幾度も鳴らされ、担任の声がドアの向こうで、鹿野、とくり返した。

ずっとなにもせずひとりで引きこもっていられるはずがないことはわかっている。だけど、どうしても、現状をどうにかできる気がしないのだ。

「なにか悩んでいることがあるなら、聞かせてくれないか？」

両の手のひらで、左右の耳をきつく押さえる。

「先生、おまえと話したいんだ」

ぼくは人と、いったいなんの話をすればいいのかわからない。話せることなんてなくて、そもそもいまのぼくは、人に向かって意味のある単語ひとつとりだすこともまともにできない。

「鹿野ー？　おーい。聞こえてるかー？」

声につづいてドアを叩《たた》く音が響き、全身がますますこわばった。ベッドのサイドフレームに背中が触れる。膝《ひざ》を三角に折って、お腹で卵でもあたためるような恰好《かっこう》でじっとうずくまった。カーテンの隙間から漏れ入る夕暮れの赤い光までが身体をつんざくようで、顔を伏せ、もっと強く耳を塞《ふさ》ぐ。でも、入ってくる。

「もしいま鹿野になにかあったら――」

外からぼくに呼びかけながら、担任は、ぼくではないだれかと話してもいた。「後悔すると思うんですよ」「だから、お願いしますよ」——今日も、大家らしき人と鍵を開けようとしているんだろうか。

「あなただって管理してる部屋で死人が出たら嫌でしょう」

大家と思《おぼ》しき人、がなんと答えたかまでは聞きとれない。

どこにもない逃げ場所をさがして、床に細く伸びた夕日を目で追った。静止したカーテンの隙間から注がれる光は、窓の向こうから届けられている。

——窓の向こう。

ぼくは、うまく動かせない身体を引き摺《ず》り、腕を伸ばして縋《すが》るようにカーテンをひらいた。またたくまに西日のかがやきに照らされて、目がくらむ。震える指で鍵に触れ、窓を開けると日中の日射しにあたためられた空気が全身に触れた。

炎のような橙《だいだい》と、深い海のような紺のまざった色が空にはためいている。ベランダは砂っぽくて、狭く、ひとりで立つにしてもやや窮屈そうに見えた。手も、足も震える、でも迷っている時間がない。

ぼくは剝きだしの足をベランダのコンクリートへ乗せ、身体を窓の外へすべらせた。コンクリートの冷たくもあたたかくもない温度が足の裏に伝わる。外からカーテンを引き、慎重に窓を閉めた。

部屋にはたぶん、まもなく押し入られてしまう。窓の鍵を窓の外から閉めることはできないので、ここにいると気づかれてしまったらなにも意味がなかった。これで隠れられているんだろうか。わからない、祈りながら、寄りかかるようにベランダの柵《さく》を握る。

目が、勝手に見ひらかれた。

二階の部屋の、ベランダの下。南北に延びているアスファルトを、夕日を浴びながら人がひとり歩いている。

偶然に視線を上げた人の、唇が動いた。

（かのくん？）

彼女が、そう言った気がした。

ぼくは柵から手を離し、うしろによろめいた。窓ガラスに背中をぶつける。人。なんで。

須藤美夜子？

高校が同じで、先日夜に出くわしたことを思えば、そう遠くないところに住んでいてもおかしくはなかった。おかしくはない、けど、ここが通学路だというのか。前後を敵に囲まれたような気持ちになって、柵から離れると目に見える光景がぶれた。須藤美夜子の、首から上だけがぎりぎり視界に残る。

建物の下にいる彼女は、なにか耳を澄ませるみたいに顔を傾けた。かと思えばその姿は忽然《こつぜん》とどこかに消える。走りだした、ような軽快な足音が少しのあいだうっすらと聞こえ、直後、部屋のドアがひらかれた鈍く大きな音がした。

「鹿野！」

玄関ドアを介さなくなった大声が、薄い窓ガラス越しに響いた。田代さん、もう少し声を、と遠慮がちな大家らしき人の声がつづく。みるみる充満する人の気配に、喉が締めつけられた。外に広がる夕暮れが少しずつ、紺を多く含みだす。

「鹿野。いないのか?」

胸を掻《か》きむしりたくなるような不安が全身をざわざわと這《は》うのを、全部必死で閉じこめるみたいに、膝を抱く。

「先生?」

担任の声とも大家の声とも違う、木琴のようななめらかな声が、読みさしの本に挟む栞紐《しおりひも》のように挿しこまれた。

「須藤?」

「すみません、大きな声がしたので。どうしたんですか?」

彼女とぼくはクラスメイトであるらしいという、先日知ったばかりのことを思いだす。ガラスを一枚隔てていることに加えて、玄関先から話しかけているのか、なめらかな声は担任の声よりかなり遠い。なのに、聴覚が拾ってしまう。

「いや、えっとな」

「鹿野くんに会いに来たんですか?」

「なんで知ってる?」

虚を衝《つ》かれたような担任とは対照的に、須藤美夜子は落ち着いた調子で答えた。

「わたし、鹿野くんと友達になったんですよ」

「友達？」

「はい。あの、わたしがなにか伝えておきましょうか？」

「待て、待て。友達になったって？　鹿野は、その、入学式のあとすぐ、学校に来なくなっただろ？　友達になったって……」

担任はくぐもった声で、つづきを言い澱《よど》んだ。

「塾の帰りに、たまたま会ったんです。それで」

あかるい声が先まわりするように答える。ぼくが彼女と会ったのはとっくに日付も変わった深夜だ、高校生の塾終わりがそんなに遅いはずがない。やりとりに耳を傾けながら、ぼくの心臓はあちこちへ飛び跳ねようとするスーパーボールのようにせわしなく動いた。

「先生、鹿野くんは大声が苦手なんです」

「大声？」

「あまり大きな声で話しかけられると、びっくりしてしまうんです」

「そ、そうなのか」

担任は、大きかった声を少し窄め、もごもごとトーンを落とした。須藤美夜子と担任はそのあともなにか話しているようだったけれど、声の音量が下がったことで、引き潮のように会話は遠ざかっていった。やがて声は完全に途絶え、ドアの閉められる音がして、人の気配そのものがなくなったのをおぼろげに感じた。

息をするのが下手になったまま、震える足に力を入れる。窓から背中を離して、部屋の中を覗き見た。だれもいない。

自分が住んでいる部屋のはずなのに、他人に扉を開閉され、窓の外から室内を覗きこんでいるなんておかしいな、と自嘲《じちょう》に近い気持ちで思う。ガラスに触れると窓がするりと動いた。カーテンを挟んで、少し隙間ができていたらしいことにいまさら気がつく。だから窓を隔てた会話さえ聞きとってしまっていたのかもしれない。担任に気づかれなくてよかった、と胸を撫で下ろしかけ、でも、そうじゃないと思い直す。

額が汗ばんでいた。シャツの袖で拭って、ベランダの下をふり返る。

「あ……」

担任も大家もおらず、制服を着た人がひとり、歩いていた。日は翳《かげ》って、薄い藍《あい》の中に小さい影が揺れている。彼女はさっき顔を上げたのと同じ場所で、忘れものを置いてきていないかたしかめるみたいに、ふいにこちらをふり向いた。

思いがけず、目が、合ってしまう。

ふり向いた唇が、町を染めている藍に近い色で動いた。そして閉ざされる。

（ごめんね）

と、言われた気がした。

身体も視線も動かせないで、その場に立ちつくす。足を止めた彼女のほうも、目を逸《そ》らさずにこちらを見上げていた。視界が夜の入り口の色に塗られる。震える指先で、ベランダの柵にまた触れた。

担任はいなくなった。また来るのかもしれないけれど、いまはもういない。かわりに夕暮れと、制服につつまれた細い身体がそこにある。

「――た」

声のだしかたを忘れたみたいな、掠れた音が出た。じっさい、忘れているのだ。きっと、もうずっと。でも。

彼女がもし、ぼくを、

「――た、助けて、くれたの」

なら、なぜ？

ごめんね、と言った気がする唇のまんなかが、空気をとりこむようにひらいた。どうして、ぼくに謝るんだろう。藍色の中で、彼女はくしゃっと顔をゆがめる。

「ごめん、聞きとれなかった」

悔しい、みたいな顔をして、彼女の身体が前のめりになった。でも、そのこちらへ歩み寄りかけた足ははたと立ち止まり、もとの場所、よりも一歩うしろに下がって、また止まる。

「もう一度、きかせて」

きかせて、と言いながら、彼女の鼓膜は身体ごと、さっきよりほんの少し離れた。頭がうまく働かず、なんと言われたのか言葉をちゃんと理解するのに少し時間がかかる。

「助けて、くれたの」

自分から彼女に近づくことも声を張ることも難しく、どうにか同じ言葉をくり返した喉の奥は、いつまでも雨の降らない砂漠のように乾いていた。こぼれた声も、のたくって干からびたみみずのようで、発音があやしい。それでも今度は言葉が届いたらしく、彼女は丸い目でこちらを見上げ、魚の小骨をぐっと飲むようなだらりとした時間のあと、言葉をつづけた。

「鹿野くんは、助かったの？」

彼女は笑って、それならよかった、と言った。夕方はもうほとんど夜に近づいて、彼女のいる場所だけが、夜の、藍や紺の色が足りなくなったみたいにほのあかるかった。

「勝手に友達ってことにしちゃったけれど」

ふいに、手足が熱くなる。うつむいて、シャツの袖を少しだけめくった。火の痕が一瞬あらわれて、視界をよぎる。それはもう燃えてはいなかった。

「鹿野くん？」

シャツを戻し、目線を戻すと、じっとぼくを見たままの目があった。踏み入ることを押しとどめるようなつま先で、その場に立っている。ぼくを見ている他人の目。おそろしくて身体が揺れるのに、震える声で、大丈夫、と返した。ぐらぐらとなさけなく、頼りない声になる。答えた直後、それでも人と会話をしている、と思って驚いた。

「田代先生はしばらく来ないと思うけど、もし、また来ちゃったらごめんね」

あかるい彼女の身体に、夜の色が補充されていく。

「じゃあ、またね」

胸の前で小さく手をふって、彼女は背を向けた。駆けだしはせず、遅くはないけれど、特別速くもない速度で歩いていく。その二本の足で無理なく進めるおだやかな歩幅で、彼女はゆっくり遠のいていった。

　彼女の姿が見えなくなると、身体の震えは少しずつおさまっていった。汗が引いてくると寒気がして、身ぶるいをひとつする。もう一度シャツをめくると、街灯なのか月なのか星なのか、どこからのものなのか判然としないぼやけた光が射して、手首の一帯を青白く照らしだした。


……☽……


　みぞおちのあたりに深い衝撃を受け、数秒、呼吸が止まった。はずみで壁に背中を打ちつけて、身体が前とうしろの両方から圧迫される。全身が痺《しび》れて、轢《ひ》かれて平らに引き伸ばされた蛙になったみたいに、その場から一歩も進めなくなった。

「おい、子供なんかどっかやっとけよ」

　母の連れてきた男の低い声が、詰《なじ》るように母に言いつける。男の、黒い靴下を履いた足の先が頭の奥で揺れて、蹴《け》られたのだと呼吸の自由を奪われた身体で理解した。痛みよりも、臓器ごと押しつぶされてしまいそうな圧迫感が、衝撃を受けた腹部と背中から頭のてっぺんとつま先まで広がっていく。磔《はりつけ》にされたように動けず、廊下に伸びたぼくの身体に、もう一度、男の足先が翳《かざ》された。腹部に走る鈍い衝撃と同時に、「なにか言った？」と母の軽やかであかるい声がするのを、他人のことみたいに遠くに聞いた。

「あら？　はるや、こんなところで横になってどうしたの。向こうに行ってなさい」

靴を脱ぐのに手間どっていた母が遅れて室内に入ってきて、男を連れて奥の部屋に入っていった。二度蹴られた場所が、捩《ね》じれるようなうるさい感覚を訴えかける。向こうってどこだろう。そんなことを思っても訊かない。ぼくがふたりの目につかない場所が正解だった。

早く「向こう」に行かないといけない。

浅い呼吸をくり返し、腹部の重い身体を引き摺《ず》りながら浴室へ向かった。そこがただしい場所であることを願って浴室へ繋がる引き戸を開け、湿りけを帯びた脱衣所の、足拭きマットの上に座りこむ。戸を閉めると、自分ひとりだけの空間がうまれて少しだけ気がゆるんだ。ひと息ついたら腹部の痛みが鮮明になりだして、ぼくは気を紛らわせようと、よれた足拭きマットの毛羽立ちを数えはじめる。無数にあるように思える足拭きマットの繊維は数えても数えてもきりがなく、まばたきをするだけでもうどこまで数えたかわからなくなった。何度もはじめからやり直しながら、ぼくは毛羽立ちを数えつづける。そのさなかで、知らない女性の声がした。知らない声、と一瞬思ったけれど、何度も聞くうち、それは母の声だと気がついた。やっぱり幸せそうだ、と思って、ぼくは安堵《あんど》した。

立てつけのよくない脱衣所の戸は、どんなにぴったり閉めようとしてもわずかに隙間ができた。その細い隙間から漏れ入る電灯の明かりを頼りに足拭きマットの毛羽立ちを見ているうち、時間が流れた。やがて母の声がしなくなり、かと思えば、唐突になにかこじ開けるような大きな音が鳴った。音はすぐそばで響いて、驚いて顔を上げた瞬間に腹部が痛かった。暗がりだった脱衣所に、光が注がれる。顔を上げて飛びこんでくる電灯のまぶしさに目をくらませるより少しだけ早く、シャツに覆われた手首をとられて、視界がぐるっと回転した。

引き摑まれて脱衣所の外へ転がり、薄く埃《ほこり》の溜まった床に身体が投げだされた。中学生の平均より低い身長と、平均以下の体重しかないぼくの身体は男のぶ厚い腕一本でいとも簡単に追いだされた。

「邪魔だっつったろ」

かすかに耳鳴りがして、声がこもって聞こえた。

「はるやったらどうしてこんなところにいるの？　お外で遊んでらっしゃいよ」

母は、たびたびぼくをおかしなタイミングでお風呂へ入らせたことなど忘れたように言った。見ると、母と男はその身にほとんどなにも纏《まと》っていなかった。男の上裸が迫ってくる。さっきは履いていたはずの黒い靴下も男の足先から消えていた。どこにいったんだろう、とのんきなことを考えた一瞬ののち、ぼくはよろけながら壁づたいに廊下を歩いて、玄関へ向かった。床にぶつけた頰や膝や脛《すね》がひりひりと熱を持つ。「ヒロくん、ねえ、こっち向いてよ」罵声《ばせい》を放つ男をなだめるミルクチョコレートのような母の声を聞きながら、外へつづくドアのノブを握った。足を踏みだす。力の入らない身体で、けれどなるべく急いでドアを閉めた。

外は夜で、共用灯が唸《うな》りながらアパートの通路を照らしていた。汚れた通路を歩き、階段を下っている途中で靴を履いていないことに気づく。日中の太陽の熱をすべて逃がしてしまったような、ひやりとした温度が足の裏に触れた。そのまま階段を下りていると、小石を踏んでしまって足の指の付け根あたりに鋭い痛みが走る。

身体のどこが痛いのか、そもそも痛くない場所はあるのか、わからなくなりながら歩いた。でも行くところなどないから、ぼくの足はアパートの裏の茂みで止まった。うっすら雑草の生えた土の上に、ふらつきながら腰を下ろす。

脱衣所も正解ではなかった。ぼくはだれかを怒らせるか、だれかの厄介者になりつづけるか、そればかりだ。意味のないものが好きだった。意味をさがすのは少しこわかった。意味。だけど、本当にいちばん意味がないのはぼくだ。それは悲観でも絶望でもなく、ぼくにとっての事実だった。たぶん、ほかの人にとっても。他人の気持ちを推しはかることはできないし、ぼくが決めつけるのは傲慢《ごうまん》だけれど、きっとそうだった。

冬の終わりかけの夜の空気は冷たくて、けれど空気の冷たさはぼくとはなにも関係がない。関係があるなんて思うほうがおこがましくて、そのことにほっとする。座りこみながら、ぼくは時間が過ぎるのを待っているのか立ち上がれなくなったのかわからないで、草木と一緒に風にあたっていた。


食べるものがなくなってきて、外へ出た。あたりにひとけがないことを確認して、アパートの階段を下りる。階段の一段一段を踏むたび、軋《きし》んだ音が夜の空気を裂くように響いた。長袖のシャツに覆われた身体は、少し歩いたらすぐに汗ばむ。蒸した空気が夜を満たしていた。

須藤美夜子の言葉の通り、あれから担任は姿を見せなかった。二、三日は気が気でなく、家にひとりでこもっていてもちっとも気が休まらなくて、夕方が近づくのがおそろしかった。担任が来るのがこわい。だれにも会いたくない。その気持ちは全身に転移してとり返しのつかなくなった腫瘍《しゅよう》のように、切り離すこともできずにぼくを蝕《むしば》んだ。だれが訪れることもない、平穏な日が何日かつづいてどうにか少しずつ落ち着けるようになってきたけれど、これはあくまで一時的な安全なのだということは、ぼくも、少なくとも頭の中では理解していた。

最寄りのコンビニに近づく。白い光が煌々《こうこう》と放たれていて、そのまぶしさに目を眇《すが》めた。耳を塞ぎながら中に入って、人の姿を見つけないように注意しつつ陳列棚の横を足早に進む。気をつけたつもりだったけれど、視界の端でおにぎりの補充をしている店員の姿を捉《とら》えてしまい、一気に鳥肌が立った。

暑さを感じていたはずなのに、空調と、全身に及んで消えない寒気とが、急速に、ぼくに自分の体温をわからなくさせる。たったいま見てしまった人の姿の影を瞼の裏から追いだそうと試みながら、インスタント食品とビスケット状の栄養補助食品を買いものかごへ入れていった。なるべく安くて、皿を汚す必要のないもの。しばらくは外に出なくていいように、と思いながら買い溜めをして、一日に一食しか摂らなかったり、ぼんやりしていて一日じゅう食べなかったりしても、気がついたら食べるものはなくなっている。他者をおそれ、極力部屋に閉じこもって暮らし、世の中から転がり落ちているような気持ちなのに、それでも生きようとしていることが、ぼくはときどきふいに不思議になった。

うつむいたまま会計に向かう。それでもすべてを遮断することはもちろんできなくて、声が、袋詰めでがさがさ動く身体が、お釣りを差しだす手が、ぼくを脅かし肩をはねさせた。小刻みに揺れる指先で財布にお釣りをしまって、焦るような気持ちでビニールの把手《とって》を摑む。

急いでコンビニから離れるように、アスファルトの上を大股《おおまた》で歩いた。ひとりになれば、震えはゆるやかにましになっていく。首すじに手を触れると湿っていて、少し気持ち悪かった。汗が、暑さのせいなのかそうじゃないのか、この季節では曖昧《あいまい》になる。ぼくは、いつまでこんなふうに、生きたらいいんだろう？　考えながら歩いているうち、分かれ道に差しかかった。

思わず歩調をゆるめてしまう。

曲がってすぐのところに、先日、須藤美夜子に連れられて話をした公園があった。

話をした、といっても話していたのはほとんど彼女のほうだけれど——ぼくから担任を遠ざけたあと、宵に紛れていく彼女と、真夜中に出会った彼女とを順に思いだして、彼女は、今日も外を出歩いているんだろうかと考えた。いちばん上まで留めたシャツのボタンが首許を圧迫する。コンビニでは真冬のさなかにいるみたいに震えていた身体は、いまはただ汗ばんでいるだけだった。閉じた袖口は、服の中に風の侵入さえ許さないような窮屈さをもたらす。

「……鹿野くん？」

背後から呼ばれた瞬間に、暑さとは別の——今度はちゃんとそうだとわかった——嫌な汗が噴きだした。

「よかった、鹿野くんだ」

おそるおそるふり返る。角のない丸い目が、こちらを見て笑っていた。

「こんばんは。偶然だねえ」

高校の制服を着た須藤美夜子が、そこに立っている。ぼくは、足首から下がアスファルトと同化したみたいに、その場から動けなくなった。須藤美夜子はこちらを見つめて、肩を隠す黒い髪を夜に泳がせている。

「大丈夫？」

訊かれて、でもぼくは、問いかけられているということにもしばらく気づけなかった。数秒、自分がここにいる理由ごと見失って、それから、ひどくゆっくり彼女の言葉を嚙《か》み砕く。担任が来たときと、そのあとのことを言っているのだろうか。のろのろと理解して、ぼくは震えながら、時間をかけて頷いた。

「この前もそうだけど、いまも」

彼女の細い首許で、制服のリボンが揺らめいている。

「わたしのこと、いやなんじゃないかなと思って」

わかるんだ、と一瞬思って、でもそりゃあわかるか、と思い直した。ぼくの態度が友好的に見えるはずがなかったし、これで好かれているとでも捉えられるほうが奇妙だ。

「でもこのあいだは、先生のことも、すごく嫌そう、というか、つらそうだったから。先生を連れて行ったほうがいいかと思って……」

正確には、彼女が嫌だというより、自分以外の人間の近くにいることが駄目だった。その人がだれか、どんな人なのかというのはあまり関係がなく、それはもう、虫を嫌いな人があらゆる虫に対して叫んでしまったり、寒さに弱い人が凍えた空気に耐えられずに身体を震わせたりするような、自分の意思でどうにかできる範囲にない、反射的な反応だった。

「迷惑じゃなかった？」

重ねて訊《たず》ねられ、うろたえる。震えてちゃんと身体を動かせているのかわからないまま、うつむきがちにおそるおそる首肯した。

「それなら、よかった」

表情を見なくても、彼女が笑ったのがわかった。

「先生は、あれから来てない？」

ぼくは先日アパートに訪れた担任の姿を思いだし——思いだすな、と思う前に脳が思いだしている——口をひらけずに、ただ首を縦にふる。

「先生には、わたしが鹿野くんと友達になったから、こまめに様子を見に行ったり、学校に来られそうか聞いたりするから、しばらくはそっとしててくださいって言ってあるんだけど」

担任の、ぼくを呼ぶ大きな声も肩を摑む手の感触もまだ記憶に新しい。ぼくは震える指先に力をこめて、拳《こぶし》を作った。

「学校に行くかどうかは鹿野くんが選ぶことなのに、勝手なこと言ってごめんね。しばらくは先生がおうちに行かないようにがんばるけど、留年とかに関わりそうになってきたら、先生も、また鹿野くんのおうちに来ちゃうかもしれない」

彼女がそう言った声が、気のせいか、どこか申し訳なさそうに聞こえる。担任がうちに来ないでくれるなら、ぼくにとってはとてもありがたい。でも、須藤美夜子が、教師に嘘をついてまで「がんばる」意味がわからなかった。そんなことをがんばったところで、きっと彼女にはなんの得もない。ぼくが言うことではないけれど、そんなことに労力を割くより、勉強や部活に勤《いそ》しんだり、友達と楽しく喋《しゃべ》ったりするほうが、よっぽど有意義で充実した時間を過ごせるに違いなかった。

なぜ、と思いながらも、疑問は声にはならない。無言のままいると、彼女は今度は神妙な声を作って、

「学校の先生に嘘つくのって、悪い人間っぽくてどきどきするね」

と言った。

視界のぎりぎり、薄闇の中で、声をこぼす彼女の唇がゆるやかに弧を描く。

そうか、と思った。須藤美夜子が担任に嘘をつくのは、ぼくのためではない。あるいは、ぼくのためでなくてもいい。彼女には、どういうわけかはわからないけれど「悪い人間になりたい」という目的があって、その目的の道中で、ぼくが勝手に助けられるだけなのだ。

「――あ」

喉がぎこちなく振動する。それでも、彼女の行動の目的や意図が、どうであったとしても。

「……あり、がとう」

いっときでも、助けられていた。ひどくつっかえながら、どうにか言葉をとりだす。足許が暗い。ぬかるみに立たされているような覚束《おぼつか》なさに、よろめきそうになる。

「鹿野くんは、わたしのことが嫌なんじゃないの？」

予想外のことが起きたように、須藤美夜子の声がはねた。木琴も音を外すのか、と頭の中の冷静なところで思う。夜の暗さは彼女の相貌《そうぼう》をいくらかぼやかしているけれど、声も気配も薄れることはなく、身体の震えがなくなったりましになったりするわけでもなかった。

「ぼくは……」

水を張った洗面器に顔を出し入れしているような、酸素の足りなさみたいなものが目の前をわずかに霞《かす》ませる。

「ぼくは、人が、こわい」

途切れ途切れに言うと、彼女は、ゆっくりと咀嚼《そしゃく》するような間を置いた。それから落ちた花首を拾い上げるみたいに、やわらかい音で言った。

「じゃあ、一緒なんだ」

一緒？

すべてのものに慈愛を向けるような温度で、彼女は言った。でも、一緒って、なにが。人がこわいということが？　けれど彼女はなにかに怯《おび》えているようにはまるで見えなかった。握っていた拳をひらいたら、いつしか爪が食いこんでいた手のひらをぬるい空気が撫でる。そのときになってようやく、ぼくはさっき買いものをした大きなビニール袋をどこかにとり落としてしまっていることに思いいたった。

「わたしも、人が、こわいよ。でも、鹿野くんはこわくないな」

なんでだろう？　と須藤美夜子がつぶやく。

彼女がどうであれ、どんな人であれ、ぼくは彼女のこともこわかった。彼女の意思とは反するのかもしれないけれど、彼女が悪い人ではないらしいことは、ぼくにもわかった。人を殴ったり蹴ったり、罵倒を浴びせたりするようなことは、おそらくしないんだろう。だけど頭でわかっていても、ぼくの身体は最初からずっと、どうしようもなく震えつづけている。

「ごめんね、つらい？」

身体を震わせていたら、須藤美夜子がぽつりと言った。もう少し離れようか、と言うなり彼女は住宅街を軽やかに歩いていく。カッターシャツにつつまれた背中が、逆光で暗闇になった。

「このくらいだとどうかな」

ふり返った須藤美夜子は、教室のいちばん前といちばんうしろくらいの距離まで、遠ざかっていた。身体の震えはおさまっていない。ぼくはけれど、戸惑って、間違って首を縦に動かしてしまった。須藤美夜子がふっくらした大きな目を細めて笑った気がした。

「鹿野くん。あのね」

離れたところから、彼女はぼくに言葉を寄こす。

「前に、どうやって学校に来ないのって訊いたけど」

どうやってもなにもない。本当に、ただ、行けないだけなのだ。人と話そうとするだけで、人とすれ違うだけで、人の姿を見るだけで、汗や身体の震えが止まらなくなる。発声も歩行もままならなくなり、ひどいと気持ち悪くなって、吐き気がする。人のほとんどいない深夜にコンビニに行くのがせいいっぱいなのに、こんな状態で学校なんて行けるはずがない。

「鹿野くんがいちばんこわいのは、人ということ?」

ぼくは、とっさにほかにこわいものが思いつかなくて、頷いた。返事をした形になってから、彼女に言われたことを頭の隅でほどいていく。

一緒、だと彼女は言った。彼女も人がこわい。それでいて、いちばんこわいのは、と訊くということは、

(人よりも、本当にこわいものがあるの)

胸の内で思ったことはじっさいにはかけらも口からこぼれないで、声以前のところでゆるやかに霧散した。

「もうちょっと近づいたら、つらいかな」

離れているから、須藤美夜子は声を張らねばならなくて、ぼくは彼女に声を届かせられるほど大声がだせなかった(ぼくにはそもそも、言葉を組み立てて流暢《りゅうちょう》に話すことじたいが難しかった)。深夜にあまり大きな声をだしていたら、近隣住民が不審に思うかもしれない——でも、そもそも会話じたい、する必要があるんだろうか。頷いてばかりだったぼくは、今度は首を横にふった。

「帰る、から」

ぼくは、そのうち来るかもしれない担任に怯えながら、つかのまの平穏を過ごすだけだ。それしかできない。ぼくの蚊の鳴くような声で聞こえていたかわからないまま、背を向けた。すると、あ、待って、と呼び止められる。直後、なにかがつま先に引っかかった。予期していない障害物に身体が前のめりになる。こらえることができず、そのまま地面に手をついた。

「鹿野くん。大丈夫？」

さっき買ったものの詰まった、大きなビニール袋だった。ぼくがいつしか手から落としていたものだ。インスタント麺《めん》の容器がひとつふたつ、袋からこぼれてアスファルトの上に転げている。光の角度で、追いかけてきた須藤美夜子の影が森のように大きく見えて、身が竦んだ。須藤美夜子は立ち止まり、「これ、鹿野くんの？」と、ぼくの落としたものを拾い上げ、砂埃を払った。

「手、擦りむいた？　わたし、絆創膏持ってるよ」

彼女はスカートのポケットから絆創膏をとりだして、ぼくの前に差しだした。伸びてきた腕に、ぼくは地面にお尻《しり》をついたままあとずさる。

「だ、いじょうぶ」

「そっか」

驚かせてごめんね、と須藤美夜子も一歩下がった。痺れるみたいに揺れている手足で、どうにか立ち上がる。落とした袋を掴み、これ以上落とさないように気をつけよう、と力を入れようとするけど、震える手の先で、袋は強風に嬲《なぶ》られているみたいにぐらぐら動いた。

「帰る？」

頷くと、彼女はぼくに向かって手をふった。

「じゃあ、またね。気をつけてね」

――晴野くん、あそこに手をふってる子がいるよ。晴野くんと同じくらいかな？

――バイバイって、晴野くんも手をふってごらん。

小学校に上がる少し前、トウマに連れられて行った散歩の途中で、言われたことをふと思いだした。そのときはトウマに言われるがままに手をふっていて、どうして手をふるのかはよくわからなかった。

いまは、友達や恋人と会ったあと、その帰りぎわに、人は手をふって別れるのだということを知っている。知っているのと、じっさいに自分もその動作によるコミュニケーションをおこなっているかどうかはまた別の話なのだけれど――

ぼくは目を伏せて、身体の向きを変え、公園をあとにした。離れれば離れるほど、人の気配が自分から遠ざかっていって、孤独になっていくような感覚に気持ちが安らいだ。


……☽……


「はるや、お母さん、この人と結婚することになったのよ」

母がそう言って男の人を連れてきたのは、ぼくが中学三年生の冬のことだった。

「はじめまして、鹿野俊明《としあき》です」

引き合わされたその人は、それまでに母が家に連れ帰ってきた人の中で、いちばん温厚そうに見えた。「ごあいさつしてね」と母が言い、ぼくが頭を下げると、男はおだやかな表情をはっとゆがめ、どこか怯えたように、よろしくねはるやくんと早口に言った。

レストランに出かけ、臙脂《えんじ》色のクロスがかかったテーブルを三人で囲んだ。男の人は、運ばれてくる料理と母だけを一心に見つめ、ぼくのほうはその後一度も見なかった。目が合いそうになると、ぼくが視線を逸らすより先に、彼は逃げていく猫のように顔を背けた。

「はるやがこわい顔してるから、トシアキさんびっくりしたのよ」

帰宅したあと、母はそのように言ってぼくをたしなめた。ぼくは驚いて、なにか言おうとしたけれど言葉が見つからなくてうつむいた。こわい顔をしたつもりはなかったけれど、そのときの自分の顔を鏡で確認したわけでもないし、時間を巻き戻してたしかめにいくこともできない。じっさいのぼくは、母の言うとおりこわい顔をしていたのだろうかと考えて、でも考えたところで答えが出るものでもなくて、すぐに思考を諦めた。

「トシアキさん、とってもいい人だからね。はるやも仲良くしてね」

母は鼻歌を歌いながらメイクを落とし、年明けに引っ越すから荷物をまとめておいてねと言い添えた。

再婚相手の鹿野さんの名字に変わることを、母はいたく喜んでいた。「好きな人と同じ名字になるのってうれしい」とたいせつな秘密をうち明けるみたいに笑い、「はるやも鹿野になるんだよ」と、少女のような面差しで言った。

それからひと月もしないうちに、ぼくは母とともに鹿野さんの用意したマンションに引っ越した。それまで住んでいたアパートの一室よりも広いエントランスを抜けて、エレベーターに乗り、案内された部屋のドアをくぐると砂粒ひとつない清潔な玄関が現れた。つやつやした廊下を進めばリビングとダイニングとキッチンがひとつづきになった大きな部屋があって、トシアキさんの仕事部屋があって、寝室があって、母にふたつ、ぼくにもひとつ、部屋が与えられた。隣室や上階の住人の生活音はせず、室内は一日じゅう静かだった。踏むたび床板が軋むこともなく、隙間風も入らない。空調があちこちの部屋についているから、真冬でも、いつどこにいてもあたたかかった。

三人での生活がはじまってから、母は毎日家にいるようになった。幸福そうに朝食の支度をし、洗濯した鹿野さんのシャツにアイロンをかけ、腕によりをかけて夕飯をつくる。よく磨かれた浴室は、タイルとタイルの隙間に黴《かび》が見えることもなく、電灯はいつでもあかるい光を灯《とも》した。「トシアキさんは綺麗《きれい》好きなの」と母は言い、以前は鹿野さんが自分でやっていたのかもしれない掃除をはりきっておこなった。家の中で動きまわりながら、母は以前住んでいたアパートの薄暗さをすべてどこかに置いてきたかのように、晴れ晴れと澄んだ顔をしていた。

鹿野さんは、暴力とはまるで縁のない人だった。同じ家の中で暮らしはじめてから一度も、拳が飛んできたり足が伸びてきたりすることはなく、お酒も煙草も嗜《たしな》まない人だそうで、母は「トシアキさんが飲まないなら私もいいわ」とアルコールの匂いをさせなくなった。ふたりは毎晩、リビングのソファーに並んで腰かけ、仲睦《なかむつ》まじそうにドラマや映画を観た。鹿野さんは、家の中でぼくを視界に捉えるたびに、大きな蜂にでも遭遇したかのようにぎこちなく目を逸らした。はじめて会って「よろしくね」と言ったときから、何日、何週間経っても変わらずに。ぼくはそれほどまでに険しい顔をしているのだろうか、と母に言われた言葉を思いだしながら、しばしば考えた。ぼくはいつも、並んで過ごす母と鹿野さんの視界を横切らないように気をつけながらリビングを退いた。

揃って過ごすのは食事のときだけで、あとの時間のほとんどは与えられたひとり部屋で過ごした。部屋の奥に置かれたシングルベッドに横たわると、シーツから柔軟剤が濃く香った。ベッドのそばには勉強机と本棚があって、教科書とノート、それから申し訳程度にしか数のない参考書と辞書を挿してみたけれど、棚のスペースは半分以上余った。本棚は余白を持て余し、教科書やノートはしょっちゅう倒れて角がよれた。

ぼくの定位置はお風呂場ではなくなった。母によってすみずみまで掃除機をかけられた部屋には、埃も髪の毛も落ちていない。うつくしい環境は気持ちがよいはずだけれど、ぼくは家のどこにいても、いつまでも落ち着かなかった。何日過ごしてもいつまでも他人の家に住んでいるような感覚で、その家のシャワーで身体を洗っても、食事を摂っても、眠りについても、生活のさまざまが自分のものとは思えなくて、身体の、目に見えない部分が止まない葉擦れのようにざわめいた。

母の再婚や引っ越しと重なって、受験が間近に迫っていた。担任からの呼びだしや進路についての度重なる追及を避けるために、ひとまず家からいちばん近い公立高校を志望校にしていたけれど、本当にそこへ行くのか、そもそもぼくは高校に行きたいのか、通わせてもらえるのか、などさまざまなことが不透明なままだった。鹿野さんの紹介と引っ越しよりも少し前、十二月の頭におこなわれた三者面談に、母は来なかった。そのころ母は何日も家に帰ってきていなかったので、面談があることじたいを伝える隙がなかった。母が来なかったので、三者面談は二者面談だった。

「片倉はがんばればもう少し上の高校にも行けると思うけどな。まあここなら、よっぽどのことがない限り大丈夫だろうとは思うけど」

なにが書いてあるのかぼくにはわからない書類をめくりながら、担任は言った。そして進路についての話はそこそこに、担任はぼくの母が三者面談に来ないことに言及した。

「親御さん、仕事が忙しいのか？　おひとりで稼いで子供を育てていうのは、大変なことだとは思うけど。家ではちゃんと話せてるか？」

眼鏡のつるを動かし、世のすべてを知ろうとする科学者のように、担任はぼくに問いかけた。

「進路のことはもちろんだけど、普段からちゃんとコミュニケーションとらないと。いまはわからないかもしれないけど、家族と会話するのってすごく大事だぞ」

眼鏡のレンズの向こうから、担任の目がじっとこちらを覗きこむ。

「しっかり考えて、よく話し合ってな」

けれどぼくは、母とする会話の、話題をさがすことを想像するだけで、もう疲弊した。よく話し合って、と言われたけれど、その後引っ越しして少し経つまで、母とぼくのあいだで進路の話がなされることはなかった。

3

帰宅して靴を脱いでいると、玄関の隅に小さな光るものが落ちていた。電気の下で拾い上げて見る。ピアスだった。円形の飾りの裏がわに、短い針のような金具がついている。丸い縁どりの中には夜空のような藍《あい》色が閉じこめられていて、その空の四分の一ほどを、金色の三日月が占めていた。藍は晴れた水面のように透けて、照明を浴びて薄くまたたく。

これは。

ろくに外出をしないから、何日ものあいだ、気づかないままそこに放ってしまっていた。もちろんぼくのものではない。最近の来客といえば、担任と大家と須藤美夜子だけだから、三人のうちのだれかのものだということになる。大家や担任は、綺麗《きれい》なピアスをつけて着飾るような人だろうか——わからない——じゃあ須藤美夜子は。思って、けれど高校はピアスは禁止だったんじゃないかとぼんやり考えた。でも、彼女は「悪い人間になりたい」などと言っていたぐらいだから、禁止されているはずのピアスを所持していてもおかしくないのかもしれない。

うっかり落としていったのだろうかと、手の上にピアスを置いて、思案する。あるいは、もしかしたらここに訪れただれのものでもなく、なんらかの理由で——たとえば生徒から没収したとかで――担任が持っていたのかもしれない。彼女の物だとしても、そうじゃなくても、勝手に落としていったのだから、ぼくが気にしなくてもいいんじゃないか――。

あれこれ考えて、それを見なかったことにする理由を挙げてみたけれど、持ち主のわからないピアスはぼくの平穏に小さな穴を開けた。結局、ぼくは次の日の夜ふたたび外に出て、わざわざみずから、須藤美夜子をさがしていた。

とはいっても、ぼくは彼女が夜中に出歩いてどこでなにをしているのかはよく知らないのだった。ほかにあてがないから、ひとまず最初に会ったときに話した公園を訪れた。夜中の公園はしんと静かで、ぽつりぽつりと置かれた街灯が、公園の各所にスポットライトをあてるみたいに白んでいた。視線をゆっくり動かして、薄暗がりを見渡してみる。人影が見えないことにほっとしながら、だれもいなくてほっとするぐらいなのに、どうしてここまで来ているんだろうとも思った。目を細めながら、それは目を凝らしているのか視界を狭めようとしているのか、自分でわからなくなる。

普通なら、と、普通の家庭のことはわからないけれど、想像する。連日夜中に出歩いていたら、家族のだれかが咎《とが》めるのかもしれなかった。あるいは大人に見つかって、注意を受けたり補導されたりすることもあるかもしれない。そのどちらをも避けることができたとしても、須藤美夜子は毎日学校へ行っているだろうから、そう夜更かしばかりしていたら、日ごろの生活に差し支えるんじゃないか。

初夏の暑さに身体が汗ばんでいく。

学校へ行けば、もっと確実なはずだった。彼女はクラスメイトであるらしいから、ぼくが登校しさえすれば、きっと簡単に遭遇できるんだろう。そうわかっていても、その簡単なことが、ぼくには途方もなく難しい。

公園の東がわから西がわまで、青虫の歩行のようなゆるやかさで、視線をめぐらせた。端から端までを確認し終えかけたとき、街灯に照らされている部分の、光と光のあいだの遊具の上に、小さく、影が見えた。

「あ……」

無意識に足がうしろへ下がる。影はすぐに完全な人の形になって浮かび上がった。公園の端のほう、二台並んでいるブランコの片方に腰かけた人影は、ブランコの揺れに合わせて身体をわずかに前後させていた。

ぐらり、と夜の眩暈《めまい》に襲われる。

身動きできずに固まっていると、影の形が変わった。腕が持ち上がって、細い手がブレザーの袖《そで》から羽化のようにすると抜かれる。布のかたまりが膝《ひざ》の上に落とされ、次に手は喉《のど》の下にかかった。細い紐《ひも》のようなものが襟から抜きとられて、一段ずつ階段をくだるみたいに、鎖骨、胸許《むなもと》、と手が落ちていく。

喉から胸の上あたりまでを覆っていたカッターシャツの襟が、やわらかにめくられたのが遠目にわかった。指先がインナーの首まわりを引っぱって、その中に、なにかたいせつなものを落としたみたいに、彼女は視線を下ろす。

ざ、と靴裏で砂利とアスファルトが擦れる音がした。

自分の立てた音だと理解する前に、人影が顔を上げた。影は心臓に触れるみたいにシャツに手をあてて、音の出どころを――ぼくのほうを凝視する。

「……鹿野くん?」

木琴のような声が静かな夜をうった。

須藤美夜子はブランコから立ち上がり、こちらに近づいてきた。ぼくはその場に立ちつくして、彼女が迫ってくるのをただ呆然《ぼうぜん》と待つだけになる。距離が狭まるほどに息が乱れ、指先が小刻みに揺れた。震えだけでも止めようと力をこめて、けれどなんの効果もない。

彼女はさっき脱いだブレザーと抜きとった紐――制服のリボンを片方の腕に持ち、もう片方の手の白い指先でカッターシャツのボタンを遊ばせていた。肌はぴたりとしたインナーで覆われてはいるけれど、シャツの襟は敵をも迎え入れるかのように大きくひらいたままになっている。

震える指先を握りこみながら、うつむいた。無防備な装いを、見るのはよくないかもしれないという気持ちと、人の姿を視界に入れていることの苦痛に、彼女から目を逸《そ》らす。

「あ、ごめんね」

その動作は彼女には、ぼくがひどくいびつに視線を背けたようにも見えたのかもしれなかった。

「暑かったからつい」と彼女はその声に笑っているような音を含ませながら、ボタンを戻していく。膝丈のスカートに黒のタイツを合わせていて、そこにブレザーを羽織っていれば、六月を目前にしたこの時期には少し暑い装いだろうということは、容易に想像できた。けれど長袖のシャツを着て、袖口と襟のボタンを留めているぼくも人のことは言えない。

「だれもいないし大丈夫かと思って」

彼女は言い足したけど、だれもいないというのは間違いだ。ぼくが居合わせてしまった。それに、だれもいないから、という安心は、安全ではない。人はいつどこから現れるかわからないし、出会い頭に人を殴る人もいる。

「嫌な気持ちにさせた？　ごめんねえ」

謝りながらでもあかるい木琴のようなつややかな声が、夜の中をすべっていった。割りこんでくるのでも、意識に擦り寄ってくるのでもなく、ただそこにあるみたいにやわらかい音で鳴る。楽器みたいだと、楽器の音なのだと思ったら、人の声でも聴きつづけられるだろうか。少し想像して、だけど身体はそんな錯覚はしないで、ずっと震えているばかりだった。ぼくの意思がどうかを考えるよりも前に、身体は逃げだしたがっている。

それでも、頭のほうでは少しだけ彼女に慣れたのか、冷静になろうとする気持ちが働いてくれた。あらかじめ覚悟していたこともあるのかもしれない。乱れそうになる呼吸を押しとどめ、ポケットに手を入れて、指先でピアスを捕まえた。その光を手の中に閉じこめて、差しだす。

これ、
と言うのに時間がかかり、数秒、なにも言わないでただ拳《こぶし》を突きだしているだけになってしまった。拳をひらけばいいのでは、と数秒経ってから気がついて、手を上向けて、ピアスを握っていた指の力をほどく。

「あっ」

須藤美夜子が声を上げた。手のひらの上に視線を置いたあと、ぼくの言葉を待つみたいにこちらを見る。目が合わないようにと、ぼくはあわててうつむいた。

「……玄関、に」

「落ちてた?」

ぼくは肩を震わせながら頷《うなず》く。

「届けにきてくれたの?」

また頷く。

「わたしのってわかった?」

頷く。

「ありがとう。どこでなくしちゃったんだろうって思ってたんだけど、そっか、鹿野くんのおうちで落としちゃったんだ」

手の上の月を、彼女の指先が拾い上げた。つられるように、わずかに視線を上げてしまう。

「ね、よかったらなにか飲まない?」

お礼に、と彼女は自動販売機を指さした。前は抵抗もできないままに差しだされたけれど、そんなつもりで来たんじゃないから、ぼくは首をふって辞退する。須藤美夜子がアパートに来たのは、もう十日は前のことだ。だからむしろ、なんでいまさらとか、もっと早く見つかってたんじゃないのかとか、彼女は思ったり言ったりしてもいいような気がした。でもそんな文句はちっとも言わないで、彼女は感謝だけをぼくに向ける。

「……ピアス」

距離が近くて、静かだから声が通りやすかった。

「開け、てるの」

それでも、ほとんど見えなくなった湯気みたいな、か細い問いかけになる。ううん、と須藤美夜子は言って、左がわの髪を耳にかけた。

「開けようかなって、思って」

貝殻の内がわみたいな、つるりとした耳たぶがあらわになる。

「……禁止、じゃ」

「あ、校則？　うん、そうなんだけどねえ」

えへへと笑うのどかな声に、ぼくは全身を震わせながらもどこか気が抜けた。

「……わ、『悪い人間になりたい』、から？」

切れ切れに訊《たず》ねると、彼女はその目まで細い月の形にして、うん、とうれしそうに答えた。湿りけを含んだ風が、肌を撫《な》でていく。笑っていたかと思えば、直後、須藤美夜子はぼくの具合を気にするみたいに「わたしと話してて大丈夫？」と言った。

「あんまり大丈夫じゃ、なさそう？　だよね」

大丈夫かどうかでいえば、大丈夫ではない。喉はかさかさに嗄《か》れているし、やっぱり指先が震えて止まらない。ごめんね、と須藤美夜子は言った。

「でも、鹿野くんには悪いんだけどね」

「……？」

「もう会えないかなって思ったのに、それから、三回も会えるなんて思わなかったから、わたしはちょっとうれしい」

ぼくは、手指の震えもひととき止まるほど、ちょっと呆《ほう》けてしまった。

三回というのはつまり、ぼくのアパートで会ったときと、昨日偶然会ったのと、今日、ということだろうか。最初（厳密には、入学してまもない段階で何度か会ってはいるようなので最初ではないけれど）に会った日がもう最後だと思われていたということになる。

ぼくも、そう思っていたはずだった。

「……うれ、しい？」

それがどうして、こんなことになっているのか。

意味や理由なんて、ないほうが好きなはずなのだ。なのに、どうして、と思わされた。何度も。

彼女の言動は理解が難しくて、流してしまったらいいのかもしれないけれど、それもうまくできなかった。

最初はね、と須藤美夜子は言う。

「悪い人間になりたくて、どうやって学校に来ないのか、訊《き》いてみたいと思っていたんだけど」

それも、ずっと、よくわからないままだ。

「いまは、ただ会いたかっただけだよ」

答えはちっとも答えになっていなくて、ひどく惑わされた。

なんでもない他人に、ただ会いたいなんて、思うことはあるんだろうか。あったとしても、その相手はぼくではあり得ないような気がした。手のひらに、もうそこにはない夜空の残像を見る。

「……へんな、ひと、だ」

率直すぎる気持ちがこぼれた。ぼくの言葉を聞くと、目の前の彼女は虚を衝《つ》かれたようにひと呼吸分の間を置き——それから、大声で笑いはじめた。

くすぐられているみたいに——小学生のとき、ふざけあってそうする同級生をたびたび見た——からからと笑い、その声は広く静かな公園の敷地によく響いた。たまらず耳を覆いたくなる。そんなに、なにがおかしいんだろう？　へんな人だと言われたのに。震えている身体で、思考はとろとろとのんきに揺れていた。彼女は片方の腕でお腹を抱え、もう片方の手の甲で口許を押さえて、はじけるポップコーンの粒のような軽やかさでしばらく笑いつづけた。

しばらくしてやっと笑い止《や》んだ彼女は、細い指先で眦《まなじり》を拭《ぬぐ》った。その動きを追うように、街灯に晒《さら》された細い手や顔のつくりを、はっきりと見てしまう。大きな瞳《ひとみ》はいま広がっている星空をそのまま閉じこめたみたいに、夜の色を映していた。それを縁どるような黒い睫毛《まつげ》と、三日月の弧のようなやわらかな頰の輪郭に光がぶつかってまぶしい。

「気づいてくれてありがとう」

あかるい人だ、と思った。

陽気で、教師の前でも堂々としていて、制服を着て、おそらくは毎日ちゃんと学校に通っている。「悪い人間になりたい」というのはやっぱり謎だけれど、それでも、だれともまともに会話できず、学費を払って入れてもらった高校への登校を拒否し、与えられた部屋で引きこもっているることしかできない自分よりも、圧倒的に、ただしくて、りっぱなんだと思った。

『悪い人間になりたくて、どうやって学校に来ないのか、訊いてみたいと思っていたんだけど』

彼女がそのただしさから抜けだしたいのだとしても、その理由をぼくが知る必要はない。

「……美夜子ちゃんは、学校に、行きたくないの」

なのに、どうしてそんなことを訊いているんだろう。

彼女は大きな目をさらに大きくひらいて、夜の中へ転がっていきそうな丸いかがやきでぼくを見つめた。唇を薄く開けてそのまま、彼女のほうが言葉を忘れたみたいに黙りこんだので、ぼくは戸惑う。

「……おかしい、こと、訊いた？」

掠《かす》れる声で口にしたら、彼女ははっとしたようにまばたいて、「名前、びっくりした」と言った。

「違っ、た？」

「ううん、合ってる。そうじゃなくてね」

転がりそうだと思った目の光は、それでもちゃんと、決まったふたつの場所に置かれている。

「名前、憶《おぼ》えててくれたの」

「……憶えてた、みたい、だね」

「あはは、ひとごとみたいに言うんだ」

彼女は唇の端を上げて、おかしそうに目を細めた。

「うれしいなあ」

「名前、……憶えられていたら、うれしいの」

「鹿野くんが憶えていてくれたから、うれしいんだよ」

彼女はさっき渡したピアスのかがやきに似た顔をして、あと、とつけ加えた。

「下の名前で呼ばれるの、びっくりした。ちゃんづけも」

「……へん、だった？」

「へんじゃないよ。新鮮？　でびっくりしただけ」

あんまりそうやって呼ばれないから、と彼女は言ったけれど、驚いたということは、それは平時では起こらない妙なことだからではないのかと思った。ぼくは友達がいたことがないし、他者は、こちらに近づいていてもやがて離れていくか、遠くで視界の端に映るかという存在で、人との距離感というものを、ぼくは摑《つか》めたことがない。きっと間違っていて、そして間違っていることにも気づかないいんだろう。

「鹿野くん？」

唇を結んだ。ぼくにしては快挙なほど人と話せているような気がしていたけれど、彼女には聞こえない鼓動は、絶えずばくばくと不規則に乱れている。ぐっと足の裏に意識を寄せ、木が地面に根をはるような気持ちで、倒れてしまわないように力をこめた。

「ぼくは……」

服の下が熱かった。なんと言えばいいのかわからなくて、そのまま長い時間が過ぎる。彼女は、うん、とただ頷いて、じっと待っていた。

「名字は、変わるから」

鹿野、と呼ばれても、それはまるで自分のことのように思えなかった。ほんの数か月しかその名字とつき合いがないのだから、当然——とまでは、言えないんだろうか？　ぼくは小学四年生から名乗っていた片倉という名字にも、中学の終わりごろに使わなくなるまでついに慣れることはなかったし、それ以前の吉永という名字を使っていたときの所感はもう思いだせない。名前だって、大人になれば自力で変えることができるけれど、名字はそれよりも前に、自分の力とは関係のないところで変わる。これまで与えられた名字を、自分を指す言葉としてうまく飲みこめないまま、でも、自分を指す言葉じたい、もしかしたらいらないのかもしれないと思った。人と会いたくないのに、だれとも会わないで自分だけで過ごすのに、名前は、必要ないんじゃないか。

「晴野くん」

けれど彼女は、ぬかるみをひょいと跨《また》ぐような気軽さで、飛び越えてくる。

「素敵な名前だよねえ」

ぼくがいらない気がしたそばで、彼女はそんなことを言った。もう驚いたりうろたえたりもしていなくて、「いまからそう呼ぶ」とよくわからない決意表明をして、頭上を指さす。

「晴れていると、夜がよく見えるね」

濃紺の空に数えきれないほどの光が散らばっていた。星が、ではなく、夜がよく見える。よく見えたところで、それが良いのかどうか、ぼくはわからない。公園の奥に広がる野原が暗闇にそよいでいた。

「ふふ、晴野くんのことも、よく見える」

だれの姿も視界に入れたくないし、ぼくのことにも、だれも気づかないでいてほしい。見えないほうがいい、と思うのに、彼女はそれを覆してくる。星を見ながら、彼女は言葉をこぼした。

「わたしはね、学校に、行っても行かなくてもいいの」

——美夜子ちゃんは、学校に、行きたくないの。

かなり考えて、それが、ぼくの問いかけに対する返事なのだと思いいたった。

「ただ悪い人間になりたいんだよ」

夜は暗いはずなのに、彼女の見ている空はあかるいような気がして不思議だった。

「……向いて、ない、と、思うけど」

そう言うと、彼女はあははとまた大きな声で笑う。にぎやかな声に身体が萎縮《いしゅく》した。

「それでも、悪い人間を目ざしてるんだよね」

悪意なんてひとつも感じられないような、平和な調子で言うから、やっぱり悪人らしさがない。豪快に笑っていたかと思ったら、ぼくの心を見透かしたのか、自分でもそう思っているところがあるのか、「無理だと思ってるでしょう」と彼女は少しだけ拗《す》ねたように言った。

「そんなことないからね。悪い人間だから、手はじめに、晴野くんを巻き添えにするかもしれないよ」

「……巻き添え?」

「そう」

明日の夜、またここに来てよ。

彼女は急に強気になって、そんなことを宣《のたま》った。けれどすぐに眉《まゆ》を下げ、「でももし大変だったら、やっぱり来なくても……」と声を窄《すぼ》める。ぼくはその顔を、ちらっと見てしまったり目を逸らしたりして、彼女の表情が点滅する信号の色みたいにせわしなく変わるのを、まばらに見た。

嫌だと、答えてもよかったかもしれないし、そうしたらもうそれで終われたのかもしれない。

なのに、言えなかった。

「お、ぼえてたら」

ぼそぼそ言ったら、それは約束にも満たないのに、憶えてなかったら来ないのに、彼女は光を浴びた綺麗な花みたいな顔をした。めいっぱい広がった花弁のまま、ありがとう、とやわらかい木琴の声で言う。

「震えてるの、少し、ましになった?」

訊ねられて、指先の震えは、おさまってはいないもののいくらか控えめになっていることに気がついた。汗がこめかみをつたうけど、それは人と会っている緊張感のせいなのか、暑さのせいなのか、さかいめがふやけて、はっきりと区別できない。

「……やっぱり、へん、だ」

思ったことがそのまま口からまろび出た。なにに、だれに対して言ったのか不透明なまま、とっさに手の甲で口を押さえる。でも、手で止めようとしても一度発した言葉は決して戻りはしない。彼女はけらけらと笑って、うん、と頷いた。

「そのまま、知ってて」

自分に言われたのだと思っている彼女が、褒め言葉を受けとったみたいにぼくにほほ笑みかける。

次の日は雨が降っていた。ビニール傘を差して外に出ると、目に映る夜が透明の膜を隔ててわずかにゆがむ。滴が傘をうつ音が、ぼくから少しだけ世界を遠ざけるようだった。

美夜子は公園の東屋《あずまや》の中にいて、木とコンクリートでできたベンチに座っていた。かたわらに、真夜中の暗さを吸いこんだ大きなこうもりみたいな傘が置いてある。

「晴野くん」

彼女はぼくに気がつくと、ぱっと相好を崩してぼくを呼んだ。反射で肩が震えて、足が止まる。

「来てくれるって思わなかった」

「……来てって、言った、から」

「うん、でも来ないこともできるのに、来てくれたから」

美夜子はにこにこしながら、脇に置いていたトートバッグに手を伸ばした。そして、東屋の外で棒立ちになったぼくに「晴野くん、お腹空《す》いてない？」と問いかける。お腹？　彼女はトートバッグから水筒型の大きな魔法瓶を、その隣の小さなビニール袋からカップ麺《めん》をふたつ、とりだして上機嫌そうにベンチに置いた。

「あのね、夜中にカップ麺食べるの、憧《あこが》れてたの」

「あこ、がれ？」

「うん。うち、インスタント禁止なんだ。菓子パンとかも。お母さんが厳しくて」

厳しい、というのがけれど、いまいちぴんとこない。ぼくはトウマの家を出てから鹿野さんと暮らしはじめるまでと、いま現在、逆にインスタント食品や菓子パンばかりを食べていたので、じゃあいったいなにを食べるんだろうと考えてしまった。

「毎日三食しっかり食べて、栄養バランスとか、塩分とか添加物とか、普段から気をつけてないと、将来病気になっちゃうんだって」

それならぼくも、遠くない未来で身体を壊すのかなと、自分の食事を顧みて思う。

「禁止されてることをするのって、それだけでどきどきしちゃうよね」

カップ麺のセロハンを剝《は》がしながら、美夜子は笑った。パッケージをまじまじ見て、「わ、これだけで四百キロカロリー以上ある」と目を瞠《みは》る。

「すごいカロリーだなあ、身体に悪そうだなあ」

身体に悪そう、などとすごく楽しそうに言うから理解が追いつかない。楽しそうにしている、と思った次の瞬間には、美夜子は「あ」とはっとしたような顔でぼくを見た。

「ごめん、近かったね。わたし、向こうに行こうか？　屋根の下、入って」

彼女は数メートル離れたところにある、コンクリートでできた丘のような遊具に視線をやった。その遊具は中央に短いトンネルのような空洞があって、狭いけれど雨と多少の風がしのげるようになっている。

「いや……」

というか、そのふたつあるカップ麺はもしかして、ぼくも食べるってことなんだろうか？

美夜子はいそいそと荷物をまとめ、傘があるのに差さないでそのまま、駆けだした。制服につつまれた肩が、鎖骨にかかる髪がばらばらと濡《ぬ》れていく。

とっさに、声が出た。でもなんと言ったのか自分でもわからない。声は意味を成していなかった。雨の中で立ち止まった美夜子がこちらをふり返る。

「晴野くん？」

ぼくは言葉を継げず固まったまま、公園の砂地に打ちつける雨を見ていた。

「ごめんね、いまなんて言ってくれた？」

美夜子は自分がどんどん濡れていくのにも構わず、その場でぼくの言葉、あるいは行動を待っている。

ぼくは傘を手放した。その場に落とすように置いて、そろそろと東屋の中まで移動する。

「……ここで……いいから」

ベンチの端に座りこむと、どっと身体の力が抜けた。視界が揺れる。うつむいてぎゅっと目を閉じた。砂利を踏む音が雨の中に紛れこみながら、ためらうような速度で、ゆっくりと彼女が引き返してくるのがわかる。やがて屋根の下に入った足音の質が変わって、そのままぴたりと止んだ。

「晴野くん」

近くで声がして、おそるおそる目を開ける。ひとつしかないベンチの、ぼくが腰かけたのとは反対がわの端の脇に、美夜子はぼくをうかがうようにして立っていた。

「……だいじょうぶ?」

人と近づくことに、いつまでも慣れられない。拭いきれないおそろしさがつきまとって、喉が詰まった。問いかけから、かなり遅れてどうにか頷く。

「ふふ、ありがとう」

それでも、須藤美夜子という人そのものには、もしかしたらいくらか耐性がついてきているのかもしれなかった。

お礼の意味がわからなくて戸惑っているうち、美夜子は再度トートバッグをさぐり、さっきのカップ麺と水筒をふたたびベンチに置いた。カップ麺の蓋《ふた》を中ほどまで剝がし、水筒に入れていたお湯をとぷとぷ注ぐ。きっちりふたつ。暗がりの中に白い湯気が立ちのぼった。ベンチの端に座り直した美夜子は、ぼくのほうにカップ麺の容器と割り箸《ばし》をさっと差しだす。

「よかったら一緒に食べよう? わたしのことはいないと思って」

一緒に食べよう、と、いないと思って、にはいささかの矛盾を感じながら、やはりぼくも食べることになっているのか、と呆気《あっけ》にとられた。美夜子はお湯を注いで蓋を閉じたカップ麺の外がわをしげしげと見つめ、三分待てばいいんだよね、とたしかめるようにつぶやく。お腹空いてない？　などと訊ねていたのに、ぼくが彼女の速度に追いつく前に自分の分とぼくの分を用意している。ぼくが満腹だったらどうするんだろう、と思うと彼女は強引なのか気をつかう人なのかよくわからない。

緩慢な動きで、そばに置かれたカップ麺に手を伸ばした。

雨が降っていて、気温も少し下がっていた。あまり暑さは感じず、熱い容器に触れるとただ指先が熱かった。でも数秒触れただけなら、火傷《やけど》するほどでもない。

「もう三分経った？」

美夜子はゆっくりと蓋をめくり、もうもうとあふれだす湯気を浴びながら「おおー」と目をかがやかせた。それを見て、見ながら、ぼくは自分から彼女のほうを見ていたことに気づく。彼女から受けとった箸を持つ手は、相変わらず震えたままなのに。

目を逸らすと、ごみここに入れる？　と彼女はビニール袋をベンチの真ん中に置いた。「いないと思って」などと言ったのに、普通に話しかけてくる。ぼくも震える手でカップ麺の蓋を剝がし、箸を割った。お湯を注がれた麺は、容器の中でやわらかく広がっている。

「いただきます」

美夜子は隣で手を合わせ、ていねいに発音した。いただきます、という言葉を、ぼくはいつ、だれに教わっただろう。母だったかもしれないし、トウマだったかもしれない。ひとりで住む部屋を与えられてからは、長らく口にしていない言葉だった。母と鹿野さんと住んでいた数か月は、食卓を一緒に囲むことが増えたのもあって、母がうれしそうに言うのに倣って口にしていたけれど。

「んん、おいしいー」

隣からの大きな感嘆の声に、肩を揺らす。「昔、友達のおうちで食べて以来」と美夜子は、感動した様子でさらに麺を口に運んだ。どこかぎこちなく麺を啜《すす》る音と、雨の音のさかいがあいまいに響く。

「晴野くんも、冷めないうちに」

促されて、ぼくは指示通り動くロボットみたいな思いで、割り箸をスープの中へ忍ばせた。麺を箸先で掴み、持ち上げて口に寄せる。熱い。スープの絡んだ麺は塩味が効いて、身体全体に沁《し》みていくみたいに口内を満たした。ずるずると麺を啜る音。麺を咀嚼《そしゃく》して、きっとあたたかい息を吐いているのが、雨音に紛れてかすかに聞こえる。

「ねえ、行儀の悪いこと、してもいい？」

「……え」

勢いで頷いてしまった。やった、と小さくガッツポーズのようなものをつくると、美夜子は「晴野くんはカップ麺、よく食べるの？」と質問を重ねた。

あらためて問われて考えてみれば、ほかの人のことを知らないので、よく、の基準が判然としない。でも、彼女がカップ麺をほとんど食べたことがないらしいことを思うと、食べている頻度は高いほうなのかもしれなかった。なにも食べないまま一日が終わることもあるので毎日ではないにしろ、週に二、三回ぐらいはインスタントラーメンを食べている。多ければもっと？　美夜子は箸を動かす手を止めて、ぼくの返事をじっと待っていた。

訊かれたことに答えるのが、ずっと下手だ。かつて、ぼくに話しかけてきた同級生は、ぼくの返事を待つことに飽きて、あるいは無視をされたと思って、去っていった。すぐに言葉をとりだすことができず、思考も遅くて、ただしくて適切な返答に迷ううち、言葉は会話以前のところで息をなくしている。

美夜子は、冷めないうちに、とさっきぼくに言ったのに、食べる手を止めて、なぜかやさしく笑って、ぼくが答えるのを待っていた。

「……さ、める、よ」

問われたことに対するのと、違う言葉を言ってしまう。

「あ、ほんとだ」

美夜子は、指摘されてはじめて気づいたというふうに、自分の手許を見下ろした。無意識に手を止めていたらしく、ふたたび麵に口をつけるも、ひと口食べてすぐぼくに視線を戻す。

「晴野くんも、冷めちゃうよ」

ラーメン好きじゃなかった？　と、首を傾げてこちらを見た。目が合いかけて、あわてて視線を外す。

「このあいだ、買ってたから。好きなのかなって思ったんだけど、違ったかな」

好きかどうか、というのもよく、わからないのだ。空腹を感じればなにか食べるけれど、ここ数か月の食事において、なにを食べるか選ぶ基準は、調理の手間がなく、簡単に食べられるものということでほぼ埋めつくされていた。以前——母と同じ家に住んでいたときは、ただ用意されたものを——用意されれば——食べていた。おいしい、まずい、という概念や、苦手な食べものを避けたがる人がいることは理解しているけれど、おいしいからこれを食べよう、というあかるい感情が、自分にはあまりないような気がした。

「……わから、ない」

「わからない？　嫌いだった？」

「嫌い……では、ない、と思う」

週に何回か食べているけれど、味に対してとくに不快感を覚えたことはなかった。量が多くて、お腹がいっぱいで苦しい、ということは多々あるけれど。

「嫌いじゃないならよかった。おいしいねえ」

食べかけのラーメンをまた食べようとして、美夜子は肩に落ちる髪を細い指で耳にかける。ピアスの穴なんてない、白い耳殻が現れた。

「……さっきの」

「さっき？」

「なにが、行儀の悪いこと、なの」

訊ねる声が、やや強まった雨の音に負けて自分の耳でもほとんど聞きとれない。美夜子はわずかに身体をこちらに寄せて、それから引いて、「行儀？」と訊き返した。その部分だけ聞きとったらしい。そのまま、ぼくがなにかつづける前に、断片から察したみたいにあのねとささやく。

「食べながらお喋《しゃべ》りするのって、行儀がよくないって言うでしょう？」

母と鹿野さんは夕食のときいつも話していたけれど——と関係ないことを思いつつ、頷いた。

「だから、家ではあんまりできなくて……それが、癖になっちゃってて。学校でも、食べてるあいだは聞き役してるの」

と話していると、彼女の、カップ麵を食べ進める動きが止まる。箸を動かす気配もせず、咀嚼音もスープを飲む音もしない。

「でも、食べながら話してる人って、楽しそうに見えるから」

癖になっている、と彼女が自分で言ったように、話しているあいだ食べる動作がしょっちゅう止まっていたのは、食べながら話さないということがもう習慣づいていたからなのかと思った。『行儀の悪いこと』を、許可をとってまでおこなおうとしておきながら、行儀の良さが染みついている。

「ふふ、悪い人間に近づいたかな？」

そもそも許可を得ようと事前に訊ねることじたいが、彼女の悪人になりきれなさを思わせた。

「……本当に、悪い人間に、なりたいの」

「なりたいよお」

間髪を容《い》れずに言葉が返ってくる。そこにはいっさいの迷いがない。話しているうち、心なしかスープの嵩《かさ》が減って、水分を吸った麺がふくふくと増えていた。伸びてきていると気づいてぼくは少しあわてる。これ以上伸びると食べきるのが苦しくなる。美夜子は箸で掬《すく》った麺の束をまじまじと見つめ、「これが麺が伸びるってやつなんだ」と、はじめて居合わせるらしい現象を前に、そんなことにもうれしそうに笑った。

ぼくはなるべく急いで麺を食べきって、スープを少しずつ口に含んだ。膝の上に置いたカップ麺の、わずかに残ったスープが暗闇を映している。手許のスープを暗闇ごと飲んでいくと、胃、だと思われる場所が圧迫されて息が漏れた。その胃は翌日にはとてももたれていそうだとあまりうれしくない予感をしつつ、どうにか容器を空にする。

濁った呼気を逃がすように視線を持ち上げた。さっき美夜子が潜りこもうとしたトンネルの遊具が目に入る。砂利に覆われた広場もブランコも、雨に打たれてそこにあった。顔を上げても外の暗さは変わらないのに、水底から浮き上がってきたみたいに、視界があかるく感じる。目の前の雨が光の粒そのもののようだった。

「ごちそうさまでした!」

スープに少しずつ口をつけていた美夜子も、ほどなくしてラーメンを食べ終えたみたいだった。元気にあいさつをする声がひどく近く、鼓膜がじんと痺《しび》れる。そうだ、お金。全部食べてしまってから気がついて、ぼくはズボンのポケットをまさぐった。けれど財布を持ってこなかったことに、すぐに思いあたる。

また、返しにこなくては。

もう一度会う予定がうまれてしまいそうで、尻《しり》ごみするような気持ちになった。知らないうちにぼくの分も用意されていたカップ麺だとはいえ、しっかり一食分食べている。借りたものは返しましょう、という、標語みたいな言葉が目の前を泳いだ。ぼくの意思で借りたわけでも、そもそも借りたのでもないのだけれど、その常識はぼくを足枷《あしかせ》のように捕らえる。

「……また、来る？」

「え？」

きょとんとした声ののち、美夜子は「うん」と木琴みたいな音で言った。

「いま、お金、持ってないから……今度返しに、来る」

「え！　いいよ、いいよ」

手と首をぶんぶんと勢いよくふって、彼女はぼくの申し出を退ける。

「今日はつき合ってくれてありがとうっていうことで。お礼？」

一瞬にして、そう言いくるめられてしまった。いいのかな。彼女におごられてばかりなような気がする。ぼくの持っているお金というのも、鹿野さんの所持金から出ているものなので、ぼくの衣食住ははじめからなにもかも他者の手にしか依《よ》っていないのだけれど。

また会いに来なくてもよくなったことに、身体が少しだけ安心した。

「それより、おいしかったね。お夕飯も食べたのに、こんなに食べたら太っちゃうなあ」

スープまで飲み干したらしい美夜子は、満ち足りたように息を吐く。「いやあ、悪いことしたなあ」と誇らしげな様子で、満足げに晴れた目に雨を映していた。彼女の声は湿った夜の中へゆるやかな川のように流れる。

「明日朝ごはん食べられるかな？　お母さん、いつもたくさん作ってくれるからなあ」

美夜子がお腹をさすりつつ翌朝の心配をするのを聞きながら、彼女には他者に毎朝用意される朝食があるのだな、と漠然と思った。満腹になった身体は、満腹に気をとられていつもより恐怖心が鈍っているような気もした。目に見えるものと聞こえる音だけ、やけにはっきりしている。

「……美夜子ちゃんは、毎日、外にいるの」

もうなにも入れられない口から、言葉がこぼれた。夜中に、とか時間帯を示す言葉が抜けて、彼女は学校に行っているのだから、毎日外にいるに決まっているのにとぼくは自分で呆《あき》れることになる。でも、「毎日ではないよお」と、美夜子はぼくの意図を理解しているみたいに答えた。

「……あの、夜に」

「うん。週末はお父さんがいるから、平日の、金曜日以外だけ」

それなら今日は金曜日ではないのだな、ということだけ、とっさにわかった。

「お父さんは単身赴任中でね。普段はお母さんと弟と、三人なの」

じゃあ平日のほとんどは外を出歩いているということなのか。言葉を飴玉《あめだま》のように溶かしながら思う。

彼女が今日も着ている制服の、スカートの裾《すそ》が視界の隅に映った。制服で外にいたら、高校生だってすぐに気づかれてしまうだろう。どうして制服で出歩いているのかな、などと、普通の疑問を頭の端によぎらせる。

「お母さんは早寝だから、わりとばれずに抜けだせてるんだ」

美夜子は毎晩早くにベッドに入ってしまうのだという母親の目を盗み、深夜の徘徊《はいかい》をくり返しているようだった。

「美容と健康のためには、じゅうぶんな睡眠が必要なんだって。お肌のターンオーバー？　のためには、眠りはじめてから三、四時間が勝負らしくてね」と美夜子は、彼女の母親が言っていたらしい情報を口にする。

「成長ホルモンが出るから、わたしも弟も、二十二時には寝なさいって小さいころから言われててねえ」

「……でも、いまは、寝てない」

「ふふ、うん。〝悪い〟でしょう？」

毎日どきどきするけど、と彼女は心臓に手をあてた。

でも、家族に気づかれずに家を抜けだせたとしても、外を歩いているのがほかのだれか——おまわりさんや先生——？　に見つかって、咎められてもおかしくなさそうだった。ぼくにはいまのところそういうことは起きていないけれど、美夜子も同じなのだろうか。とりたてて栄えているというわけでもおそらくない、どちらかというと夜は閑静な住宅街では、そんなことも少ないのだろうか。

「夜にね。外にいると、お仕事終わりの人とか、働いてる人とか、ときどき見るよ」

晴野くんにも会ったしね、と美夜子は記憶をたどるように視線を持ち上げた。

「でも、同じように夜中に外にいる人は、案外、なにも言わないで通り過ぎてくれるよ」

「……そう」

「疲れたお顔の人が多いから、むしろわたしのほうが、おつかれさまです、って声をかけちゃいそうになるんだけどね。さすがに本当に声かけたら、たぶんびっくりさせちゃうと思うし」

ほがらかに言いながら、食べたら暑くなっちゃった、と美夜子はブレザーを脱ぐ。

「たまに、不良？　っぽい人とか、飲み会帰りなのかな、酔っぱらってる人もいるけどね。でも、声をかけられたことはないなあ」

彼女は腕を抜いたブレザーの袖を撫でつけるようにして、膝の上に置いた。

「他人のほうが、無関心で、ずっとやさしいよ」

ぼくはとっさに、身体を捩《よじ》って隣をまっすぐ見てしまいそうになった。希望に満ちたようなあかるい楽器のような声で、他人のほうがやさしい、と言う唇を、目の端で捉《とら》える。夜の色を含んだ薄紅色が、花の蕾《つぼみ》のようにうっすらひらいていた。

「無関心、のほうが、やさしいと思うの」

もし彼女が頷いたら、ぼくは、なんと答えていたんだろうか。けれど美夜子は笑っただけでそれ以上はなにも言わなかった。

……☽……

雪が降っていた。暖房の効いた部屋の中はあたたかく、窓は外の寒さで白く曇っていた。起きてすぐ、気温差で頭がうっすら痛くなる。のろのろと動きだし、キッチンと繋《つな》がったリビングを覗《のぞ》くと、朝食を作っていた母がふり向いた。

「はるや、トシアキさんのこと、起こしてきてくれる?」

母はちょうど火を使っていて、手が離せないらしかった。ぼくはとっさに少し困って、けれどどうして困るのか、うまく説明できなかった。なにも言わずにリビングを出て、鹿野さんの眠っている寝室に向かう。

「鹿野さん」

部屋のドアをノックして、呼びかけた。でも反応がない。何度かくり返しても同じで、ひんやりした静かな時間が冬の廊下を流れた。裸足《はだし》で踏むフローリングは、光沢を含んで朝につやめいている。「もうすぐ朝ごはんできるよー」遠くから、壁に反射してくぐもった母の声がした。やむを得ず、ぼくは冷たいドアノブをそろりと捻《ひね》る。鹿野さんと母が毎晩一緒に眠っている寝室は、シャンプーのような、甘くてさわやかな香りがした。書斎机や大きな本棚は整然として、図書館を思わせる。

すっきりと整った清潔な部屋の奥で、鹿野さんは心地よさそうに眠っていた。

「鹿野さん？」

鹿野さんは、眠りに囚《とら》われているみたいに、その瞼《まぶた》をかたく閉ざしていた。もう一度近くで呼んでみて、だけど呼びかけが届いている気がまるでしない。はるやー、とキッチンから聞こえる母の声が急《せ》かすように響いて、ぼくは眠る鹿野さんの肩に手を伸ばした。

揺り起こそうと、思ったのだった。でも手がこわばって、動かなかった。宙に留《とど》まった指先が浅く痙攣《けいれん》して、仕方なく、ふたたび言葉で呼びかけた。鹿野さん。けれど言葉だって、決してなめらかにとりだせるわけではなく、あまり大きな声はだせない。

「はるや、トシアキさん起きた？」

痺れを切らしたのか、たんに手が空いたのか、起こしてきてと言った母みずから、歌うように寝室にやってきた。その華やかな声で、ようやく、鹿野さんはゆっくりと目をさます。母の声で眠りから引き揚げられたのに、角度が悪く、目ざめた鹿野さんの視界にまっさきに入るのはぼくだった。ぼくの姿を認識するなり、鹿野さんは幽霊にでも会ったみたいにぎゃあと叫び、水を求める魚のように口をはくはくと動かした。

「な、なんで、部屋に」

「あ、母が……」

起こしてきてと言ったから、という説明はできなかった。鹿野さんは怯《おび》えた目でぼくを見て、その視線はぼくのすぐうしろまで来ていた母へ注がれた。

「翔子ちゃん」

母の名を呼びながら、鹿野さんは息を乱し、縋《すが》るみたいに腕を伸ばした。助けてくれ、と乞《こ》うようなまなざしがぼくのうしろの母へ向けられる。広いシーツの上で手足をばたつかせ、けれど足が攣《つ》っているみたいに、その身体はほとんどその場所から動かなかった。

「トシアキさん。どうしたの？」

母が近づくけれど、とり乱した鹿野さんは応答できず、ダブルベッドのシーツに皺《しわ》を作りながらもがいていた。母の手に背中を撫でられながら、ついさっきまでおだやかに閉じていた目を大きく見ひらいて、ぜいぜいと荒い呼吸をこぼす。

「はるや、先にリビングに行ってて？」

ぼくは促されるまま、鹿野さんの部屋をあとにした。壁やドアで区切られることなくつづきになっているリビングとダイニングとキッチンの境界は曖昧《あいまい》だけれど、繋がった広い空間の、真ん中あたりに食事のための大きなダイニングテーブルと椅子が置いてある。テーブルの上には完成した朝食が。木製のテーブルの、何重にも重なった木目を数えながら、ぼくは母と鹿野さんが来るのを待った。並べられたハムエッグやお味噌汁《みそしる》が冷めていくかたわらで、大きなテレビの液晶画面が、ニュース番組を映している。

母とともにようやく寝室から出てきた鹿野さんは、いくらか落ち着きをとり戻したみたいだった。母だけを見つめ、母だけと話し、母があたため直した朝食を食べて会社へ出かけていく。母は玄関先まで出て、仕事へ出かけていく鹿野さんを笑顔で見送った。

毎朝そうしているのと同じように鹿野さんを送りだしたあと、ぼくとふたりになった部屋で、あのねはるや、と母は切りだした。

「トシアキさん、昔、いじめられてたことがあるんですって」

朝食を食べ終えたぼくはそのとき制服に着替えていた途中で、余らせているブレザーの袖からなかなか手が出せず、犬かきのように手首から先をぱたぱたさせていた。

「それでね。どうもはるやが、その、トシアキさんをいじめてた人に、似ているみたいなの」

なにかを察してほしそうな目線と間があって、でも母がなにを察してほしいのか、ぼくはわからなかった。

「トシアキさん最近ね、寝つきがよくなくて、睡眠薬を処方してもらっているんですって。それで、強いお薬だから、朝、なかなか起きられないこともあるみたいで。だけどね、お仕事もあるし、毎日そんな調子だとつらいでしょう?」

ニュース原稿を読み終えたアナウンサーの人が、今日も元気にいってらっしゃい、と画面の向こうで会釈をする。「あら、もうこんな時間」母ははっとしたように、カールした睫毛をぱちっと揺らした。

「はるやも学校の時間だものね。つづきはまた夜に、お話ししようか」

母はぼくににっこり笑いかけ、遅刻しないようにねと言いながら、朝食を載せていた食器を洗いはじめた。

夜に話そうと言っていた母は、早く帰宅した鹿野さんと、うれしそうに、ゆっくりドラマを観ていた。だからいまのうちにと浴室に入って、なのにシャワーを終えて身体を拭《ふ》こうとしたところで、ぼくはバスタオルと替えの服を用意しておくのを忘れていたことに気がついた。

『これは、人には見せちゃ駄目だよ』

ぼくは、母に言われたことをなんとなく——行っても行かなくてもいい夏休みのラジオ体操へ向かうような惰性で——守っていて、腕と、鎖骨と胸のあいだに残った痕《あと》のことを、自分にできうる限り、人の目に触れないようにしていた。友達もいなかったし、袖をめくらず、体育はほとんど長袖を着て参加して、ある程度気をつけていれば、それはできないことでもなかった。

その、約束というよりは、もう忘れられていそうな言いつけを、鹿野さんに対しても、母に対しても適用させていた。だからシャワーを浴びるのも、母や鹿野さんの目につかないタイミングをいつも選んだ。

ずぶ濡れのまま足拭きマットの上で思案する。昨日使ったものが残っていないかと洗濯かごや洗濯機の中を見たけれど、再婚してから母は毎日せっせと洗濯をするようになったので、あたりにバスタオルは見つからなかった。脱衣所と併設されている洗面台にフェイスタオルが一枚ぶら下がっているだけだ。朝からぶら下がっていてみんなが顔や手を拭いたタオルで洗ったばかりの全身を拭くのは、ちょっと微妙な心持ちがする。けれどほかに水滴を拭えそうなものもなく、少し悩んだ末、それを手にとった。

ぼくは大雑把に水滴を拭って、フェイスタオルを腰に巻いて自室へ向かった。暖房がついているとはいえ、真冬の寒さは、お風呂《ふろ》上がりの裸体をみるみる冷ましていく。ほとんど拭けていない頭から滴が落ちて、湿った肩口をさらに濡らした。

テレビの音が聞こえるリビングと、母と鹿野さんの寝室を通りすぎる。自分に与えられた部屋のドアノブに手をかけて、力をこめたのとほとんど同じタイミングで、すぐそばの、隣の部屋のドアががちゃりとひらいた。

なにか思う間もなく、鹿野さんの身体がそこから現れた。おたがいがおたがいの登場を、少しも予期していなかった。鹿野さんは携帯を手に柔和な表情で部屋を出てきたのに、ぼくの存在に気がつくなりさっと青ざめ、その瞳《ひとみ》を小刻みに震わせた。

顔、肩、腕、胸、と視線が注がれる。そのまなざしを揺らしながら、彼は唇から掠れた息を漏らした。

「根性焼き……」

根性、とは、ぼくとはほど遠い言葉だよなと考えた。

「トシアキさーん？　電話終わった？」

リビングのほうから、母のあかるい声が聞こえた。けれど鹿野さんもぼくも動けないまま、まるでほかにできることがひとつもないみたいに、その場に立ちつくす。

「どうしたの？」

やがて、凍りついた水溜《みずた》まりをためらいなく踏み割るように、母がやってきた。ぼくは素肌をほとんど露出してしまっている恰好《かっこう》で、鹿野さんは肉食獣に狙われた小動物のような面持ちをして、廊下で固まっていた。母はぼくを見て、やだはるや、と目を丸くする。

「寒いのに、そんな恰好で」

「翔子ちゃん、彼、その、痕」

母の声と鹿野さんの声が重なった。鹿野さんは震えながら指先を持ち上げ、ぼくの身体を指さした。

「痕？」

母はきょとんとして鹿野さんとぼくを交互に見つめた。そしてぼくの身体の肩から腰のあたりまでをさっと見て、ああ、と合点がいったように笑う。

「昔怪我しちゃったのよね。でももう痛くないものね、はるや？」

指輪の嵌《は》まった左の手をぼくの胸に軽く置いて、母は赤黒い痕のそばをやわらかく撫ぜた。

「なんで、なにしたら、そんな怪我するっていうの？」

「やだ、深刻にならないで。ちょっとふざけて火傷しちゃっただけよ」

ふざけて、という母の言葉の主語がどこにあったのかわからないまま、母を見て、鹿野さんを見た。小さなタオル一枚しか纏《まと》わずに廊下に棒立ちになっている自分と、怯えた目をした鹿野さんと、ひとりだけ笑顔の母。ぐらぐらと足許が揺れたような感じがして、地震が起きたのかと思ったらぼく自身が眩暈《めまい》を起こしていただけだった。

「ふざけて根性焼き？　ああ、やっぱりあいつにそっくりだ、もしかして、あいつの息子なのか？」

「あいつ？」

「翔子ちゃん、前の旦那《だんな》のこと言わないけど、もしかして――」

「なに言ってるの。そんなわけないわよ。ねえ、もういいでしょう？」

甘やかすような、わがままを諫《いさ》めるような母の声が、言葉を遮る。

「大丈夫よ、はるやには私からちゃんと言うから」

少しだけ声を落として、母は鹿野さんにささやいた。ぼくは冷えた身体がこぼれてばらばらになるのを、かき集めるみたいに手を伸ばす。でも、なにも摑めない。自分自身さえ手をすり抜けた。見下ろしたら、肋骨《ろっこつ》の浮いた剝《む》きだしの胸部が目に入る。

母は鹿野さんについてリビングへ向かい、ぼくはよろよろと震える手でドアノブを握り、自分の部屋に入った。ひどく寒いのに、全身に汗がにじんでいる。そう気がついて、戸惑いながら、衣装ケースから下着と替えの服をとりだした。指先が電気を流されたみたいに痺れて、少しだけ震えている。洗濯された衣類を身に着け、手足を覆い隠すと、はるや、とドアの向こうから母の声がした。返事をする前にドアはひらき、なぜか機嫌の良さそうな笑みを浮かべた母が立っている。

「ねえ、はるやももうすぐ高校生よね？」

年齢的にはそうだ。ただし、自分が高校生になれるのかどうかは別として。

「はるやはどこの高校に行きたいの？」

え、と声が上擦った。ぼくは、母の中で、ぼくが高校へ進学することが確定事項であるとは思っていなかった。けれど行きたい高校、というのがどれだけ考えても思いつかない。そもそも、あまりどこにも行きたくないような気がする。だけどこの家の中にいることも、ずっとこの部屋で暮らして生きていく想像も、喉に小骨がつかえたような違和感を覚えた。

「希望がないんなら、K高校がいいんじゃない？　お母さんそこの出身なのよ。まわりに自然も多くて、はるやものびのび過ごせると思うの」

K高校は隣の県の私立高校だった。すべり止めとして多くの生徒が併願している高校で、だから高校の名前に疎いぼくでも知っていた。

「うちから通うにはちょっと遠いから、ひとり暮らしなんてはじめてみたらどうかしら」

名案でしょう、と言うように、母は晴れやかな顔で口にした。

「お金のことなら心配しなくて大丈夫よ、学費も家賃も、生活費もちゃんとトシアキさんがだしてくれるから」

ぼくは、朝、なにか察してほしそうに、含みを持たせていた母の顔を思いだそうとした。けれど頭の中に靄《もや》がかかったように、記憶も、母の声も遠くなる。鹿野さんは、まったくの他人であるぼくのために、一生懸命に働いて得たお金を差しださなくてはいけないのかと思った。思考が沈んでゆく。ゆっくり目を伏せたら、そのまま頭も一緒に下がっていった。それはもしかしたら、母には頷いたように見えたかもしれなかった。「よかった！　高校生活、楽しみね」と母は、母自身がこれからはじまる学生生活に胸を躍らせるかのように、はずんだ声で言った。

……☽……

美夜子とカップ麺を食べた次の日の夜は曇っていた。前日の雨が乾ききっていなくて、空気中に湿気が溜まっていて蒸したように暑い。汗をかきながら公園まで来ると、彼女はもうブレザーを着ていなかった。白いカッターシャツにつつまれた背中を薄暗い視界の中に捉えて、指先がこわばる。

「晴野くん」

ぼくに気がつくと、美夜子は立ち上がって陽気に手をふった。ボタンの留められた首許で、リボンの紺色が揺れている。美夜子はシャツの袖に覆われた腕を軽く広げて、「今日から衣替えだからね」と夏服を見せびらかすみたいに言った。

「……今日は、なに、するの」

ラーメンを食べたあと、もう会うこともなくなるかと思いきや、「それじゃあ次はね」とぼくを引き止めた美夜子は、新たな約束をとりつけた。それは必ずしも従わねばならないというわけではなかったのかもしれないけれど、ぼくは震える身体を押してまたここまで来ていた。おかしなことだ。

またラーメンを食べることになったらたいへんだ、と思って食事を抜いてきたけれど、今日は食べものらしきものが出てくる気配はなかった。

「ふふ、今日はこれにしましょう」

「……トランプ？」

美夜子はその手にトランプケースを摑んでいて、顔の横で小気味よくふった。

「夜中にトランプ、修学旅行の夜みたいでしょう？」

「……修学旅行、行ったこと、ない」

あれは事前に毎月少しずつ積立金を払っておかなければならないものだ。けれど小・中学ともにそんなお金はなかったし、そもそも母は積立金というものを把握していたのだろうか。ぼくも旅行に行きたい気持ちはなかったから、同級生のほとんどいないがらんとした教室で自習をして、時間が過ぎるのをのんびり待っていた。

「だったらなおさら、修学旅行気分しよ」

修学旅行気分する、とは？　おかしな動詞を使う彼女と同じベンチに座らされ、一メートルと少し、あいだに人がふたり座れるくらいの距離まで迫った。とたんに脈拍が落ち着かなくなる。

「まずなにがいい？」

「……ぼく、トランプもしたことない」

「そう？　じゃあ教える」

なにがいいかな、と鼻歌を歌いながら、美夜子は細い指でトランプを切った。クラスメイトが休み時間に遊んでいるのを見かけたことはあるけれど、一緒にトランプをするような友達がいなかったので、ぼく自身は触れたことがない。それは自分とは縁のない遊びであるはずだった。

「やっぱりまずはババ抜きかなあ。いろいろ試してみて、楽しいと思うやつしよう」

それでいいともなんとも言っていないけれど、もう勝手にカードが配られはじめている。

ルールをひととおり説明したあと、「まあ習うより慣れろっていうからとりあえずやってみよう」と美夜子は言って、じゃんけんで決めた順番にのっとって、彼女の持っているカードを引くようぼくに促した。ぼくはそろそろとカードを一枚とる。

ペアを作れたり作れなかったりしながら、勝負は進んだ。美夜子はカードが揃うたび「やったー」と喜び、ジョーカーを引いて「ああっ」と嘆かわしそうに叫ぶ。ふたりでやっているから、ジョーカーさえ避ければカードが揃うのは当然だし、ジョーカーを選んでしまうのもある程度の確率で起こりえることだ。そんなに心を揺らすようなことなのだろうかと思いながらトランプを差しだし合う中で、ぼくはおたがいの手札の行方より、彼女の大きな声や、どの一枚を引くか見極めようとカードを睨《にら》む、流れ弾のような視線のほうに動揺した。カードを引かれるとき、美夜子は、ときどき眉間《みけん》に皺が寄り、ときどきほっとしたみたいに口許をゆるめた。美夜子が表情をゆるめたときにぼくが引いたカードは、決まってジョーカーだった。

「やったー、上がりました！」

やがて、勝利をおさめた美夜子は、からっぽになった両手をわーい、と頭上に伸ばしてはしゃいだ。屈託ない動作が、薄暗がりの中で白くまたたく。ぼくは手の中に残ったジョーカーをもう手放してよいのかわからず、手持ちぶさたに視線をさまよわせた。

「……美夜子ちゃんは、勝てて、うれしいの」

「うーん、勝ててうれしいというか……晴野くんを翻弄《ほんろう》できたかな？　って」

「ほんろう？」

「今日のわたしはひと味違ったよ？　ジョーカーを引いてもらえるように、うまく誘導できたかな。わたし、なかなか演技派だったんじゃ？」

晴野くんを惑わす悪い人間だったかもしれないよ、と美夜子は上機嫌だった。ぼくはジョーカーを、なにも言われていないけれど勝手に、そっと山の上に戻す。楽しかったあ、とつぶやいたあと、美夜子はぼくに訊ねた。

「晴野くんはどうだった？」

楽しい。その言葉を、反芻《はんすう》するみたいに口にする。でも。

「……わから、ない」

「わからない？」

「楽しい、と……思った憶えが、ない」

あるいは、物事に対して、自分が楽しいと思ったのかどうかをうまく摑めない。人のはもちろん、自分の感情にも鈍かった。それを説明するような言葉もなかなか出てこなくて、返事が滞る。ぼくのたどたどしい言葉を聞いていた美夜子は、前のめりになって、ぱ、とぼくの手をつつみこむように握った。

「それじゃあ、これからたくさん思おうよ」

とたん、目の前のすべてが消し飛んだような気が一瞬、した。

——人の、手。

やがて戻ってくる視界とともに、全身が硬直して、身動きができなくなっていく。自分の手を閉じこめた他人の手の温度が、ぼくの指先から全身の温度を、またたくまに奪い去った。

「あ、わ、ごめんね」

固まったぼくを見て、彼女はあわてて手を離した。ぼくをうかがいながら距離をとり、申し訳なさそうに肩を落とす。そのさなか、伏せられた睫毛の長さに気づいたら、ますます息が苦しくなった。悪寒の走った身体を抱くように、自分の手のひらで二の腕に触れる。

「ごめんね、大丈夫？」

彼女がどう、とかではなかった。

「お……」

喉がからからに渇いていた。語順や文節が乱れていても、たどたどしくても、声をだせていたはずなのに。いまの一瞬で、いつのまにかほんの少しだけ得ていた発声の仕方を、すっかり忘れてしまったみたいだった。何度か咳払《せきばら》いをしてみて、どうにか言葉をとり戻そうとする。そもそも、もともと持っていなかったはずの言葉。

「……思える？」

期待ではなく、疑問だった。楽しい、でいっぱいになる自分が、まったく想像がつかない。けれど美夜子は、ぼくの言葉を聴くと申し訳なさそうだった視線を上げて、うん、と言った。

「思えるよ」

なんの根拠もないはずなのに、その返事の力強さに驚いた。

せわしなく怯える心身の裏で、まっさらなシーツでくるまれたような気持ちがした。やわらかくて、安心するもの。でもぼくの身体は冷蔵庫の中に放られたようにぶるぶると震えて、それはやっぱり、安心とはほど遠かった。

「ごめんねえ、わたし、はしゃいでしまって」

ぼくは彼女と会ってから、短期間で、自分に縁のなかったもの、味わったことのない経験を、何度も、いくつもさせられていた。だれかとトランプなんかしたことじたいが、ぼくにしてはかなりの変化だ。それが、良いことなのかどうか、成長というほどのものかはわからない。マイナスがゼロになったぐらいのことは、成長とは呼ばないかもしれないけれど。

「だい、じょうぶ」

落ちていく枯葉のような脆《もろ》さで答えながら、せめて言葉の信憑性《しんぴょうせい》を高めようとして、ぼくは美夜子が途中まで集めていたトランプの札の、残りを揃えて差しだした。ぼくからトランプを受けとると、美夜子は大きな目をまっすぐこちらに向ける。

「ごめんね、次は気をつける」

次？　とまっさきに思った。次があるのか。ぼくは彼女に、この先の夜も会うんだろうかと考える。

「近くにいるのは、大丈夫？」

「……最初、よりは」

人の視線だけで息も絶え絶えになっていたことを思えば、いまはかなりましな状態だった。よかった、と美夜子は安心したように笑う。そして集めたトランプを手の上に載せて、ざくざくとカードを切りはじめた。

「晴野くん、次はなににしよう？」

「……まだ、やるの？」


ババ抜きが終わったあと、ジジ抜き、七並べ、スピード、戦争、神経衰弱、と立てつづけに戦って、ぼくはすっかりへとへとになってしまった。神経衰弱が終わったところでどっと気がゆるみ、頭の中に酸素が足りていないような感覚にくらくらして、身体から力が抜ける。

「晴野くん？」

トランプのルールをあれこれいっぺんに覚え、ふだん使うことのない頭と手先を動かしつづけていたから、頭も身体もくたびれていた。「わ、わ。大丈夫？」顔を伏せたぼくの前で、美夜子はおろおろしながら素早くトランプを片づける。

「なにか、飲む？　わたし買ってくるね。ちょっと待ってて？」

さっと立ち上がり、美夜子は勢いよく走りだしていった。ぼくはよろよろと上半身を傾けて、ひとりになったベンチに身体を倒す。こめかみのあたりを軽くぶつけ、首を反らしても肌がベンチと擦れて、少し痛かった。修学旅行って、本当にこんなにトランプばかりするものなのだろうか？

「お待たせ、ごめんねえ。大丈夫？」

それほど時間の経たないうちに、身体の外がわから木琴のような音がした。目を開けるとぼやける視界に人の影が映って、反射で身体がはねる。

美夜子は少し息を切らして、その腕にペットボトルを抱いていた。

大きく脈うつ胸許を押さえながら、少しずつ上体を起こした。背中がまっすぐ伸びたところで覗きこむ大きな瞳と目が合って、また息が詰まる。

「あ、ごめんね。近い？」

美夜子は一歩下がって、手に持っていたペットボトルの蓋を開けた。

「これお水、飲めるかな」

こんなことをしても、彼女にはなんにもならないのに。霞《かすみ》がかったような頭の隅で思いつつ、差しだされたペットボトルを震える指先で受けとって、飲み口を唇に近づけた。けれど数ミリ接着点がずれて、口の端から水が垂れる。

「あっ」

ぼくではなくて美夜子のほうが声を上げた。口に含めなかった水がぼたぼたと滴って、シャツに大きな染みができる。

「ハンカチ、あるよ」

美夜子はさっとスカートのポケットに手を伸ばして、折りたたまれた花柄のハンカチをとりだした。だけどそれより先に、口の端はもう手の甲で拭ってしまっていた。差しだされたハンカチをどうしていいのかわからない。すると「シャツも濡れてるよ」と指摘され、そう言われるとたしかに少し気持ち悪く感じた。けれどシャツじたいがもうすっかり水を吸ってしまっていて、拭ってもどうにもならなそうだ。

「拭かないよりは拭いたほうがいいかも、しばらくあてておいてもいいし、シャツの内がわに敷いたら、気持ちわるくないと思う」

透き通る湖のような視線にあてられ、逃れるように、彼女に言われるままにシャツの濡れたところをハンカチで押さえた。そうしながら、指先に触れたハンカチの繊細な薄さにびっくりする。そのやわらかさに爪を引っかけたり落としたりして傷をつけないよう、慎重にハンカチを使った。

「大丈夫?」

心臓の上にハンカチをあてながら、鼓動が速い。

「晴野くんを疲れさせて、わたしはひどい人間だねえ」

濡れたところを拭くのに一生懸命になっていると、美夜子が言った。

「ね。わたし、晴野くんを巻き添えにする、悪い人間だったでしょう」

美夜子は同意を求めるように、いたずらっぽく笑っていた。笑いながら、でも、その口角が少しだけぎこちなく揺れている。

うつくしいハンカチをためらいなく人に差しだす彼女は、悪い人間になることをみずから望んでいたはずなのに。言葉と矛盾して、笑っている顔は、なぜだか悲しんでいるみたいに見えた。

「……美夜子ちゃんは、悪い人間は、向いてないよ」

なんと返せばいいか困って、思ったことそのまま、それだけ言う。

「そんないじわるなこと言ったら、もっと、巻き添えにされちゃうよ」

まばたきをくり返し、ふたたびぼくの隣に腰かけた彼女は、今度は澄んだ楽器のような曇りのない音で笑った。


……●☽●……


「このあいだ母と話をして、母がK高校の出身だって聞いたんです。そしたら、ぼくも同じ学校に行きたいなという気持ちになって――」

願書の提出はぎりぎりで、急な進路変更の申し出に、担任は困惑したような顔をした。ぼくは家で考えておいた言葉を並べ立て、それは人生の中で、いちばん流暢《りゅうちょう》に喋った瞬間かもしれなかった。本当のことはわからないから、用意してさえいれば、嘘のほうがずっとすんなり口をついて出た。

あらかじめ用意していた言葉でなんとか説得をして、急いで願書を用意して、またたくまに入試本番を迎えた。多くの生徒がすべり止めで受けるところで偏差値はそこまで高くはなく、のんびりした校風が人気のところでもあるらしかった。ぼくは無事に合格し、春からの高校生活とひとり暮らしの開始を約束された。喜びというより、安堵《あんど》の気持ちだった。これで母と、母の好きな相手から離れてあげられるのかなと思った。

母がトウマと出会う前、ぼくと母の暮らしは裕福とは言いがたいものだった。おそらくは幼稚園や保育園に預けられるようなお金もなく、頼れる親族もいなかった。母は恋をした相手との交際を反対され、仕方なく家を出て、ぼくをうんだらしいということを、ぼくはいつか酔っぱらって帰宅した母がこぼしたのを聞いて知った。母が好きだった人は、ぼくが物心つくころにはすでに母のそばにいなかった。母がぼくを家に残して出かけているあいだ、ぼくは、ひとりの室内でカーテンの縫い目を目で追ったり蛇口から落ちる水滴を見つめたりといった、生産性のないことばかりして時間を過ごした。はじめは無自覚に、いつのまにか意識的に。

トウマと結婚して、母は好きな人とのゆたかな暮らしを得たけれど、それは永遠ではなかった。母の行為がどれほどトウマを憤らせたのか、その感情をぼくは知ることができないけれど、トウマは同じ部屋で暮らすことができないほど、母を嫌いになってしまったのだと思った。トウマはそうとは言わなかったけれど、トウマからしたらぼくは母の荷物であって、母を持つことさえ嫌になったのに、その母の荷物なんて、もっと持ちたくないに決まっている。なんなら、ぼくのほうを手放す都合のいい口実でさえあったかもしれない。トウマの考えていたことは、いまとなってはもうわからないけれど。

母も、ぼくをいつか自分から切り離したくなるときがくるだろう。そういう漠然とした予感を、ぼくは心のどこかでいつもじっと抱いていた。あるいは、もうすでにそう思っているかもしれない。それで幸せになれるならそうしてくれたらと思って、でも幼いぼくには、そういうあれこれを形にできるほどのはっきりした意識や言葉がなかった。だから、いつからそう思っていたのか、それもたしかじゃない。

鹿野さんと出会って、母はふたたび、好きな人との裕福な暮らしに身を置いた。せっかく得た多額のお金を払ってでも、ぼくはその暮らしから、引き離したい存在なのだった。悲しい気持ちはなく、母とぼくは別々の空間で幸福になることができるのかもしれないということにほっとした。その安堵のいっぽうで、でもそんなことより、ぼくが失踪《しっそう》でもしたほうが母と鹿野さんはずっとありがたいんじゃないだろうか、というような気もした。

ただ、ぼくはその決意をできなかった。環境の変化に適応していける自信や、失踪しても生きていくための知恵、見知らぬ土地でのたれ死ぬかもしれない覚悟や、なにもかもなくしても絶対に生き延びてやろうという気概。失踪するにはいろいろなものが足りなさすぎた。ぼくは目の前に伸べられた道の、ひとまずの目先は楽なほうを選んだのだった。

4

「やあやあ、今日も来てくれてありがとう」

数日つづいている雨で濡《ぬ》れっぱなしのアスファルトを歩いた先、公園のベンチに今日も彼女はいた。手招きして東屋《あずまや》の下にぼくを呼び寄せ、暗がりを照らす明かりのような朗らかな音で話す。

「雨、大丈夫だった?」

小さく頷《うなず》くと、「ふふ、よかった」と美夜子は笑みを浮かべた。それからあらたまって咳払《せきばら》いをひとつして、それじゃあ今日はね、とこれからおこなう「悪いこと」を告げる。

「じゃーん、プリンです」

美夜子はビニール袋からプリンの容器をふたつとりだして、見せびらかすように高く持ち上げた。

「ただのプリンじゃないよ。ちょっと良いやつなの、見て、つやつや」

プリンの違いがぼくにはわからないのだけれど、美夜子は容器の透明の部分から見えるプリンの色を、角度を変えながら高揚したようにぼくに見せた。そしていそいそとスプーンを用意して、プリンとともにこちらに差しだす。

「食べよっか」

促され、プリンの蓋《ふた》をそろりと剝《は》がした。

「うーん、甘いねえ」

美夜子はスプーンの先をあどけなく口にくわえて舌鼓をうった。夜の暗さの下で見る彼女の頰は月の断面のように白く、こちらをふり向くたびにはらはら光る。しっかり固まっているように見えるプリンは、スプーンを挿しこむといとも簡単に突き破れた。少し掬《すく》ったらその部分から崩れていって、口に入れるととろとろと液体みたいに口内に広がる。良い卵を使っていて、〈なめらかで濃厚な舌ざわり〉であるらしい。と、容器の蓋に貼られたラベルに書いてあった文言を思い返す。

「晴野くん、プリンは好き?」

「どうだろう……た、ぶん？」

「わあ、やったね」

やったね？

「晴野くんの好きかもしれないものがひとつ見つかったね」

「……それが、やった、なの」

「うん」

須藤美夜子という人のことは、何度考えても、さっぱりわからないと思う。

カップ麺《めん》にはじまり、トランプを教わって、ぼくは美夜子の、悪い人間になる計画の「巻き添え」になっていく。

美夜子は、父親が家にいるという週末以外の月曜日から木曜日の夜、毎回約束をとりつけては、ぼくを「悪いこと」に誘った。砂場遊び、しゃぼん玉、お菓子パーティー。ぼくを外に呼びだした美夜子は、ぼくにはとても思いつかないような「悪いこと」をつぎつぎに提案した。存外やわらかい砂に苦戦しながらトンネルや城を作ったり、暗闇に浮かぶ無数の透明の泡を眺めたり、ケーキをプラスチックの小さなスプーンで崩しながら反対の手でポテトチップスをつまんで食べ散らかしたりということを、不慣れなぼくにやさしく指導をしつつ、美夜子は楽しそうに、真剣に打ちこんだ。

美夜子はいたってまじめに、それらの悪いおこないに勤《いそ》しんでいるつもりのようだったけれど、彼女の提案することは、夜中に家を抜けだしているということを除けば、なにも悪い人間じゃなくてもおこなえそうなことばかりだった。それで手錠をかけられたり罪に問われたりは、きっとしない。「悪いこと」とはなにをするのか、と身構える気持ちは日ごと砂のようにさらさらと散って、かわりに、彼女のすることは、それは本当に悪い人間がしようとすることなのだろうかという疑問が積もった。

「晴野くん、目の下、隈できてるよ」

のろのろとプリンを食べていたら、突拍子なく指摘されて持っていたプラスチックのスプーンを落としかける。食べる手を止めた美夜子の視線がぼくの目許《めもと》を撫《な》でた。

「ちゃんと寝てる？」

「う、ん」

「ほんと？　わたしにつき合わせて夜更かしさせちゃってるからなあ」

美夜子はぼくに触れないかわりに、自分の目の下を指先でなぞった。彼女と会う前は、ぼくは時間の概念を失ったように好きなときに眠って好きなときに起きて、ほとんど昼夜もなにもないような生活をしていた。夜に起きているタイミングで、かつ必要なとき買いものに行くだけ。けれど、彼女に呼ばれて夜に外に出るようになってから、少しだけ曜日感覚をとり戻したし、毎朝方に眠って昼過ぎか夕方手前に目をさます、という規則ただしい昼夜逆転の生活になりつつあった。

「美夜子ちゃんは」

「うん？」

首を傾げた美夜子の髪が、彼女の白いカッターシャツに柳のように垂れ下がる。校章の入ったそのシャツは、あまり着ていないけれどぼくも同じものを持っていた。街灯の光で、彼女のシャツの白さがまばゆい。

「美夜子ちゃんは、毎日、学校に行ってるんでしょう」

言葉がぎこちなく震える。美夜子が目を丸くした。

「うん、そうだねえ」

「疲れて、ないの」

美夜子と会ったあと、ぼくは帰ってからたっぷり眠らないと体力が回復しないけど、彼女はぼくと会ったあと、なにもなかったかのように朝目をさまして、学校へ行って授業を受けているというのかと思う。眠くなったり、身体がだるくなったり、体調を崩したりはしないのだろうか。

「ふふふ、わたしは悪い人間だからね。疲れている暇はないのです」

悪いかどうかは関係ない気がしたけれど、それはうまく言葉にならなかった。


連日の雨がおさまると、蒸し暑さがいっそう身体にまとわりつくようになった。曇っていてなかなか乾かないアスファルトはまだあちこち濡れていて、水たまりに踏み入れないよう、地面を見つめながら歩く。傘を持たなくてよくなった手は自由で、でもなにも掴《つか》むものがないから暗闇に揺れていた。

まばらに立つ街灯につま先を照らされる。中学生のときから履いている靴は、布地がへたって伸びているのに少し窮屈だった。底が減っているのか、足を踏みだすとアスファルトの水気でうっすら湿る。蝶々結《ちょうちょむす》びがうまくできなくていびつな固結びになった靴紐《くつひも》は、歩いていてほどけることもないけれど、飛べない羽虫のように縮こまっていた。アパートには高校に入学するとき購入してもらったローファーならあるけど、それは静かに眠るように玄関の端で埃《ほこり》を被《かぶ》っている。靴の中がほのかに冷たいから、足裏の神経ばかり鋭さを増した。あわく光っている足許に気をとられていると、ふいに大きな影が差す。

反射で顔を上げた。

「あ……」

人、と思った瞬間に、他人の靴音はぼくの横を通り過ぎている。

性別も服装も捉《とら》えなかった。ただ人ということだけ目の端で認識して、力が抜ける。

くらりと道端の塀に寄りかかって、心臓に手をあてた。でもその手も、足も痺《しび》れたように感覚をなくしはじめる。見たものを忘れようとふり払っても、眼裏に貼りついた人影は、墨汁をぶちまけたみたいにいつまでも黒々と波うった。

噴きだした背中の汗が、シャツを染めていく。視界ごと濡れて、頭の中が茹《ゆ》だっていくような感覚に目を伏せてしゃがみこんだ。うしろから殴られたみたいに、脳が揺さぶられて熱くて気持ち悪い。住宅街を抜ける風の音や、街灯の鈍い唸《うな》りが鼓膜を撫でていった。ブロック塀に肩を寄せたまま、酸素をとりこもうと口を開ける。でも、息が苦しい。指先が震えて、自分の身体の輪郭がみるみるぼやける。

「晴野くん？」

靴がアスファルトを踏む音と、聴き慣れた声がした。

うつむいたまま、ゆっくりと瞼《まぶた》を持ち上げる。暗闇のほうになじんだ目が、さっきまで見ていたはずの街灯の光にくらんだ。白くて丸いスニーカーの先端が見え、そのさらに上に慎重に視線を送ると、木琴みたいな音で話す口許にぶつかった。

「どうしたの？」

その声を、いつのまに、聴き慣れはじめているのかと思う。

美夜子は眉《まゆ》を下げて、こちらをうかがうように見つめていた。森みたいな色のズボンと、夜みたいな色のブラウスが、ぼやけた視界でどうにか見てとれる。

「わ、すごい汗だよ」

かがんで視線を合わせられ、反射で身を竦《すく》めた。どれだけ口を開けても息を吸えなくて、喉《のど》からひゅっと音がこぼれる。身体を支えることに耐えられなくなって、脱力した膝《ひざ》がアスファルトの冷たい凹凸に触れた。

「晴野くん。息、少しだけ止められる？」

呼吸をとり戻そうとするほど、喉から出る掠《かす》れた笛のような音が鳴り止《や》まなくなる。身体は酸素を欲してのたうちまわっていて、でもそれはあくまで気持ちで、じっさいには硬直してほとんど動かない身体を、ぼくは広すぎる暗がりに持て余した。

「二秒――苦しかったら一秒でもいいよ、……大丈夫だよ。二秒止めて、ゆっくり息を吐いて」

美夜子は落ち着いた声で、大丈夫だよ、と言い聞かせた。

「一瞬だけ息を止めて。うん、ゆっくり吐いて」

何度もくり返されてようやく、言われていることを理解しはじめる。ふやけた思考で嚙《か》み砕いた言葉に従って、息苦しさをこらえて一瞬、酸素を吸おうとする身体の反射を押しとどめた。ゆっくり吐いて、とふたたび声をかけられて、言葉のとおりに、肺に溜《た》まった空気をできるだけ細く長く吐きだす。

「うん、そのまま何回か。できるかな」

はじめは苦しかったけど、彼女に言われるとおりにしていると、だんだん呼吸が楽になっていくのを感じた。胸を掻《か》き毟《むし》りたくなるような酸素の不足感が薄れていって、身体の震えもおさまっていく。

時間をかけて、脈拍がやっとほとんど正常な速度に戻ったころ、美夜子が大きく息を吐いた。

「はあ、よかったあ」

しゃがんでぼくと同じ目線の高さのまま、もう大丈夫そうかな？　と安心したような顔をする。まばたきをして見つめ返すと、彼女は「晴野くん、今日は遅いなあって思って」と笑った。

「だから歩いてきちゃった」

少し面食らう。美夜子はいつもぼくを「悪いこと」に誘うけど、もしぼくが来なければ、彼女はなにもせず帰るのでも、ひとりでその日の悪いことに勤しむのでもなく、ぼくをさがしにくるのかと思った。

「なにかあった？」

おだやかな音で問いかけられる。答えるための口の中はからっぽで、かさかさに乾いていた。言葉をさがして、異物が絡まったような喉の奥からどうにか引っぱりだそうとすると、とたんにむせて咳が出る。

「わあ、ごめんね。無理しなくてもいいよ」

美夜子の言葉がぼくを撫でた。咳と、掠れた声しか出てこなくて、思うように捕まらない声と言葉はなかなか唇より先へすべらない。

「……ひと、と」

「うん」

「すれ、違って……」

「うん」

「……それ、だけ」

言葉にしてみると、本当に、たったそれだけのことだった。それだけなのに、ぼくは自分の呼吸を見失う。ひとけのない住宅街はいつもひどく静かで、夜中にだれかとすれ違うことは滅多にないから油断していた。コンビニに入るときは、人の存在や気配や声を前もって覚悟して、必死に手足を動かして一刻も早く終わらせようとしている。それでもあまりうまくはいっていないし、心の準備をしたところで人が駄目なことに変わりはないけれど、ふいうちにはもっと弱かった。

美夜子はぼくの途切れ途切れの言葉を、やさしく相づちをうちながら聴いていた。そのあと、ちょっと考えて、手首のあたりに引っかけていた白いビニール袋へ手を伸ばす。動作を見て、そこではじめて、彼女がコンビニの袋を提げていたことに気がついた。

「晴野くん、これ食べる？」

ビニールの中をさぐった美夜子の手には、棒アイスのパッケージが握られていた。チョコレートがコーティングされたバニラアイスの写真が、包装の前面に大きくプリントされている。

「飲みものを買ってたらよかったんだけど、忘れてて。ごめんね。アイス冷たいから、喉、気持ち的には少しは潤うかも？」

食べられなかったらわたしがもらうね、と美夜子はぼくの返事を待たずにアイスの封を開けた。

「ちょっと溶けてるかも」とつぶやきつつ、木の棒の端を支えてぼくに差しだす。

「持てる？」

でも、手を伸ばす力さえ入らなかった。というより、意識をどこに寄せてどこに力を入れたらその場所が動くのか、忘れてしまったみたいに身体が動かせない。

油断は、彼女と話すようになったことからかもしれなかった。美夜子の前に立ってもやっぱり手足が揺れるけど、それでもどうにか会話らしいことができるようになってきていたから、少しは人に慣れたのかもしれないという驕《おご》りが、心のどこかに、無意識のうちにあったのかも。だけど、美夜子の前で多少ましなだけで、それはマイナスがゼロに、どころかマイナス10がマイナス8になったぐらいのことだ。それはきっと、到底進歩などではないのだった。

ぼくが固まっていると、美夜子はふと、なぜか、不敵な笑みを浮かべた。

「いやがらないと、わたしが食べさせてしまうよ」

彼女の手がそのまま、アイスの先をぼくの口許に寄せる。バニラアイスを覆い隠しているチョコレートが、街灯の下でつややめいて見えた。ぐずぐずになったままの思考力で、寄せられたアイスに、そっと顔を近づける。

唇と舌に、ひんやりした甘さが触れた。暑さのせいか、チョコレートは汗をかいて濡れていた。押し開けた唇の中にある歯が、少しやわらかくなっていたチョコレートに沈む。きんとした冷たさが歯茎につたって、蒸されたあとのような頭が、徐々にさめていくような感じがした。

顔をわずかに引いて、アイスから唇を離すと、どうしてか今度は美夜子のほうが、真顔で固まっていた。

「……美夜子ちゃん？」

もつれる喉とアイスの冷たさで、呼んだら少し舌足らずになる。

「……あ」

一時停止ボタンを押されていたみたいに、つかのま、動きを止めていた。美夜子の動作が、急に戻ってくる。

「あ、ええと。なんか、照れてしまった」

美夜子はしどろもどろに、空いているほうの手で口許を隠した。ぼくがぽかんとしていると、彼女は顔を少し背けたまま、棒アイスをふたたび差しだす。

「アイス、食べられそうだった？」

「たぶ、ん」

美夜子はゆっくりこちらに視線を戻して、よかった、と言った。

「もう一本買ってあるから、わたしも食べようかな」

ぼくはかじったアイスを彼女から受けとって、自分の手に持った。木の棒に触れて、ちゃんと摑めたことにほっとする。

「晴野くん、おうち、この先だったよね？」

美夜子の目線がぼくが歩いてきた方向へ動いた。

「今日は帰って休む？」

「え……」

「また来週、つき合ってくれる？」

言われて、今日は木曜日か、と思った。とり戻したような気がしていた曜日感覚は、あまりあてにならないみたいだ。

「……来週、なに、するの」

「そうだねえ、どうしようか」

美夜子は楽しそうな顔を作って、うーん、と顎《あご》に手をあてた。

「今日はね、さいきん暑いから、アイスを食べよう！　って思って。晴野くんをさがしに行く前に、コンビニに寄ったのだけど――」

ゆったり話していた美夜子の持っていたアイスが、蕩《とろ》けてつっと滴る。小さな唇があわててそれを掬いとった。

「でも、悩んじゃって。晴野くんは、アイス、なにがいいかなって。今日は勝手に買ってきちゃったのだけど、本当はね、一緒に選べたらいいなと思ったの」

「いっしょ、に？」

それはつまり、美夜子とお店に入って、並んで棚を見て、買うものを決めるということ？

途端に、嵐の水辺に放りこまれたような錯覚をした。想像だけですぐに挫折《ざせつ》して、渇いた喉で浅く喘《あえ》ぐ。ぼくはつかえながら言葉を返した。

「……たぶん、無理、だよ」

「うん、嫌なことは、無理はしないで」

もういっぱい無理させてるけどねえ、と美夜子は、冗談めかしたようにも、困ったようにも聞こえる調子で言った。

「……美夜子ちゃんが、困る、よ」

「うん？　わたしが困るの？　どうして？」

「また、倒れる、かも」

「大丈夫、わたしが守るよ」

守る、とは。いったいなにから、どうやって？

「もしくは一緒に倒れる」と、美夜子はつけ加えた。

「一緒に倒れたら、お店に、迷惑だよ」

「晴野くんも、迷惑とか、考えるんだねえ」

「……ひどいこと、言われてる？」

「ああっ、ごめん、そういう意味じゃないよお」

そういう意味、も、じゃあどういう意味なのかも摑めないまま、初夏の暑さでやわらかくなりはじめているアイスを、口に押しこんだ。

「大丈夫。わたしは晴野くんに困らされたことはないよ」

今日何度目かわからない「大丈夫」が降ってくる。「わたしはたくさん困らせているけどね」とつづいた言葉を否定できないで、ぼくはアイスを口の中で溶かしながら、静かに頷いた。

「ふふ、悪い人間でしょう」

美夜子は誇らしげに笑った。けれどその悪い人間は、過呼吸を起こして酸素をうまく吸えなくなったぼくに、息の仕方など教えてくれる。

「晴野くんがしたい悪いことを、一緒にしよう」

したい悪いこと、なんてあるはずもないのだけれど。

「それとも、巻き添えになるのは、やめる？」

美夜子はぼくを覗《のぞ》いて問いかけた。その問いかけはでも疑問ではなく、説得や強要でもなくて、ぼくの意思をたしかめるようだった。

ただ、ぼくがどうしたいのかということを。

唇はアイスの冷たさに麻痺《まひ》して、拒否も承諾もせずに夜を噛む。

「……ぼくは、なにを……選んだら、いいのか、わからない」

進んで巻き添えになりたいのとも違うし、わざわざ人がいるコンビニに行きたくはない。だけど、やめたいとも嫌だとも、告げることはできなかった。迷った感情の言葉はアイスのことと思われたかもしれない、とあとから思うぼくに、美夜子は言う。

「じゃあ、晴野くんがよければ、今度は一緒に好きな味を選ぼう」

気づくと、ぼくははたせるのかどうかもさだかでない、未来の約束を交わしている。


「連絡先とか、訊《き》いてもいい？」

アパートのそばまで送り届けられたあと、美夜子に言われてぼくはほとんど使っていない携帯の電話番号を諳《そら》んじた。初期設定のままのメールアドレスは複雑で憶《おぼ》えていなかったし、メッセージアプリやSNSも利用していなかった。ぼくの携帯はまたも電池がなくなって部屋の隅で眠っているところだったから、すぐに答えられるのが電話番号しかなかった。十一桁の数字を伝えたら、美夜子は慣れたようにその番号を自分の携帯に打ちこんだ。

「電話していいの？」

「でも、電池、切れてるかも」

「ええ、充電しておいて」

至極真っ当な言葉で笑う。頷いて、でも忘れそうだなと思った。

「それじゃあ、また来週に」

おだいじにね、と添えて、美夜子は元気よく手をふって帰っていった。

連絡がくるのかどうかわからなかったけれど、先延ばしにすれば本当に忘れてしまいそうで、部屋に戻ってまず携帯を充電器に繋《つな》いだ。電池のマークが浮かぶ画面をぼんやり眺めて、最後に起動したのはいつだっけ、と思う。

あかるくなった画面に、メールの受信を知らせる数字が表示されていた。受信ボックスをたしかめると、母からメールが三件、届いている。

〈はるや、元気にしてる？　学校の先生がはるやのこと、心配してらしたわよ。〉

〈お金、あまり使ってないみたいだけど、お友達と遊ぶのにいるでしょう？　遠慮しないでね。〉

〈はるや、お母さんのこと嫌いになっちゃったの？　たまにはお返事してね。〉

数日おきに来ていたメールはすぐに読み終わった。手の中の携帯が熱を持つ。たまにはお返事してね、という文章をもう一度見て、でも、なんと返せばいいか困った。〈ぼくは元気です〉学校に行けていないのに？　〈遊ぶ友達はいないから大丈夫です〉なにが大丈夫なのかわからない。〈お母さんのことは嫌いじゃありません〉嫌いだから連絡を怠っているわけではないけれど、好きか嫌いかと言われてもなんだかぴんとこなくて、じゃあどう思っているのかといえばそれも、うまく説明できない。

学校の先生がぼくをどう心配するのかわからず、ブルーライトにちかちかする瞼の奥で、通えていない高校のことを考えた。戻るのはきっと難しい。このままでいれば、留年、あるいは退学？　それも仕方ないと思うけれど、学費をだしてくれている鹿野さんには少し申し訳ない気がした。高校を退学すれば、ぼくはここに住んでいる理由がなくなるのかもしれない。だけど、また一緒に暮らすことを、もうだれも望まないだろう。

返事に悩んでいるうち、空が端のほうから白んで、夜が溶けだした。


母に返事をしないまま、週が明けた。月曜日の夕方、シャワーを浴びて、しばらく怠けていた洗濯をはじめたところで、夜に着ていく服がないことに気づく。あ、と思ったときには持っている服のあらかたが洗濯機の中を渦巻いていて、仕方なく制服のカッターシャツに腕を通した。洗い終えた服を室内に吊《つ》るしていると、ワンルームはたちまち湿った匂いにつつまれる。

溜まった洗濯物を干すだけでくたびれて、ベッドに寄りかかった。瞼を下ろしてうつらうつらしていると、ふいに鳴ったけたたましい電子音に起こされる。目を見ひらけば、夕方と思っていたのがいつしか真っ暗な夜に移ろっていて呆気《あっけ》にとられた。

ぼやけた頭をふって音の出どころをさがす。充電器に挿したままの携帯が発光しながら振動していて、電話が鳴っているのだとわかった。手を伸ばすと画面のボタンに触れてしまって、「もしもし？」とやわらかな声がする。

——人の声。

思考が介入する前に、さっと背すじが冷えた。

「須藤です。晴野くんの電話で合ってますか？」

須藤。須藤美夜子。

声でそうだとわかったけれど、脳が理解していても、身体がとっさに怯《おび》えた。不安定になる呼吸で、時間をかけて、うん、と返す。美夜子は電話の相手がぼくで間違いないとわかったとたん、よかったあ、と口調を崩した。

かと思えば、

「電話、つらいかな?」

肩で息をするぼくの様子が見えているかのように、そんなことを言う。

「……ど、う、かな」

美夜子とに限らず、人と電話をすることじたい、ほとんど経験がないことだった。だから、戸惑っている。

「慣れ、たら……大丈夫、かも、しれない、けど」

「そう? やっぱりしんどいなって思ったら、言ってね」

「う、ん」

「ふふ、ありがとう。えっと、今日は、アイスを一緒に選ぼうって言ってたよね。晴野くんの都合はどうだろう?」

都合といっても、ぼくに、美夜子がとりつける約束のほかに予定などありはしなかった。

「今日は、コンビニで待ち合わせにする? それともお迎えに行こうか」

「……む、かう」

「わかった、じゃあ、待ってるね」

気をつけてねえ、と間延びした声と携帯を、耳から離した。なんとか通話を乗り切って、携帯の画面で時間をたしかめると、あと一時間もしないうちに日付が変わるというころだった。

着たまま寝てしまった制服のカッターシャツに手近なズボンを合わせ、外に出る。霧雨が降っていた。傘を持って、少しだけ足早に移動する。今日はさいわい知らない人とすれ違うこともなく、前方にコンビニの白い明かりを捉えたころ、美夜子の姿も一緒に見つけた。

「晴野くん」

美夜子は濡羽色の傘の下で手をふっていた。濃いネイビーのワンピースの長袖《ながそで》がさらさら揺れる。

「来てくれてありがとう」

流れるように近づかれて、ぼくは首を縦にふりながら、少しあとずさった。すでに足が震えている。でも、それがいま美夜子に会ったせいなのか、これから立ち向かうことに怯えているせいなのか、ただしく判断できない。

「ゆっくり行こうか」

どうせ行かなくてはいけないのなら早く行って早く済ませたいような気もしたけれど、美夜子は歩くペースを落として本当にゆっくりと歩き、ぼくはぼくで、震える身体では彼女が歩くのと同じペースでしか歩くことができなかった。ちょっと暑いね、と美夜子はボタンの留められたワンピースの、喉より少し下あたりを指でつまんであおぐ。傘をたたんでコンビニの自動ドアをくぐると、入店音が美夜子とぼくの存在を店員に報《しら》せた。

「いらっしゃいませ」

事務的なあいさつが飛んできて、六月の夜に汗ばんでいた手足が急速に冷えていく。反射で見たレジは無人で、声の出どころはわからなかった。

「晴野くん」

「……だい、じょうぶ」

美夜子に前を歩いてもらい、店内のどこかにいるはずの店員の姿を見つけないよう気をつけながら、足を踏みだした。

アイスの売場は、レジに比較的近いところ、壁沿いの冷蔵商品の陳列棚の前に大きく場所をとって展開されていた。美夜子はぼくをふり返りつつ、目をかがやかせてアイスケースを覗きこむ。

「たくさんあるねえ」

彼女のその睫毛《まつげ》や目の下は、ラメが散らばって細かく光っていた。瞼や頬が白桃みたいにうっすらピンクがかって、照明の下で幾度もまたたく。いつもと違うような気がして、しばらく考えて、メイクをしているのだと気がついた。もしかしたらいつもしているのかもしれないけれど、今日はいっそう華やかに顔が彩られて見える。服装と相まって、彼女は深夜に家を抜けだしている高校生ではなく、街を歩くりっぱな大人の人みたいだった。

「晴野くんどれがいい？」

それでも、アイスを見ていた目をこちらに向けたら、すぐ、いつもの楽しげな美夜子になる。

訊《たず》ねられ、でも自分の中に答えがないから、ぼくは返事に窮してしまった。アイスを食べた経験が乏しいから、どれがいいか、などと訊かれても判断材料がない。

「わたしはこれにしようかなあ」

チョコもなかを手にとる美夜子を横目に見て、そういえば先週もチョコレートのアイスを買っていた、と思いだした。舌先をつたって身体に満ちた甘さと冷たさが、意識の中にふっとよみがえる。

「……じゃあ、ぼく、も」

「え、晴野くんは、自分の好きなの選ばないとだめだよ？」

でも、自分の好きなアイスなんて知らないのだ。なるべく早く決めてコンビニを出たいけれど、自力ではとても選べる気がしない。口の中をもごもごさせながら、けれど唇は結んだままでうつむくと、あ、と美夜子が声を上げた。

「晴野くん、このシャツ、制服のやつじゃない？」

学校のマーク入ってる、と美夜子は、ぼくのシャツの二の腕あたりに刺繍《ししゅう》された校章を指さした。乾いている服がなくて、という言い訳をぼくが思いだすより先に、「すごい」と彼女はつぶやく。すごい？

「すごい。度胸あるなあ、悔しい。わたしも堂々と制服で来るぐらいの気概じゃないと駄目だったかあ」

店員に聞かれないように、美夜子は小声で、けれど早口にまくし立てた。

「やっぱり晴野くんは悪い人間の先輩かもしれない」

ずいぶん不名誉なポジションを与えられているような気がしながら、なにも言えず、すごいすごいと称賛なのかよくわからない称賛を浴びた。

「あ、いけない。アイス溶けるね」

手にとったチョコもなかの存在を思いだした美夜子は、「晴野くんも本当にこれでいいの？」とたしかめる。ぼくが頷くと、じゃあ外で待っててくれる？　と彼女はチョコもなかをふたつまとめてレジに持っていった。ぼくは美夜子の言葉に甘え、なるべく視線を下げて大人しく外に出る。

雨がタイル張りの軒下を濡らしていた。なまめかしく光を反射する足許を見つめる。ほどなくコンビニから出てきた美夜子が、おまたせ、とレジ袋を指に引っかけてひらひら手をふった。それから空いているほうの手を屋根の外へ翳《かざ》して、手のひらを上に向ける。

「まだちょっと降ってるかなあ」

まあいっか、と美夜子は、持っている傘を広げないままに湿った夜へ歩きだした。

「行儀悪く、歩きながら食べちゃおう。溶けちゃう前にね」

言うやいなや、美夜子は袋からチョコもなかをふたつとりだして、ひとつをこちらに寄こす。白い手からもなかを受けとればその手は下ろされて、暗闇が美夜子の姿を隠した。ぼくの一歩前に出た輪郭が夜と同化して、一瞬、見失う。

「晴野くん」

翻れば、でも、その姿はすぐに戻ってきた。両手でアイスの封を開けようと格闘している美夜子は、これ固いねえ、と困ったように笑う。まもなく綺麗《きれい》に開けることを諦《あきら》めたらしく、ぎざぎざの切り口に手をかけ豪快に封を切っていた。

「ふふ、さっそく食べましょう」

アイスの袋の端を指で挟んで揺らしながら、いただきます、と手を合わせる。行儀悪く、などと言いながら、そのあいさつを口にするのは忘れないのだった。合わせた手をほどいて袋からとりだしたチョコもなかに、歩きながらも器用にかじりつく。

「冷たい、あっ、おいしい」

晴野くんもほら、と唆され、美夜子に倣ってアイスに口を寄せた。もなかの皮のからりと乾いた感触を舌に載せながら、ゆっくり歯を立てる。中につつまれたバニラアイスの、冷たいけれどまろやかな甘さと、そのあいだに挟まった板チョコの甘苦さが口の中に広がった。アイスもチョコレートも、口に含むなり口内の温度でまたたくまに蕩けていく。

「背徳の味だねえ。いやあ、悪いことしてるなあ」

美夜子は満足げにつぶやいて、アイスをくり返し口に運んだ。

「巻き添えにされて、晴野くんも、わたしと一緒に悪い人間だね」

彼女がそう言うから、そうなのか、と騙《だま》されそうになった。

でも、と思う。

自分が悪い人間かどうかはあまり考えたことがない。少なくともあまり良いものではないと思う。犯罪にあたるようなことをしたつもりはないけれど、かといって、とても、善い人間であるような気はしない。

でも、彼女は違う。

「美夜子ちゃんは、そんなに、悪い人間になりたいの」

もなかをかじっていた美夜子が、咀嚼《そしゃく》しながらこちらをふり向いた。よく噛んで飲みこんだあと、美夜子は力強く頷く。

「なりたいよお」

でも、悪い人間になりたいと言うわりに、いまのところは、夜中にカロリーの高いものや甘いものを食べたり、小さな子供のように遊んでみたりといったことしかしていないのだ。

本当に悪人であるなら、過呼吸を起こしたぼくのことは放っておけばいいし、ひとけのないコンビニでわざわざきっちりお金を払わずとも、商品のひとつやふたつ、こっそりくすねていけばよかった。どうせ夜中に出歩くのなら、ぼくのような引きこもりの人間を捕まえてないで、もっと派手に、飲酒でも喫煙でも、万引きでもかつ上げでもなんでも、してみればいいのかもしれない。と、考えて、自分の中の過激な思想に、少しだけ驚いた。自分でそうしようとしたことはなかったけれど、でも、それが悪いことだと、ぼくはどこかで教わった。嗜《たしな》んだことはないのに、お酒や煙草の匂いはずっと前から知っていた。

アイスを持っていない、空いているほうの手で心音をなぞる。子供がお酒を飲んだり煙草を吸ったりするのは、よくないことだ。人のものを盗《と》ることも、暴力をふるうことも、それが悪いことなのだと、もう、知っている。

そんなに、悪い人間に、なりたいなら。

「晴野くん。どうかした？」

「……ぼくに、構わなくても」

歩いていた美夜子が足を止めた。

「悪い人間だから、晴野くんを連れまわしてるんだよ」

「アイス、も」

「え？」

「わざわざ買わなくても、いいのに」

「どういうこと？」

「……盗って、いったら」

そうしたら、簡単に「悪い人間」になれるのに。

ぼくの言葉を聞いた美夜子はきょとんとして、一拍置いたのち、「駄目だよお」と笑った。

「それは犯罪だから、駄目だよ」

「悪い人間に、なりたいんでしょう」

「そうだねえ」

「手っ取り早いんじゃ、ないの」

そう言ったら、美夜子はふふ、と笑うだけだった。その口の端に、もなかのかけらがついている。

万引きも、未成年の飲酒も喫煙も、暴力もすべて、駄目だよ、と美夜子は言った。

アイスを食べながら、どこに向かって歩いているのかと思ったけど、とくに目的地はないみたいだった。ぼくより少しだけあとにチョコもなかを食べ終わった美夜子は、閑静な住宅街の真ん中で「晴野くん、今日は携帯持ってる？」とぼくに訊ねた。

「今度は電話じゃなくて、メッセージにする。訊いてもいい？」

手についたもなかの粉を払って、携帯を握った美夜子が言う。今度とか、明日とか来週とか、彼女が未来の約束を差しだすたび、ぼくは心の端で小さく慄《おのの》いた。それはぼくには靄《もや》がかかっていてちっとも見えないものなのに、彼女にはあたりまえのように見えているんだろうかと思う。

ポケットから携帯をとりだした。パスコードを入れてロック画面を解除すると、母から届いたメールの画面が、ひらきっぱなしになっている。

「……自分のアドレス、って、どうしたら見られる？」

「うん？」

メッセージアプリ使ってない？　と訊かれて頷く。美夜子がぼくの身体と距離を置きつつ、携帯の画面を覗きこんだ。〈お金、あまり使ってないみたいだけど、お友達と遊ぶのにいるでしょう？　遠慮しないでね。〉先日届いた母のメールが暗がりを照らす。光る液晶を美夜子の目が過ぎて、「えっとね」と彼女は少し考えた。

「メールアドレスはね、まず設定をひらいて」

「設定……」

「あ、じゃあねえ」

ちょっと借りてもいい？　と美夜子がぼくの携帯を指したので、手の中の薄い直方体を差しだした。携帯を受けとった美夜子は、少しのあいだぼくの携帯と自分の携帯を操作する。

「じゃーん。登録しましたー」

ほどなくこちらに向けられた画面を見ると、ほとんどデータの入っていなかったぼくの携帯の電話帳に、〈すどう〉が追加されていた。

「番号とアドレス入れといたよ、あと誕生日と血液型も」

「……あり、がとう？」

連絡先を教えてほしいと言ったのは美夜子のほうじゃなかったっけ、と思いながら、彼女の連絡先を教わり、なぜかお礼を言っている。

「ええ？　こちらこそありがとう」

美夜子も不思議そうに笑った。なにかしてもらったときはありがとうって言うんだよ、ということは、トウマに教わったような気がする。けれど人の、電話番号やアドレスはおろか、誕生日や血液型を知っても、ぼくはその情報を持て余してしまうだろうとも思った。

「わたしも晴野くんのアドレスを登録したよ。これでいつでも連絡できちゃうね」

彼女はうれしそうに言ったけれど、それがうれしいことなのかも、ぼくには理解が及ばなかった。音のしない小雨はいつしか止んでいて、濡れたマンホールが鈍く光っている。

「……友達、は、ほかにいないの」

「いないの」というよりは、「いるでしょう」という確認のように言った。悪事につき合ってやろう、という友達は、それはたしかにたくさんはいないかもしれないけれど、でも、いつでも連絡できる相手なんて、彼女には、きっと、いくらでもいるはずだった。

「いない、ことはないと思うけど」

美夜子は曇った頭上を見る。

「でもわたしは晴野くんとお話ししたいなあ」

「……変わって、る」

「あはは、褒め言葉だねえ」

ぼくに携帯を返したあと、晴野くん、と美夜子は睫毛を伏せた。

「ごめんね。さっきのメール、少し読んじゃった」

数秒の沈黙が下りて、やがて、親御さん？　と問われる。

「晴野くんは、ひとり暮らししているの」

頷くと、そっかあ、と間延びしたように美夜子は言った。

「……美夜子ちゃんは、メールとか、よく、するの」

「メール？　え、家族と？」

「家族……でなくても、いいけど」

「そうだなあ、メールというか、メッセージアプリがほとんどだけど、するよ」

「そういうの、その……なにを、喋《しゃべ》るの」

「え、なに喋ってるだろ？　相手にもよるかなあ。家族なら、今日何時に帰るとか、スーパーで牛乳買ってきてとか。家族以外なら……課題の範囲とか、予習でわからなかったところとか、ドラマの感想とか、遊びの予定とか？」

それらはでも、どれもあまりに自分に縁のないことで、聞いてもまったくぴんとこなかった。

「どうして？」

母にする返事の参考になるかと、少しだけ、思ったのかもしれなかった。だけど美夜子の言葉を聞くうち、自分が母に返す言葉を思いつけないことのほうに納得しはじめる。美夜子の生活にあたりまえにある、学校に行って、友達と話したり授業を受けたり、テレビを観たり、家族と協力して生活したりといったことが、ぼくには、目には見えていても触れられるようになることはない、月や星のように遠かった。すぐそばにあるはずの世界に覆いをかけて、なにも見ないように過ごしているから、そこで生きている人のふるまいが、いつまでもわからないままなんだろう。美夜子にも、美夜子の世界があるのに。彼女がどうしてぼくと会っているのか、ますますわからなくなった。

「……なにを、言えばいいのかと、思って」

「うん？」

美夜子はぼくの言葉のつづきを待っていた。しんと静かな住宅街に、生あたたかい風が流れる。

「ふふ、お姉さんに話してごらんよお」

美夜子はよくわからない人格になって、ぼくの言葉を促した。

「お姉さん、なの」

「いまだけ？」

「……そう、なんだ」

「ほんとは晴野くんがお兄さんかも？　晴野くんの誕生日はいつ？」

「さん、がつ」

「え？　じゃあお揃いだ」

唇を三日月の形にほころばせる。ぼくが持て余す情報を、彼女はひとつひとつ集めるたびに笑うんだ、と思った。うつむいて、返された携帯を握る。

話してごらんよ、と言われたものの、なにから、どう言えばいいのか迷った。喉を掠めた言葉から、捕まえて順に口にする。

「……遊ぶ、友達が」

「うん」

「そもそも、いない、から……」

「わたしは？」

「美夜子ちゃんって、友達、なの」

「違った？」

澄んだ木琴の音が問う。美夜子は友達。違うかどうかは、まさか、ぼくが決めることだとでもいうんだろうか。住宅のあいだに延びている道の先には闇しか見えなくて、どんよりと曇っている空にはひとつの光も見つけられない。言葉に窮していると、美夜子は少し考えて、夜の暗さの中から、ほほ笑みながらぼくに言葉を渡した。

「じゃあ、本当に遊びに行く？」


カーテンの隙間をかいくぐって、部屋に白い陽光が射していた。端を摑んで、ちょっとだけ引いてみる。

「う……」

あまり眠れなかった目に朝日はひどくまぶしくて、すぐに閉じてしまった。光は容赦なく全身を焼いて、埃っぽい部屋に引きこもっている身体を浄化しようとするみたいだ。うつくしいものになるということには苦痛が伴って、耐えきれずに室内の日陰に逃げこむ。

——じゃあ、本当に遊びに行く？

数時間前のことになった夜の、美夜子の言葉を反芻《はんすう》した。洗濯槽を渦巻く濁った泡のように、言葉は思考をぐるぐると埋めていく。

「明日、十二時前に晴野くんのうちに迎えに来るね」

アイスを食べ終えたあと、ぼくをアパートの前まで送り届けた美夜子は、そう告げて来た道を引き返していった。こちらをふり返りつつ、手を大きく左右に揺らしながら遠ざかっていく姿を、ぼくはぼんやりと見送った。

その提案に、頷いてしまったのは、どうしてだったんだろう。

じわじわとにじむように後悔をしはじめたのは、自分の部屋に戻ってからだった。

遊びに行くといったって。いったい自分が、どこへ行けるというんだろう？　学校にも行けていないのに。ひとけのない夜に、美夜子につき合って彼女と会っているのがせいいっぱいだった。そもそも、これまで彼女と会っていたことじたい、遊んでいるといえば、そうなのでは？　じゃあ、本当に遊びに行くって、いったいなんなのだろう。

頭の中が縺《もつ》れて、どっと疲労感が押し寄せた。とりあえず休もう、とシャワーを浴びてベッドに潜ったけれど、洗っても落ちない油絵の具のような不安感に、なかなか寝つけなかった。

朝を迎えた部屋で、意味がないとわかっているけれど、目を擦《こす》って、どんどんあかるくなっていく部屋の中に暗がりをさがした。身体はまだ浅い眠りの中にいるみたいに重いのに、意識は氷をくっつけられたようにさめていた。壁ぎわにうずくまってあかるみから逃れていると、充電器に繋がっていた携帯が鳴る。メールが来たようだった。差出人の欄にすどうと書いてあり、ひらけば絵文字できらきらした文章に、目の前がちかちかした。

〈着いたよー！〉

着いた、とは？

液晶画面の上部には、〈11:45〉と表示されている。美夜子は、ゆうべ、十二時前にうちに来ると言っていたけれど――

〈ドアの前で待ってるね。準備できたら教えてくれる？〉

手に汗がにじんで、携帯がすべり落ちた。ベッドに着地して、衝撃は吸われる。十二時前って、昼のってことなの。ぼくは短い廊下の向こうにある玄関ドアを見た。

あの薄い扉を隔てた先に、美夜子は立っている？

ぼくはとっさに思考をめぐらせた。風邪を引いたとか、眠っていてメールに気づかなかったとか。そのドアの先に行かなくてもいい理由をさがそうとして、自分ひとりの部屋にいるのに、無性に逃げだしたくなった。カーテンで遮りきれない強い日射しが、夜のほうに慣れている目を鋭く刺す。悪知恵を働かせようとするぼくのそばで、携帯がもう一度振動した。

〈でも、もし、やっぱり無理そうなら、また今度にしようね〉

美夜子はぼくを知らないところに連れていくけれど。でも、いつも、強要はしないのだった。

濃い日射しの中をわざわざ歩いて来て、出てくるかもわからないぼくを待っている。そう考えると、彼女でなくてぼくのほうが、悪い人間であるような気がした。覇気のない足裏に力をこめて、立ち上がる。震えながらドアに近づいて、覗き窓から外を見た。魚眼レンズを隔てて歪曲《わいきょく》した、光に照らされた廊下だけが映る。

おそるおそる、鍵《かぎ》を開けてドアを押した。

光の束、よりもぶあつくて強い、隙間なく埋めつくす波のようなまばゆさが玄関口を浸した。焼かれる、と気のせいだとわかっていてももう一度思って、とっさに目を閉じる。足許がよろめいた。

「晴野くん」

木琴のような声に呼ばれて、引力に身体をとられ、世界に引き戻される。

目を開けて前を見つめたら、ドアの横から身体を覗かせた美夜子が、やさしい顔をして立っていた。

力が抜けて、玄関先にへたりこむ。

「わ、大丈夫?」

美夜子はすぐにしゃがみこんで、ぼくと同じ目線になった。身体を支えようとして壁についた自分の手が、小刻みに震えている。彼女のことは、たぶん、もう、こわくない。そう思っている気がするのに、身体は言うことをきかない。

昼間の光に怯《ひる》んでいると、しゃがんだままの美夜子の手が伸びてきた。思わず身を竦める。その手はぼくの頭の横で止まると、そのまま、ゆっくり上下して空中を撫でた。

「ふふ、寝癖」

指摘され、自分の手をそっと髪に這《は》わせる。縺れているのはなんとなく感じるけれど、手が震えるから、よくわからなかった。ぼさぼさの髪を直すようにも、犬かなにかをかわいがるようにも思える手つきが、目の前で宙をなぞっている。ぼくの顔のそばにある手は、それでも髪の毛の一本にも触れないで、静かに上下を移動した。

それでなぜか、震えていた指先が少しずつその動きをゆるめていくから、おかしかった。

いくらか冷静な心身をとり戻せば、起きてから顔も洗わないままだったことに気づく。着替えてもいない。けれど服装に関しては、外へ出るときもそれほど変わらないのだから、気にするまでもないかもしれない。美夜子は制服ではなく、ベージュのブラウスに裾《すそ》の広がった黒のズボンを穿《は》いていた。ゆうべとは違う、でも、その恰好《かっこう》はやっぱり大人の人みたいに見えた。

「な、おして、くる」

壁に手をつきながら、身体を持ち上げる。すぐそばの洗面所の鏡と向かい合い、はねた髪を水道水で濡らして撫でつけた。汗を吸ったよれよれの服を替えて、玄関口に戻る。のんびり待っていた美夜子は、ぼくを見て「直ってる」と洗いたてのやわらかな毛布のように笑った。

「おうちに来ちゃったけど、今日は、大丈夫そう?」

光の波は引いていた。美夜子の手で閉じられたドアは、外からの日射しを遮断している。あの光の中へ出て行って、歩くのか。日中なら人通りも多いだろう、だれかとすれ違ったらと思うと、それだけで心拍数が上がりはじめた。

「一応、こんなの持ってきたのだけど」

と、美夜子は鞄《かばん》からとりだしたものを両手に持ち、ぼくに見せた。キャップとサングラス。水道水で濡れているぼくの頭に手を触れないようにしながら、美夜子はキャップをぼくに近づけて被せるふりをした。

「あ、似合う」

言いながら、美夜子はサングラスは自分でかけ、黒いレンズでその目を隠した。顔の半分近くが覆われていると、なんだか知らない人みたいに見えて動悸《どうき》が増す。

「ちょっと歩いてみて、やっぱりやだって思ったら、戻る?」

けれど口をひらいたとたん、その表情は軟体動物みたいなやわらかさをまとい、知らない人のような神妙さやよそよそしさを失った。一瞬その顔になじんで見えたサングラスは、もう異物が乗っているみたいに不自然なものに思える。

「そんなこと、言っても、いいの」

「え、もちろん。どうして駄目なの?」

白い指がサングラスのつるを持ち、たわむれに上下させた。

「ふふ、晴野くんが茶色い」

かけたからといって、視界がサングラスの色を帯びるだけで、人の姿が見えなくなるわけではなかった。外敵から身が守られるわけでも当然ない。

「でもなんとなく、ちょっとだけ強くなったような気がするよ」

美夜子は顔の前で揺らしていたサングラスを外し、目が悪くなりそう、と笑った。

やめれば、いいのに。美夜子に唆されると、ぼくはできもしないことに、手を伸ばさせられている。

昨日の雨の気配はもうどこにもなく、外は晴天とうだるような暑さが広がっていた。アパートを出てすぐ、シャツに汗がにじむ。美夜子に借りたサングラスが、光を遮って視界を暗くした。

「なるべく人に会わないように歩くね」

美夜子はそう言ったけど、夜でさえ時には人とすれ違うのだから、それは真昼間の住宅街ではいっそう難しいことだった。

美夜子に前を歩いてもらって、人が来れば教えてもらって立ち止まり、目を閉じてやり過ごす。でも、そうして視界を覆っても、前触れなく近づいてくる足音や連れ立って歩く人の話し声は、否応《いやおう》なしに入ってきて、防ぐことはできなかった。他者の存在を感じさせる音に怯えていれば、

「これも使う？」と音楽プレーヤーとイヤホンを差しだされる。

「これを爆音で流しておくのはどうだろう」

細い指先が、人の声の流れないクラシックを選んで再生した。貸してもらったイヤホンを震える手で耳に挿せば、管楽器を中心にした、聴きなじみのない音楽が聴覚を満たす。爆音、と言われて音量を上げると、調節を誤って鼓膜が痺れた。

「わ、」

「大丈夫？　ボリューム上げすぎちゃった？」

けれど、他を霞ませる大きな音のおかげで、すれ違う人の足音を捉えることもなくなった。人の姿は美夜子がぼくに見せないように歩いてくれるので、ときどき立ち止まって目をつぶったり横道に入ったりしながら、夏の暑さの中を、時間をかけて移動した。

そうして住宅街を抜け、到着したのはカラオケボックスだった。さびれた建物の壁には蔦《つた》が這っていて、一瞥《いちべつ》しただけでは開いているのかどうかもわからない。けれど美夜子はためらいなく

入口前の段差をのぼって、その先にある自動ドアを潜《くぐ》った。

中はがらんとして、人の気配が薄かった。肌にぶつかる冷房の風が、外の日射しに火照った身体をなぞる。美夜子は入り組んだ店内の先にあるカウンターへ向かっていき、ぼくは引きつづき爆音で音楽を聴きながら、だれのことも視界に入れないように壁のほうを向いてその平面だけを見つめて彼女を待った。

「　　　　」

まもなく戻ってきた彼女の手が、視界の端っこから伸びてくる。ふり向いて横を見やれば、彼女の唇がはくはくと動いていた。大音量のクラシックは、美夜子の声さえ奪ったみたいに、外の音をぼくから遠ざける。美夜子は人差し指を一本突きだして、廊下を指さした。ぼくは目を伏せて足許を見ながら、指さしたほうへ歩いていく美夜子のうしろにつづいた。

カラオケボックスのことは知っていたけれど、じっさいに店内に入ったのははじめてだった。美夜子に連れられて入った個室には、大きなソファーと大きなモニターとテーブルが置かれ、それらがぼくの部屋よりも狭い空間の大部分を埋めていた。美夜子はいつのまにか手に持っていた白いかごをテーブルに置き、ぼくに向かってなにか言う。イヤホンを外すと、洪水のような大きな音が鼓膜から離れていった。

「晴野くん」

かわりに、木琴のような声が戻ってくる。でもそれだけではなく、個室の中には騒々しい音楽が雨風のように鳴っていた。知らない人の歌う声が響いて、ぼくはとっさに、イヤホンをふたたび耳に嵌《は》める。

「大丈夫そう？」

音量をいくらか下げ、美夜子の声が聞きとれる程度にして、彼女の問いかけに頷いた。でも本当に大丈夫なのか、自分でもわからない。座る？　と促され、黒光りするソファーにそっと腰かけた。高い位置にあるモニターの画面が目まぐるしく光り、そこにマイクを持って歌っている人が映っていることに気づいて、ぎょっとする。

「あ！　そっか、ＣＭ」

視界の端に見えてしまうモニターの映像が切り替わり、今度は知らない人がその中央に立ってなにか喋りはじめた。口が動いているのを見て、喋っているとわかった。心拍数が一気に上がっていく。

「ごめんね、つらいかな」

美夜子が眉を落とした。モニターに映るミュージシャンらしい男性の話し声は、クラシックの壁をわずかに越えてきてそよ風みたいに揺れる。ぼくは服の上から心臓のあたりを押さえつけた。これは映像だから、と自分に言い聞かせる。本当にここに人がいるわけじゃない。いるわけじゃないのに。イヤホンの音量を上げて声をごまかしつつ、モニターをあまり見ないようにして、深呼吸をくり返す。

「帰ろうか？」

「……だい、じょうぶ」

いまさら、ひとりで帰るほうが困難だった。

液晶の中で喋っている人の声をひたすら聞かないようにしていると、少しずつ震えは落ち着いていった。映像の中にいるだけの人の姿も、見ていたくはないけれど生身の人間よりはいくらかましみたいだ。

「曲入れといたら、声、しなくなるかな?」

少し離れてソファーに座った美夜子は、タッチパネルの端末に手を伸ばした。モニターの青白い光でソファーが艶《つや》めく。美夜子がタッチパネルを操作するとまた画面が切り替わって、曲名とアーティスト名を記した画面が表示された。

「少し待ってて、飲みものとってくるね」

立ち上がった美夜子が部屋を出て行くと、聴いたことのない音楽が鳴りはじめる。イヤホンから聴こえるクラシックの向こうで、まったく異なる軽快な音が川のように流れていた。グラスをふたつ持って、美夜子はすぐに戻ってくる。

「平日のお昼だから、お客さんが全然いなかったねえ」

ほとんど貸切みたいだったよ、と彼女はどこかはしゃいだように言った。美夜子の言葉でぼくは、今日が平日であることを思いだす。平日ということは、高校生は、本来はまだ授業がある時間なんじゃ?

「……今日は、学校、は?」

訊ねると、美夜子は「いまテスト期間だから、早く終わったよ」とどこか自慢げな面持ちを見せた。

「今日は二科目しかなかったから、十一時前に学校も終わって」

「……今日は？」

「明日は三科目あるんだよねえ。がんばらなくちゃ」

「明日、も、テスト？」

「うん。試験期間中にカラオケに行くなんて、なかなか〝わる〟でしょう？」

「……大丈夫、なの」

「うん、なんとかなるよお」

放課後だから自由時間であるとはいえ、テスト期間中なら、勉強しなくていいのだろうか。思ったけれど、そんな心配はそもそも学校に行けていないぼくができたことではまったくないのだった。彼女が受けるテストは、本来ならぼくも受けていなくてはいけないテストのはずだ。言えることのないぼくが黙ると、美夜子はふふ、と笑みをこぼした。

「今日は一緒に遊びに来てくれて、ありがとうね」

「え？」

「つらかったかもしれないよね。無理させちゃった」

「いや……」

「晴野くんはやさしいねえ」

どうしてぼくが「やさしい」ことになるのだろう。「遊びに行く」というのはそもそも、ぼくの母からのメールを見た美夜子が、ぼくに提案しただけで——それを昨日のぼくが、どうしてか了承しただけで。目をまわしていると、美夜子はまた笑った。

「晴野くんは嫌だったかもしれないのだけど。いまね、一緒に遊びに来られて、なんだかとても楽しい気持ちというか。心臓がどきどきしてるよ。だから、ありがとうって思ったの」

美夜子の唇は、ずっとうれしそうに弧を描いていた。

「そうだ。お昼ごはんは食べた？」

笑顔のまま、美夜子はテーブルに置いてあったメニューを広げる。問われて思い返せば、昼食はおろか朝も食べていなかった。食べたいものある？　と訊かれて首を横にふる。すると美夜子は、「てきとうに頼んで一緒に食べよっか」と部屋についている電話で料理をいくつか注文した。少しすると部屋の外に出て、頼んだものらしいフライドポテトや唐揚げを両手にかかえて中に戻ってくる。

「よし、食べながら歌いましょう」

そして当然のように言うので、ぼくはぽかんとして彼女を見てしまった。

「食べながら、歌うの」

「うん、食べつつ、交替で歌いつつ、食べる」

「……ぼく、も歌うの？」

「え、歌わない？」

「カラオケ、来たこと、ない」

から、どうしていいかわからないし、たぶん歌える曲がない。

「じゃあ朝ごはんも食べてないという晴野くんは、まず腹ごしらえをしよう」

美夜子はテーブルに置いたパスタをぼくの前に寄せ、カトラリーケースから抜きとったフォークを差しだした。

「食べ終わったら歌うんだよ」

「え」

「こっちも好きに食べてね」

とポテトをつまむと、美夜子は空いたほうの手でまたタッチパネルを操作して、マイクを握った。画面の中央に、曲名とアーティスト名と思《おぼ》しき文字が表示される。見聞きしたことのない字面だった。それをぽつりと読み上げると、「知ってる?」と訊ねられ、また首を横にふる。

イントロを迎えたのち、美夜子が歌いだした。イヤホンの音量を下げると、厳かなクラシックはやや萎《しぼ》んで、軽快なドラムやはねるようなギターの伴奏を耳が拾う。メロディーに沿って歌う、木琴のような声が狭い空間に響いた。モニターを見ると映像の中に人が現れるので、ぼくは目を伏せて視線をパスタに向ける。食べ物と思えない色に見えるので、サングラスはいったん脇に置いて、目の前のパスタをフォークに巻きつけた。

バラードも、ハイテンポな曲調の歌も、美夜子はリズムに遅れることなくご機嫌な調子で歌っていく。毎秒形を変える唇から、震えている喉許にかけての曲線が、モニターの光に合わせてうっすらオレンジになったり緑になったりした。彼女は何曲かつづけて曲を入れて、イントロや間奏の隙に注文したポテトやナゲットを器用につまむ。

「……いろいろ、知ってるんだね、歌」

美夜子が何曲かを歌い終えた、曲と曲の合間でつぶやいた。

「え？　そうかな」

美夜子はマイクを置いて、烏龍茶《ウーロンちゃ》のグラスに挿したストローに口をつける。

「でもわたしがというか、音楽好きな友達がいてね」

彼女が歌ったのは、ほとんどがその友達に教えてもらったアーティストの楽曲であるらしかった。友達、という語を喉奥で嬲《なぶ》る。ずっと歌ってたら喉が、と美夜子は咳払いをしつつ、ひと仕事終えたように息をついて、ぼくとぼくの前のパスタ皿を見た。

「晴野くん、そろそろパスタ食べ終わ——って、ない」

「え、……あ」

美夜子が歌うかたわら、食べ進める手がおろそかになっていた。お皿にはまだ五分の一ほどのパスタが残っている。運ばれてきてからすでに三十分以上経っていて、口に入れればもうすっかり冷めていた。

「まあいいや、わたしもちょっと休憩しようっと」

次の曲の前奏がはじまったけれど構わず、美夜子は大皿の上のポテトに手を伸ばした。冷めてもおいしい、と、さっきまで歌をこぼしていた口の中にポテトを運んでいく。ぼくも残りのパスタをフォークで攫《さら》って、口の中におさめた。

「食べ終わった？　よし、じゃあ次は晴野くんも歌おうか」

「……ほんとに、ぼくも歌うの」

「駄目？　やだ？」

「駄目って、いうか……ぼく、合唱曲しか、知らない」

あるいは音楽の授業で歌わされたことのある曲くらいしかわからない。

「じゃあ合唱しよう」

「ふたり、で？」

ぼくも美夜子も知っている曲を、美夜子がタッチパネルに入力した。自分が歌うとなるとメロディーラインをちゃんと聴かなくてはならず、こわごわとイヤホンをテーブルに置く。

マイクを手渡され、ぼくはわけもわからないまま声をだした。少し離れたところに立って、美夜子が一緒に歌う。その声を、イヤホンを隔てずに聴いて、綺麗だと思った。でも、当の美夜子は、「晴野くん、歌じょうずだねえ」と、一曲終わるごとに、あるいは間奏に入るたびにしみじみ言う。ぼくには歌の巧拙はあまりわからないし、とてもそんなふうには思えないけれど、彼女があんまりくり返し言うものだから、反論することも諦めた。

美夜子の言うように食べながら歌いながら、ときどき休憩を挟みながら過ごしているうち、数時間が過ぎていた。

「たくさん歌ったねえ」

部屋にはフリータイムで入っていて、まだ滞在していてもいいようだったけれど、ぼくも美夜子も喉が嗄《か》れてしまってもう歌えそうになかった。

「声がらがらになっちゃった」

美夜子のいつもより掠れた声は、それでもやっぱり楽しげに響いた。体力のないぼくは、まともに口もきけなくて——それはいつもだけれど——身体をソファーの背もたれに力なく預ける。

「晴野くん、お水飲む？」

美夜子が近くに寄せてくれたグラスをとろうとして、指先の照準がずれた。

「あっ」

声を上げたのは美夜子のほうだった。触れた手がグラスを倒してしまう。中に注がれていた水がぼくの手許にぶつかって、テーブルの上に派手に広がった。

「大丈夫？」

美夜子の手がさっと伸びてきて、ハンカチが濡れたぼくの手のまわりを覆う。

「袖、濡れちゃった？」

それ使って？　とそのままハンカチを渡された。グラスを倒したほうの手は袖まで水浸しになって、隙間から入りこんだ水が、肘《ひじ》まで滴っているのを服の中で感じる。美夜子は鞄からポケットティッシュをとりだして、濡れたテーブルと、テーブルの下までこぼれた水を手早く拭《ぬぐ》った。

「ごめ、ん」

濡れた袖を少しめくる。美夜子のハンカチをあてると、ずぶ濡れの布地が肌にはりつく気持ち悪さがいくらか軽減された。前もこんなことがあったなと思う。

「全然だよお」

机の下を拭《ふ》いていた美夜子が顔を上げた。その目が、ふと一点で止まって、それからぼくの顔を見る。なに、と思って、ぼくは自分の手首にある痕《あと》のことを思いだした。

『——人には見せちゃ駄目だよ』

母の声が言った。その言葉をまだ信じているわけではないのだけれど——うつむいたら美夜子と目が合う。ぼくは焦点をどこに合わせればいいか困って、テーブルの上の、少し前までポテトやパスタが載っていたお皿を見つめた。空になって数時間放ったらかしにされた食器の表面は、乾いて、汚れがこびりついている。

「痛くない?」

やがて、テーブルの下から、美夜子が言った。

「うん」

連なった痕は、カラオケの個室の薄暗い照明でもそうとわかる。頷いてから、いまは、という意味でよかったのかなと思った。

「星座みたいだね」

美夜子は困ったように言った。そんなに綺麗なものじゃない気がする、と思っていると、星座は人が決めたのだよね、と彼女はつぶやいた。

真昼に入ったカラオケボックスを出るころには、もうすっかり夕方になっていた。けれど外はまだまだあかるくて、白んだ西日が網膜を焼く。夏は日が長かった。美夜子に貸してもらったキャップを深く被り、サングラスとイヤホンを装備して、夕暮れどきの外を行きと同様に、美夜子のうしろについて歩いた。

夕方になっても強いままの日射しは、濡れた袖もすぐに乾かしてしまいそうだった。美夜子は定期的に立ち止まってぼくをふり返り、「目をつむれる？」とぼくの視界を遮ったり、「こっち寄ろうか」と道の端に誘導したりした。

「晴野くん」

そうして、何度目かに、美夜子がふり向いたときだった。数メートル先の横道から、自転車が勢いよく飛びだしてきた。自転車は元気よくこちらに向かってきて、視界の大部分を奪う。その速度にぼくも、たぶん美夜子も、とっさに動けなかった。

「美夜子？」

自転車は、ブレーキをかけて軋《きし》んだ音を立て、すぐそばで止まった。

音に反応して、美夜子が前を向くのと同時だった。自転車に乗っていた男の子が、名前を呼んだ。彼は美夜子と同じ学校の――ぼくの部屋に吊られているのと同じ制服を着ていた。跨《また》がっていた自転車を降りて、こちらに近づいてくる。美夜子やぼくより、ずっと背が高かった。

「はるやくん」

美夜子は目の前にいる男の子を見て言った。

「私服じゃん。なに、どっか行ってたの?」

「あ、うん、ちょっと」

「テスト中なのに余裕だな!? まあ美夜子は俺と違って優等生だからなあ」

「そんなことは、ないけど」

「なに言ってんの、中間でトップだったじゃん。俺なんて図書館でかんづめになって勉強したって平均以下だというのに……」

美夜子の前で陽気に喋る男の子の声を、姿を、気配を五感で拾って、手足が揺れはじめる。

音楽の音量を上げようとして、貸してもらったプレーヤーをどこにしまったのだったか、動揺した頭でとっさに思いだせない。男の子の声はイヤホンを突き抜けて鼓膜に入るのに、ぼくに背を向けている美夜子の声はみるみる遠くなっていくように感じた。イヤホンをもっと深く挿しこもうと耳許に手をやって、震えた指先がサングラスをずらしてしまう。西日が入りこんで、視界が橙《だいだい》に照らされた。うまくかけ直せなくてじたばたしていると、ふいに男の子が、美夜子のうしろにいたぼくのほうを見た。

「あれ?」

指先が固まる。

「もしかして片倉?」

ぼくに向かって言われたのだと、理解するのに数秒かかった。美夜子がふり返る。片倉。かつてのぼくの名字だった。

「はるやくん」

美夜子が呼ぶ声を聞いて、ぼくは目の前の人の顔に、うっすら見憶えがあると思った。でもどこで？　年月を経てひどく薄まった記憶の、小学生のときにまで遡《さかのぼ》る。

「えっ、美夜子、友達なの？」

はるや。そう呼ばれていた――彼は驚いたように、ぼくと美夜子を交互に見る。同じ名前のクラスメイト。はるや。谷口遥矢《たにぐちはるや》？

「ちょっと、なに、どういう繫がりよー!?」

大きな力で身体が引っぱられる。谷口遥矢はうれしそうにぼくの肩を抱いて、説明しろと言わんばかりにぼくと美夜子に詰め寄った。

声が、出なくなる。

ひどく暑いのに、指先から凍りついていくようだった。息の仕方を見失いそうになるけれど、いまそうなったら、そのまま捕まって、もう、逃れられない。

「はるやくん、ちょっと、待って」

美夜子が割って入ろうとする声が、聴覚のぎりぎりのところを掠めた。帰らなくちゃ。思考が埋めつくされていく。外は危険だった。今日外に出ることができたのは、きっと、眠っているあいだに見る夢のようなものだった。なにかの間違い、あるいは、いるとするならだけれど神様の、気まぐれで与えられた時間。ぼくはどこにも行けない。部屋に帰れば、明日になればちゃんと、どこにも行かないぼくに戻る。

ちゃんと、戻る。

ぼくは力をふり絞って、その手の中を逃れて、駆けだした。

「はるやくん」

美夜子が叫んだ気がした。背を向けて力の限り走る。だけどぼくの遅い足では景色がいっこうに過ぎていかなくて、それが、もどかしかった。運動に慣れていないことに加えて、すでに疲労困憊《こんぱい》の身体はすぐに息が上がる。苦しい、でも、早くだれもいないところまで、逃げなくては。

がむしゃらに足を動かしていると、美夜子と谷口遥矢が話していた姿が瞼の奥で再生された。

谷口遥矢は、そういえば、小学生のときからクラスの中心にいるような陽気な人だったと思いだした。美夜子は、彼と仲が良いのに。そうでなくても、きっとほかに友達がたくさんいるのに。

美夜子には、ぼくの知ることのない彼女の時間が、友達と笑うあかるい生活がある。

その中に、ぼくが入りこむ必要はないのに。

美夜子がなぜ、わざわざイヤホンやサングラスを用意して、外を歩くのにさえ気をつかってまでぼくに会うのか、わからなかった。夜に出歩くのだって、「悪いこと」をするのだって。悪い人間になりたいのだって。

なぜ、ぼくをつき合わせるのか。

いろいろなことが、ぼくは、少しも、わからない。

5

どの道を通って帰ってきたんだろう。道なりに走りつづけて、でも、どこに向かって走れば自分の部屋までたどり着けるのかわからなかった。美夜子に連れられるまま歩いていたから、自分がいる場所にほとんど見憶《みおぼ》えがなくて何度も立ち竦《すく》みそうだった。同じ路地に何度か行き当たっては途方に暮れ、汗だくになって家に着くころには、あたりはすっかり薄暗くなっていた。

逃げこむように部屋に入って、ぐちゃぐちゃに乱れた呼吸を必死で整える。大きな手に肩を抱かれた感触が消えなくて、いつまでも鳥肌が引かなかった。玄関先で座りこんでしまいそうになるのをこらえ、這《は》いながら部屋の奥まで進む。その途中、腕になにか絡まっているのに気がついた。焦点の合わない目で見下ろすと、美夜子に借りていたイヤホンのコードだった。放っておくと、断線してしまうかも。思いながら、自分の腕から回収する気力が足りない。そのままベッドのそばまで来て、けれどベッドの上に乗る体力もなく、フローリングに転がった。

……☾……

母とトウマが離婚したあと、転校先で最初にぼくに話しかけてきたのも、谷口遥矢だったかもしれない。

「なあ、どっから来たの？」

自分に与えられた席に座って授業の開始を待っていると、ひょいと顔を覗《のぞ》きこまれた。いきなりのことにびっくりして、ぼくはさっと身体をのけ反らせた。木製の椅子は硬く、木の背もたれにとっさにぶつけた背中がじんと痺《しび》れた。

「一緒にドッジする？」

うろたえて返事ができないでいると、まわりの子たちが口々に「こいつ喋《しゃべ》れないの？」「遥矢長休み終わるぞ！」「もういいじゃん、行こ」と言った。いっぺんに降りかかる言葉に、ますますなにも言えなくなる。谷口遥矢は少し悩むようなそぶりを見せたあと、

「気が向いたら来なよ！」

そう言ってクラスメイトに引っぱられるように運動場へ駆けていった。

気が向いたら来なよ、と何度か誘われたけれど、話しかけられたことに動揺して、いつも身体が動かなかった。ドッジボールは体育の授業でしたことはあったけれど、まっさきにボールをあてられて、勝敗が決まるまでずっと外野で試合を眺めるばかりだった。一緒にドッジボールをしたところで、外野で勝負の行方を見ながら決着がつくのを待つことになるのは目に見えている。そもそも休み時間にまでドッジボールをすることじたい、想像ができなかった。

谷口遥矢はいつも友達に囲まれていた。勉強は得意でないけれど、運動神経は抜群。あかるくて、足が速くて、恰好《かっこう》いい。クラスの中にいて、断片的な情報を寄せていくと、彼はそういう人物であるらしかった。ぼくは人の美醜に関してはかなり疎いと思うけれど、「遥矢くんカッコい

いなあ」「狙ってる子多いよね」「同じクラスになりたかったな」などと放課後の教室や図書室なんかで、何人かの女の子が集まって話していたのを聞いたことはある。名前以外に彼とぼくの共通点はなく、最初のうちを除けば、話すこともほとんどなかった。休み時間は決まってだれかしらに声をかけられている彼は、喋らないクラスメイトに構っているような暇もないはずだった。

「片倉くん。クラスにはもう慣れた？」

転校してきてから一か月ほどたったころ、ぼくは担任の先生に空き教室に呼ばれた。生徒の捌《は》けた放課後、余っている適当な椅子に座らされ戸惑っていると、先生がぼくの正面の椅子を引いてそこに腰かけた。

「お友達はできたかな」

にこにこと笑みを浮かべながら、先生はぼくに問いかけた。片倉、というのは自分のことだと遅れて理解し、けれどクラスに慣れるという感覚がわからない。友達、というものができた記憶がないことはたしかだったのでどうにか首を左右にふると、そっか、と先生は眉《まゆ》を下げた。

「みんなになかなか話しかけられないのかな？　なにか困っていることはある？」

教員になって数年らしい先生は、身を乗りだしてぼくに問いを重ねた。ぼくは混乱してうつむく。話しかけられない、というより、話しかけるという発想も、そのための言葉も自分の中にはなかった。いつまでも返事をしないぼくに、先生はほほ笑みかけながらますます眉を下げた。その困ったような顔を見ていると喉《のど》の下のあたりが苦しくなって、ごめんなさい、とぼくは言った。

「え、どうして？」

わからなかった。ただ、もし間違ったことをしたら、ごめんなさいって言うんだよ、とかつてトウマに教わった。先生が、ぼくにもわかるぐらいに困った顔をしているということは、自分はきっとなにか間違ったことをしているんだろうと思った。

担任の先生は、転校してきてからいつまでもだれとも話さないぼくを見かねて、声をかけてくれたのかもしれない。けれどぼくはずっと、あのとき先生になんと答えればよかったのか、正解が導きだせないままでいる。


気を失うように眠りに落ちて、目をさましたら朝になっていた。

腿《もも》のあたりが圧迫される感覚に身を捩《よじ》る。手を伸ばすと、ポケットに入れたまま身体で押しつぶしていた携帯があった。朝、といっても、手に触れた携帯で確認した時間は四時を過ぎたところで、日の出もまだだった。カーテンの隙間から見える空が薄暗い。寝ぼけた目で、メールが届いていることに気がついた。

〈晴野くん、追いかけたんだけど見失っちゃって。ごめんね。ぶじに家に帰れた?〉

〈大丈夫だった? ゆっくり休んでね〉

〈ドアの前に飲みものを置いたから、もしよかったら飲んでね〉

美夜子からメールが数件、届いていた。ドアの前。飲みもの? その、やっぱり絵文字できらきらした文章を、まどろむ頭がすんなり飲みこんでくれない。眠気に流されてしまいそうになりながら、身体を起こすと太腿からふくらはぎにかけて響くような痛みが広がった。たぶん筋肉痛だ。

ドア、という単語だけどうにか頭にとどめて、痛む足を引きずりながら玄関へ向かった。昨日鍵《かぎ》をかけることも忘れていた扉は簡単にひらいて、明けがたの風を室内に連れこむ。目を擦《こす》って見れば、扉の、外に面したほうのドアノブにビニール袋が下げられていた。中に、水のペットボトルが二本と、小さなメモが入っている。〈今日はごめんなさい。また会える?〉メモには整った字でそう書かれていた。

部屋の前まで来て、これだけ置いて帰った美夜子のことを考える。

また、会うんだろうか。

中に戻ると、寝ているあいだに脱げたらしいキャップと、イヤホンとサングラスが床に落ちていた。美夜子に借りていたものだ。しゃがんで手にとると、サングラスのフロントとテンプルを繋《つな》いでいる蝶番《ちょうつがい》のところがゆるんで、ぽろりと外れた。

――ぼくがどうこうではなくて、美夜子が、ぼくに会う理由がないんじゃないかと思った。

だけど、借りていたものは返さなくてはいけない。

母にも美夜子にもメールの返信を打てないまま、気づくと夜になっていた。ぼくは周囲にひとけのないことを慎重にたしかめて、外に出た。昨日と同様に暑い。歩いているだけで汗が流れる中を黙々と進んで、公園に来ると当然のように美夜子の姿があった。

もろもろの物を返すために、家を出た。なのに、どうしているんだろう、と思ってしまう。ベンチに座っている彼女に近づくと、その顔がぱっとこちらをふり返った。

「晴野くん」

美夜子は立ち上がって、ぼくを見つけるなりこちらに向かってきた。街灯の光に晒《さら》されて見えるその顔が、うれしそうに笑っている。

「昨日はごめんね」

笑っていた、かと思ったら、ぼくの前まで来た美夜子は悲しそうに表情を萎《しぼ》ませた。「大丈夫だった？」と美夜子が言うのに頷《うなず》いて、ぼくはビニール袋にまとめて入れてきたキャップとイヤホンとサングラスを差しだす。

「……これ」

「返しに来てくれたの？」

「でも、サングラス、壊してしまって」

ごめんなさい、と言うと、美夜子はまたあかるい表情に戻って、安物だからねえ、と笑い飛ばした。

「全然へいきだよ。ありがとう」

ビニール袋を渡して、これでもう為《な》すべきことは終わった。けれど帰ろうとすると、晴野くん、と呼び止められる。

「あのね、一本飲まない？」

美夜子は炭酸のペットボトルを二本、片方の手でかかえるようにして持っていた。二本買っちゃって、と言われて、吸い寄せられるみたいに一本、ペットボトルを受けとる。買っちゃって、と美夜子はうっかりみたいに言ったけど、思えば彼女は、いつもふたり分を用意していた。

「昨日は本当にごめんね」

ベンチに座ってペットボトルの蓋《ふた》を開けると、美夜子はふたたび言った。でも、なにを謝られているのかわからない。悪いのは美夜子ではなくて、ぼくのほうだった。

だけど、それをうまく言葉にできない。

「はるやくん——あ、昨日のね、谷口くんが。晴野くんのこと、気にしてたよ」

美夜子に言われて、驚いた。

「小学校のときの同級生なんだよね？」

谷口遥矢がそう話していたんだろうか。彼がぼくのことを気にする理由が見あたらないから、困惑する。

「谷口くん、クラスは違うんだけど、委員会で一緒なんだ。だれとでもすぐに仲良くなってしまうから、すごいなって思ってて。わたしはいつもＣＤを」

「呼び、直さ……なくても」

「え？」

美夜子は力の抜けたような顔で、その目を丸くした。

「同じ名前だから、ややこしい、けど。……遥矢くんのこと、そう呼んでた、でしょう」

美夜子が谷口遥矢のこともぼくのことも同じ名で呼ぶことより、もしも彼女が谷口遥矢にぼくのことを言うときに、鹿野くん、と言われていたらいやだな、と思った。彼と彼女のあいだでふたたびぼくのことが話題に上がるとも思えないから、そんなことは、この先もうないかもしれないけれど。

「だから……」

嫌、なのか。

自分が思った、その感情に呆気《あっけ》にとられた。

「うん、わかった」

戸惑っているぼくの前で、美夜子が頷いた。そして「遥矢くんは賑《にぎ》やかでやさしい人だよ」と笑う。

「ちょっと距離感が近すぎるけど……」

「……美夜子ちゃん、は」

「うん?」

「なんで、ぼくと、会うの」

もらった炭酸に、ぼくも口をつけた。なにか喋ろうとするたび、言葉を一音こぼすたびに喉が渇く。冷えた炭酸に舌がやんわりと痺れた。これも、彼女が禁止されているもののひとつだという。砂糖のたくさん含まれた炭酸水は甘くて、彼女の母親の言うところの、「身体に悪い」ものであるらしい。

「晴野くんは、つらいかもしれないけれど」

ぼくの問いかけに、美夜子はそう前置きをしつつ夜の中に言葉を溶かした。

「わたしは、安心する」

「安心？」

うん、と彼女はやわらかくほほ笑んだ。

「晴野くんは、なにも望んでいないみたいに見える」

ぼくはベンチに座り直して、そのつづきを待った。けれどそれきり、美夜子は唇をぴたりと閉じて、暑苦しい夏の夜を見ているだけだった。空に浮いている月が、流れる雲に覆われたり、顔をだして強く光ったりする。

どういうことなんだろう。美夜子がなにも言わないから、ぼくは自分で考えてみるしかなかった。彼女は、ぼくがなにも望んでいないようだから安心する、と言った。だけど、その理屈はあまりに難解だ。ぼくはどうすることもできずに手の中のペットボトルを両手で握りこんだ。

夜を見ていた美夜子はやがて、晴野くんは、と訊《き》き返すように言った。

「つらくない？」

月の光が、その頬の縁を青く照らす。

「……少し、慣れた、よ」

そう答えると、美夜子はほっとしたような表情を浮かべたあと、やったね、と歯を見せて笑った。まばゆさに顔を伏せて、炭酸の透明を眺める。気泡の浮かぶ炭酸水は、まんべんなく広がる夜をそこに切りとって映していた。その透けた飲みものを見ているうちに、思いだす。

「……水、あの、ありがとう」

部屋のドアにかかっていたビニール袋の中のペットボトルが、脳裏に浮かんだ。そのままさらによく思いだしてみれば、彼女はいま試験期間中であるはずだった。ぼくの家に寄ったり、夜中に出歩いたり、そもそもカラオケに遊びに行ったりもなんだけど——している暇は、なかったんじゃないか。

「テストは、大丈夫、なの」

どうして、その貴重な時間を割いてまで。

「大丈夫大丈夫。それなりに書けたよ」

けれど美夜子はあっけらかんとして、焦ったり困ったりするような様子もなく、翌日の天気の話でもするみたいに言うのだった。

それから彼女は、テストが終われば体育祭があって、それも過ぎればまもなく夏休みに入るのだと、ぼくの知らなかったことを教えてくれる。体育祭も夏休みも、まるで自分ごとと思えなくて、穴埋め問題の空欄を見つめているようだった。

学校のことを話していた、かと思ったら、美夜子はふと口ごもって、

「あのね、田代先生も」

とその唇をゆがめた。

「晴野くんのこと、心配していたよ」

「……そ、う」

担任の名前を、少しひさしぶりに聞く。「伝えてほしいって」と美夜子は言葉をつづけた。伝えてほしい。それは、そう頼まれたから、断れなかったのかもしれなかった。

このまま二学期も学校に行けなければ、ぼくは留年になるらしい。担任がそう言っていたみたいだった。

「だからね、もしかしたら、また連絡があったり、先生がおうちに来たり、するかもしれない」

どのぐらい休むと留年になるものなのかは知らなかったけれど、自分でも、そろそろなのかな、という気はしていた。ごめんね止められなくて、と美夜子は言ったけれど、やっぱり彼女はなにも悪くないのだった。ぼくは首をふって、ありがとう、ともう一度言う。

「ありがとう?」

美夜子が首を傾げた。

自分がこの先どうなっていくのか、さっぱり、見当がつかない。いつまでひとりの世界で、暮らしていられるだろう。鹿野さんと母は、いつぼくを捨てたって構わなかった。ぼくにかかる学費も生活費も、それはお金を溝に捨てているようなものだと、そうだと母たちが気づいたら――あるいはもう気づいているんだろうか――それにほとほと嫌気が差したら、この生活は、きっと終わる。

たしかなことはなにもない。数か月先、はおろか、明日のことだって不鮮明だった。

「晴野くん」

呼ばれて、彼女のほうをふり向く。

「……あのね。まだ、悪いこと、つき合ってくれる？」

汗が頬をつたった。未来にいる自分のことは、どうしてもわからない。美夜子に会うことのない週末のうちに、ぼくは熱中症で死んでいるかもしれない。不吉な想像をしてみる。炭酸を流しこんで、むせそうになった。彼女の描く未来の予定の中には、ぼくがいるんだろうか。

「……今度は、なに、するの」

ひどく蒸し暑かった。美夜子があかるい顔でなにか言う、その顔を、炭酸を飲みながら視界の端で捉《とら》えた。


外で蝉が鳴いていた。砂嵐みたいな濁りを含んだ音が、窓を閉めていても耳をつんざくみたいによく響く。空調が、その蝉の鳴き声に少し負けながらも唸《うな》りを上げていた。目をひらいたり閉じたりして天井を眺めていると、携帯がテーブルの上で震える。〈来ました！〉絵文字のたくさんついた美夜子からのメールを確認して、立ち上がった。そっと玄関の扉を開けると、隙間からなだれこんでくる光に目がくらむ。たまらず瞼《まぶた》を下ろし、時間をかけてゆっくり持ち上げた。

「やあやあ」

美夜子がいつものように笑っている。

彼女が歩いてきた外からの日射しが、玄関口を満たした。光から視線を外して、室内をふり返る。ぼくの靴しかない玄関に、美夜子のサンダルが左右揃えて並べられるのを、動かす目線の端で見た。玄関から短い廊下を歩き、美夜子がぼくと一緒に部屋の中にやってくる。

「晴野くんのお部屋、今日も綺麗《きれい》だねえ」

彼女は感心したように口にしたけれど、ぼくはあまり掃除をしていないから、部屋には埃《ほこり》が溜《た》まっているはずだった。物が少ないから、一見整っているように見えるだけなんじゃないかと思う。美夜子が来るというから、目につくほどの大きな埃をとり除くぐらいはしたけれど、こまかなところは手をつけられていなかった。ろくに清掃のされていない部屋は、はたして綺麗だろうか。

「あっ、これ差し入れだよ。おおさめください」

美夜子は妙にあらたまった、でも舌足らずな口調で、手に提げたビニール袋をこちらに寄こした。年貢を差しだす農民のような態度でうやうやしく渡されて、困惑しながら受けとる。中にはコンビニで買ったのだと思われるサンドイッチとお菓子が入っていた。

高校は夏休みに入って、数日が過ぎたらしい。美夜子は平日の昼間にぼくのいる部屋に来るようになった。カラオケに「遊びに」行ったあとも、夜に彼女と会う日々はつづいていたけれど、日が落ちてもずっと高い夏の気温に加えて、彼女は「今日の悪いこと」と称して、唐辛子のたっぷり入った辛いカップ麺《めん》を買ってきたり、健康な身体と夏休み気分を得るためにラジオ体操をしようと言いだしたりするから、いっそう暑くなって困った。夜に公園に行くのは構わないけれど、そういう身体が熱くなるようなことは、室内でできるならそのほうがありがたい。でも美夜子の家は彼女が内緒で抜けだしている家族が眠っているのだし、夜に立ち入れる屋内には決まってだれかしら人がいるから、選択肢はごく限られていた。

「……こういうの、部屋の、中じゃ、駄目なのかな」

ある夜、ぼそぼそ訊《たず》ねると、そのとき辛いラーメンを呻《うめ》きながら食べていた美夜子は、容器から顔を上げて、濡《ぬ》れた目でぼくを見た。

「部屋？」

「あの、ぼくの、いま住んでる……」

大きな黒目は街灯の微弱な明かりまで全部引き寄せたように光をこぼしていて、そこで屈折するかがやきが、はね返ってこちらがまぶしかった。

泣いてるの。

美夜子は箸《はし》を持っているほうの手の、甲で目尻《めじり》を拭《ぬぐ》って「ううん、これ、めちゃくちゃ辛くて」と弁明した。辛いカップ麵を、自分で買ってきたのに辛いものが苦手で、泣くほど苦しんでいたらしかった。のろのろとラーメンを食べるのを再開した美夜子は、やがて「え、おうちに行ってもいいの？」と時間差で大きな声を上げたので、ぼくのほうがびっくりさせられた。ゆっくり頷きながら、でももし美夜子の家が離れたところにあるのなら、かえって困るのかなとも思った。ぼくのその懸念をよそに、じゃあ、と美夜子は口にした。

「今度、晴野くんのおうちに遊びに行ってもいい？」

「遊ぶ……？　ものは、なにもない、よ」

「ふふ、晴野くんがいたらいいよ」

そんなことを言う人には、会ったことがない。

心臓が、布にくるまれたようなやわらかい締めつけを覚えた。少し呆《ほう》けていると、美夜子は
「晴野くんは、昼間はおうちにいるのかな？」とつづけた。

「夏休みになったら、たまにお昼も遊びに行ってもいいかなあ？」

「……いいけど、寝てる、かも」

「あはは、じゃあ起きるまで待ってようかな？」

「できれば、来るって言って、おいて」

起きるから、と言ったら、美夜子は木琴の音で笑った。

「じゃあそうする。ありがとう。楽しみだなあ」

ぼくは高校の夏休みがいつからなのか知らなかったけれど、やがて美夜子が部屋に来るようになったことで、ゆるやかにそのはじまりを知った。

ぼくの部屋に来るとき、差し入れと称して美夜子はいつもなにかしら食べものを持ってきた。いつも持って来なくてもいいけどと言うと、「うん？　あまり好きじゃなかった？」と彼女は言う。ぼくが好きかどうかで言ったつもりの言葉ではないのに。美夜子はいつも、こまごましたものを買ってきてぼくに寄こすし、それにかかったはずのお金のほとんどを徴収もしないから、い

ったいその費用はどこから湧いているんだろうかと気にかかっていた。

「……美夜子ちゃんは、お金持ち、なの」

「ええ？　なにそれ？」

不思議そうに笑ったあと、美夜子は「普通の家庭ですよ」と茶化すように答えた。

「お年玉とか、誕生日のときにもらったお金とか使ってるよ。欲しいものがあまりないから、使うところがなくて」

そういうものをもらった記憶が全然ないからぴんとこないけれど、それは貯めておいたらいいんじゃないのかな、と思わないでもなかった。

「宵越しの銭は持たない主義なんでねえ」

「宵越し……？」

だけどいま彼女が使っているのがこれまでにお年玉などでもらったお金だというのなら、それは、宵越しの銭、をずっと持っていた結果なんじゃないんだろうか？　ぼくが疑問に思っているのをよそに、

「えへへ、ちょっと言ってみたかったの。なんだか〝わる〟っぽいでしょう？」

などと言って、美夜子はみずからの「わる」さに、どこか誇らしげだった。

「ときに晴野くん。お昼は食べた？」

「おひる……」

「あはは、まだだったらサンドイッチ一緒に食べよう」

溌剌《はつらつ》とした美夜子と違い、ぼくは起きてから彼女が来るまで、ベッドでぼうっと過ごしているだけだった。一緒に食べようと誘われて、逆らうような隙もない。テーブルに置いていたビニール袋からサンドイッチがとりだされ、はい、と手渡された。包装を開けてかじると、パンに挟まれたレタスが飛びだしてきて、こぼさないように食べるのに苦戦する。食べるのが下手なぼくを見て、美夜子はにこにこしながら自分の分のサンドイッチを食べていた。

「……来るたび、なにか食べさせる、よね？」

そう言ったら、「ばれたかあ」とけらけら笑う。ばれた、と言うわりにはたいして隠していたような態度でもないし、ばつの悪そうな感じでもない。

「晴野くん、細いから。不健康？　というか、ほうっておいたら、食べないで倒れちゃうんじゃないかって気がして」

余計なお世話かもしれないけどねえ、と美夜子はぼくを見つめた。自分ではあまり気にしたことはないけれど、細い、と言われたら、たしかにそうなのかもしれなかった。ぼくはいつからか、まわりの同級生が自分よりもひとまわり大きく感じる。それはたぶん気のせいではなかった。だけど、美夜子はぼくとそう変わらないように見えた。それは、彼女も痩《や》せすぎているからなんだろうか。

「ええ。わたし、不健康そうに見える？」

美夜子のスカートから伸びたふくらはぎの線は、服のラインにわずかに浮いている腕の輪郭とほとんど変わりがない。サンドイッチを摑《つか》んでいるその指先は、木の枝の先みたいに窄《すぼ》まっていて、ぼくの目から見てもひどくきゃしゃだとわかった。けれど、昼間のあかるさの中で見る彼女の目はあたたかい光を宿していて、髪は艶《つや》めきながらさらさらと肩の上に流れている。隈ができてる、とぼくは彼女に指摘されたことがあるけれど、美夜子の目の下にはそんな黒ずみもない。細いけれど、不健康、という印象は持たなかった。

——不健康そうに見える？

彼女の質問に首をふる前に、目を逸《そ》らす。でもぼくが逸らしても、美夜子はこちらを見ているのだった。

「晴野くんは、お肌が白いよねえ」

そしてだしぬけにそんなことを言う。

「……そう、かな」

「うん。あのね、ずっと思ってたの、綺麗だなって」

綺麗、という言葉は、自分とまるで繋がらなくて困惑した。

「……外に出てない、からじゃ」

さいきんは日にあたることがないから、人よりいくらか焼けていないだけなのだと思う。でも、数年前は何時間も外でぼんやり過ごしていたこともあったから、そこまで白いということもない気がした。うつむいたら、自分の指先が目に入る。美夜子の、薄く光の射したような手の色とは違う、カーテンを締めきった部屋のような青白さが広がっていた。

「美夜子ちゃんも……白いと思う、けど」

「そう？　やったあ」

「やったあ？」

「須藤は日焼けに気をつけてるからねえ」

美夜子は急に一人称を名字にして、なにか重要な使命を担っているかのような調子で言った。たしかに彼女はいつも長袖《ながそで》を着ている。今日も、外は暑かったはずなのに長袖のブラウスで腕を守っていた。肌が白いとなにかいいのだろうか、ぼくはその感覚がよくわからない。中学生のとき、夏場になるとクラスの女の子が「焼けちゃった、最悪」とぼやくのはよく聞いたことがあったけれど、日に焼けるのはそんなに悪いことなのだろうかと思っていた。日焼けしすぎると肌が赤くなってひりひりと痛むから、それはたしかに避けたいことかもしれないけれど。

でも、美夜子は夜に会うときも長袖を着ている。夜は太陽も沈んでいるし、それほど気にする必要はないんじゃないか。それを言うと、「夜も紫外線が出てるんだよお」と彼女は嘆いた。

「そうなの」

「そうみたい。見えないからこわいよねえ」

「こわいの？」

「でも、見えるものもこわいねえ」

美夜子は袖の先から覗く白い手で持ったサンドイッチの、残り少ないかけらをもごもごかじった。彼女に倣って、ぼくも自分の手許《てもと》のサンドイッチに口をつける。すると、「あ」と美夜子は咀嚼《そしゃく》を一度やめて、からっぽになった口で言葉をつづけた。

「さっきのね。肌が白いから、ってことじゃなくて」

誤解させるような言いかたになっちゃったかもしれないんだけど、と言い添えて、

「晴野くんは、綺麗だなって」

「……う、ん？」

「晴野くんはそのままでも、もし日焼けしても、綺麗だよ」

それはますます、意味がわからなかった。ぼくはなにも言えずに口の中のパンやレタスをのろのろ嚙《か》む。美夜子はなぜか、やっぱりにこにこしながらそれを見ていた。

「食べたらラジオ体操しようね」

めざせ皆勤賞、と美夜子は拳《こぶし》をぎゅっと握る。ラジオ体操をするのはもはや全然悪いことじゃない気がするけれど、美夜子は「悪事は元気な身体づくりからだよ」とよくわからないことを言った。

カーテンで防ぎきれない夏の昼間のあかるさが、部屋を染めている。


夏休みに入ってからの平日、美夜子はほとんど毎日のようにぼくの部屋に来た。たいていは昼ごろに、彼女は「差し入れ」を持ってやってきて、順番は前後することもあるけど簡単な食事とラジオ体操の時間を一緒に設ける。そのあとはなにをすると決まっているのでもなく、美夜子は毎日違うことを提案して、ぼくはそれに、ほとんど言われるがままつき合った。美夜子が喋るの

をぼうっと聞いたり、彼女が持ってきた間違いさがしやさがしもの絵本を見たり、UNOをしたり、貸してもらった小説をめくってみたり。夜になる前に美夜子は帰って行って、真夜中になると、また公園で会う。あるいはまたぼくの家に来る。そして数時間過ごしたのち、また家に帰っていく。彼女の家は、そう遠くないところにあるらしかった。

美夜子と別れたあと、ぼくは夜中の三時か四時に、ベッドに入って眠る。美夜子が来る少し前、お昼前にアラームを設定しておいて、目をさまし、顔を洗って着替えるぐらいのことはして、彼女が来るのを待つ。そのサイクルだとぼくには少し睡眠時間が足りなくて——人と会うという活動的なことに身体が疲弊するんだろうか——美夜子と会わない週末は、ほとんど寝て過ごした。彼女はいつ寝ているんだろうか。たまに思うけれど、いつも訊くのを忘れる。ぼくとは違って、彼女はいつ会っても元気だった。

「あ、今日はお祭りかあ」

窓の外から聞こえてきた笛や太鼓のような賑やかな音に、美夜子が視線を上げる。

ゆるやかに流れている陽気な音色は、まるで町を練り歩いているみたいに、近づいたり遠ざかったりした。美夜子の手許、テーブルの上には参考書とノートが広げられている。ぼくの部屋に来る美夜子は、三日に一度くらいは鞄《かばん》に勉強道具を詰めてやってきた。夏休みの宿題だろうかと思えばそれは七月のうちに終わらせていて、八月に入ってからは自主的な予習や復習をしているようだった。

勉強の手を止めた美夜子は、外の音に耳を寄せてその目をぱちぱちとかがやかせる。笛の音にまざって、時折、人の笑い声が階下から響いてきた。びくっと身体がはねて、呼吸が詰まってしまう。カーテンを開けてたしかめるようなことはできず、ただ音だけで感じとる外の世界は、騒々しくて楽しそうだった。

「美夜子ちゃんは、行かないの」

外から聞こえる喧騒《けんそう》に、両の手で耳を塞《ふさ》ぎながら訊ねる。勉強をしていたかと思いきや、美夜子はノートの端を使って落書きをしていた。ぼくを見た美夜子は、うん、とあたりまえのように頷く。

「夏休みに、お部屋で勉強してるなんてとっても偉くて悪いでしょう？」

「偉くて、悪い？」

美夜子はぼくの部屋でときどき参考書やノートを広げるけれど、そのわりに、ノートをひらいているあいだ、落書きをしているかぼくに向かって話しかけているかの割合のほうが多い気がした。あまり勉強をしているように見えない。でもいつのまにか宿題を終わらせていて、さらには予習と復習までしているというのだから、優秀なのだなとなんとなく思う。家から近いいまの学校は父親に勧められたそうだけれど、そうしようと思えば彼女は、もっと偏差値の高い高校にも行けたのかもしれなかった。

「……美夜子ちゃんは、うちにばかり来ていて、いいの」

やがて、祭囃子《まつりばやし》は聞こえなくなっていた。音が去ったのをたしかめて、手のひらを耳から外して問いかける。それはこの夏のあいだ何度も訊ねたことだった。そして、何度訊いても、彼女の答えは同じだった。

「晴野くんがいいなら、それがいい」

美夜子は満足げに言う。

夏休みは、常温に置いたアイスが溶けていくような速度で過ぎていく。


「晴野くん、髪が伸びたねえ」

小説を読んでいると、ふいに声をかけられた。

「……髪?」

小説は、彼女に貸してもらったものだった。顔を上げると、同じように本を読んでいたはずの美夜子がいつのまにかこちらを覗いている。

「文字、読みづらくない?」

美夜子はひらいた本のページを指さしたあと、ぼくの髪のかわりに自分の前髪をひと房つまんで、軽く持ち上げた。

「……そう、言われたら?」

最後に髪を切ったのは、中学の卒業式の少し前だった。「式前にちゃんと整えないとね」と母は舞う花のように言って、美容院代をぼくの手に握らせた。適当に入った近所の美容院の、お洒落《しゃれ》で華々しい雰囲気にぼくは圧倒され、じわじわ脂汗を掻《か》きながらカットが早く終わることをひたすら願った。

思えば、そのころから予兆はあったのだった。でもまだどうにか外に出られていて、人に触れられることにも、かろうじて耐えられていた。

「わたし、ピン持ってるよ。留める？」

母が「そろそろ髪切らないとね」と思いだしたように――じっさいごくたまにだけ思いだしたんだろう――言うときしかカットに行くことはなかったので、ぼくの髪は伸ばされっぱなしのときのほうが多かった。だから前髪が目にかかることにも、慣れているといえば慣れている。だけど美夜子はさっとポーチから細いヘアピンをとりだして、ぼくに差しだした。断る暇もなく渡されて、ぼくは小説をテーブルに置く。けれどヘアピンの使いかたを知らない。

「えっとね。軽くひらいて、ピンを挿しこむような気持ちで、髪を入れて？」

「うん……？」

ピンの先を額にぶつけてしまって、刺したところが軽く痛んだ。

「大丈夫？　ごめん、余計なこと言ったかな」

「だい、じょうぶ」

苦戦しながらもどうにかピンで前髪を流すと、視界がいくらか鮮明になった。人の姿を視界に入れたくないし、だれとも会いたくないから普段は困らないけれど、本を読むときはたしかに、髪が目にかかっていないほうがはるかに快適だ。そんなあたりまえのようなことに、いまさらはじめて気づく。

「ふふ、晴野くんの顔がよく見える」

「……見ないで、ほしい」

「どうしようかなあ?」

そんな意地悪なことを言いながら、美夜子は安心したみたいなやさしい顔をしていた。こちらの視界が明瞭《めいりょう》になっただけのはずなのに、なんだか隠していたものを暴かれているかのような感覚に晒される。ぴかぴか光っている星がそこにあるような、まばゆい視線が落ち着かない。

しばらくぼくの額を見ていたかと思いきや、「あのねえ、晴野くん」美夜子はふいに、フローリングの上で姿勢をただした。

鎖骨のあたりで切り揃えられた髪が、深緑色のブラウスの上にこぼれる。数センチ開いたカーテンの隙間から夕日が射しこんで、部屋の床にひとすじ、光線がうまれていた。光をたどれば壁にぶつかって、それより先はなにもない。

「わたし、ひとつ、したいことがあって」

「ひとつ?」

美夜子に提案されてしてきたことが、これまでいくつあるだろうかという思いがよぎるけれど、いったん脇に置いて、言葉のつづきを待った。

「もしよかったら、つき合ってくれないかなあ?」

「……ぼくにできる、ことなら」

すると美夜子は、「今日の夜は予定はある?」と重ねて言った。ぼくは当然首を横にふる。

「それじゃあ、今夜かなあ」

明日は金曜日だから、と美夜子は言った。そしておもむろに立ち上がり、少し開いていたカーテンの、端を握って窓の外を見る。その位置に立つと、ぼくには見えていない光が彼女には見えるのだろうかとぼんやり考えた。

「迎えに来るから、一緒に行こう？」

カーテンを戻してぼくをふり返ると、美夜子は言った。

「一緒に、行く？」

つっかえる喉で、どこへ、と訊こうとした。けれどその前に「そろそろ帰らなくちゃ」と彼女は拗《す》ねるように眉をしならせる。行き先を訊くタイミングを逃して、不安になりながら、帰るという美夜子を玄関先まで見送った。

彼女が去り、ドアが閉まる。

すると部屋はとたんに静かになった。

静かといっても、外からはまだ蟬の鳴き声がひっきりなしに響いていた。だから特別静寂につつまれているというわけでもない。でも、美夜子がいなくなると、静かだと感じた。喋っている人がいなくなるわけだから、音の種類が減るのはたしかだ。だから静かになったように思うのは、おかしなことではないのかもしれない。

だけど、美夜子が帰ったあと部屋の奥へ戻ると、急にそのワンルームが広くなったような気がした。それはへんだ。美夜子が来ているとき、部屋はその分面積をとられて狭くなっているはずで、彼女が帰ったら、部屋の広さはもとに戻るだけなのだ。もとの状態に戻っただけのはずなのに、違和感を覚えているのは奇妙なことだった。もとの状態、の「もと」の位置がずれてしまっている。ぼくはベッドに横になって、広くなった部屋の天井に見下ろされた。

美夜子は一日に何度も来たり帰ったり、面倒じゃないのかなと考える。ぼくは意味のないことを好ましく思うけど、体力を要するような、億劫《おっくう》なことは苦手だった。ぼんやり憂いていると、まもなく、暗闇の向こうから美夜子が手をふって現れる。

「晴野くん」

ぼくを見つけると、美夜子は少しだけ音量をひそめつつ、「外で待っててくれたの?」とはずんだ声で言った。日中は私服だったけれど、いまは制服を着ている。ぼくは夕方に訊きそびれたことを口にした。

「……あの、どこに行くの?」

「うん、夜の学校へ」

「学校?」

思わず、息を止めてしまった。

「だれもいなかったら、大丈夫かなあ?」

学校には、四月から行っていなかった。もう四か月以上、足を運んでいないし視界にも入れていない。

「……夜の学校、って。行って、どうするの」

「うーん、忍びこむ?」

「そんなの、怒られ、ないの?」

「ばれたら怒られちゃうねえ」

美夜子は無責任に、のんきな音で言った。それが、彼女がしたいことだというんだろうか? 学校へ行く、なんて、彼女は夏休みが明けたらいくらでもできるのに。

軽やかに歩きはじめた美夜子のあとをついていきながら、ぼくは坂道を転がるように、不安な気持ちになりはじめた。ばれて怒られることが、ではなくて、見つかって、人の目に触れることがこわかった。

「晴野くん」

坂のはてが見えずに目を伏せていると、美夜子は、まるで引き戻すみたいに名前を呼ぶ。

「ごめんね、冗談だよ。忍びこむのは犯罪だから駄目だねえ」

「え……」

「忍びこんでみたい気持ちもちょっとあるけどね。迷惑がかかることは良くないねえ」

スカートから伸びている彼女の足が、ふいに、そこに立ってアスファルトを踏んでいるのが不思議なくらいにか細く見えた。

「でも、学校の前まで、一緒に行きたいな。前じゃなくても、行けるところまで」

駄目? と訊ねる美夜子の白いシャツがぬるい風にあわく膨らむ。

「だめ、じゃ、ないけど……」

なぜ、と思った。美夜子はなぜそんなことをしたがるのか、と思うことが、ぼくにはいつもたくさんある。そのひとつひとつにもしかしたら意味はないのかもしれないけれど、彼女といると、ぼくは意味のないことにも、疑問を感じて、くり返し立ち止まってしまう。


日がすっかり暮れても、八月の末になっても、外は暑かった。あんまりずっと暑いから、なんだか夏が終わるような気がしない。でも時間は流れている。夏休みが終わったら、美夜子が昼間にぼくの部屋に来ることはなくなるのだなと、歩きながら思った。昼間は学校があるから、当然、そうなる。そのときぼくは？　美夜子の生活は休みが明けても滞りなくつづいていくけれど、その流れる時間の中にぼくはいないような気がした。そのほうがたぶん、ただしい形なんだろう。ぬるま湯のような夜が身体じゅうにまとわりついて、歩く速度をゆるめさせた。

「まだまだ暑いねえ」

高校までの道のりを歩くあいだ、美夜子はとりとめのないことをゆるやかに話した。閉まっているパン屋を指して、あそこは安くて学生に人気なのだとぼくの使うことのなさそうなお得情報を提供してくれたり、真っ暗になった花屋の前で、綺麗だねえと軒先の花を褒めたり（暗くてほとんど見えなかった）。さいわい、美夜子以外の人間に出会うことはなかった。

高校は、アパートから歩いて二十分ほどのところに建っていた。いつも行くコンビニや公園より、少しだけ遠い。数回は来たことがあるので、見憶えはあるけれど見知った感じはしなかった。

校舎のまわりは塀で囲まれ、門扉で閉ざされていて敷地内には立ち入れないようになっている。

大きい、と思った。暗くて細部は見えないけれど、外がわから見る夜の校舎は、通っていた中学よりもずっと幅があり、空に迫って見えた。何百人という生徒が収容されるのだから、広さが必要なのだとわかる。その中に、何度思ってみても、やっぱり戻れる気がしなかった。

留年する、あるいは高校を辞める。そう遠くないうちに訪れるかもしれないそのときを、想像すると鬱々《うつうつ》とした気持ちになっていく。留年や退学そのものに対してではなくて、そのことにかかわるもろもろの段取り——なにをすればよいのかもわかっていないけれど——のことを考えて。

そのときは母や鹿野さんとも顔を合わせることになるのかもしれない。けれどいまのぼくは、親族とすらまともに対面できるのか怪しかった。手続きのその場にまで美夜子にいてもらうわけにはいかないだろうし、彼女だってそんなことにはつき合いたくないだろう。思って、美夜子がいれば大丈夫かもしれないという甘えがあるのかな、と自分に呆《あき》れる。

聳《そび》え立つ校舎の前で、学校のほうを見ているものだと思っていた美夜子が、いつのまにかぼくのほうを見上げてやわらかくほほ笑んでいた。

「……な、に？」

「ふふ、晴野くんと登校してるみたいで楽しかったなと思って」

ぼくは、面白いことなんかなにも言っていないのに。ずっと、美夜子がのんびり話していただけだ。それでいったい、なにが楽しかったというんだろう。

「ねえねえ、あっちのほうにプールがあるんだ。ちょっと近くまで行ってみない？」

翻弄《ほんろう》されながら、あかるい声に連れられて塀の外がわを歩いた。正門から離れて、校舎の南がわへ移動する。美夜子に案内されて歩くうち、木々と塀に覆われてやっぱり立ち入ることはできないけれど、フェンスに囲われたプールサイドらしきものが、暗闇の中に見えてきた。プールの水深の分、プールサイドもその水面もぼくと美夜子の背丈より少し高い位置にあって、下からではプールじたいの様子はちっとも見えない。

「わたし、プール見学してたから、入ってないの」

「……そう、なの」

「うん、夏の醍醐《だいご》味《み》なのにねえ」

「そうなの」

「でも須藤は日焼けが嫌いだからなあ。複雑だよ」

美夜子は目線より高いところにあるプールサイドを見上げた。

「防犯センサーがなければ、プール、入っちゃうのにな」

「消毒も、してないし、衛生的じゃないと思うけど……」

「あはは、気にするの、そこ？」

そんなにおかしなところを気にしただろうかと思いつつ、美夜子に倣ってぼくもプールサイドを見上げてみる。まだ水は張られているのかどうか、それさえわからなかった。前髪が目にかかる。右によけて、上を見たら丸い月が浮いていた。太陽ほどまぶしくない。やわらかくて、たしかな光。顔に汗が浮いて、拭おうとして指を這わせたら、「切る？」と美夜子の声がした。

「え?」

「髪、目に入ってる」

指摘されて、指先で髪をまた払った。けれどまたすぐに前に下りてきて、視界は悪くなる。汗ばんだ手をズボンのポケットに入れて、夕方に借りたヘアピンをさがした。でもない。シャワーを浴びる前に外して、返さなければと思っていたのに持ってくるのを忘れてしまったようだった。

「前髪だけでも、切ろうか」

髪を梳《す》くようなまなざしが落ちてきた。

提案は強引なものではなかった。そういう選択肢もある、ということを示すような、ぼくの意思を一緒にさがしながら、たしかめるような音。ぼくに判断を委《ゆだ》ねるような、ひどくやんわりとした疑問形だった。

「髪も、さわるとよくないかなあ」

前に手を握られたときは、身体が完全に動かなくなったことを思いだす。呼吸もままならなくなって、苦しんだその記憶は、まだそう遠いものではなかった。美夜子の姿や声には、近づいても息苦しく感じることはほとんどなくなったような気がするけれど、触れても大丈夫かどうかは怪しい。

「美夜子ちゃんが、切る、ってこと?」

「晴野くんが嫌じゃなければ」

「切れる、の」

「自分の前髪ぐらいなら、たまに、切ってるよ」

彼女の前髪は、いつでも目が見えるような長さに保たれていた。ぼくは、髪を切るのは、専門の学校へ通って学ぶような技術がないとできないことかと思っていた。だけどいまのぼくは、美容院に行って専門の人に髪を切ってもらうようなことは、とてもできないだろう。それが可能になる日がくるのかどうかもわからない。自分で切る、という選択肢には彼女の言葉を聞いて気がついたけれど、決して器用なほうではないぼくが、それをうまくこなせる気はしなかった。うっかり鋏《はさみ》を顔にぶつけてしまうかも、と、美夜子のピンを額に刺したことを思いだしながら考える。すぐに切らなくても、いまはまだいいけれど――いつか前髪が顔を覆いつくして、肩まで伸びて、お腹まで伸びて――とそこまで考えたところで想像はやめた。というより、そんな先の想像も、現実味を帯びなくてうまく像を結べなかった。

「……駄目、かも、しれないけど」

だれもいない、真っ暗なプールサイドの上空を見ながら言う。

「切ってくれる、の」

「うん、でも、失敗したらごめんねえ」

「失敗？」

「切りすぎちゃったりとか」

ぼくは安全に前髪が短くなればそれでいいから、失敗とか成功とか、そういう概念はあまりなかった。ほとんど家にいる生活をしていて、べつにだれに見せるというのでもない。ぼくの視界を、少し良くしようとしているだけのことだった。

また、美夜子がぼくの部屋に来る。暑いのにこんなに何度も行き来して、嫌じゃないのかなとやっぱり思って、けれど美夜子は楽しげに歩いているものだから、彼女の考えていることは摑めない。

いらない新聞紙かちらしなんかがあるか訊かれたけれど、新聞はとっていないし、広告はたまに入っているのを見つけてもごみ箱に入れてしまうから、そうしたものは室内に残っていなかった。髪が散らばっても大丈夫な場所、と思案の結果浴室に移動して、そこで前髪を切ってもらうことになった。

ぼくは筆箱の中に入れっぱなしの、錆《さび》の浮いた鋏しか持っていなかったけど、「剃刀《かみそり》なら持ってるよ」と美夜子は、なめらかな曲線を描く小さな剃刀をポーチからとりだした。刃以外の部分がプラスチックでできていて、尖《とが》ったところがほとんどなく、手になじむような丸みがある。

「顔剃《そ》り向けのなんだけど。前髪も結構切れるよ」

「……顔、剃るの」

「そうだねえ、産毛とかあるから、たまに剃るかなあ」

ちょっと恥ずかしいね、と美夜子はうっすらはにかんで、隠すみたいに両の手で頰を覆った。

ぼくの目にはその産毛、は見てとれない。それは日ごろから顔を剃っているからなのか、と考え、鹿野さんも朝洗面台の前で髭《ひげ》を剃っていたっけと思い返しながら、自分の顎《あご》を撫《な》でてみた。指先はなにも引っかからず、つるりと喉に落ちる。

服を着たまま、浴室へ移動した。数時間前にシャワーを浴びたから、足許は少し濡れている。適当なタオルで軽く水気を拭《ぬぐ》って、美容院をまねてタオルで肩まわりを覆った。美夜子と順に浴室に入ると向かい合って立つ形になり、ぼくの目線の少し下に美夜子の顔があった。

「晴野くん、背、伸びた？」

そんなに変わらないと思ってたんだけど、と美夜子が頭の上に手を翳《かざ》す。

「そう、かな」

「うん、伸びたよ。ふふ、食べさせた甲斐《かい》があったかな？」

あまり自覚はない。それより、すぐそばまで近づいた距離と、やけに響いて聞こえる声のほうにうろたえた。浴室の電灯が、浴槽を白く照らしている。

「じゃあ、切ろっか。もし、駄目そうだったら言ってね」

剃刀の、刃の部分を覆っているケースを外して美夜子は言った。彼女の手がこちらに伸びてくる。とっさにぎゅっと目をつぶった。

息を吸って、吐きだす音が、耳殻をすべっていく。それが自分のものなのかどうかもわからなかった。緊張なのか、心拍数が上がっていく。拳を作って力をこめたら、髪の先をそっと掬《すく》われるような感覚があった。ぞくぞくと、首すじから背中へ冷水を落とされたような寒気に襲われる。

「う……」

「つらい？」

前髪が浮いたような感覚が、ぱっと立ち消えた。そっと目を開けて、彼女が手を離したのだとわかる。美夜子は目の前に立ったまま、こちらを見つめていた。

人がこんなに近くにいたら、本来なら全身が震えて、立っていられなくなってしまうはずだった。身体が戸惑いながら、目が、美夜子がそこにいることをさがしている。

「晴野くん？」

それが安心だと、気がついて、力が抜けそうになった。

「やめておこうか？」

目を閉じていると、視覚が、彼女を見失う。ぼくは左右に首をふって、今度はうっすら目を開けて、心づもりをして待った。美夜子の指先が、もう一度前髪を揺らす。目を細めながら、そのさまを見つめた。

「大丈夫そう？」

「う、ん」

「じゃあ、切っていくね」

剃刀を持ったもう片方の手が、慎重に伸びてくる。刃先が髪にあてられて、手が、ゆっくりと剃刀を引いた。ぷちぷちと音がして、毛先が離れていく。切断された髪は、そのあとは音を立てずに落ちて、足許を汚した。

こまかな物音が反響する。呼吸音がまざって、いま響いた息がどちらのものなのかも曖昧《あいまい》になった。こわい。こわくない。美夜子の手が動いて、ぼくの前髪を少しずつぼくから切り離していく。

人は、どうしたってこわいけど。

前髪がどんどん軽くなっていく感覚に、揺りかごにおさまって揺られているような、おだやかな心地がした。揺りかご、に乗せられた記憶はないけれど、そういう、もう戻ることのないはずの時間に触れているみたいだった。

「……こんな感じ、かな？」

声をかけられて、眇《すが》めていた目をゆっくりもとの形へひらいていく。目は開けていたのに、眠っていたみたいな時間だった。少し前まで視界を遮っていたものが、もうそこにない。目の前があかるくて、うっかりぶつかってしまいそうなほどすぐそばに、自分以外の呼吸があった。

「……短い」

鼻の頭までかかっていた前髪は、眉の真上あたりまで、短くなっていた。

「見る？」

正面に立っていた美夜子が動いて、浴室に備えつけられている鏡の前が空けられる。鏡は水垢《みずあか》がこびりついていて——おそらく浴室全体がそうだ——こんなところに連れてきてしまったことをいまさら少し申し訳なく思った。思うだけにとどまった気持ちのまま、汚れた鏡で短くなった前髪をたしかめる。前髪は全体的に短くなりつつ、毛先に向かうにつれて軽くなっていた。ただ短く切り揃えられたというのでもない。理容店で以前に整えてもらったそれよりも、綺麗に切られているような気がした。

「すごい、ね」

「ええ？　そう？」

美夜子は照れたように、下流すね、とシャワーに手を伸ばした。うつむくと、切り落とされた前髪が細かく散らばっている。

「あ、自分で……」

止めようとして手を翳したら、指先が彼女の手の甲にぶつかった。あ、と思ったときにはもう遅い。真上に置いて、その手の小ささにあらためて気がつきながら、身体はほとんど反射のように、彼女の手を払いのけていた。

勢い余って、きつくはじいた白い手が、一瞬、宙をさまよう。

「あ、ごめ、ん」

「ううん。わたしこそ。ごめんねえ」

美夜子は気にしたふうでもなく、いつものように笑ってみせた。それから「大丈夫？」とぼくに問いかける。

「う、ん」

でも、と思う。クリアになった視界が急速に、余計に、いたたまれなくなっていった。なにか言おうとして、言葉にならず、壊れた洗濯機みたいに指先が震える。

「晴野くん？　気にしないでね？」

美夜子は両手をひらひらふって、全然痛くないよ、とアピールするように言った。痛くないかどうかはたしかに重要なことだけれど、でも、痛くなくても、したことそのものが変わるわけではない。

もう痛まないはずの火傷の痕《あと》が、熱を持っていた。

「……ごめん、なさい」

頭の中に、熱湯と冷水が交互に降ってくる。熱いものと冷たいものが折り重なって、ぐちゃぐちゃに心臓を濡らしていた。喉の奥が痛い。脳の容量が足りなくなって、のろのろと浴室から歩きだす。

「晴野くん」

うしろから声がした。だけどふり向きかたがわからなくなっている。そのまま脱衣所を出ると、ほどなく、シャワーの流れる音がした。浴室を打つ水音を背後に聞いて、あ、掃除、とそもそもの発端を思いだした次の瞬間、

「ひゃ……」

悲鳴のような声と、大きなものが倒れたような、鈍い音がした。

「……美夜子ちゃん？」

呪いが解けたみたいに、身体を翻す。浴室を覗くと、尻もちをついた美夜子が、シャワーヘッドから放射状に噴きだす水を頭から被《かぶ》っていた。ぼくは急いで手を伸ばし、シャツに水を浴びながら、栓を捻《ひね》って流れる水を止める。

「えへへ、ごめんね、足がすべっちゃって……」

ぼくを見上げた美夜子は、困ったように笑った。その顔も髪も、カッターシャツも、スカートまでずぶ濡れになっている。濡れたシャツが透けて、中のインナーの色が見えていた。すぐ目を逸らして、でも、逸らしてそのあと、どうすればいいのかわからない。どこを見て、なにをすればいい。このままでいいわけないことはわかるのに、次におこなうべき動作が導きだせなかった。濡れた浴室で棒立ちになっていると、浴槽の縁に手をついた美夜子が、よいしょ、と立ち上がる。

「びしょびしょになっちゃった」

シャツが彼女の身体にぴたりとはりついて、その線が浮き彫りになっていた。

「ごめんね、あの……もしできたら、服を、借りられないかな?」

「……あ、うん、わかった」

指示を受け、ぼくは濡れた足で飛びだした。部屋に置いてある手近なシャツとズボンを手にとって、そして浴室へ引き返しかけて――いや、濡れてるんだから、タオルもあったほうがいいんじゃ――バスタオルも追加して、急いで戻る。「ごめんね、ありがとう」タオルを受けとった美夜子が、ふっと顔を背けて、小さくくしゃみをこぼした。

「……寒い?」

「あっ、いや、そういうわけじゃないんだけど」

ぼくはさっきシャワーを止めたときに濡れた、シャツの横腹のあたりを見下ろした。ぐっしょり濡れて冷たいし、気持ち悪い。夏で、そこまで冷える気候ではないとはいえ、ずっとその状態ではあまりいたくない。これが全身だったらなおさらだろう。

でもぼくがいたら、彼女は濡れた服も脱げないということに遅れて思いあたる。

「あ……む、向こうにいる、から。えっと……もし使いたかったら、シャワー、自由に……」

見ないように背を向けて、部屋の奥へ移動した。濡れたシャツを脱いで、別の服をさがして着替える。ふと視線を下げると、テーブルの上に美夜子に借りたヘアピンが載っていた。

「晴野くんー」

まもなく、脱衣所のほうから、美夜子がぼくを呼ぶ声がする。

着替えたのだろうかと思ってふり向くと、美夜子は首から先だけを覗かせて、こちらをうかがっていた。

「あの、重ねて申し訳ないのだけど……長袖、ないかな？」

急いで渡した服が、部屋着にしている半袖だったらしい。夜も紫外線が出ているんだっけ、と美夜子の言葉を思いだしつつ、服をさがしてあたりを見まわした。けれどももともと服の少ないこの部屋で、洗濯機に放りこんだものや、ぼくがいま着たものを除いていくと、もう制服ぐらいしか、差しだせる長袖がなかった。

「ぼくの、カッターシャツでも、よかったら」

「なんでも大丈夫。ごめんねえ」

どこまで近づいてよいものかと思いながら、ぼくはカッターシャツを握りしめて脱衣所へにじり寄る。短い廊下を、首を背けながら目も閉じて、壁づたいに進んでシャツを手渡した。

「ありがとう。わがまま言ってごめんね」

シャツが手を離れる感触で、ちゃんと受け渡しができたことを知る。胸を撫で下ろし、目を閉じたままその場に座りこむと衣擦《きぬず》れの音がした。

「わ、シャツのボタン、逆だ」

のんびりした声に、背は向けたまま、そっと目を開ける。

「……逆？」

「うん、こういうシャツ、男女で合わせ目が逆なの知ってはいたけど、こうやってまのあたりにしたのははじめてだなあと思って」

知らなかった。そうなんだ、と油断した思考の頭上から、声が降ってくる。

「ふふ、夜中にシャワーに濡れて、男の子のシャツを借りているなんて、なんだか不良娘みたいだね」

楽しそうに笑っているのに、その声は、どうしてか震えているような気がした。

だから、思わず背後をふり返ってしまって――すぐに自分の失敗に気づく。

美夜子はもうほとんどシャツを着終わっていた。きゃしゃな指先が首許の小さなボタンを留めていて、ゆるんだシャツの袖から、その細い手首がほんの一瞬だけ覗いて見えた。

色素の薄い、光のような手の甲。それよりもさらに白い骨ばった手首に、ぐるりと一周、囲うみたいに赤い痣《あざ》が浮かんでいた。

「……ごめ、ん」

とっさの謝罪は掠《かす》れて、ほとんど音にならない。

「でも性別は関係ないかなあ、無断外泊？　泊まりじゃないから違うか、外出？　だもんねえ」

ぼくが見たことに美夜子が気づいたのかどうか、わからなかった。

心臓が一気にうるさい。

「夜中に遊び歩いたし、晴野くんのお部屋にも、何度も入れてもらったし。この夏は、たくさん、悪いことしてるなあ」

強い力で締めつけられたような鬱血痕《うっけつこん》は、身体に棲《す》みついてそのまま、どんなに焼いても死ぬことのない蛇のように赤黒く燃えていた。ふり払おうとしても、瞼のうしろでいやというほど点滅する。見た色がいつまでも消えず、いっそ美夜子をふり返って、飽きてしまうまで見てたしかめたいと思った。

「悪い人間に、近づいてるかなあ？」

でも、もし、彼女が、隠したがっているのなら。

「わたし、悪い人間になりたいんだよ」

その声が揺れている。言葉が見つからない。ぼくは座りこんだまま、向いてないよ、としか言えなかった。

6

美夜子の手にあった痕《あと》のことを、くり返し、考えた。でも考えるだけで、なにがどうなるというわけでもなく、時間がひどくゆっくり過ぎていく。

八月のぬるい空気を、肌の、服に覆われていない部分が受けとめた。汗だくになりながらたどり着いたコンビニは、煌々《こうこう》と白い明かりを灯《とも》している。美夜子が来るたびに食べものを持ってくるから、ここのところ自分でなにか買い足しに出かけることがなかった。

自分の足でここまで向かって来たはずなのに、近づくと逃げだしたくなる。いつも。おそるおそる店内へと足を踏み入れると、寒いぐらいに冷えた空気が流れてきた。入店音に合わせて、いらっしゃいませー、と店員のものと思《おぼ》しき低い声がする。駄目だ、とすぐに思った。指先が、床を踏みしめて立っている足が、またたくまに震えはじめてそのまま止まらなくなる。

完全に、とは到底言えなくとも、美夜子と会っているあいだはこの、人に対する恐怖心も少しだけ鈍っているような気がしていた。けれどちっともそんなことはないのだと、あらためて思い知る。美夜子に対してちょっと耐性がついただけで治っているわけではまったくなく、そもそも美夜子に対してだって、その恐怖心を拭《ぬぐ》いきれてはいないのだ。

払いのけてしまった手のことを思い返して、鬱屈《うつくつ》とした気持ちがよみがえる。

美夜子は気にしていないみたいに笑ったけど、それだって本当に気にしていないかはわからなかった。痛くないよと彼女は言ったけど、かなり、勢いよく叩《たた》いてしまったような気がする。彼女の痛みを、想像することもできない。

ぼくはかぶりをふって、コンビニの奥の棚へ足を進めた。かごを手にとって、すぐに食べられるようなパンと、日持ちのするインスタント食品や栄養補助食品などを入れていく。かごがいっぱいになったところで、レジに向かった。自分で向かいながら、やっぱり、身体じゅうがそれを拒んでいるみたいに足が重くなる。陳列作業をしていた店員が、すばやくレジに戻ってきた。とっさに瞼《まぶた》を下げる。かたく目をつむって、でもいつまでもそうしているわけにはもちろんいかないから、おそるおそる薄目を開け、なるべく距離を離しつつレジカウンターへ近づいた。

コンビニの店員ひとりにさえ、相変わらずどうしようもなく怯《おび》えてしまう。彼らがいきなり襲ってくるはずもない、と頭ではわかっていても、身体は理性的に動いてくれなかった。震える腕で、重くなったかごをどうにか持ち上げて、カウンターに置く。

「ありがとうございます」

店員の男性の大きな手が、かごを摑《つか》んでレジの内がわへ引いた。手慣れた、力強い動きに身が竦《すく》む。震える指先で、擦り切れた財布からお札を抜きとった。コンビニに来ても、こまかな小銭をだす心の余裕を持てないせいで、財布は大量の硬貨ででこぼこに膨らんでいる。

「四千円お預かりいたします」

ぼくがお金をだすのに苦戦しているあいだに、買ったものはすでに袋に詰め終えられていた。早く済まさなければ、と思っているのに、店員の動きのほうが早くてついていけていない。過剰に酸素を求めようとする身体を必死で抑えこんで、「七百二十九円のお返しです」店員の手に触れないようにお釣りを受けとった。財布にしまう余力もなく、ポケットへ運ぼうとして、けれど手のひらの端に載った小銭が一枚、カウンターの上を転がっていく。

「あ……」

目が、反射で硬貨の動きを追った。カウンターの内がわへ視線をすべらせて、店員の節くれだった手が、動く小銭をたやすく捕まえたのを目撃する。

ふたたびこちらへ差しだされた手に、うっかり顔を上げてしまった。

壮年の男性が、あらゆる感情を持つことをやめたような無表情で立っている。

背が高い。伸びた髪には白髪がまざっていて、逆三角形の輪郭の、先端の顎《あご》の部分が短い髭《ひげ》で覆われていた。髭の生えた顎よりも少し上、落ち窪《くぼ》んだような目が、覇気なくこちらを向いている。

その顔の造形を、どこかで見たことがあった。

でも、こんな人は、知らないのに。

脳が勝手に、流れの遅い、澱《よど》んだ川のような記憶をたぐりはじめた。どこまでいけばいいのかと思いながら、かなり古いものまで繰ってゆく。やがて、人のよい笑みを浮かべて母の隣に立っていた、母よりも少し若い男の姿が眼裏に映ったところで、それははたと止まった。

転がった硬貨を手のひらで受けとって、唇から、ほとんど空気のような掠《かす》れた声が落ちる。彼は白髪もなかったし、髭も生やしていなかったし、いつもにこにこしていて、目はもっとずっと、かがやきに満ちていたけれど——

「……お父さん？」

ほかになんと言ってよいかわからなくて、かつて口にしていた呼びかたで、呼んでいた。

コンビニの制服を身に纏《まと》った男は、煙たそうに目を眇《すが》めた。数秒その目のまま固まったのち、やがて小さく眉《まゆ》を上げる。

「——晴野くんか？」

制服の胸許《むなもと》に、吉永と書いてある名札が差してある。

口にだしてから、この人はもう——いや、はじめから——ぼくの父親ではないのだから、その呼称は適切ではないのだと気がついた。

「……うわ、びっくりした。最後に会ったのが小学三年生のときだから……もう、高校生なんだっけ」

後頭部を掻《か》きながら、彼は言った。ところどころ白髪の生えているその髪は無造作に乱れて、起きてから十分と経っていないみたいに見える。

「でも昔とあまり、変わってないね。高校生にしては小さいな」

彼は頭ひとつぶん高いところからぼくを見下ろしていた。

「最近の高校生は、そんなもんなの？」

「……お」

その呼びかたは相応《ふさわ》しくないとついさっき思ったことを思いだし、言い直そうとする。身体はまだ震えているし、動悸《どうき》もしているのだけれど、うっすらとある、かつて彼に繋《つな》がれた手の内がわのような感覚が、呼吸を繋ぎとめていた。

「トウマ、くんは」

そう言ったら、彼はふっと笑って目を伏せた。

「あの人と呼びかたが似てるな」

「あ、ごめんなさい。……吉永さん、は」

胸許の名札の文字をたしかめて言う。

「いや、冬馬でいいよ。晴野くんも吉永だったことがあるのに、そう呼ぶのも違和感あるだろ」

どちらかというと、過去形だとしても自分が吉永だということのほうが違和感がある。ぼくは答えに困って、うつむいた。

「……冬馬くんは、変わっ、た？　ね」

最後に姿を見たのは小学三年生の終わりごろなので、六年半ほど前だった。母と結婚したとき、冬馬はまだ二十代なかばだったように思う。当時のぼくの目には彼は母より少し若いように見えていたけれど、ひさしぶりに見たその姿は、白髪のせいも相まって、実年齢よりもかなり歳を重ねているように見えた。

「はは、老けたって言いたいんでしょ」

頷《うなず》いていいのかどうかわからず、目を泳がせる。

「いいよ、正直に言って」

「……ん、玉手箱、開けたのかと……」

「ちょっと。そこまでか？」

一応まだ三十代なんだけどな、と冬馬は薄く笑いながらぼやいた。彼の言ったその年齢より十は上のような外見に見えたので、少なからず驚く。逆に、ここ数年の母の姿は、ぼくが小学生だったころと変わりがないような気がするので、いま冬馬と母が並べば、間違いなく冬馬のほうが年配に見えるだろうと思った。

数年で、人はこんなにも変わるのか。

「晴野くんは、なんでこんな時間に出歩いてるの」

ぼくと母と暮らしていたころ、冬馬は毎日皺《しわ》のないスーツに袖《そで》を通して、母の言うところの「母とぼくのために」、身なりをかためて仕事へ出かけていた。けれどいまは、めっきり老けこんで、特段外見に気をつかっているような様子でもない。着ているのはコンビニの制服で、つまり、当然、スーツではない。

「あの人に怒られないのか?」

そのころの冬馬にあって、いまの冬馬にないもの。あるいは逆。なにかがすっかり変わってしまっていた。

「……ま、いいか。ちょっと待っててくれたら休憩入るから、飲みものぐらい奢《おご》るよ」

いらなければ帰ってもいいけど、と冬馬は薄く笑った。暑くて喉《のど》は渇いていたけれど、飲みものを買ってもらいたいわけでもない。早く帰りたい、と思っていたのだから、気にせず、本当に帰ってしまってもよかった。

けれどコンビニを出たあと、ぼくは従順な犬になったみたいに、外壁に寄りかかって冬馬が出てくるのを待っていた。

「まさかこんなところで会うとは思わなかった」

冬馬はよく冷えたオレンジジュースを二本持ってきて、片方をぼくに渡し、もう片方を自分で開けた。

「ここにはよく来るの？」

よく、の基準がわからず下を向く。すると、「来るのはいいけど、夜中にあまりうろうろしてると危ないよ」と諭された。来るのはいいのか。冬馬はぼくが未成年だと知っているわけだから、夜中に出歩くのは駄目だって、きつく言われてもおかしくなかった。でも、他人にそこまで干渉するのもそれはそれで面倒なことかとも思い直す。ぼくにもし「危ない」ことがあったとしても、それは冬馬の関与することではないはずだ。彼にそんな責任はない。

「訊《き》かれる前に言っておこうかな。会社は首になったんだ。二年ぐらい前かな」

買ったものが詰まったビニール袋はひどく重かった。手に持ちつづけることを諦《あきら》めて、アスファルトの上に下ろす。自由になった手で、もらったオレンジジュースの蓋《ふた》を開けてちびちび口をつけた。

「はー、外、あったかいな」

「あたた、かい？」

「中、冷房きつすぎるんだよ」

冬馬がぼくになにを「訊かれる」想定をしていたのかわからなかったけど、ぼくは黙ってつづきを聞く。ジュースで喉を潤しつつ、冬馬は会社員だった自分がどうしていまここにいるのか、ぽつぽつと過去のことを遡《さかのぼ》って喋《しゃべ》った。

　母と別れたあと、冬馬はそれまで以上に、いっそう仕事に打ちこんだ。「家族のため」に働いた結果が妻の不貞、そして離婚、であったけれども、会社のために働けば、それは自分の給与や評価、役職の高さという形になって、冬馬のもとに残った。ストイックになればなるほど、仕事では結果が出る。それが面白くて、気持ちがよくて、冬馬は四六時中仕事のことばかり考えた。

「でもさ、自分の立場や能力が上がっていくと、まわりの人間が許せなくなるんだ」

　冬馬の大きな手が、ペットボトルのジュースを揺らす。許せなくなる。ぼくは、いつか、許してと冬馬に縋《すが》りついた母の姿を思いだした。

「こいつなんでこんなこともできねーんだ、って思うようになって、人の仕事ぶりとか、意識の低さとかに、毎日苛々《いらいら》した。仕事任せらんないから自分で全部やって、でもそういうやつが同じフロアにいるだけでむかついて、いつも、だれかに対して怒ってた」

　苛立ちから、同僚や部下を口汚く詰《なじ》る日も少なくなかった。納期を守ること。質を落とさないこと。会議の準備は入念に、プレゼンはわかりやすく簡潔に……当然のように自分に課してきたことが冬馬にはたくさんあって、それを、できない人間がいるということを、冬馬は許容しなかった。もしできないのなら、できるまでやる。投げだすのは、無責任な低能のすることだと思っていた。そんな人間は会社はおろか、社会に必要ない。できるようになるか、あるいは会社を去っていくまで、冬馬は言葉と態度で、他者に、ひたすら結果を求めつづけた。

「そしたらさ、部下がオーバードーズ、やっちゃって」

「オーバー、ドー……」

「薬の過剰摂取」

汗がこめかみを流れる。

「ひと晩で睡眠薬ひと瓶近く、飲んだって。部屋に遺書置いて」

部下は実家暮らしで、家族に早く発見されたので命は助かったそうだった。脇に残されていた手紙には、入社してからいっこうに仕事がうまくいかず、上司に毎日罵倒《ばとう》されて、こんな役立たずな自分はいないほうがいいと思いました、といったようなことが書かれていたという。

冬馬の日ごろからの指導が、行き過ぎたもので、問題があったと判断された。周囲からの誹《そし》りと批難の視線を浴び、冬馬は新卒から勤め、貢献してきた会社を退職せざるをえなくなった。

「会社、いられなくなって……しばらくはなにもしないで家にいた。昔は休みの日に釣り行ったり草野球したりしてたけど、もうそういう元気もなければ連絡とる友達もいないしで、することなくて」

冬馬が仕事人間になってしまったことから、たくさんいた友人も、そのころには軒並み冬馬のもとを離れていた。休日に打ちこむような趣味もなく、昇給や昇進を目ざすこと、それじたいが趣味で、それがなんのためなのかということに、それまで、疑問を感じることさえなくなっていた。母との離婚を機に、もともと結婚を反対されていたらしい家族ともすっかり疎遠になっていたから、あらためて会う人もいなかった。

「まあ、ずっと働きっぱなしだったから、人生の、長い夏休みをもらったんだって思うことにした。いまの世の中、娯楽はいっぱいあるし。観ずじまいだった映画のＤＶＤを観るとか、すっかりしなくなってた自炊を再開するとか、なんなりとできることはあると思ったよ。それまでほとんど遊びに行かなかったから、貯金もぼちぼちあったし。ちょっとだけ休んで、すぐ再就職すればなんとかなるかなって思ってたところもある」

でも、そううまくはいかなかった。三十代もなかばになり、パワハラで退職を余儀なくされた男を進んで雇いたがるような会社は、そうありはしなかった。再就職活動はことごとく失敗し、不採用通知ばかりが積み重なって、だれからも必要とされない日々と、考える時間ばかりが溜《た》まっていった。家にいて、映画を観ていても内容は入ってこず、自分の作る食事はどれだけレシピ通りに作ってもいっこうにおいしいと思えなかった。

「そのころから、急に白髪も生えてきた」

と彼は煩わしそうにその髪をがしがしと掻いた。一銭にもならない、することのない無為な空白の時間に耐えかねて、コンビニのバイトをはじめたのだと、冬馬は説明した。

「つまんないこと喋りすぎたな」

咳払《せきばら》いをひとつふたつして、言葉を切り、冬馬はまたペットボトルの蓋を捻《ひね》る。オレンジジュースを含んだ先で喉が嚥下《えんげ》に合わせて震えた。引くでしょ？　と言葉がつづいて、ぼくは首を横にふる。すると彼はなぜか唇の端を持ち上げて、はは、と乾いた声をだした。

「俺も訊いていい？」

「え……」

「晴野くんは、元気なの」

うかがうように笑った視線が、隣の高いところから落ちてきて、ぼくはまた困った。

「……どう、で、しょう」

身体は健康だと思う。風邪を引いたり、大きな怪我をしたりということはない。ただ、せっかく入れてもらった高校への登校を拒否し、人の目をおそれてまともに出歩くこともできない自分は、はたして元気だといえるのか。

ぼくが答えに窮していると、冬馬は質問を変えた。

「翔子さんは元気か？」

「た、ぶん」

「たぶん？」

一緒に住んでいないから、それも、正確なところはわからない。メールのやりとりも、ぼくが返事をしていないままずっとない。便りのないのは良い便りというから、鹿野さんと楽しく過ごしているのではないだろうか、などと、ちっとも便りなどだしていない自分のことを棚に上げながら、頭の端で考えてみる。

しばらく沈黙が流れ、やがて、冬馬は呆《あき》れたように言った。

「あの人は相変わらずなんだな」

相変わらず？　冬馬の言葉を、ぼくは心の中でおうむ返しに唱えた。だけど、母は、どう変わっていないということなんだろう。ぼくはそれさえ思い至らない。冬馬は見ていないはずなのだから、容姿がということではないように思うけれど——そもそも母はどんな人だというのか、ぼくはそれも、まったく言葉にできなかった。それぐらいに、自分と母は、さしてかかわってこなかったのかもしれない。

「晴野くんは」

冬馬は伸びをひとつして、それから、目線の下にいるぼくを覗《のぞ》きこんだ。

「ちゃんと、だれか、信じられる人はいる？」

その問いかけを咀嚼《そしゃく》するのに、ひどく時間がかかる。

「俺は人を疑う癖がついてるからもう駄目だよ。いまさらだれかを信じられない。でもきみは違う。いま、だれか、信じられる人はいる？」

落ち窪んだ目の、濁った虹彩《こうさい》がコンビニの明かりを映していた。

信じるとか信じないとか、そういうことはいまいちぴんとこなかった。きっとだれも疑ったことがなければ、信じたこともないのだ。だから普通の人がするようなことが、わからない。普通に人を信じたり、信じられたりという、普通のことが。

「俺はさ、信じても信じなくても痛い目を見るんなら、信じることを諦めなければ良かったなって、いまはちょっと思うよ」

普通ってなんなのか。

悪い人間になりたい、と言う、美夜子のことを思い浮かべた。ぼくと違って、きちんと制服を着て、普通に学校へ行く彼女は、夜中に家を抜けだして、部屋に引きこもっているぼくをわざわざ連れだして「悪いこと」に誘う。それはたぶん、普通じゃない、と思う。普通なんて、ぼくにはわからないのにそう思っている。

ぼくの顔を見た冬馬は、どうして、なにか勘違いしたのか、小さくつぶやいた。

「よかった」

「え？」

「困ったらその人に頼りなよ」

否定しようとして、言葉に詰まった。困ったら、頼る。でも、すでにこれ以上ないほど、ぼくは美夜子に頼りきっているような気がした。道の真ん中で過呼吸を起こしたり、谷口遥矢に肩を摑まれて逃げだしたり、彼女の手を叩いたり——なにもできない自分の姿が、走馬灯のようによぎる。

気づくと、否定とは違う言葉が、口からこぼれていた。

「……もし、その人が、困っていたら？」

困っているなんて、美夜子はそんなことは、ひとことも口にしていないのに。どうしてそんなことを訊いているのか。白い手首にあった痣が、眼裏を泳いだ。それは普通なんだろうか？　悪い人間になりたがるのも、じゅうぶん、へんな人だって思うけど——彼女はどこかで、もしかしたら、もっと、「普通」からはみだしているのかもしれなかった。

「できる範囲で助けてあげたらいいんじゃないか。その人がそれを望むならね」

ぼくが質問をうち消すことを思いつくよりも前に、冬馬は答えた。それから服の袖で額の汗を拭う。

「いや、あっつ。外、やっぱ暑いな」

さっきまで冷房に冷やされていた彼の身体は、もうすっかり、その涼しさのことは忘れてしまったらしかった。そろそろ戻ろうかな、と冬馬は、壁にもたれかからせていた腰を持ち上げる。

「俺にできることなら、俺でもいいけど」

まあないか、と冬馬は笑った。それが、「困ったら頼る」相手が、という意味だと気づくのは、もう少しあとのことだった。

「気をつけて帰りなね」

ぼくがぼんやりしているうちに、冬馬は大きな背中をこちらに向けている。頷こうとしたけれど、ぼくに背を向けた冬馬には見えないのだと、首を半分くらいまでふってから、気がついた。


冬馬とのやりとりを反芻《はんすう》するうち、週が明けていた。

夏休みの終わりは、暑さが少しだけやわらいだ。夜、普段より少し早めに公園に向かうと、美夜子はすでにベンチに座って、街灯の下で本を読んでいた。

「あれ？　晴野くん。今日は早いねえ」

ふり向いた美夜子は、いつもの通りにうれしそうな顔をして、夜の薄暗さの中でその表情を光らせた。読んでいた本を、栞《しおり》も挟まずに閉じてトートバッグの中にしまう。

「……いつから、いるの」

まだ暑いのに、という意味を含みながら問いかけると、ついさっきだよ、と美夜子はほほ笑んだまま言った。そして本を片づけたトートバッグから、不透明のポリエステルの袋にくるまれたものを引っぱりだす。

「これ、このあいだはありがとう」

彼女に貸していたカッターシャツとズボンだった。つるつるした袋は、摑んだり揺らしたりしてもあまり音が立たない。残ったトートバッグは、さっきの本以外ほとんどなにも入っていないみたいにぺらぺらで、それよりほかに手荷物は見あたらなかった。今日はとくに一緒になにか食べたりすることはなさそうだなと思っていると、「のど飴《あめ》、食べる?」と美夜子はシャツの胸ポケットから個包装された飴玉をふたつとりだす。ひとつ受けとると、もうひとつを美夜子が封を開けて口に入れた。

「季節の変わり目だからねえ。風邪とか引かないようにね」

口の中で飴を転がしながら、「お母さんみたいなこと言っちゃったね」と美夜子ははにかむ。

それはお母さんみたいな台詞《せりふ》なのか。言葉に、母親らしいとかそうでないとかあるのか、と思う。

美夜子が喋ると、そのたび歯にぶつかる飴玉がからからと音を立てた。

『できる範囲で助けてあげたらいいんじゃないか。その人がそれを望むならね』

ぼくは、何度も考えた冬馬の言葉を、胸の中でくり返す。

その手を。とって、シャツの袖をめくって、もう一度、たしかめたい衝動に駆られた。でも他人にさわれない自分がそんなことをできるはずもないし、できたとしても、勝手にそんなことをするべきではない。母の声がぼくに語りかけた。『これは、人には見せちゃ駄目だよ』。それは本当に母の声なのか？　美夜子が、ぼくの袖の下を見つけた日のことを思いだす。カラオケボックスで、グラスを倒して水をこぼしてしまったとき。

——痛くない？

濡《ぬ》れた手を見上げて、美夜子は言った。

「今日は星が綺麗《きれい》に見えるねえ」

言葉につられて、頭上を仰ぎ見る。八月の夜の空には数えきれないほどの光が散らばって、赤や青や橙《だいだい》にまたたいていた。人間とは関係なく、そこにあるだけのはずの光。星に視線を向けていると、美夜子がつぶやいた。

「星も、年をとるらしいねえ」

「年を、とる？」

「いつか死ぬんだって。って言ったら、なんだか生きものみたいだね。えーと、核融合反応、だったかな？　っていうので、星を光らせるエネルギーがうまれてるんだって。恒星はほとんど水素でできてて、その水素が、その核融合反応の燃料になってるらしいのだけど、燃料を使いはたしちゃうと、光ることができなくなるんだって」

燃料が減って、なくなって、燃え尽きること。それを、年をとるとか、死ぬとか言うらしい。生きものになぞらえて。

「星の光は地球に届くまでに少し時間がかかるから、いま見ている光のうちのどれかが、もしかしたらもう死んでいる星のものかもしれないと思うと、なんだかせつなくなってしまうね」

「せつなく」

「うん。胸がぎゅってなるよ」

美夜子がそう言うので、胸に手を置いてみた。はじめのうちは、彼女の姿を見ただけで狂っていた心拍は、いまはおおむね平常に刻まれている。胸がぎゅっとなる、せつない、という感情は、ぼくには難しかった。

「でも、星が死ぬときに吐きだされた水素なんかは、集まって新しい星の材料になったりするんだって。死んでも、また星になって光るのかな」

美夜子は遠くを見るように、その視線を持ち上げた。星を見ているのだろうから、そのまなざしはたしかに、はるか遠いところを向いている。彼女の言葉は、夜の中でやわらかく、軽やかに響いた。

「燃えているものは、綺麗だねえ」

ぼくは、なにか言わなくてはならないような気がした。でもなにを言うというんだろう。星はたしかに綺麗だと思うけれど、それは燃えているからなんだろうか。燃えているものは、綺麗だろうか。暗い住宅街のあいだに立つ街灯みたいに、ぽつりぽつりとあいだを空けながら、木琴のような声は話した。

「……美夜子ちゃんは」

「え？」

木から作られているその楽器が、火をつければ燃えて崩れてしまうかもしれないあやうさをともなって、言葉は夜にくべられる。

「もし、ぼくに……」

美夜子は遠い星からこちらへ視線を戻して、きょとんとした目にぼくを映した。

「……なにかできることがあるなら、がんばる、けど」

「ええ？　どうかした？」

美夜子は首をこてんと傾けながら、それでもうれしそうな顔で、ぼくに笑いかけた。

その顔のずっと向こうで、星が燃えている。暑苦しいぐらいに密接し合った大小さまざまの光は、少しずつ年をとっている。ぼくや美夜子も、少しずつ老いるんだろうか。途中で死ななければそうだと、頭ではわかっていても、年をとった彼女の姿は、うまく想像できなかった。でも美夜子は、たぶん、おばあさんになっても綺麗なままなんだろう。

暗闇が震える。

「——あ、わたしだ」

聞き慣れない電子音が、すぐそばで鳴っていた。美夜子がポケットに手を入れる。携帯をとりだし、そのディスプレイを見てぴたりと固まった。目尻《めじり》を下げて、ひどい失敗を見てしまったような、それでいて、笑うしかないみたいな表情を浮かべる。

「……どう、したの」

「うん、電話、お母さん」

携帯を押さえつけるように手で覆いながら、美夜子は口にした。

「起きたのかな、たぶん。電話がかかってきたってことは、家にいないことばれちゃったんだと思う」

美夜子は次の瞬間にはもうからっと切り替えて、「ばれちゃしょうがない」と、なんでもないように言った。電話はやがて鳴り止んだけれど、またすぐにかかってくる。美夜子は何度か笑いながら耳を塞《ふさ》いでいたけれど、あんまりかかってくるので根負けして、「ちょっとごめんね」とベンチを離れた。

「――あなた、いまどこにいるの？」

美夜子はぼくを気づかって立ち上がったのかもしれないけれど、それは離れていてもうっすら聞こえるほどの怒声だった。突如割って入ってきた第三者の声に、全身が萎縮《いしゅく》する。美夜子はぼくに背を向け、携帯を耳にあてながら、もごもごと受け答えをした。美夜子がさらに遠ざかっていく。第一声以外はなにを言っているのかわからなかったけれど、電話口の向こうで相手が怒り狂っていることだけは、ぼくにも察しとれた。

美夜子はしばらくのあいだ、離れたところで母親と話していた。そしてやっと終わったかと思うと、ごめんねえ、と手を合わせながら戻ってきた。

「声、大丈夫だった？」

通話は切れたはずなのに、携帯を手のひらで覆って、謝罪の次にまずそう言って眉を下げる。

自分のほうがひどく怒鳴られていたはずなのに、けろっとして、ぼくの心配などしているからおかしかった。ぼくは震えてしまう身体を押さえつけるように、二の腕を抱いて頷いた。

「本当？　ごめんね。驚かせちゃったでしょう」

困ったように、彼女は唇をうねらせる。

『なにかできることがあるなら、がんばる、けど』

ついさっき自分で言った言葉にもう呆れていた。電話口に響いた、なんと言っているのか聞きとれない程度の、自分に向けられたのでない人の声にさえ身動きができなくなってしまうぼくが、いったいなにをできるというんだろう。動悸《どうき》のする身体をコントロールできないで、呼吸を乱してしまう。

美夜子は、ぼくが落ち着くまでほとんどなにも言わずに隣にいた。それは数分のことだったと思うけれど、ぼくにはとても長い時間のように感じた。

「晴野くん、せっかく来てくれたのに、ごめんね」

美夜子がぼくに謝ることは、なにもないはずなのに。

ぼくの身体の震えがおさまったころに、美夜子は「今日は、帰るね」と切りだした。その声が揺れている。外出を母親に知られて、本当は、早く戻らなければいけなかったのだと、遅れて思いいたった。

「あのね、しばらく来られなくなっちゃうと思う」

そう言った美夜子は、それから少し考えて、

「でも晴野くんはわたしに巻き添えにされている被害者だから、むしろラッキーかな？」

と笑った。

「また、メールはしてもいい？」

ぼくがなにか言う前に彼女は立ち上がる。

「送っていけなくてごめん。気をつけて帰ってね」

そうしてベンチから離れると夜道を駆けていき、その姿はあっというまに見えなくなった。


『また、メールはしてもいい？』

美夜子はそう言ったけど、彼女から連絡が来ることはなかった。そして、『来られなくなっちゃうと思う』という言葉のとおり、彼女は夜に現れることもなくなった。

気がつくと九月に入っていて、ふたたび、学校から連絡が入るようになった。それがおそろしくて、日中は携帯の電源を落としておくことが増えた。高校は、辞めるしかないのだろう、と思う。けれど、そのための諸々《もろもろ》に向き合う、気力や勇気のようなものがいつまでも湧かない。溜まっていく着信履歴から目を逸《そ》らして、毎日朝と夜にメールの受信履歴を見ては、けれど、なにもない。

この数か月、毎日のように美夜子と会っているか彼女からメールが届くかしていたから、それがぱたりと途切れると、生活を構成していたものの一部が抜け落ちてしまったようだった。

〈大丈夫？〉

おそるおそる、ぼくからメールを送ってみたけれど、数日経ってもなんの音沙汰《おとさた》もなかった。迷った末に電話をかけると、『おかけになった電話は、電波の届かない場所にあるか、電源が入っていないため、かかりません……』と機械的なアナウンスが流れた。教えてもらった番号は合っているはずだけれど、何度試しても美夜子に繋がることはなかった。

美夜子と会うことがなくなると、生活はまた不規則になった。眠る時間も起きる時間もばらばらで、食事もいっそうおろそかになる。とはいえ以前から、朝に近い深夜に寝て昼とか夕方近くまで寝ているような昼夜逆転の生活だったし食事も適当だったから、大差はないのかもしれない。

美夜子が走って帰っていった夜、ぼくは状況を把握することと自分のことで、頭がいっぱいだった。ひどく怒鳴られながらぼくを心配していた美夜子を、なんでもないふうに笑っていた姿を、あとになって思い返す。彼女が自分のことより先にぼくを気にしてくれたような、そういうことを、ぼくもできなかったのだろうかと、あとから意味なく考えた。だけど、なにもできないからここにいるのだと、すぐに脱力する。

ベッドに横たわり、天井を見つめながら、携帯に表示された日付を幾度も頭によぎらせた。もう学校がはじまっているはずだ。新学期になって、美夜子は学校生活にあわただしく過ごしているのかもしれない。美夜子がぼくのことを気にするのはやめて学校生活を楽しんでいるのだとしたら、それでもよかった。それが本来の、普通の、ただしい姿であるはずなのだから。

だけど、浴室でボタンを留めていた美夜子の、蛇のような手首の痣が、瞼の裏でくり返し蠢《うごめ》いた。

残像が、ずっと消えないままでいる。夜中に抜けだしていた彼女は、抜けださなくなって空いた時間を、どうやって過ごしているんだろうと思った。夜中に出歩いて、朝になれば学校にも行って、いったいいつ眠っていたのか。結局ずっと、訊かないままだった。不健康そうには見えなかったけれど、睡眠は足りていたのだろうかと疑問に思う。

美夜子が、楽しそうに笑って生活しているのなら、それでよかった。そして、それをたしかめたいような気持ちが、身体が少しずつ沈む湯船みたいに、日に日にせり上がってくる。

彼女にあるはずの、本来の、普通の、ただしい生活。

美夜子は、ちゃんとそこにいるんだろうか。

考える時間ばかり無限にあるのは、地獄なのだと冬馬は言った。

ふたたびコンビニを訪れると、冬馬は店のまわりを掃除しているところだった。ぼくに気がつくと、冬馬は少し驚いたような顔をしたあと、掃除を早々に切り上げて、店内から冷えたペットボトルを二本、その手に提げて戻ってきた。そして片方をぼくに寄こし、自分も蓋を開けて口をつける。

「いつもこの時間に来るの？」

と訊《たず》ねる冬馬は、八月の頭ごろから、このコンビニで夜勤をはじめたらしかった。八月は美夜子が「差し入れ」を持ってきていたから、ちょうどほとんどコンビニに来ていなかったタイミングだ。「仕事ないと、毎日、ほんとすることなくてさ」と冬馬は弁明するみたいに言った。時間が余ることに耐えかね、もうなんでもいいと学生のときに経験があったコンビニのバイトに応募してみたら、さくっと採用されたらしい。深夜帯を選んだのは、夜眠れないからだという。

「眠れない……」

「うん。夢をさ、見るんだよね」

会社を去ったあと、冬馬はほとんど家から出なくなった。そうしようと思ったわけではなく、単純に、仕事以外で外に出る用事がなかったから。就職活動のほかは日がなひとりで部屋にいて、人と会うことはめっきりなくなった。

かわりに、部下や同僚が、毎晩夢に現れるようになった。それは自殺をはかった部下や冬馬に詰られて退職に至った同僚たちで、亡霊のように現れ、ただ枕許に立つだけのときもあれば、詰め寄って、冬馬がうなされ飛び起きるまで恨みごとを言い募るときもあった。

――人殺しって言われるんだ。

冬馬の声は冬の凪《な》いだプールみたいに低くて静かだった。

「会社辞めるちょっと前に、ほかの同期とか、年次上の部下にも言われた。そのときは、あっちが根性ねーんだろ、って思ってたんだけど、……でも会社辞めて、再就職決まんなくて、することないからずっと家にいて……自分のほうが『社会に必要ない』人間になっていってることに気づいたときに、少しずつ目がさめていくような感じがしたんだよ」

夜、眠りにつくたびに夢を見る。自分を激しく憎んでいるに違いない人間の夢を。夜中に何度も目がさめるので、夜ごと、眠ることを生活から引き離したくなった。けれどいっそずっと起きていようとすれば、あり余るほどの時間を、限られた思考と暗い光景で埋められる。働いていたときの自分のふるまいと、自殺未遂をした部下の、希望をなくしたうつろな顔。自分を非難する無数の冷めた目と唇。

「だれにも会わないで、なんもすることない時間だけがばかみたいにあってさ。そしたら人間、余計なことしか考えなくなるよな。全部悪いように考えて、だけどそれは全部ただの事実だから、逃げ場がない」

まともに睡眠をとれず、何度か倒れて、専門家や薬の力を借りることになったと冬馬はうち明けた。

「ろくでもないことを、いっぱい言ったしやったな。それで、俺は危うく人を殺してるところだったんだって、そういうことに、かなり時間が経ってやっと、自覚したっていうか、気がついた」

買ってもらったスポーツドリンクはすっきり甘く、舌の上にとろりと残る。それは残暑の気温で少しぬるくなりはじめていた。夏はゆるんだ輪ゴムのように引き延ばされながら、長く季節に横たわっている。

「でも危うくってのも間違ってて。俺が死ぬことを選ばせたって言うんなら、それは、たまたま死なずに済んだってだけで、俺が殺したのと一緒なんだよな。不幸中のさいわい、とか、思いそうになるんだけど、それってやばい思考だなって思うよ。不幸中のさいわいだった、未遂でよかったなって、五百回ぐらい聞いたし――皮肉もこめて――、でも自分でも、よかった、って思ってしまうけど。でも本当は、ちっともよくねーんだ。不幸にさいわいなんかあるかよ、不幸はただの不幸なんだから」

　会社を辞めてから再就職の決まらなかった二年ほど、冬馬は稼いだのに使わないまま貯まっていたお金を取り崩しつつ、生活してきたという。

「考える時間があるってのは、ほんと、まじで地獄だけど、もうちょっと早く作っとくべきだったんだ。いまさら遅いんだよな。いろいろ気づいたときには、睡眠障害かかえた精神疾患持ちの無職なんだから」

　貯蓄していたお金はまだじゅうぶん残っているけれど、冬馬に言わせれば、仮に、人生八十歳ぐらいまで生きるんだとしたら、到底足りない額なのだそうだった。

「八十、まで、生きるの」

「どうかな。日本人の平均寿命がそのくらいだから、仮定としてね」

　ぼくが、八十歳、という、そこまでの途方もない年数にくらくらしているあいだに、冬馬は、でも俺みたいなやつがそんなに生きてたら害悪だよな、とひとりで納得するみたいに言う。

「四十歳手前で残った肩書きがあまりにみすぼらしくて笑っちゃうんだけどさ。パワハラで首になった元サラリーマンで、バツイチのフリーターって。終わってるよな」

　悪い見本にしなね、と言った冬馬は、薄く笑みを浮かべながら、冬の日の磨《す》りガラスのような曇った目でぼくを一瞥《いちべつ》した。

「言われなくてもわかってるか」

冬馬がそう言うので、ぼくはあわてて首を横にふる。

「……まだ、つづいてる」

「ん？」

「のに、終わって、るの？」

冬馬は怪訝《けげん》そうに眉間《みけん》に皺を寄せた。

「冬馬くんは、生きてるし、いまも、つづいてる、のに。終わってる、の？」

暑気に身体を晒《さら》して、汗が背中を垂れる。

冬馬は呆《ほう》けたように一瞬間を置いたあと、はは、と今度は気が抜けたように笑った。

「晴野くんは、そういうやさしいとこ、あるよね」

薄く髭の生えた顎の線が、わずかに持ち上がる。

「返事とかそんなにしないからさ。聞いてないように見えて、こっちが言ったこと、すごい真に受けてるんだよな」

言われていることがいまいち摑めない。ぼくは傾いたペットボトルの向こうにいる冬馬を見上げた。

「変な話聴かせてごめんね」

「……へん、なの？」

「きみはやっぱり変わってないな」

冬馬はやわらかく目を細めた。ぼくは自分が、悪いようにしか変わっていないことをどう説明すればいいのか言葉に窮して、そのままなにも言えなかった。

身体に力が入らない。

朝の空気の感触が、首すじをぬるく撫《な》でていく。ひさしぶりに見た外のあかるさは目に痛くて、ぼくは何度も逃れるみたいにして目を伏せた。

美夜子が拒めば、すぐにすべては断たれるのだと、ぼくはずいぶん時間をかけながら気がついた。美夜子がいまどうしているのか、彼女から連絡がこなければ、ぼくはなにひとつ知ることができない。美夜子がぼくの部屋に来たことは何度もあったけれど、思えばぼくのほうは、彼女の家の場所さえ知らなかった。彼女から連絡もなく、夜に現れることもないのであれば、美夜子に会うにはもう、日の出ているうちに学校に行くしかなかった。

ひどくひさしぶりに、制服を着て外に出る。穿《は》き慣れていないスラックスのさらさらした布地は、足を前にだすたび他人のもののような肌ざわりをして、膝《ひざ》の丸いところにぶつかった。通勤や通学のラッシュを避けた、朝の九時過ぎ。残暑の厳しい九月のなかばの日射しは、午前中のうちからもうすでにきつくて頭がくらくらする。

なるべく人通りの少ないタイミングを選んだとはいっても、真夜中と違い、あかるい時間に町中を行き交う人はちらほらといた。すれ違わないように気をつけようとしても、完璧に避けることはできない。相変わらず、人の姿を視界に捉《とら》えるだけで、心臓が尋常じゃない速さで音を立てた。何度もその場にしゃがみこんでしまいそうになる。けれど、一度座りこんでしまったらふたたび立ち上がって歩きだすことはできないだろうと、確信に近い予感があった。言うことをきかない身体をどうにか奮い立たせ、ときどきは塀をつたうようにして身体を支えながら、のろのろと住宅街を歩いていく。

高校は、歩いて二十分ほどの場所のはずなのに、それよりずっと遠く感じられた。このあいだ美夜子と歩いたときよりも、ずっと。この道のりを、本来なら毎日行き来しているのかということが信じられない。何度か人とすれ違っては動悸が激しくなって、肩で息をしながら、その外観が見えてきたときにはその場で倒れそうになった。

夜に訪れたときは閉じていた門はいまは開いていて、そこから敷地内へ入ることができそうだった。物陰でしばらく深呼吸をして、身体を落ち着かせたのち意を決して足を踏み入れる。けれどどんなに深呼吸をしても、舗装された道を歩きながら、いつまでも心臓がばくばくと揺れていた。

校舎につづく道の、植木のあいだを歩いていると葉擦れの音が濃く揺れる。学校は騒がしいところのようなイメージでいたけれど、外から見つめると存外静かだった。

その、静かな窓のどれかの向こうに、美夜子がいる。

けれどその透明の先に、近づける気がしなかった。

——どうしよう。

漠然と、学校に来れば、なんとかなるような気が勝手にしていた。でも、昇降口に迫るほど足が竦む。授業中なのか人の気配は薄いけれど、土埃《つちぼこり》と汗のまざったような匂いに、たまらずあとずさった。それ以上進むことができず、仕方なく校舎の外をさまよう。

人が何百といる施設の中にいて、個別に連絡もとれない状態でただひとりだけに会うことは、不可能に近いと知った。美夜子がぼくの来訪を察知して、教室を飛びだして出てくるはずもない。エスパーでもあるまいし、というか、エスパーであっても、そんなことをする義務もない。

歩いているうち、少し前に美夜子と塀の外から見たプールに差しかかった。まだ水が溜まっているのが、ぼくの身長でぎりぎり、見てとれる。風に波うち、日射しを反射する水面は、濁ったまぼろしめいていた。そのほど近くから、何人かの人のはしゃぐ声がまざり合って聞こえ、足が止まる。

声の出どころは、植木や渡り廊下などを隔てた先にある体育館だった。どこかのクラスが体育の授業をしているらしい。暑いからか、側面の防火扉や、壁の下のほうについている小窓が開いている。そこから、人の手足がばらばらと動いているのが見えて、その場でひっくり返りそうになった。

「う、……」

ふらつきながら、どうにか前に進んでいた身体から、力が抜けていく。いよいよ立っていられなくなって、その場で膝を折った。

人の声や、シューズが体育館の床を擦る音が、ざわざわと響く。ここにいる限り、その大きな波音のような人の気配からは逃れられない。そうとわかるのに、もう動くことができなかった。

体育館脇の茂みでうずくまる。遮るものなく日射しが降り注いで、背中がじりじりと熱くなった。シャーベットのようにそのまま溶けてしまいそうで、いっそそうなればと、息切れのする身体で、あまりに現実味のないことまで考える。

「おい、そこでなにしてる？」

怒鳴り声がして、息も思考も吹き飛んだ。

心臓が、あられもない方向へ飛んでいってしまうかと思うほど、激しく動く。顔を上げることも逃げだすこともできず、力ない人形のように停止していると、ざくざくと大きな足音と一緒に、声と、人影が迫ってきた。

「……鹿野？」

こちらに近づくと、その声はいっそう大きく鳴って、頭の奥まで揺するみたいにがんと突き刺さった。

「鹿野じゃないか。どうしたんだ？　こんなところで」

しゃがんで顔を覗かれて、それが、担任の声だと気がついた。全身が、電流に痺《しび》れたようにこわばる。担任は、驚いたような顔をしながらも、ぼくを見つめてにこやかに話しはじめた。

「連絡がとれないから、ずっと心配していたんだ。もしかして、学校、来てくれる気になったのか？　体調はどうだ？」

ひどく喜んだような、はずんだ顔と声。でも、どうして喜ぶんだろう、と、考えるより先に、身体が息を吸えなくなっていく。呼吸の仕方が、記憶から感覚から抜け落ちる。

「いやあ、がんばって来てくれて、偉いな。先生うれしいよ」

日射しのせいではない汗が、全身から噴きだした。焦点が合わなくなる。美夜子の顔がよぎった、でも、息のできなくなった夜に呼吸の仕方を教えてくれた彼女は、いまここにはいない。

「鹿野？」

身体の重心がどこにあるのかも見失った。視界が回転して、目に見える範囲の端を青空が掠める。気がつくと身体は草の中に倒れこんでいた。

「鹿野！　大丈夫か⁉」

近くで大声がする、けれど全身に酸素が行き渡らなくて、それを気にする余裕さえなくなっていく。

「せんせー？」

「なにやってんの」

なんだってこんなに弱い身体なのか。弱いのは身体なのか？　そんなことを思うほどの余力もすぐにかき消える。

「そのまま続きやっといてくれ！」

担任は宙に向かって叫ぶと、ぼくの身体へ近づいた。

「悪いな、ちょっと我慢してくれよ」

背中に、頑丈な棒が挿し入れられたような感覚がする。それが人の腕だとわかっても、もう息ができないことのほうが重大で、なにかを思う余地がどこにもなかった。口が閉じられなくて、唇の端から唾液《だえき》が落ちる。身体が宙に持ち上げられ、どこかへ運ばれていく。

「鹿野、落ち着け。息、無理に吸おうとするな」

話し声が振動になって、骨をつたって流れてくるみたいに近く響いた。苦しい。生理的な涙がこぼれて、ぼろぼろと顔が濡れていた。担任がなにか言っているということはわかるのに、その、言葉の意味をちっとも汲《く》みとれない。湿ってほとんどなにも見えない視界で、他者の汗ばんだ身体の温度や、反響する声や、匂いがある。

気が遠くなっていく。


……☽……


学校に行けなくなったことに、特別な理由やきっかけがあったわけではなかった。少し前からいくつも予兆はあって、なみなみ注がれた水が、表面張力ですぐにはコップからこぼれださないでいるのと似たように、それまでたまたま持ちこたえることができていただけなんだと思う。

高校の入学式の日は、目のさめるような晴天だった。遊歩道には桜が舞っていて、歩くたびにはなびらを踏んでしまうのが申し訳なく、ひとり花片を避けながら舗装された道を歩いた。

高校が近づいてくると、その、人の多さに圧倒された。周囲は制服に身をつつんだ高校生に加えて、礼服を着た新入生の保護者でごった返していた。ぼくは新品の制服とローファー、指定のスクールバッグとあつらえられたものに身を固めながら、貼りだされたクラス表を見て自分の割りふられた教室へ足早に向かった。

すでに何人か生徒の入っていた教室内は賑《にぎ》わっていて、その喧騒《けんそう》は、中学生のときからと変わらず自分には少しも関係のないもののように思った。座席表を確認して自分の席に座ると、ほどなくして「なあなあ」と頭上から声をかけられた。

「おまえどこ中？」

え、とこぼれた声がかさかさに掠れて、ほとんど空気と同化した。

「俺笠井《かさい》。うしろの席だよな？　名前なんてゆーの？」

ぼくに言われているのだと理解するまでに、数秒かかった。それから、名前、と反芻して、動揺したせいで自分のフルネームを失念した。クラス表や座席表で、見たところだったのに。数か月前は片倉だった。いまは。鹿野晴野。かのはるや。他人のもののような質感の名前を、うまく、声に乗せられない。なにか言おうとして唇を薄く開けて、けれど、少しも言葉が出てこなかった。

何秒経っても声をだせなくて、ついにどうしようもなくなってうつむいた。

「あー、ごめん、あんまり喋りたくない感じ？」

笠井、と名乗った彼は苦笑いを浮かべ、鞄《かばん》を席に置いて別の人のところへ歩いていった。

短いホームルームののちに体育館に集められ、入学式がはじまった。敷き詰められたパイプ椅子に腰かけながら、密集する人の気配に眩暈《めまい》がして、吐き気をこらえるのに必死だった。そのあとの自己紹介のさいには、自分がなにを言ってどうやってその時間を終えたのか、さっぱり記憶がない。どうにか入学式の日を終え、翌日のホームルーム――これも記憶がない――をやり過ごし、高校生活の三日目にはもう授業が組まれていた。

朝、制服を着て家を出る。同じように制服を着ている高校生、スーツを纏《まと》って仕事に行くサラリーマン、ごみだしに来たらしい主婦……朝の町にはいろんな人が行き交っていて、せわしなく動いていた。朝日にあたためられた歩道はあたたかいはずなのに、胸のあたりがすうっと冷めていく。寒いのだろうか。でも着こむものもないから、そのまま歩きだした。指先は冷たいのに、歩きながらなぜか汗が出た。混乱しながら学校まで来て、昇降口で靴を履き替える。もたもたしているとうしろから来た人とぶつかってしまい、びくっと肩がはねた。

「あ、わりー」

ぼくも謝らなければ、と思ってふり返ろうとした。でも身体は錆《さ》びたロボットのように、ちっともなめらかに動かなかった。それでも必死に動かそうと苦戦していると、それより先に、舌打ちが飛んでくる。「無視かよ」思考まで止まって、ぼくがぼんやりしているうちに、人の姿も声もどこかへ消えていた。ぼくはのろのろとローファーを上履きに履き替えて、教室へと向かった。

入学してすぐにはじまった各科目の、どの授業でも最初ということで簡単な自己紹介を求められた。みんなが難なく自分の名前や趣味を発表していく中で、ぼくはなにを言えばいいのかを、毎度、墜落するパラシュートのように勢いよく見失った。名前だけでも言わなくては、と発した声は、ほとんど音にならなくて先生に何度も聞き返された。どうにかその時間をやり過ごしたあとも、四月だというのに汗がだらだらと落ちて止まらなくて、なにあいつ、汗だくじゃん、とだれかがささやくのがどこかから聞こえた気がした。

転がり落ちるようだった。席に座って先生の話を聞こうとしても、話していることの意味がいっこうに頭に入ってこない。ノートをとる余裕などひとつもない。話し声が聞こえるのが苦痛に感じるようになり、人の姿が目に入るだけで恐怖に囚《とら》われて動けなくなった。学校に向かっても、校門が見えてくると息切れを起こしてうずくまってしまう。まもなく、人の行き交う住宅街を通り抜けることもできなくなった。

行かなくては。頭で何度思ってみても駄目だった。制服を着て、教科書の詰まった鞄を持つ。ローファーにつま先を入れて、もう身体が一歩も動かない。

高校までの道を、履き慣れない硬い靴で歩くたび、ぼくは何度も足を捻《ひね》った。だけど家を出られなくなれば、その記憶さえ衛星のように遠くなる。

諦めるよりほかに、できることがもう見つからなかった。

身体じゅうが震えてどうしようもなかった。

……☽……

少しのあいだ、意識をなくしていたみたいだった。

汗と消毒液の匂いを感じながら、目を開ける。

「すいません、この子、過呼吸で……」

すぐそばで声がして、気が動転した。人の腕にかかえられている状況を、思いだしながらふたたび把握して、心臓が凍りつく。反射的に、あ、と喉を炙《あぶ》られたような声が出た。その声に反応して、担任が勢いよくこちらを向く。

「鹿野！　気づいたか？」

　まっすぐ見下ろされ、背すじから全身に悪寒が走った。身体を駆けめぐる細胞が悲鳴を上げるみたいに、熱くて冷たくて、一気に目がまわる。逃れたいのに、身体を支えられている腕より先へはどこへも行けなかった。金縛りに遭ったみたいに力の入らない手足は、その場で震えて小刻みに揺れるだけだ。硬直して、されるがままになっていると、やがてなにかやわらかいものの上に身体を横たわらせられた。ひんやりとしている。白い天井が視界に映って、保健室のベッドらしい、と鈍った頭で理解した。

　自分に触れていた腕や身体が離れても、温度や感触が残りつづけていた。担任と、保健室の先生らしき人がなにか話しているのを、聴覚が捉える。耳を塞ぎたいのに、身体が動かせない。息が乱れる。ふたつの人影がこちらを覗きこんだ。影はぼくになにか言う。でも、音声を日本語として処理することができない。

「……ます、か」

「ん!?　なんだ？」

　大きな身体が前のめりに動いて、声が近づいた。額や脇に汗がにじむ。逃げだしたいのに背中はシーツに深く沈んでいる。

「みやこちゃ、います、か……」

無力な身体でどうにか絞りだすと、「須藤か？」と担任がつぶやいた。

「ああ、そうだ、仲良くなったんだよな？」

担任は保健室の先生であろう人影をふり返りなにか告げたあと、「もう休み時間になるから、須藤がいたほうがいいなら呼んでくるよ」とぼくに言った。そして身体を離し、あわただしげに遠ざかっていく。保健室の先生と思《おぼ》しき人は、それを合図にしたようにカーテンの向こうへ離れていった。

ほとんどひとりになった空間で、それでもわずかに残る人の気配から目を逸らそうとする。息の仕方が思いだせないままだった。目をかたく閉じ、足りない酸素をさがそうとするけれど、いつまでも軽い酸欠に陥っているような、頭の中が霞《かすみ》で覆われているような感覚が拭えない。

やがて授業の終了を報《しら》せるチャイムが鳴るのを、澱んだ意識の中で聞いた。それからほどなくして、カーテンで仕切られたベッドの向こうで、がらりと引き戸をひらかれる音がする。

「晴野くん？」

木琴みたいな音の、その声だけ、乾いた土と清潔な水のように、身体に染み入った。

身体を起こそうとして、でも力が入れられない。布団をかきわけて、おそるおそるその外がわを見た。こちらを覗きこむ丸い瞳《ひとみ》と、視線がかち合う。

声にならないところで、名前を呼んでいた。

「あの、倒れた？　って、田代先生に聞いて……」

ほんの少しその息を切らして、美夜子が言う。休み時間になったせいだろうか、外が騒がしいような気がした。ぐらぐらと後頭部が重い。「大丈夫？」美夜子はスカートのポケットから、以前に貸してくれたのと同じ、イヤホンと音楽プレーヤーをとりだした。

「これ、使うかな」

寝そべったまま、震える手でイヤホンを受けとる。それを片方ずつ耳に挿しているあいだに、美夜子は保健室の先生に少し席を外してもらうよう頼んでいた。音楽のボリュームを外の喧騒を拾わない程度に合わせて、やがて室内に美夜子とふたりになる。

「びっくりしたよお」

言いながら、美夜子は顔をほころばせた。ぼくは視線を落とす。息ができるようになっていた。でも、まだ汗をかいている。いったい、自分はなにをしにここに来たんだろう。美夜子を、驚かせたというより、彼女の邪魔をしに来ただけのことのような気がした。

「……美夜子ちゃん、が」

「うん？」

「笑ってる、かな、って」

「……心配してくれたの？」

からかうような、でもどこにも角のない、やわらかい声が降ってくる。

心配、と言われると、そうなのか、と思う。肯定していいのか迷いながらゆっくり頷いたら、美夜子は目を丸くして、それから、ゆるゆるした頬で、うれしいなあ、と言った。

「ごめんね、連絡するって言ってたのに。できなくて……じつは、携帯を没収されてしまってですね……」

「……そう、なんだ」

「もしかして、連絡してくれてた？」

ほかに答えようがなくて、小さく首肯する。

「ああー、ごめんね、申し訳ない……」

美夜子は声を上げてうなだれた。申し訳なさそうに謝る表情や声、動作のひとつひとつまでもが、陽気な人だ。ベッドから見上げて、カーテンの透ける太陽光と相まって、きらきらと光って見える。まぶしすぎるものは、うまく見られない。だけどそのあかるさが、いまはあたたかくもあった。

「せめておうちに行って伝えたかったんだけど、放課後も、まっすぐ家に帰ってくるように言われちゃって……お母さん学校の前まで迎えに来るから、抜けだせなくて」

うー、と悔しがるみたいに唸《うな》った美夜子は、少し猫みたいだった。「家の電話を使おうかとも思ったんだけど、驚かせちゃうかと思ってやめちゃって……」懺悔《ざんげ》をするように口許をゆがめている。

「でも無理させたよね、ごめんねえ」

謝られて、ぼくは困惑した。彼女はここに来てから何度もごめんねと言ったけど、彼女が謝る理由がない。学校に来たのは美夜子に強要されたことではなく、ぼくが自分で決めてしたことだ。ぼくの意思、のようなものが、こんなところにあったのか、などとふと考えた。その結果、倒れて人に身体を運ばせ、美夜子に休み時間を割いて来てもらっているのだから、彼女はそうとは言わないけれど、でもきっと、たしかに迷惑をかけている。謝罪をするべきなのはむしろぼくのほうだった。

「晴野くん、ちょっと瘦《や》せたね。ちゃんと食べてる？」

美夜子はでも、目を眇めて、やさしい顔をする。返事をしようとして、けれど長い言葉を声に乗せる前に、喉が悲鳴を上げるみたいに咳がこぼれた。

「わ、わ。大丈夫？」

咳はしばらく止まらなかった。少し落ち着いても、横になっていると喉になにか引っかかっているような感じがこみ上げてきて、ぼくは身体をゆっくり起こす。

「なにか飲みもの持ってくればよかったね。とってくるよ」

起き上がったら、ベッドのそばのパイプ椅子に腰かけた美夜子と、ほとんど同じ目線の高さになった。ぼくはゆっくり首を左右にふる。

「そう？　大丈夫？」

うん、とかさかさの声でもう一度答えた。すると彼女は、しみじみと感じ入るように、口にする。

「晴野くんは、欲がないよねえ」

よく？

「もっと、欲しがってもいいのに」

美夜子はおだやかに言ったけれど、ぼくは欲がないどころかむしろ、わがままのかたまりだった。

「そうかな。どんな欲があるの？」

「だれにも、会いたくない、とか……」

「ふふ、たしかに、それは、いちばん贅沢《ぜいたく》な欲かもしれないねえ」

美夜子は楽しげに笑っていた。それは、ぼくがたしかめたかったことだった。だからいくらか安心して、でもこの人は、「だれにも会いたくない」ということが、それが贅沢な望みであるということに、気づいている人なんだろうか、とも思った。

「……美夜子ちゃんも、そういうことが、あるの」

だれにも会いたくないと、願うことが。彼女にも。

「そうだねえ」

彼女にも？

美夜子は腕を組んで頷いて、それから、その夜のような大きな瞳の中にぼくを映して、いっとううつくしく笑ってみせた。

「でも、だれにも会いたくないのに、わたしに会いにきてくれたんだ」

ありがとう、と美夜子はうれしそうに言った。

謝られる理由も、感謝をされる理由も見あたらなくて、口を噤《つぐ》む。そのままうつむいていると、やがて美夜子のほうが、あのね、とふたたびゆったりと口をひらいた。

「あのね。わたし、人の、欲望がこわいんだ」

自分のも含めて、と美夜子は言った。

「三大欲求とかあるよねえ。あれも、全部、こわくて。だからなのかな、もともとショートスリーパー？　気味だったのもあるんだけど、夜、あんまり寝られなくなって」

ぼくは、三大欲求ってなんだったっけ、とか、とんちんかんなことを頭の隅で必死に思いだそうとしていた。

「ある説では、欲求って七十種類あるらしいよ。ひとつひとつ名前もあって……そんなにたくさん、ぱっと名前出てこないけど」

七十ってすごいよね、と美夜子は軽やかに言う。

「なにがしたいとかあれが欲しいとか、好かれたいとか、自分を見てほしいとか……人からそういう気持ちを感じると、本当は、すごく、こわくなるの。生きてたら、お腹が空《す》くし、食べるし、食べて、おいしいなって思うけど。でも、食べたい、って気持ちも本当はこわいんだ。こわいけど、蓋をして、あんまり見ないようにしてる」

そんなことを考えているなんて、少しも、気がつかなかった。

「友達といるときも、一緒にお弁当食べたり、勉強したり、お買いものに行ったりするときとか、なにげないところで躓《つまず》くの。『その卵焼きおいしそう、こっちと交換しない？』って頼まれるだけでひやひやするし、『勉強したくない』とか、『この服欲しい』『インスタに載せよう』とか、そういうなにげない言葉もその気持ちも、わたし、全然わからなくて、いつも、どうしようって思う」

だけど、ぼくに会うとき、彼女はよく食べものを持ってきた。そして一緒に食べて、おいしそうに笑っていたのに。考えていると、ぼくの心を読んだみたいに美夜子は笑った。

「晴野くんと会っているときは……悪いことをするのが、目的、だったから。だから苦しみながら食べていたわけじゃないよ」

辛いラーメンはなかなかつらかったけどねえ、と彼女は思いだして懐かしむように言った。

「ほんとはね、普通の人間のふりをするのに必死だよ。でもたまに、そんなことに必死になってどうするんだろう？　とも思う。それでなにを守ろうとしてるのか、わからなくなっちゃうんだ」

だから、悪い人間になりたいなって思ったの、と彼女は言った。

その「だから」は繋がっているのか。ぼくは数か月前、ぼくが人がこわいということを彼女に気づかれたその夜、感じた疑問のことを、ふたたび思い返した。

——人よりも、本当にこわいものがあるの。

「それも欲望なんじゃないかって思うし、やっぱり、こわいけど」

彼女のこわいものは、人、に限りなく近くて、けれど実体がない。ぼくは、「なにも望んでいないみたいに見える」といつか言われたけれど——そのときは、それで安心する理由が、ちっともわからなかった。でも、いまなら、もしかしたら、その意味が。

「……なにか、守りたいものが、ある、の？」

「家族、だったのかな？　でも本当に守りたいのは、自分なのかもしれない。家族のことは、なんとか壊さないようにしなくちゃって、ずっと、思ってるけど」

家族、というもののことは、ぼくはずっと、よくわからない。それは、美夜子がなんとかしなくちゃと思わなければ、守られないものなんだろうかと思う。

「保健室、暑いねえ」

美夜子はハンカチをとりだして、その顔をそっと拭った。頬に、白い手の甲が翳《かざ》される。カッターシャツの袖は、折られることなく手首のところでボタンが留められて、風が入りこむ隙もないように見えた。ぼくは迷いながら、ポケットをさかさまにしてひっくり返すみたいに、言葉を持ちだす。

「……手首、の、赤いのは。それと、関係が、あるの？」

美夜子ははじかれたようにぼくを見た。

「隠し、てるのかと、思ったけど、えと……」

ごめん、と目を伏せる。一瞬もたげた沈黙で、やっぱりそれは、彼女が言いたくないことなんだと、鈍感なぼくにもわかった。

「……あ、前髪、切った日かな？」

美夜子は、やがて合点がいったように、ぼくに訊き返す。見られちゃったかあ、と彼女はのんびりした調子でつづけた。

「ごめん、なさい」

「ええ？　晴野くんが謝ることじゃないよ？」

ばれちゃ仕方ない、と美夜子はおどけた。母親から電話がかかってきたときと同じように。けれど、そのつづきは語られない。授業の開始を告げるチャイムが鳴って、あ、とぼくはスピーカーのついている頭上と美夜子を交互に見た。

「いいよ、いいよ」

美夜子は笑みを浮かべて、「悪い人間らしくさぼっちゃおうかな」などと言う。そして、

「もうちょっとしたら、携帯、返してもらえると思うんだ」

話のつづきのかわりに、彼女は内緒話でもするみたいに、声をひそめてささやいた。それは、だれに秘密にするというのでもないはずだけれど。しいて言えば、携帯を没収したという彼女の母親に、なんだろうか。でも、その人はいまは学校にはいない。

「夜は難しいと思うんだけど……放課後なら、ちょっとだけなら時間作れそうだからね、そしたら、また、晴野くんに会いにいってもいい？」

うかがうみたいに、美夜子はぼくを見つめた。

ぼくは、彼女がぼくのことを気にするのはやめて楽しく過ごしているのなら、それで構わなかった。本当にそう思っている。なのに、矛盾したような身体の反応に、言葉が出なくなる。

美夜子が、どうして会いに来てくれるのか、やっぱり、ぼくにはわからなかった。でもそのことが、自分にとって、さっきぼろぼろに泣いておかしくなった涙腺《るいせん》が、もう一度おかしくなるぐらいのことなのだと、ゆがんでしまう視界の中でゆっくりと理解した。

7

「よくわからんけど、それはもうとっくに壊れてるんじゃないの」

真夜中、手持ちぶさたそうにコンビニのレジに立っていた冬馬は、怪訝《けげん》そうな顔でそう言った。保健室で聞いた美夜子の話を、自分の中で嚙《か》み砕くのに数日を要した。というより、自分の中で何日考えていても、答えなど出なかった。

家族を、壊さないようにしないといけないと思っていると、美夜子は言っていた。それを守りたいのだと。だけど、なにから？　美夜子が守ろうとしているもののひとつが家族なのだというなら、その家族は、いったいなにに脅かされているのだろう。「普通の家庭」で育って、あたりまえに高校へ通って、成績優秀で、友達がいて――ぼくは、どうして彼女が、わざわざその「普通」から逸《そ》れて悪い人間になりたがるのか、いつまでも、わからなかった。

でもその普通も「ふり」なのだというなら、本当の彼女はどこにいるんだろうと思う。

美夜子と会わない夜、コンビニに来ておそるおそる中を覗《のぞ》いたら、見知った姿を見つけて、身体を震わせながらぼくは少しだけ安堵《あんど》した。

「いらっしゃいま……」

こちらを一瞥《いちべつ》してぼくの姿を捉《とら》えると、ああ、と冬馬は軽く手を上げた。実年齢より老いたような、くたびれた相貌《そうぼう》。その冬馬の姿をふたたび見たとき、冬馬がぼくよりも二十年ほど長く生きていることを、思いだすように考えた。ぼくより長く生きて、かつて結婚を反対するような家族がいた、という彼のほうが、家族というもののことを知っているのではないか。ふと、そう思った。

店内を慎重に見まわし、ほかにだれもいないことをたしかめてから、ぼくはレジに歩み寄る。

「冬馬、くん」

「ん？」

白髪の交ざった髪は、今日も無造作にはねていた。会社へ出かけていたときの彼は、もっとさっぱりとして、短い髪を——いま思えば整髪料かなにかで、整えて出かけていたような気がするけれど、そんな面影もない。

「家族って、壊れる、の」

「は？」

口を半びらきにしてぼくを見たあと、冬馬は、「俺が言うのもなんだけど、きみはそこを通ってきただろ」と答えた。通ってきた？　そう言われてもぴんとこなくて下を向いてしまう。ぼくが通ってきた生活の、どの部分がそうなんだろう。住む場所も、同じ家に住む人も、変化をくり返しながら過ごしてきたから、線引きに迷う。

「俺とだってそうでしょ？」

「冬馬くんと、ぼくは、家族だったの」

「なんだと思ってたの？」

「その、家族っていうのは……壊れないために、努力、というのか……がんばらないと、いけない、ものなの？」

そうなのだとしたら、きっとそれは、どうしようもなくぼくには足りていないものだった。

「また来たのかと思ったら、いきなり、俺の手に負えないような話をはじめるんだな」

音を上げるみたいに、冬馬は苦笑いを浮かべた。手に負えない。言葉を口の中で反芻《はんすう》すると、言葉がつづけられる。

「きみのお母さんとは別れたし、きみのことも一緒に追いだした。親ともほぼ絶縁状態だし、家族なんてもう、無いも同然だよ。さすがに親が死んだら葬式には行くだろうけどさ、でもそれぐらいだよ」

そんなやつが家族について語れるわけないでしょ、と冬馬はなにか諦《あきら》めているみたいに言って、はねた髪をがしがしと掻《か》いた。

「このあいだは、あんまり訊《き》かなかったけど……お母さんとのことで、困ってるの？」

「あ……」

「だからそんなこと訊くんじゃないのか？」

「いや、……」

美夜子のことに気をとられて否定のような返答をしてしまったけれど、困っているといえば、そうなのかもしれなかった。だけどそれは母のせいではなく、ぼく自身に問題があるゆえだから、母のことで、というのは語弊がある気がした。

「あの……とも、だち？　が」

美夜子のことを、なんと言って説明すればいいのか迷う。友達、と言っていいのかわからないけれど、いつか、自分には遊びに行くような友人もいないという話をしたとき、「わたしは？」と美夜子が言ったのを思いだした。知り合い、と言えるほどぼくは彼女のことを知らないような気がして、その言葉を借りる。友達が、なんて、虚言だとしてもたぶんはじめて口にした。それが自分に関係ある言葉だとも思えないような心持ちのまま、ぼくに話せる範囲で言葉にしていく。

「その……家族、を壊さないようにしないといけないと、思ってる、って。だから、そのために？　普通のふりを、してるって、言ってて……」

しどろもどろに説明しながら、自分の思考と唇を隔てると、なんだかまったく違う人の違う話をしているような気がしてきて不安になった。そもそもぼくだって理解しきれていないことなのに、それを、話すのが苦手な自分が人に説明しようだなんてことが、もう無理があった。自分でもなにを言っているのかわからなくなりながら、冬馬を見上げれば、当然眉《まゆ》を寄せて首を捻《ひね》っている。

「大変そうな友達だな」

捻った首をもとに戻しながら、「それはもうとっくに壊れてるんじゃないの」と彼は言ったのだった。

「だれかが犠牲になりながら保たれてるものなんていうのは、もうとっくに破綻《はたん》してるんだと思うよ」

冬馬の髭《ひげ》の生えた顎《あご》の下に、骨ばった指が置かれる。ざらざらと音がしそうで、でもしない。

ほかにだれもいない深夜のコンビニはまばゆく、ぼくは目を細めた。

「仕事でもそうだよ、人間が次々辞めていく職場なんてのはろくなところじゃないから。会社のせいにしろ、人間のせいにしろ。まあ俺の場合は俺のせいだけど……」

首すじがひやりとする。冬馬の言うとおり、冷房が効きすぎているのかもしれない。外の気温はこのところ少しずつ下がっているような気がしたけれど、空調は弱まる気配なく稼働していた。

「まあ俺が言えることなんてそんなにないんだけど。きみのお母さんとのことだって――晴野くんもわかってるよな？　昔は、一方的に、裏切られたって思ってたけど――でも、退職して時間ができて……ふり返ると、俺も、そのときはちゃんとコミュニケーションとってるつもりだったけど、彼女が足りないって思ってたんならその感情は無視していいものじゃなかったんだろうし、もっとちゃんと向き合って話さないといけなかったのかな、とか、すごい陳腐なこと考えてるなって笑っちゃうけど、思うよ」

薄く、本当に笑みを浮かべて冬馬は言った。

「とは言っても、皿の端がちょっと欠けるのと、粉々に砕けるのとは、同じ壊れるでも全然違うもんな。ちょっと欠けたぐらいだったら、気をつければまだ使えないこともないけど、粉々になったらもうおしまいだし。皿の命が終わるだけじゃなくて、その破片で怪我するかもしれないし」

粉々にする勇気はないってことなのかな、と冬馬はつぶやく。

「お皿……命……？」

「え、うまく喩《たと》えたつもりだったんだけど、伝わってないの？」

晴野くん天然か？　と冬馬は口角を上げ、レジをはさんだその向こうから、こちらへ手を伸ばした。

――殴られる？

頭上に降りてくる手に、反射的に目をつぶった。

けれどいつまでたってもその手は落ちてこない。そっと目を開けると、「そんなびびると思わなかった」と冬馬は、武器を持っていないことを示す兵士みたいに、両手を顔のそばに上げた。

「なにもしないよ」

おだやかな音だった。数秒、呆《ほう》けていると、冬馬はぼくの顔をじっと見据える。

「ところで、今日はなにも買ってかないの？」

「え……」

「前来たのは、十日前くらいか？　なんか前に見たときより痩《や》せてる気がするんだけど」

痩せた、というのは美夜子にも言われたなと思いだす。でも、そんなに目に見えて変わったんだろうか。部屋に体重計はないから、じっさいの数値は不明だった。けれどここのところずっと身体が重いから、むしろ体重は少し増えたのかと思っていた。

「いや、それは食べてないからでしょ」

そんなんじゃ倒れるぞ、と忠告される。因果関係はともかく、先日本当に倒れたばかりであることも思いだして、否定することもできなかった。

「肉まんでも食べていく？」

冬馬は親指でレジ横のスチーマーを指す。中に挿しこまれている数枚の天板の上に、ひとつふたつ載っている肉まんがあたためられていた。

「まだ暑いからあんま出ないんだ。ていうかそんなに作ってもないんだけど、ここ二十四時間営業の意味あんのかってぐらい、夜、人来ないから」

このままだとこれも廃棄になるし、と言われて、ぼくはふいに、それをふたつ買うことを想像した。ぼくを「悪いこと」に誘う美夜子に、これを渡したら。彼女はうれしそうに笑って、悪い人間に近づいたね、と喜ぶだろうか。だけどもうしばらく、美夜子に会う夜は訪れていなかった。

ぼくがゆっくり頷《うなず》くと、冬馬は満足そうに、ん、と短く言う。

「じゃあこれは俺の奢《おご》りで。買いものあるんなら、それ終わったら渡してあげるから」

そちらも買うつもりだったけど、冬馬に流されて、ぼくは自分の買いものの分だけお金を支払った。

休憩をとるという冬馬と、外に並んで肉まんをかじる。昔、肉まんを買ってもらって一緒に食べたときは、冬だった。まだ暑い中で食べる肉まんは、身体を火照らせるけれど、塩分が身に染みて快い。隣を見上げると、冬馬の横顔と、その大きなひと口が目に入った。急いで食べているというふうにも見えないのに、彼の肉まんはぼくのものよりも速く、みるみる減っていく。

「うん？　どうしたの」

視線に気づいた冬馬が食べるのを中断してこちらを見下ろした。

その人が、だれかをひどく叱責《しっせき》して、退職や自殺へ追いこんだり、それで、追いだされるような形で仕事を辞めたりしてきたのだと。話に聞いて、それが本当にあったことなのだと、何日たっても、うまく飲みこめなかった。だれかにとってはおそろしい上司であったらしい冬馬と、怪訝そうな顔をしながらぼくの話を聴いていたり、飲みものをくれたり肉まんを食べていくかと訊《たず》ねたりするような冬馬が、いつまでも、同一人物としてうまく線を結べない。

「あの、冬馬くん」

「ん?」

「……三大欲求、って、なんだっけ」

「は?」

一度高校へ行って顔を見せたからなのか、はたまた本当にもう出席日数がどうしようもないからか、学校から毎日電話がかかってくるようになった。日中はほとんど落としている携帯の電源を入れると、着信があったという通知が何件も溜《た》まっている。幾度も表示される同じ番号からの着信の、その通知を見つけるたびに思考がくらんだ。折り返さずに通知を閉じて、メールボックスをひらく。ちょうど、美夜子からメールが届いていた。

〈明日の放課後、遊びに行ってもいいかなあ?〉

没収、されていたという携帯を、返してもらえたのだろうか。いつもは絵文字が何個もついたきらきらした文面を寄こすのに、そのメッセージには修飾がなかった。黒々とした文章だけが、画面に浮かび上がっている。承諾すれば、〈ありがとう〉と返ってくる。それは感謝をするようなことなのかとか、そもそもぼくの部屋に来てなにか楽しいんだろうかとか、思うけれどきっと美夜子にしかわからない。

長らく美夜子の来ていない部屋は、数回コンビニへ行き来した以外はほとんど閉めきっていたから、埃《ほこり》っぽいかもしれなかった。自分ひとりで過ごすなら構わないけれど――そういう心だから駄目なのかもしれない――埃だらけの部屋に彼女を入れるのは、いくらか申し訳ないような気がした。母が選んで、鹿野さんのお金で安価で購入された掃除機のプラグをコンセントに挿し、溜まっていたごみをまとめる。真夜中、そっと窓を開けて換気のようなことをおこなってみて、けれど空気の循環は目に見えないから、ちゃんと効果があるのかは実感できなかった。朝になって換気扇を動かすことを思いついて、美夜子が来るまでのあいだ、唸《うな》りを上げてまわりつづける換気扇の騒々しい音を聞いていた。

〈学校終わりました！　これから向かうね〉

昼下がりに届いたメールには、文章の前後や途中に、いつものごとくにきらきらした絵文字がついていた。

〈コンビニに寄ろうと思うけど、晴野くんなにか欲しいものある？〉

人の欲望がこわいのだと言ったのに、欲しいものなど訊くからおかしい。ぼくはなにもいらなかった。その場で首をふって、それじゃ伝わらない、と気がつく。

〈美夜子ちゃんが来るだけでいい〉

少し間が空いて、記号やアルファベットを組み合わせた短い文面が飛んできた。

〈(;O;)〉

しばらく意味が察せず、返信を止めてしまう。それは泣いている顔のようにも見えなくないと思って、でも彼女が泣く理由が見つけだせない。

ほどなくしてやってきた美夜子は、涙は流しておらず、ぼくがドアを開けた先で笑って立っていた。

「晴野くん。ありがとうねえ」

唇をほころばせる彼女に、外からの光があわく射している。おじゃまします、と美夜子は玄関先で靴を揃えて脱ぎ、タイツに覆われたつま先を、そっとフローリングに忍ばせた。

「ふふ、ひさしぶりだね」

最低限の家具と服ぐらいしかない部屋を見まわして、うれしそうに言う。玄関からワンルームの部屋の中心には、すぐにたどり着いた。部屋の真ん中に立った美夜子は、ふう、と小さく息をつく。その首すじが汗に濡《ぬ》れて見えた。

「……どうか、した？」

「え？」

「……疲れ、てる、の」

訊ねると、彼女はきょとんとして、「そうなのかな？」と首を横に倒した。訊き返されて返事に困るけれど、少し息が上がっているような気がする。

「それじゃあ、少し休んでいってもいいかな？」

「休、まる？　なら、どうぞ……」

お言葉に甘えて、と美夜子は床に膝《ひざ》をついた。制服のスカートが波うって、足許《あしもと》に広がる。折った足を横に軽く伸ばして、彼女は日射しを透かしているカーテンのほうを見た。

「暑いねえ」

カーテンを眺める横顔が、逆光になる。かと思えばくるりとこちらをふり向いて、「今日、なにも持って来ないできちゃった」と眉を下げた。

「本当に、わたしが来るだけでよかったの？」

ほつれたようなところのない黒髪が、肩からこぼれる。冬馬のとは全然違うんだな、と思うし、ぼくのとも、それはやっぱり違っている。頷き返す、より少しだけ早く、美夜子は息を吐いて窓のほうを見た。頬が白い陶器のように光る。まぶしいのかな、と思考が揺らいだその隙間で、人形を支えていた糸が切れるみたいに、その身体は横に傾《かし》いだ。

「美夜子ちゃん？」

呼び終わるころには、彼女は力なく床に倒れこんでいる。

「美夜子ちゃん」

しゃがんで近づいて、でも、その肩を支えることもできなかった。支柱を抜かれたように倒れた美夜子の身体は、骨のない軟体動物みたいにやわらかいもののように見える。まわりこんで見れば、その目は伏せられて、眠っているみたいにも思えた。

たんに眠っているのか、それとも、という判別を、とっさにつけられない。

美夜子ちゃん。呼んでも、起き上がる様子も目をひらく気配もなかった。つい数分前まで笑っていたのに、いきなり、その指先のひとつも動かない。力の抜け落ちた身体を呆然《ぼうぜん》と見下ろす。いつもあかるい瞳《ひとみ》は薄青い瞼《まぶた》に塞《ふさ》がれて、なにも映さない。

「美夜子ちゃん」

閉じたその口の端から、やがて、頼りない息がかすかに漏れだした。

呼吸の間隔は飛び飛びで、それは、それで足りているのかと思うほど、浅かった。不規則な呼吸音が、自分が過呼吸を起こしているときと近しく聞こえる。でもそれよりもずっと弱い音で、その息は不安定に揺れていた。

正常な状態ではない、と理解するのに、少し時間がかかった。救急車、とようやく選択肢がよぎって、携帯に手を伸ばす。けれど、電話を、かけたら。先のことを想像して、ぼくの身体は停止した。電話をかけたら、まず状況を説明しなければいけないだろう。ぼくの口から、知らない人に向かって。できるだけわかりやすく、簡潔に。だけどとても、なさけないこの口で、そんなことができるような気がしなかった。仮に救急車を呼ぶことができたとしても、救急隊員の人たちがここまで駆けつけてくるはずだ。知らない人が――想像の中ではその顔形はわからないので人の形をした影にしかならない――ここに押し入ってくる。そのことを思っただけで、臓器を圧迫されたように自分まで呼吸がままならなくなって、あわてて想像に蓋《ふた》をした。

人が目の前で苦しんでいても、救急車ひとつ呼べない。

携帯を握りしめたまま、長いあいだ動けなかった。ボタンを押そうとしては踏ん切りをつけられず、にじんだ手汗が携帯にうっすら移っていく。何度も葛藤《かっとう》して画面を一心に見つめ、1、1、と数字に触れても、最後の番号がどうしても押せない。震える手許に困りながら、いっそこの振動の勢いでボタンに触れてしまえたら、と思った。なのに指先は触れることをどうしても拒んで、勝手に力がこもっていく。

幾度目かわからないその逡巡《しゅんじゅん》のとき、下からぬるりと白い手が現れて、ぼくの手をぐっと制止した。

「ひ、」

「だい、じょうぶ」

下から伸ばされた美夜子の手が、ぼくの手に触れていた。他人の手の感触に心臓が激しく乱されて、呼吸が飛ぶ。

「大丈夫、だから……」

だから。薄く目を開けた美夜子が、朦朧《もうろう》としたようなまなざしで訴えた。一瞬触れた手はすぐに離れ、ずるずると落ちていく。その、手が重なっていたところが、離れてもなお熱かった。

動悸《どうき》がするのを必死で落ち着けながら、その、手の温度の高さにあとから驚く。ついこのあいだ、冬馬に買ってもらった肉まんのように熱くて、でも、人の体温はこんなに熱いものなのだろうかと、戸惑った。自分のもともとの手の温度と比較して、それは、とても平常の温度なのだとは思えない。

「……熱、が、あるの?」

「ん……」

返事は高温に溶かされたようにふやけている。彼女はけだるげに首をふったけれど、それはぼくの問いかけに答えたというより、顔にかかった髪を払おうとした動作のように思われた。ぐったりしたまま、美夜子はぽつりと口にする。

「……すこし、ねていても、いい?」

「う、ん。あ、ベッド、使う?」

皺《しわ》のついたシーツを軽く押さえつけて、場所を明け渡した。美夜子はうつろな表情でシーツに手をついて、どうにか身体を起こすとそこに横たわった。スカートがぐしゃりとゆがんで脚にかかる。やがて長く息を吐くと、美夜子はふたたび目を閉じて眠りについた。

手が触れたところが、いつまでも熱く、心臓がせわしなく震えている。

ベッドの縁で、美夜子の様子をうかがった。うるさい鼓動を抑えつけながら、前髪が額にはりついているのを見る。

暑い、と言っていた。ここに来るまでに浴びてきた、外に広がる残暑のせいかと思っていたけれど、熱があるせいだったのかもしれない。熱、が出ているのなら、なにがあればいいんだろう。薬? だけどそんなものがこの部屋にあるはずもない。せめて冷やすものとか、飲みものとか? 生活の経験値が少なすぎて、あまりそれらしいことを思いつけないけれど、タオルを濡らしたら、少しぐらいは冷えるだろうか。飲みものはあったかな。思って腰を上げ、ほど近い台所に向かう。冷蔵庫を開けて、けれど中にはなにも残っていなかった。仕方なく、タオルを濡らしただけでベッドのそばに戻る。額にあてるのだっけ、とどこで見たのかわからないイメージの見よう見まねで、その前髪の上に折りたたんだ濡れタオルを置いた。ん、と美夜子が小さく声を漏らす。

ほかになにかできるだろうか？　熱があると汗をかくから、水分が足りなくなるのだったか。飲みものはやっぱりあったほうがいいか――ふたたび立ち上がったとき、ベッドに投げだされていた手がふたたび伸びてきて、シャツの裾《すそ》を摑《つか》まれた。うしろから引っぱられるような感覚にふり返ると、そのまま、身体を引き寄せられている。

バランスを崩して、美夜子の上に倒れかかった。ベッドの空いているところに手をついてどうにかこらえて、真上から彼女を見下ろす形になる。危うくその身体を、ぼくの体重でつぶしてしまうところだった。美夜子が身じろぎをして、さっきその額に載せたタオルはあっさりとシーツの上に墜落する。

服の裾を摑まれたまま、服を引かれる感覚に、ぞわぞわと肌が粟立《あわだ》った。けれどうまく抜けだすこともできない。起こさないようにそうっと体勢を整え、ベッドの縁に腰かけるような形になんとか身体をおさめた。震えつつ、さっき落ちたタオルを、手を伸ばしてもう一度その額に載せる。美夜子の目はふたたびかたく閉じていて、その顔は赤らんでいるようにも、どこか青ざめているようにも見えた。どこに視点を置けばいいかわからなくなりながら、ぼくはシーツの上でじっと身を縮める。

どれぐらいそうしていただろう。

ぼくの服の裾を摑む手に、力がこもった。ぐ、と強く引かれてとっさにその場所を見やる。力を入れられると、服を通じて人の感触を全身で感じて息が詰まった。腿《もも》を浮かせて、少し、距離をとろうとする。

「美夜子ちゃん」

「……や、だ」

眠っていて、閉じていたはずの唇が薄くひらいて、そこから言葉がこぼれ落ちた。

その口許を見下ろす。離れようとした寸前に言われたから、一瞬、勘違いを、しそうになった。

でもその前に、現実に戻る。

「助けて」

目をさましたのかと思ったけれど、その瞳は塞がれたままだった。

眠りが深くなったのか、浅いのか。美夜子は眠ったまま、眉をひそめてうなされはじめた。目を伏せながら、やだ、としきりにくり返して身を捩《よじ》る。さっき置き直したタオルが、またシーツに落ちてしまった。横に逸らされた顔、そのこめかみに、びっしりと汗が浮いている。

ぼくのシャツを摑まえているのとは逆の手で、美夜子は自分のシャツの胸許をきつく握りしめた。その部分を中心として、シャツに濃く皺が寄る。溺《おぼ》れているのかと思うほどの汗をかいていて、起こしたほうがいいのだろうかと迷った。

「美夜子ちゃん」

けれどぼくの掠《かす》れた細い声では、とても、眠っている人の鼓膜に届かない。

落ちたタオルをもう一度拾って、けれど何度も首をふってやだ、と言うから、その額に載せることは諦めた。濡れたタオルはベッドからフローリングに投げ置いて、彼女の顔がこちらを向いた隙、ぼくは服の袖《そで》を伸ばしてその汗を拭《ぬぐ》った。べたりと湿った袖の生ぬるさは、美夜子の逃れられない闇中《あんちゅう》の、その温度なのかと考える。震える声でもう一度名前を呼んだ。けれど声量が足りなくて、何度呼んでも同じになる。

裾を引かれるたびに服がつっぱって、その感触に、全身が小刻みに揺れた。ぼくは、人間の三大欲求を思いだす。美夜子がこわいと言っていたもの。いま眠りに身を沈めながら、美夜子はそれをおそれている。

いつしか日が落ちきって、部屋は真っ暗になっていた。美夜子の顔はすっかり見えなくなって、けれどぼくはその場から一歩も動けずにいた。


……晴野くん？

やがてその暗闇から、木琴の音があふれてきたとき、ぼくはとっさに、彼女の姿を目でさがしてしまった。

さがさなくても、そこにいると、わかるのに。

「美夜子ちゃん」

「ん……。よ、る？」

暗い、と美夜子は、まどろみの中にとり残されて困っているように、つぶやいた。帰らなきゃ。まだどこか夢うつつであるような声で、身体を動かす。気づくと裾にあった手が離れていて、ぼくは立ち上がって部屋の明かりをつけた。

「……こわい夢を、見たの？」

「え？」

あかるくなった部屋で、光のまばゆさが目にしみた。

「ずっと、うなされていた、から」

美夜子はぱちぱちとまばたきをして、それから、ぼくの服の裾を握っていたほうの手で、その目を擦《こす》った。

「そうなの？」

眠っていたあいだのことを、美夜子はひとつも知らないみたいだった。眠っていたのだから、それは当然のことかもしれない。知らないでいるほうがよかったかもしれなかった。

「恥ずかしい。ごめんね、うるさかったかな」

ぼくは首を左右にふる。

「シャツ、皺に、なってる」

彼女が自分で握りしめていたところは、そういう前衛的なデザインとしてつくられたかのように、くっきりと折り目がついてしまっていた。美夜子はシャツを見下ろして、ほんとだ、とまたまばたく。ぼくは立ち上がったついでに台所へ向かって、蛇口を捻った。

「……ごめん、水道水しかないのだけど、飲む？」

部屋の奥のベッドに向かって問いかける。

「いいの？　ありがとう」

声が返ってきて、水を持って戻ると、まもなく足が止まった。水を汲《く》んだコップを握ったまま、その場で棒立ちになってしまう。美夜子はおもむろにカッターシャツのボタンに手をかけ、その皺くちゃの胸許を少しずつひらいていた。いちばん上、ふたつ目、みっつ目……力の入っていないような指がゆっくりとずらされていくのが見えて、ぼくはとっさに背を向ける。それは、いつか公園で、リボンをほどいてひらいた襟の内がわを見下ろしていた姿と少し重なった。

うろたえながら、そういえば、彼女はひどく汗をかいていたと思いだす。熱もあるみたいだった。まだ、暑いんだろうか。着替えたいならなにか服を用意したほうがよいのかと、コップを置こうとしたところで、背中に声がかかった。

「わたし、なにか、言ってた？」

「……なに、か？」

「その、うなされてる？　ときに」

「あ……」

動揺して変な汗が出てくる身体で、乾いた唇を押し開ける。

「やだ、って」

美夜子は黙っていた。

「あと、助けて、って」

少しの沈黙のあと、美夜子は小さく笑って、そうかあ、と気づきを得たかのようにつぶやいた。

「わたし、助かりたいと、思ってるんだ」

助かりたい。そう言いながら、諦めているみたいに声は響いた。

「……えと、あ、服……着替えるなら、なにか、持ってくるけど……」

適切な言葉がわからず、ぼくはとっさに、言われてもいないことを訊いてしまう。

「ううん、大丈夫。制服で帰らないと、不審に思われちゃうからねえ」

大丈夫だと言うから、てっきりもうボタンは留め直したものかと、思ってしまった。

「晴野くん、ごめんね」

ふり返って、水の入ったコップを持った手から力が抜ける。

「美夜子ちゃ……」

ボタンを直しているどころか、ボタンを外されたシャツは脱ぎ捨てられ、彼女の上半身は薄いキャミソール一枚になっていた。剝《む》きだしになった手首や二の腕、喉《のど》の下やキャミソールに隠れるぎりぎりの場所に、視線をぶつけてしまう。幅の細い車輪が駆けたような、うっすらと赤い轍《わだち》が、細い身体を締めつけるように幾すじも走っていた。そして首より下、肩や鎖骨の、目に見えるあちこちの部分に、丸い斑点《はんてん》のような、赤黒い痕《あと》がこびりついている。

息を呑《の》んで、そこから動けなくなった。

人の、ひどく薄着になったところをじろじろ見るのは不躾《ぶしつけ》なことだ。思いながら、目を逸らしていいのかもわからなくなった。身体じゅう――上半身しか見えていないけれど――にあるその痕は、日に焼けていない白い肌を蝕《むしば》むみたいに、枯れて地面に落ちた花片のように、隈《くま》なく、不規則に散らばっていた。それは自分の身体に残った痕とも似て見えたけれど、彼女の肌は爛《ただ》れているわけではなく、外がわから焼かれたような感じでもなかった。少なくとも見た目には凹凸はなく、打ち身に近い、皮膚の下で出血が起きているような痕だった。

「きもち、わるい、よね」

ぼくが息継ぎもまばたきもできないでいると、美夜子が口をひらいた。

「これ、……これ、お父さん、なんだ」

美夜子は小さく笑って、言葉をとりだした。

「せめて痕が残らなければいいんだけどね。そしたら、プールとか、半袖とか、もっと普通のふりができるのに。どうして赤くなっちゃうのかなあ、と思うけど、でもお父さんからしたら、痕をつけるのが〝良い〟んだって。だから、消えてもまた新しいの、つけるんだって」

だからずっと消えないのだと、美夜子はその身体を見下ろした。

「……つけ、る、って?」

美夜子は少し考えて、自分の手を表裏と返して痕のない場所をさがした。そして手の甲と手首のさかいめのあたりに、数秒、唇を押しあてる。

ぎゅ、と彼女の唇に吸われたその場所は、ほんのわずかに赤らんで美夜子の手に残った。

「はは、わたし、つけるの下手なんだ。だからいつも叱られる」

思えば、それは、家に男の人を招き入れていた母の背中や首許にも、よく、浮いていたものだったような気がする。でも、ずっと、それをとくべつ気に留めたことはなかった。その、痕の意味を、いまさら知ってしまう。

「あのねえ。お父さん、子供にしか興奮しないんだって」

ぼくは、ぼくの手に残った痕を見て、星座みたいだと口にした美夜子のことを、思いだした。

「子供、は、世界じゅうにたくさんいるけど……でも、町で遊んでいる子供を連れて行ったり、傷つけたりしたら、駄目でしょう。逮捕——されて、しまうよね？　それで、お仕事、解雇されたりとか、裁判とか、なったら、お金も、普通の生活も、なくなっちゃう。お母さんは専業主婦だし、弟は小学生で、お父さんがいなくなったら、家族みんな、いままでどおり、生きていけなくなっちゃう」

星は死んでもまた新しい星にうまれ変わるという。美夜子につけられたその痕も、死んでも、また新しいものが与えられていく。でも、それは、自然の摂理からは外れた場所にあって、星とは全然違う色を映しているはずなのに。

「逮捕……されたら、刑務所で暮らすのかな？　そしたらお父さんは、屋根のあるところで暮らせるのかな……でも、もし、お母さんと弟が路頭に迷ったら、いやだなあ」

美夜子は眠って少しだけ顔色をとり戻し、浅い川を滔々《とうとう》と泳ぐみたいに話した。

「お父さんが、言ってた。『美夜子がちょっと間違ったからって、悪いことをしたからって、お父さんもお母さんも警察に突きだしたりしないよね？』って。それは、他人同士なら駄目なことでも、家族のあいだでなら、多少の間違いがあっても、注意したり、注意してもらったりして、直していけるからだって。家族は、困ったときはおたがいさまなんだって。そうやって、助け合ったり、許し合ったりして生きていけるんだって。そうやってできるのは——これは、家族の強い絆《きずな》のしるしなんだって……家族をだいじにしないのは悪い子だけど、美夜子はそんなことないよねって。わたしと、強い絆で、深く結ばれてお父さんうれしいんだって」

美夜子はベッドから足を下ろして、下に落としていたシャツを拾い上げた。

「でも、わたしじゃなくて、みっちゃん——弟でも、いいんだって」

美夜子の手首は、何度も擦れたみたいに、その部分の皮がめくれて荒れていた。車輪に轢《ひ》かれていったような痕と、鬱血痕《うっけつこん》に覆われた身体が、冷房のついた室内の空気に晒《さら》されている。

「お父さんがいなくなったら、家族みんなが困るから。これはわたしと、お父さんの、秘密なんだって」

暑くても、長袖やタイツでずっと手足を覆っていた。日焼けをしたくないのだと言って。彼女の身体なのに、まるでだれかに所有されているような赤くなった身体が、いまさら視界を塞いでももう、瞼の裏に焼きついていた。美夜子は拾い上げたシャツを肩に羽織って、それから、ひとつひとつボタンを戻していく。銀河みたいに無数めいて浮いた鬱血痕が、陰になって少しずつ隠れた。

「……痛く、ない?」

たくさん、こんなに赤くなっているのに。

訊ねると、美夜子は笑って「痛くはないよ」と言った。

「つけられるときはちょっと痛いけど……いまは、平気だよ」

美夜子は中途半端に留めたボタンをそのまま、ぼくを見上げた。

「ごめんね。晴野くんのほうが、痛かった、よね？　こんなのの、痛いのなんて、ぜんぜん、たいしたことないのにねえ」

「……ぼくの、ほうが？」

どういうことなのか、一瞬わからない。火傷《やけど》の痕のことを言っているのかと遅れて気づいて、ぼくは、でも、それは違う気がした。

「それは、わからない、よ」

「え？」

「美夜子ちゃんが痛いと思ったのと、ぼくの痛かったのは、なにも、関係がないと……思う」

その瞳の描く円が、照明の下で揺らめいた。

「美夜子ちゃんが痛いのは、どのぐらい、とか、ぼくにはわからないけど……美夜子ちゃんがそう思ったのなら、たいしたことない、ことではない、よ」

美夜子が痛いのは、嫌だなと思った。

「美夜子ちゃんは、やだ、なんでしょう」

言いながら、冬馬とした会話が頭の中によみがえる。

――もし、彼女が、困っていたら？

「助かりたいと、思うのは、だめ、なの？」

――できる範囲で助けてあげたらいいんじゃないか。その人がそれを望むならね。だけどぼくになにができるのか。

「本当に、おたがいさま、なの」

――だれかが犠牲になりながら保たれてるものなんていうのは、もうとっくに破綻してるんだと思うよ。

「美夜子ちゃんのお父さんは、美夜子ちゃんを、だいじにしているの」

絆とか家族とか、そういうものが、言葉で言うほど、そんなに、良いものなのか。ぼくには理解が届かない。

「わたし」

美夜子が唇を震わせる。

「悪い人間に、なりたかった」

間違った板を叩《たた》いてしまったような、音程の外れた声がした。

彼女が言いたくないことを、言うのが、必要なことだとは思えない。だけど、美夜子が黙って「犠牲」になっているのだとしたら、そんなのは。

「家族がどうなっても構わないって、思いたかった。悪い人間になったら、そう思えるかもしれないって、思った。家族をだいじにしないのは、悪い子、だから」

ぼくは、家族のことは、きっと永遠にわからない。だけど、美夜子が、「助けて」ほしいと思っているのがその場所からであるのなら、彼女がそこから逃げだしたいんだとしたら、その組織は、現状は、どうしたってただしくない。

さらになにか言いかけるように、美夜子が唇を持ち上げる。けれど声を詰まらせたみたいに、美夜子は眉を寄せて咳払《せきばら》いをした。ぼくは震える手でどうにか落とさなかったコップを差しだす。コップが美夜子の手に渡るとき、彼女の指先が掠めた。肩がはねたけれど、水をこぼすことなく受け渡しを済ませることができて、ほっとする。

「ごめん、ね」

「え?」

「汚い手で、さわって、ごめんね」

美夜子がつぶやいた。

「綺麗《きれい》、だよ」

触れるたびに身体が震えても、そう思った。それは本心だったけれど、美夜子は心底驚いたように目を見ひらいて、その大きな瞳の中にぼくの影を抱きしめた。

……✦……

逃げだすことも眠ることもできず、ベッドの中で身を硬くしている。鍵《かぎ》などかけられないそのドアがいつ開けられるかと身体を小さく震わせながら、もうずっと来てほしくないそのときを、まな板に引き上げられた魚のようにじっと待っている。

酸素のない星に浮いているみたいに、息をするのが下手になった。息切れを起こしては、無理やりに深呼吸して身体を落ち着かせようとする。そのドアがひらかれることをおそれているのに、そのドアがひらかれるまでずっとそうなのだから、いつも困った。どこにも行けず、途方に暮れて泣きたくなってくるころ、かすかに軋《きし》んだ音を立てて、鍵のかからないその扉はいとも簡単に人を招き入れてしまう。

「美夜子」

音をぎりぎりまでひそめて、暗闇にまぜながら話すその声が、この世でいちばんこわかった。

「まだ寝てないよな？」

答えるより先に布団を剝《は》がされ、上にのしかかられる。大きな手が脇腹を這《は》って、全身がこわばった。熱っぽい息を吐かれたと思ったら、強い力でパジャマの裾を捲《まく》られる。

「や、……」

思わず小さく声を上げて、すぐ、失態に気がついた。ふ、と笑う声が響いて、手遅れだと知っていながら唇を噛む。

「駄目だよ、静かにしないと」

暗い部屋の中で、とろとろにやさしい、甘やかすような低い声が注がれた。そのまま、口を塞がれる。声も、息も、全部吸われてどこにも行き場がなくなった。息を止めていると、結んでいた唇を舐《な》めとられ、容易《たやす》くこじ開けられていく。アルコールの匂いのする呼気が、洪水のようになだれこんできた。それを遮る衝立《ついたて》などは存在しなくて、ただ抵抗せず耐えているあいだに、無骨な手が下着の留め具を外している。跨《また》がられているところ、腿《もも》のあたりに擦りつけられている感触がおそろしくて、目を閉じた。けれど視界を完全に遮れば、五感のうちのほかの機能が余計に鋭くなっていく。

「美夜子、今週も良い子にしていた？」

パジャマを剝ぎとりながら、唇が下りて、首すじや胸許へ吸いついた。身体じゅうを、くまなく、飽きるほど吸われながら、問いかけられる。

「聞いたよ。夜中に、家を抜けだしていたんだってね。そんな不良娘になっちゃったなんて、お父さん、悲しいな」

わたしは、おそろしくて、声が出ない。

「そんな悪い子には、お仕置きしないといけないかなあ」

悲しいはずのお父さんは、しあわせそうに笑っている。

……✦……

家族のことは、好きだった。小さいころはお父さんっ子で、休みの日はずっとくっついて歩いた。お母さんのことも好きだったけれど、厳しくされて泣いてしまう日もたびたびあった。お父さんはどんなときもやさしくて、お母さんに叱られて泣いているわたしを、いつも甘やかしてくれていた。

「よしよし、泣かないで。美夜子は良い子だよ。お父さんとお母さんの、かわいいだいじな子供だよ」

そのごつごつした大きな手に撫《な》でられると、安心した。叱られても、自分が両親にとってかわいい存在なのだと教えてもらえるたび、わたしはうれしくて、力いっぱいお父さんに抱きついた。

わたしが三歳のころにうまれた弟の満貴《みつき》――みっちゃんのことも、わたしは好きだ。わたしは三月うまれ、満貴は四月うまれなので、わたしと彼はほとんど三歳差の、学年でいえば四歳差になる。みっちゃんは、どちらかというと内気で、お友達と外でかけっこや探検をするより、室内で本を読んだり、絵を描いたりするのが好きな男の子だった。食事は好き嫌いせず食べるとか、食器をただしく持つとか、走りまわって洋服を汚さないとか、お母さんの厳しい指導のもとで幼いわたしはしばしば躓《つまず》いたけれど、みっちゃんは優秀だったので、お母さんの機嫌を損ねるようなことははじめからほとんどなかった。

「みっちゃんはすごいねえ」

感心し、そのふわふわの髪を撫でると、みっちゃんはくすぐったそうに肩を竦《すく》めてうれしそうに笑った。わたしは自分もがんばって、お母さんに言われたことは守るよう、注意されたことはメモしてくり返さないように気をつけた。成績が悪いと叱られてしまうので、テストはいつでも満点をとれるよう、宿題だけでなく予習と復習を欠かさないことも心がけた。

みっちゃんは、わたしにとってずっとかわいいきょうだいだ。十二歳になったいまもまだ反抗期のようなものがなく、みやちゃん、とわたしを慕ってくれる。おとなしくて、素直でかわいらしい。だけど、わたしは少し心配でもあった。たとえ反抗されたり、嫌われたりしても、わたしはきっと満貴がかわいかった。

わたしが中学生に上がるころに、お父さんの単身赴任が決まった。離れて暮らすのはさびしかったけれど、お母さんもみっちゃんもいるから大丈夫だ、とわたしはのんきに思った。それに、別々に生活するとはいっても、そう遠くに住むというわけでもなかった。県境をふたつ跨いだ先の、車で二、三時間ほどの距離だろうか。ただ毎日通勤するには時間がかかりすぎるので、お父さんは長期休暇の折や毎週末だけ、家に帰ってくることになった。

中学一年生の、冬のはじめのころに初経が訪れた。学校で習い聞かされて、噂には聞いていたけれど、というような気持ちだった。おそるおそるお母さんに報告すると、お赤飯を炊かなくちゃ、なんて喜ばれ、そんなのいいよと止めても聞き入れてもらうことはできなかった。お父さんには、学校であったいろいろなことを毎週話していたけれど、それぱかりはお父さんのいないときで良かった、と思った。まだ小学三年生だったみっちゃんは、なぜ小豆の入った赤いごはんが出てくるのか理解ができない、というような顔をしていた。

それは、お父さんに——というより、だれに対しても、特段進んでうち明けたいことではなかった。恥ずかしいことじゃないから、と家でも学校でも説明され、頭ではそうと理解しても、自分の股《また》から出てくるもののことを、うつくしいとはどうしても思い難かった。恥ずかしいと思う自分のほうが欠陥があるのか、でも、同級生の女の子たちもこそこそ隠すようにしているから、いったいなにが普通なのかわからない。混乱しながら、だれにも言わないで、とお母さんに懇願し、根負けしたお母さんが「はいはい」と頷いたのを確認して、ひどく安心したことを憶《おぼ》えている。

たぶんその、一週間ほどあとのことだった。

週末の、深夜だった。夜更かしは美肌と健康の大敵だと信じているお母さんは、どんなに遅くとも日付が変わるまでには眠りにつくようにしている。その教えは子供たちにも継がれ、わたしもみっちゃんも、小学生は九時、中学生は十時までには寝るように、と指導を受けていた。だからそのとき、わたしは、中学への進学を機に自分に与えられた部屋で、すやすやと眠っていた。

自分のものでない吐息と、耳の裏をつたう生あたたかい感触で、目をさました気がする。

ゆっくりと目を開けると、ベッドに入った自分の身体の上に、なにか大きなものが覆い被《かぶ》さっていた。暗闇の中でそれははじめ巨大な熊のように見えて、わたしは悲鳴を上げそうになった。けれどその前に、大きな手で口をすっぽりと塞がれた。しー、と聞き覚えのある声でやさしくささやかれれば、もう叫ぶことなどできなくなった。

「お、とう、さん?」

豆球の明かりしかない、ほとんどなにも見えない部屋で、彼が笑ったような気がした。

「起きた?」

声をひそめながら、お父さんは言った。

ことだった。

「う、ん。どうかしたの？」

わたしは目を擦りながら問うた。お父さんが部屋に来て、話をしたり、勉強を教えてもらったりすることはあったけれど、眠っているあいだに入ってきてそこにいる、というのははじめてのことだった。

お父さんはわたしの耳許に顔を寄せて、「お祝いしないとね」と言った。

「お祝い？」

けれど誕生日はもちろん、クリスマスもお正月もまだ少し先だ。期末テストはちょっと前に終わってすでに成績を褒めてもらったあとで、いま急いで祝うようなことがとくに思いつかず、わたしは首を傾げた。

傾けて、吸血鬼に血を捧《ささ》げるみたいに無防備になったその首すじを、ぬる、と舐められた。

「ひゃっ……」

びっくりして声を上げた。なに、と言葉が出なくてとっさに目線で訴えたけれど、どんな目で見ても、消灯を済ませていたあとの室内では、豆球の明かりで身体の輪郭が少し見える程度だった。だから視線などお父さんには気づかれない。

駄目だよ、とお父さんは困ったように言った。

「大声をだしたら、お母さんと満貴が起きるよ」

それは困る。みっちゃんはともかく、お母さんに、まだ起きていると知られたらこっぴどく叱られてしまうと思った。わたしは口に手をあて、そうするとお父さんは、良い子、と言ってわたしの頭を撫でた。

「あの、なんのお祝い、なの？」

声を最小限に絞って、わたしはあらためて問いかけた。すると、お父さんは身体をぐいとかがめ、わたしの耳の形をかたどるように、そのすぐそばで唇を動かした。

「生理が来たんだろう？　良かったじゃないか。子供をうむことができる、大人の身体に近づいたという証《あかし》だよ」

なにを言われているのか、だけどよくわからなかった。なんで知ってるの。わたしが口にする前に、お父さんはつづけた。

「お母さんから聞いたよ。美夜子が健康に成長してくれて、お父さんもうれしいな」

把握していて当然、というような響きだった。

「うれしいけど、少しだけさびしいよ」

聞いたことのないような、湿りけを帯びた熱い声でお父さんは口にする。どうして？　なにがさびしいの。訊き返すより先に、お父さんはわたしに言う。

「今日は、お祝いもだけど、少し大人になった美夜子に、お願いしにきたんだ」

「お願い？」

わたしは驚いた。子供のわたしの目から見て、お父さんはずっと、無欲な人だった。なにかを欲しがったり、自分の趣味のものにお金を使っているところを見たことがなかったし、休日はほとんどすべて家族のために費やしてくれるような人だった。わたしとみっちゃんが行きたいところへ連れて行ってくれたし、欲しいと言ったものを、無計画になんでもかんでも買い与えるのではなく、どうして欲しいのかと訊ね、きちんと話を聴いて吟味したうえで、買ってくれたりそれは今度にしようと説得してくれたりした。でも誕生日やクリスマスには奮発してくれて、それはこちらの気が引けてしまうほどだった。

わたしは、お父さんが、なにかを望んでいるなんて、そのときまでちっとも思わなかったぐらいだ。それは、わたしが鈍感すぎたのかもしれないけれど——お父さんがわたしになにを頼みたいというのか、わからなくて、叶《かな》えられるものなら叶えてあげたいと、どこかわくわくしたような気持ちにさえなりながら、言葉のつづきを待った。

「大人になった美夜子の身体、お父さんにも見せてほしいんだ」

だけど、わたしは、なにを間違ったんだろうかと思う。

たとえば一緒にお風呂《ふろ》に入ったり、着替えを手伝ってもらったりしていたのは、いつごろまでだっただろう。それは、もううまく思いだすことができないくらい、遠くなった幼いころの記憶だった。

お父さんの「お願い」は、月日を重ねるごとに難度を増した。そのどれにも、わたしは了承をした記憶がないのだけれど、いつのまにか服を着ていない姿の写真や動画を撮られていて、逆らうことができなくなっていた。

衣服を剝がされた身体を縛られる。結束バンドで封じられた手首は背中のうしろか頭の上に追いやられ、身じろぎするたびに擦れて、いつからかずっと皮がめくれている状態になった。身動きできないまま、あられもない姿を毎週末、静止画や映像としておさめられる。そのデータを、お父さんは自分のパソコンやカメラ、携帯、USBメモリに、たいせつに保存しているのだそうだった。

「美夜子、ああ、今日もかわいいなあ」

ファインダー越しにわたしを見つめるとき、お父さんの顔は携帯やカメラでほとんど隠れて、幸福そうにゆがめている唇だけがよく見えた。もういったいどれほどのデータが、その手中で保管されているのかさだかでない。

「美夜子がかわいいから、もうこんなになったよ。わかる?」

カメラを置いたお父さんは、わたしの身体を横向きにして、パジャマ越しの下腹部をわたしの後ろ手に触れさせる。少し前まで知らなかった、人の身体の感触に喉が震えた。手を離そうとすると、いっそう押しつけられる。

「美夜子は良い子だから、お父さんの言うこと、聞けるよね」

そう言って笑って、舌で口の中をなぞる。何度目かも数えられなくなったまま、拘束され、全身に口づけられ、さわられたり、さわらせられたりする。

「美夜子、美夜子。かわいいよ。すごくかわいい」

けれどかわいいと言われるたびに、もう、とても、こわかった。

素肌に向けられるフラッシュに怯《おび》えて、一度だけ、そのレンズを拒んだことがある。いやだ。

撮らないで。震える声で乞《こ》うと、お父さんは眉を下げた。

「俺は美夜子のかわいい姿をたいせつに記録しておきたいだけなのに、どうしてそんなさびしいことを言うんだ?」

お父さんは本当に、心底悲しそうに言った。その一瞬、わたしは自分のほうが悪いことをしてしまったような罪悪感に襲われて、言葉を失った。そのままなにも言えなくなっていると、お父さんはわたしの肩を抱いた。

「お父さんをだいじにしてくれる美夜子なら、どうすればいいか、わかるよね」

だけど、なにもわからない。

「お父さんを悲しませる悪い子になるなら、美夜子のかわいい姿を、世界じゅうの人に見てもらおうか?」

「……な、に?」

「写真も映像も、たくさん溜めてあるからね。どれかひとつでもネットに流したら、あっというまに全国の人が美夜子の身体を見られるよ」

そんなことをすれば、お父さんもまた、いまの社会的地位や生活を、保てなくなるんじゃないか。だけど、お父さんは自分の人生と引き換えにしてでも、もしそうしようと思えば、わたしを暴いて不特定多数の前に引き摺《ず》りだすこともできるのだと、婉曲《えんきょく》に、ていねいに、教えてくれていた。

「いろんな人にかわいがってもらったら、美夜子も、そんな冷たいことを言わない、やさしい子になるかな？」

　それに、もしかしたら、お父さんは、自分がそうしたとは知られないように、ただわたしだけが晒されるように、データをばら撒《ま》くこともできるのかもしれない。わたしには想像の及ばないやりかたで、いくらでも。

「……ごめ、なさい」

　言いながら、なにに謝っているのかも、わからなくなる。

「うん、反省できるのは良いことだね」

　やっぱり美夜子は良い子だ。お父さんはわたしの身体を撫ぜていた手を離して、そうだな、とつぶやいた。

「今日は、自分でしてごらん。お父さんがしてあげるみたいに。うまくできたら、頭を撫でてあげようね」

　べたべたに濡れた手が、照明を絞ったほの暗い部屋で光る。

「ふふ、美夜子が本当はこんなにいやらしい変態だってこと、みんなは知らないよね。お父さんと美夜子だけが知ってる」

　思いだしたく週末が、消してしまいたい記憶が、はてのない海岸線のようにどこまでもつづいている。

「良い子だね」

言いなりになるわたしに、お父さんは、幾度も、幾度もそう言った。単身赴任先から戻ってきた週末の、土曜日、数時間前には腕をふるって家族においしいパスタをつくってくれたその手で、昼で、おそろしいことをする。お父さんはミートソースをシャツにはねさせてしまって、子供のように困った顔をしながら、お母さんに叱られていた。その、数時間後に、自分の吐きだしたものをわたしに舐めとらせている。

「お父さんは、美夜子がとってもかわいいけど」

わたしの頭を撫でながら、その頭上でお父さんは笑った。

「こうするのは満貴でもいいんだ。満貴も年ごろだし、美夜子も、満貴も、同じくらいかわいいからね」

下を向きながら、わたしは震え上がった。

みっちゃん。うまれたときから見てきた、無垢《むく》な笑顔が頭に浮かんだ。満貴もいつか、だれかとこういうことをしたいと思うときがくるのかな？　想像は及ばない。わからないけれど、それはいまではなければ、相手はお父さんでもなかった。きっと。その時も、相手も、彼が自分の意思で選べるものでなければならない。弟が、わたしと同じ思いをしてよいはずもなかった。

「ロ、止まってるよ」

お父さんは、単身赴任でさびしくなって、変わってしまったんだろうか？　今週は、今度こそは、お父さんがもとのやさしいお父さんに戻りますように。そういうことを、何度も何度も思った。でも、もとのお父さん、という人はいなくて、お父さんははじめから、ずっと変わりなく、ここにいたのかもしれない。

熱く潤んだお父さんの視線が、わたしをずっと見つめている。

欲望は人を変えてしまう。あるいは、人の理性を支配する。目に映るものが、みるみる色褪《いろあ》せていくように感じた。クラスメイトが話題にする、かわいい洋服も、人気の芸能人も、お洒落《しゃれ》なカフェも、全部に靄《もや》がかかって見えた。わたしは失速する飛行機のように、なににも興味を持てなくなっていった。

部活の先輩にはじめて告白をされたとき、まっさきに、こわくなった。わたしはお父さんの、を筆頭にして、同年代の子の淡い性欲も、それにとどまらずにすべての欲求が、醜く、おそろしく見えるようになりはじめていた。食べものを食べるときのぎらぎらした目や、油で光る唇、口を大きくひらいてゆがむ顔や食べものの詰まった歯など、食べることに夢中になった人を見ると、思わず吐いてしまいそうになった。無防備に眠ることがおそろしくなり、一時はまったく寝られなくなった。薄くメイクすることを覚えて、隈を隠すようになった。やがて眠らない時間のほうが長くなって、それでもある程度は平気でいられるようになっていった。平気、と自分が思っているだけで、いわゆる「ハイになっている」という状態が、ずっとつづいているだけなのかもしれない。

お母さんにうち明けるべきかもしれない。そう考えたことも幾度とあって、けれどいつも思いとどまった。お母さんはお父さんのことが大好きだった。幼いころから見ていたから、そのことを、よく知っていた。言えば、お母さんが悲しむことになる。お母さんが泣くところを想像すると、うち明けるという選択肢は風船のようにみるみる萎《しぼ》んだ。

知られてはいけないし、知られたくない。

月日と回数が重なっていくごとに、その気持ちは増していった。

積み重なり、更新されていく自分の痴態のことを、そもそも進んでだれかに知らせたいはずもない。だれにも知られたくない記憶は、ひとつも減ることなく、日ごと増えていく。それはわたしとお父さんの記憶の中にだけではなく、データとして、目に見える像として、お父さんの管理下で蓄積して、わたしを雁字《がんじ》搦《がら》めにする。

だれにも、気づかれてはいけなかった。なんでもないふりを。普通のふりをしなくては。いままでどおりのわたしでいなければ。思うほど、いままでの自分、の姿は見えなくなった。それは薄れていく遠い過去にしかいないから、わたしは周囲を見つめて、まわりに合わせて行動するようになった。あかるくふるまいながら、けれどはみだしすぎないように気をつけて。全身がとても人に見せられるようなものではなくなって、つねに長袖を着て、ズボンかタイツを穿《は》いて、手足を隠すようになった。だけど真夏でもそんな重装備でいると、「須藤、暑くないの？」と怪訝そうなまなざしを向けられる。変な目で見られることを、日に焼けたくないキャラクターとあかるさで、どうにかごまかさなければならなかった。

本当のわたしの姿には、気づかれてはいけないから。

でも、本当のわたしって、なんなのだろうか。

学校でも家でも必死で、すべての人を欺いているような気がした。どんなにとり繕っても、それは自分ではない。いくらごまかしたって、本当の自分は、毎週末、夜中に暴かれたその姿なのではないかというような気がした。だって写真も映像もある。そこに加工も細工もごまかしもない。そこに残っているのは、全部、本当にいたわたしだった。本当のわたしはそこにしかいなくて、本当のわたしをお父さんだけが知っている。そう思うと毎日、悲しくて、苦しくて、おそろしかった。

逃げだしたい。だけど、逃れる方法がわからない。眠りたくない夜も、学校に行くことさえ億《おっ》劫《くう》な朝も、何度だってめぐってきてしまう。どんなに願っても、逃げることなんてできなかった。みっちゃんを、お母さんを、家族を壊したくない。そのためには、わたしがすべて飲みこむしか。そう思う気持ちを追い抜こうとするように、なにも思わなくなりたい、と願った。息苦しさを必死で押し殺そうとする端で、邪《よこしま》な思いがいつもよぎった。わたしが、もっと悪い生きものになれれば。お母さんが悲しむこともみっちゃんが傷つくことも、すべてを諦め、捨てることができれば。家族を省みない、悪い人間になれたら。

眠れない夜、みっちゃんとお母さんの目を盗んで、そっと部屋を抜けだした。私服を着ると洗濯物が増えて、不審に思われるかもしれないからできるだけ制服で家を出た。夜は危ないから、と何度も口酸っぱく言い聞かされてきたけれど、さいわい、夜中に出歩いていても、危険な目に遭うことはなかった。運が良かっただけかもしれない。でも、わたしにとっては、自分の家の中は外よりもずっとおそろしい場所だった。

何度もこころみて、諦めて、諦められなくて。わたしは自分がどうしたいのか、なにを守ろうとしているのかもう、よくわからないまま、玄関を開けて、家を抜けだして、そして家に帰る。

逃げる場所はない。

そこにしか、帰る場所がない。

8

「……本当の、わたしは」

震える唇から、言葉が切りだされるまでには少し間があった。

砂時計の砂が少しずつ落ちていくような、緩慢とした時間が部屋にこぼれていく。でも、それは、ひと粒もとりこぼしてはいけないもののような気がした。

「本当のわたしは……とり返しがつかないぐらい、汚れているのに。それを隠して晴野くんに会うのが、申し訳、なかった」

夜の中を燃えていた星が、ひとつ、ふたつ、気づかないうちに消えていくみたいだ。知らないうちに失っている光には、もう気づくことができない。夜に浸った部屋の中で、声が反響した。

「自分で、そう、思うの」

嘘を言われているなんて思わない。でも、それが本当だとも思えなかった。睫毛《まつげ》に縁どられた瞳《ひとみ》が細められて、いつもの笑顔やあかるさが霞《かす》む。

「……写真とか、動画を、たまに、見るの。お父さんが、見せ、る。見せながら、お父さんは、笑ってて……うつってる、のは、わたしだって、言い逃れのしようがない、から。変態って、言われても……否定、できない」

言われても否定できない、は、言われたことがあるの言い換えだった。

ぼくは、美夜子はいつも楽しそうに笑っている人だと思っていた。けれどそれだって、本当は、彼女は笑いたくもないのに笑っていて、あかるい人間のふりをしていただけなのかもしれなかった。その薄暗いまなざしこそ、彼女の本当の顔であるかもしれない。などと、それも、ぼくが決めることでもない。本当の美夜子がわかるのは、美夜子だけであるはずだ。少なくともそれは、ほかの人が勝手に決めることではないはずだった。

家族の話をした次の日も、その次の日も、今日も、美夜子は放課後にぼくの部屋に来た。ドアを開けた先で、ぼくを見て笑いながら、足許《あしもと》をふらつかせる。これまでと同じようなあかるい表情を浮かべていて、でもまるで立っているのがやっとみたいに、その身体は力なく揺れていた。

「……少し、休んだら」

ベッドを譲ると「でも」と遠慮するみたいに口ごもる。けれどいつも気をはっているのかもしれないその頭と身体はまどろみに捕まって、思うように動かせないみたいだった。眠気に負けて、やがて彼女の身体はシーツに傾いていく。

「ごめんね」

言い残し、美夜子は覚束《おぼつか》ない指先でアラームをかけて、ぼくのベッドで眠りはじめた。目に見えない浅い呼吸が、鼓膜をうつ。

目を伏せた横顔が、ゆっくり上下した。カーテンの向こうにある夕日と、青白い瞼《まぶた》が眠りに沈むのを見る。

美夜子は自分の身に起きていることを、ぽつぽつとぼくに話した。そのおそろしさのことを、ぼくは、きっとほんの一部ほども理解できていないんだろう。ぼくには、人の身体を写真や動画におさめて、楽しみたい気持ちはわからない。たとえば当人たちがそれで楽しいのであれば、それは、自由にすればいいことなのかもしれない。けれど、それを、拒んでいる心が、そこにあるのに。

——汚い手で、さわって、ごめんね。

美夜子のシャツの袖《そで》は、ぬるい風さえ侵入させないみたいに閉じていた。いつも。

ぼくは自分の服の袖をめくった。身体の何か所かに残っている火傷《やけど》の痕《あと》は、治療を受けないかぎりはその場所に残りつづける。いまのところ治療の予定はないから、死ぬまでそこにあるんだろう。もう痛くはないけれど、意識が飛びそうなほどの熱や、気に入らないものを見て火を落とす、鋭利な目がこの世に、すぐそばに存在するものなのだということは、いつまでも憶《おぼ》えている。

人は人を傷つける。

ぼくも、いつか、人を傷つけるんだろうか？　あるいは、ずっと、美夜子を傷つけていなかったただろうかと思う。

「ん……」

眠りについた美夜子の唇が、いびつにゆがんで荒い息を吐いた。それは目をさましたわけではなく、悪夢の中に迷いこんで、うなされているみたいだった。できるだけ寝かせたままでいたいような気持ちと、起こすべきなのかもしれないと悩む気持ちのあいだで惑う。

「美夜子ちゃん」

触れて揺り起こすことができないから、名前を呼んだ。けれど普段使うことの少ない声帯は大きな声をとりだせず、ほそぼそとした声は自分の聴覚にわずかに引っかかるだけだった。くり返し寝返りをうって、息も絶え絶えになりながら髪を乱す彼女を、その眠りを、どうして助ければいいのかわからない。美夜子は何度もうなされながら、彼女の父親の行為ごと、すべて、押し隠している。

美夜子の父親は、美夜子がだいじだという。

でも、美夜子がなにをこわがっていても、悲しんでいても、ためらわない？

悪夢の中にいる美夜子の頬の薄桃色が、影になってゆく。

日に焼かれた、暗いアスファルトを見ているみたいだった。全身に毒のようにまわる熱さに気がついて、燃えているのか、と思った。とっさに身体のあちこちをたしかめて、けれどどこにも火などついていない。でも、視界が焦げていく。

どうすれば、美夜子が週末に怯《おび》えなくても済むようになるのか、考えつづけていた。

考えるほど、身体の内がわがぐらぐらと煮えていく。彼女を悲しませるものや、苦しめるものが、すべて、とり除くことができればいいのにと思った。喉《のど》より少し下で、土砂がなだれているみたいに、言葉が、感情が詰まる。身体じゅうが茹《ゆ》だって、指先が熱く、せわしなく震えた。痛くないはずの火傷の痕から、身体が、思考が、熱に溶けていく。

――もし、燃やせたら。


濁る頭で口をついて出たのは、彼女が目を開けるのと、ほとんど同時だった。

目をさました美夜子の目が、ぼうっと虚空を見つめる。それからゆっくりと時間をかけて、もとの大きさまでひらいていった。

「ごめん、……なにか、言った？」

美夜子は目許を拭《ぬぐ》いながら起き上がって、首を傾げた。ぼくは自分がなにを考えたのか一瞬見失い、「晴野くん？」彼女に呼ばれて、もう一度、ゆっくり、考えたことを頭の中で火にくべた。

「それって、燃やせないの、かな」

「燃や、す？」

美夜子の寝起きの目が、こちらを向いていた。

「それ、って？」

「……嫌だなって、思って」

「嫌？」

疑問形で口にしたすぐあと、ごめんなさい、と美夜子はすぐに唇を動かした。ぼくはどうして謝られたのかわからなくて、たぶん困った顔をして、彼女を見つめ返す。美夜子は、おそらくぼくよりも困ったような顔をまばたきの狭間《はざま》でして、でも、小さく笑みを浮かべて、もう一度ごめんねと言った。

「……あ、いや、違う」

彼女のことが、嫌、だと言ったように伝わったのだとしたらと思ってあわてた。ぐずぐずに縺《もつ》れる思考で、頭の中を引っ掻《か》きまわして言葉をさがす。

「その、写真、とか」

美夜子の父親は、美夜子が望まないことを、強要する。得体の知れない、彼女の父親の欲望が。パソコンや携帯に保存されているという、彼女のことを撮った写真や動画のデータが。彼女を苦しめている、すべてのものが。

美夜子は眠る前と同じ青白い顔をして、「そうだよね」と言った。

「そんな気持ちわるいもの、嫌だよねえ」

美夜子は、自分の姿のおさめられたものを、何度も、何度でも、気持ち悪い、と思わなくてはいけないのだろうか。

「そう、じゃ、なくて……」

なんと言ったら伝わるのか。ちゃんと、わかるまで、考えなければいけなかった。ぼくの速度はいつも遅すぎるから、根気強く言葉を待つ人なんていなかった。美夜子は、いつも待ってくれるけど。でも、本来はそんな必要もなかった。そんなことをしなくても、彼女は、好きな速度で歩いていけるはずだった。

「それ、だけが……、理由じゃ、ないと思うけど」

だけどいまだけは、どうしても、間に合わせたい。

「それがあると、美夜子ちゃんが、嫌な思いをする」

それが嫌だよ、と、どうしようもないほどたどたどしく、口にした。

喉の奥が渇いて、熱い。

どうして目の前がこうも、焦げたみたいに暗いのか。

ぼくは、美夜子の父親のことを、おそろしいと思った。母より、暴力をふるう母の交際相手より、押しあてられた火の熱より、ずっと、ずっと。でも、人に怯えて身体が動かせないのとは違う、感じたことのないような種類の、心身のコントロールのできなさに戸惑う。もっと熱くて、苦しくて、痛くて、手に負えない炎のような、自分の、感情だった。

「だから、全部、燃やしたい」

すべて燃えて火の破片になれば、美夜子は、もしそれがネット上に広まったらとか、人に見られたらとか、そういうことを考えなくても済むようになるのかなと思った。許せないものに火をつけてしまいたいと思う過激な心が、自分の中にも存在したことに驚いた。

『燃えているものは、綺麗《きれい》だねえ』

星を見上げて美夜子が言っていた、その夜がよぎる。本当にそうかはわからない、けど、彼女がそう思うのなら。

ぽかんと気の抜けたような顔でぼくを見つめ返したあと、美夜子は、おそるおそるというように、言葉を返した。

「……犯罪、だよ？」

「……でも、おたがいさまじゃ、ないの」

彼女は大きく目を見ひらいて、それから、少し考えるみたいに下を向いた。

だから駄目だよ、とは言わなかった。うつむいて、まだ眠いみたいに指先で目を擦《こす》る。「そんなこと、できるのかな」楽器のようなやわらかな音が揺らいだ。

「だって、全部でどれだけあるか、わからない」

にじんだような心許ない声が、部屋を泳ぐ。

「お父さん、パソコンとかカメラとかはいつも、持ってくる、けど」

——美夜子のおそれている週末と一緒に。

「いつも持ってくるので、それで全部なのか、わからない。『だいじなものだから、全部肌身離さず持っているんだよ』って、前に言ってた、けど。でも本当は、バックアップとか、あるのかも、しれない。わたしの知らない、ところに」

毎週末、彼女のもとに訪れる脅威のことを思う。

逃げだせるのなら、抗《あらが》えるなら彼女はもっと早くそうしているはずだった。

ぼくは衝動的に、燃やしたい、などと言ったけれど。そんなことをこころみて、美夜子の状況が良くなるとも限らなかった。まずどうやって彼女の父親から、どれだけ存在しているかもさだかでない機器やデータを奪いとればいいんだろう。もし失敗したら？　美夜子はいまより困ることになりはしないか。そもそも、だれともまともに対峙《たいじ》できないぼくが、なにができるというんだろう？

目の前が焼けていくまま、こわくなる。

あまり現実的ではないことを、考えているのかもしれなかった。

会ったこともない美夜子の父親が、影になって立ち上る。他者はいつでも自分よりはるか巨大な存在で、ぼくはその場にひれ伏すしかなかった。手足と一緒に思考も止まる。震えてうずくまるだけの自分になって、どうしようもできなくなっていく。

「美夜子、ちゃん」

美夜子は唇を嚙《か》んで、それは恐怖が口をついてこぼれていかないように、無理やり閉じこめているみたいだった。あんまり強く嚙むから、傷ついてしまうんじゃないかと思って、でも、たぶん、その痛みも気にならないくらい、ずっと、傷ついてきた。

「……難しい、かも、しれないけど」

頭の中に、冷静になろうとする自分がいる。だけど一度流れたマグマが火山の内がわに戻らないのと似たように、身体が、視界が、頭の奥が熱くて、ずっと息が苦しかった。言うことをきかない身体で、美夜子と目が合う。

「でも、嫌だよ」

美夜子は、長い咀嚼《そしゃく》のようなまばたきをして、ぼくを見た。

「……わたし」

結んだ唇が動く。その揺らぎに合わせて、睫毛が翅《はね》のようにくり返しまたたいた。

「そんなこと、思いつかなかった」

――どうしようもない。どうしようもできない自分。

「なにも、できないと、思ってた。ずっと」

たとえこの先一生そうでも、それでもよかった。

「もし、本当に……燃やすことが、できるなら……」

長い深呼吸のあと、美夜子はためらいがちに言葉をとりだした。

「わたしも、一緒に燃やしても、いい？」

「……え、だめ、だよ」

「だめ？」

「美夜子ちゃんは、燃やしたら、駄目だよ」

美夜子はゆるく首を捻《ひね》って、それから声を立てて笑った。

「だいじょうぶ、そういう意味じゃないよ」

美夜子が先に齟齬《そご》に気づいて、笑みをこぼす。美夜子を一緒に燃やすのではなく、全部燃やしてしまう場に、一緒にいるという意味だった。考えたらあたりまえだ、そんな発想になるほうがどうかしていた。

「やっぱり、晴野くんといるのは安心する」

でもあかるい顔のまま、美夜子は口にする。

「晴野くんは、嫌かもしれないけど」

だけど、嫌だと思っていたら、ぼくはもうずっと前から、彼女と会っていないのだ。

熱でぼやける目を擦って、目の前のうつくしい人を見た。

どうしようもないままでいいから、ひとつだけ、叶《かな》えたかった。美夜子が、安心して眠ることのできる、なんの不安もない美しい夜があるなら。そこに彼女がたどり着けたら。

白い輪郭が、薄暗がりの中にまばゆく溶ける。

「晴野くん」

美夜子の口角が上がった。

「一緒に、悪いこと、しようか」

ぼくに向かって、よわよわしく、でも綺麗に笑ってみせた。美夜子はなにも悪くないのだと、ほとんど出かかって、それでも喉の熱さで声がつっかえてうまく言えなかった。


夜が更けても、瞼の裏が熱くてなかなか寝つけなかった。

豆電球の明かりの下で、美夜子から借りて、テーブルの上に置いていた鍵《かぎ》を持ち上げる。キーチェーンに繋《つな》がったいくつかの鍵が、じゃらじゃらとぶつかり合って音を立てた。いちばん大きい鍵が、家の鍵。復唱しながら鍵を手に載せて、握りしめる。

一緒に「悪いこと」をすると決めて、美夜子は、母親が管理しているというさまざまなスペアキーを束ねた鍵束を、こっそり持ちだしてぼくに差しだした。

美夜子の父親は、金曜日の明日、帰ってくる。

明日は、家族で食事に行くことになっているそうだった。美夜子の父親は半休をとっていて、家に荷物を置いて合流したあと一緒にレストランへ向かうという。父親は帰ってくるときいつもスーツケースを持っているから、「肌身離さず」持ち歩いているもの——カメラであったりパソコンであったり——は、その荷物の中に含まれていると思われた。

それで全部なのかどうかは、どうしても、わからない。けれど「それで全部だと、思うことにする」と美夜子は言った。たとえどんなことをしても、自分に、嘘はつかないでいてくれると、信じることにするのだと。

鍵を握る手に力が入って、手のひらがそのいくつもの凹凸に刺されて痛んだ。いちばん大きい鍵が、家の鍵。その隣の、持ち手に黒いカバーがついているのが車の鍵で、二番目に大きい鍵が——。受け渡しのときにしてもらった、それぞれの鍵の説明が思いだされる。忘れたり間違えたりしないよう、頭の中で美夜子の声をたびたび再生した。そうしながら、沸騰するお湯のように、不安がぼこぼことあふれていく。

ふたりで、それは、遂行できるんだろうか。失敗すれば、人生を狂わされるのはぼくではなくて美夜子のほうかもしれなかった。ただでさえぼくは、人のいる場所ではほとんど動けないのに。考えると身が竦《すく》んでしまう。

だけど、これ以上の不安を、おそろしくて見つめることもできない夜を、美夜子はどれだけ生きてきたんだろうと思った。手をひらくと、うっすらと鍵の痕がついている。それは、少し経てばすぐに消える痕だった。なにもできないと思ってた、と美夜子は言ったけど、でも、きっとずっと、そこから逃げる方法をさがしていた。

思うほど、苦しくなる。

眠れないまま、身体の内がわがざわざわと波うつのを、止められないでいた。

――二番目に大きい鍵が、お父さんの、単身赴任してるマンションの、部屋の鍵。

美夜子の声がくり返す。

美夜子の父親は、ふたつ隣の県に単身赴任していると聞いた。＊＊市というところでマンションを借りているという。車で数時間の距離。美夜子はそのマンションには一度しか行ったことがないそうだった。父親が単身赴任をはじめる当初の、自宅からいくつかの衣類や荷物を運びだしたそのときだけ。父親のほうがこちらに帰ってくるから、家族が出向く必要がないのだった。マンションには星みたいな名前がついていて、それを綺麗だと思った、と美夜子は言った。お父さんは星みたいなすてきなところに住むのだな、と。思ったのは、中学生のときの美夜子なんだろうか。

冴《さ》えていく真夜中の薄闇に、いびつな形をした人の影が膨らんでゆく。聞いた話から推しはかることしかできない、美夜子の父親。その人がなにを考えているのかなんて、わかるはずもなかった。ただ、胸の粟立《あわだ》ちだけが、何度洗ってもとれない汚れのように、ふり払えないまま残っている。

影がうごめいて、月を覆い隠す雨雲のように、美夜子の姿を翳《かげ》らせた。

たまらず、立ち上がる。

彼女は、信じると、言っていた。

言ったけど。

夜は深まっていて、でも、まだ明けてはいない。ぼくは、縋《すが》るような思いで携帯の電話帳を見た。ごくわずかの人数のデータしか、そこにはない。わかりきっていたことだ。そして、さがしていた人の名前がそこにないことに、ぼくはいまさらに気がついた。

フローリングに立ちつくして、少し迷う。けれどやがて、手近なシャツを引っ摑《つか》んで、頭から被《かぶ》って家を飛びだした。


いてくれますように。

思いながら駆け寄ったコンビニに、けれどその姿はなかった。レジには茶色い髪の青年が立っていて、その人影を目に入れてしまっただけで、手足が覚束なく震えた。走ってきたことと相まって、いっそう息が苦しくなる。それでも、もしかしたら奥で休んでいたりはしないかと、勝率の低い賭《か》けに出るような気持ちで、店内に足を踏み入れた。

レジで作業をしている店員の目を極力避け、だらだらと冷や汗をかきながら店内をぐるりと一周する。いない。諦《あきら》めきれなくて、もう一周、二周、と何度もさまよった。けれど何回見ても、陰からレジ奥を覗《のぞ》いてみても、そこに冬馬の姿はない。

冬馬。

連絡先も、彼がいまどこに住んでいるのかも、ぼくは知らなかった。脱力する。足が縺れて、その場に座りこんでしまった。そのまま、時間が溶けるように流れる。

「ちょっと、お客さん？」

大丈夫ですか、と声がかかって、身体が一気に萎縮《いしゅく》した。おそるおそる顔を上げると、茶髪の店員に見下ろされている。あ、と乾いた声が出た。視界が揺れて、焦点がまるで合わなくなる。揺れているのは視界なのか。身体が震えているから、すべてが振動して、世界ごとゆがんでいるように感じられた。

「と、とうま、は」

「はい？」

「あ……」

震えが止まらない。

「……あー、吉永さんの知り合い？　具合悪いんですか？」

店員はちょっとなにか考えたあと、ぼくに背を向けたかと思うとポケットから携帯をとりだした。そしてほどなくして、その液晶を自分の耳に押しあてる。

「もしもし、お疲れさまっす。お休みのところすみません」

声が鼓膜をうった。暑いのか寒いのかよくわからない汗が、背中をつたう。

「あのー、吉永さんの知り合いの子、なんか来てるんですけど。え？　ほら、言ったじゃないですか。いつもすっごい震えてて、汗だらだらかいてる挙動不審の。見るからに中学生って感じの。……高校生？　いやどっちにしろですけど。いやほんとですって。てか吉永さんにたぶん会いに来たんだと思うんですよね、でもなんか具合悪いのかなあ。いまから来られそうです？」

ぼくから数メートル離れた場所で電話をしていたのに、店員の声はほとんど全部聞きとれた。

やがてこちらに戻ってきた彼は、「吉永さんいまから来るらしいんで。十分ぐらいかな、奥で休みます？」とぼくに問うた。ぼくは首をぶってそれを遠慮して、どうしても頭に響いてしまう他者の声の振動を必死にこらえながら、言葉を絞りだす。

「……あり、がとう、ございます」

視界がぶれて何重かに重なって見えるアルバイトと思《おぼ》しき青年は、少し頬をゆるめてぼくを見たような気もした。

コンビニの外で待たせてもらっていると、ほどなくして、冬馬は姿を現した。静かな駐車場に大きなエンジン音を響かせながら車が入ってきたと思ったら、それが冬馬だった。

「晴野くん、どうしたの？」

深夜にとつぜん呼びだされたにもかかわらず、冬馬は不機嫌そうなそぶりもなく、四方八方へ無造作にはねた髪を揺らしてぼくに呼びかけた。

「あ……」

コンビニの制服でない冬馬は、部屋着らしい短パンと襟のくたびれたTシャツを着ていた。時間も時間だ。普段は深夜勤務だとはいえ、休みであったのなら寝ていてもおかしくない。夜に眠れないと話していたけれど、まどろむくらいはしていたかもしれなかった。

「ごめん、なさい」

まだ少し息の乱れている身体で頭を下げると、冬馬は笑った。

「いや、いいよ。ていうか汗だくだな。うち来る?」

すぐ近くだから、と冬馬は軽自動車のドアを開けた。

住んでいるアパートからコンビニまで、車を動かすような距離でもないので普段の出勤時は徒歩だけれど、ぼくの具合が悪いのであれば乗せて連れ帰らなくてはいけないかもしれないと、冬馬は思ったそうだった。後部座席に乗りこむと、懐かしいような匂いがした。声だけかけてくる、と言ってコンビニの中へ入っていった冬馬は、わずか十秒ほどで戻ってきて、運転席に腰を下ろした。

すぐ近くだと冬馬が述べたとおり、車に乗っているのは三分にも満たないような時間だった。インスタントラーメンができあがるよりも早い。冬馬は、ぼくの住んでいるのとわりに似たような、それよりは少し広い、ワンルームの部屋に住んでいた。

「狭いけど」

ためらいなく招き入れられた部屋にこわごわ足を踏み入れながら、ぼくは、こうしてだれかの家に入るということを、ほとんどしたことがなかったと気づく。作法がわからず、美夜子がぼくの部屋に来たときの動作に倣って、玄関先で靴を揃えて、なるべく静かに中へ足を進めた。

「なんか飲む？」

手を洗って戸棚を開けた冬馬がふり返る。水かエナジードリンクかココアしかないわ、と冬馬はぼやき、てきぱきと大きなグラスに氷を落として、あっという間に作ったアイスココアをぼくへ寄こしてくれた。

「あり、がとう」

「いーえ。適当だけど」

受けとったグラスに口をつけて、傾ける。ざらりとした甘い液体が、唇を通って口の中をやわらかくしていった。

「どうしたの。なにか困ったことがあった？」

ていうか連絡先教えとけばよかったか、と冬馬は自分の携帯をとりだした。「メッセージアプリ使ってないの？」と冬馬は驚いたような顔をしながら――美夜子も以前同じことを言っていたけれど、ぼくにはその使いかたを教わる人もいなければ、こまめに連絡をとる人もいなかった――あっというまに連絡先の交換を済ませる。返してもらった携帯の電話帳には、データがまたひとつ増えていた。

「……ごめんなさい。あの」

「うん？」

携帯の液晶に表示されている時間は、午前五時より少し前だった。外は暗く、住宅街はまだ眠っているような時間帯だけれど、ぼくがぼんやりしていればまもなく動きだすだろう。

「助けてほしい、ことが、あって」

「なに、どうした？」

なにから言えばいいだろう。昔よりもひどく老けこんだような、けれどもやさしい顔で、冬馬はローテーブルに頬杖《ほおづえ》をついていた。

「車、……あの、運転できる？」

テーブルに肘《ひじ》を置いて、その手のひらの上に載っていた冬馬の顎《あご》が、ずるっとすべり落ちた。

「さっき車、乗ってたでしょ？」冬馬は呆《あき》れたように口端をゆるめた。

「……あ、そっか、そうだね」

「きみが小さいときからずっとゴールド免許ですよ、俺は」

そうなんだ、と思いながら、ゴールド免許、というのがすごいものなのかも、ぼくはよくわかっていない。ぼくは、ほとんどなにも考えないで、ここまで来てしまったと思った。助けてほしい。なにを？　ぼくにできないことを。そんなのたくさんある。言いだせばきりがない、けど。

「あの、明日……あ、いや、もう、今日なんだけど」

「今日？」

「うん、あの、隣の隣の県なんだけど……連れて行って、もらえ、ませんか」

いきなりどうしたの、と目をしばたたかせた冬馬は、「もう少し詳しく教えてもらえませんか」と、ぼくの口調をまねて訊《き》き返した。ぼくは、その市の名前をどうにか口にする。よく思い返してみれば、そこは、昔冬馬と住んでいた街の名前のような気がした。

「＊＊市っていっても、広いけど」

具体的な目的の先は、でも、言葉にできない。美夜子の父親のマンション、その場所を伝えようとすれば、美夜子の父親の存在を、美夜子のことを話さないといけなくなる。

そしてそれ以前に、ぼくはその住居の正確な立地を知らなかった。

あとから気づくことばかりだ。自分でどうにかできることはひとつもない。途方に暮れていき、言葉を継げなくなる。困った自分の顔が、ぎこちなくゆがんでいることだけわかった。

うつむいたところに、おだやかな声が降りてくる。

「まあ休みだし、運転するのはいいけどね」

そんなつもりではないのだろうけれど、まるで助け舟をだすみたいに、冬馬は言った。

「ドライブがてら行こうか？」

そう言われて、そういえば、ドライブは昔少しだけしたことがあったと思いだした。そのときはそうだとはわかっていなかったけれど、車に乗せられて、母と冬馬と三人で少し遠くまで出かけた日があった。道中に海が見え、はしゃいで車を降りた母は、冬馬とぼくの手をとって真ん中を歩きながら、この世でいちばん幸福な少女のように笑っていた。見上げた冬馬は母のほうを見て笑みを浮かべながら、母に歩幅を合わせて浜辺を歩いていた。まだぼくが小学生になる前のことだ。

いま、笑ってみせた冬馬のその顔は、でも、楽しそうというのでもない。他人に――ぼくにいきなり頼みごとをされて、楽しいはずもないから、それは当然ではあった。もしかしたら腹の底では煩わしく思っているのかもしれなくて、でも、その表情から正確な感情を読みとることはできない。ぼくはおそるおそる、ゆっくりと、頷《うなず》いた。

「じゃあ、出かける前に、早いけど軽く食べないか。ちょっとお腹空《す》いてきたし。ごはん系とデザート系、どっちがいい？」

「デザート、系……」

「ん。ちょっと待ってて」

冬馬が立ち上がる。デザート系って？　と思ってこぼれた声が、勘違いされて伝わったみたいだった。けれどとくに希望もないので、訂正することもなく冬馬がキッチンに向かうのを見送る。待つあいだ、さっき入れてもらったアイスココアにふたたび口をつけた。まだ氷の揺れているココアは、冷たくて、とろりと甘い。冬馬に手を引かれて歩いた日の記憶が、少しだけ近いところに戻ってきたように感じた。

やがて香ばしい香りがワンルームに立ちこめる。冬馬は余っていたらしい食パンで、フレンチトーストを作ってくれた。「果物も食べたほうがいいよ」とカットしたバナナとキウイも小鉢に入れて、テーブルの上に置く。果物なんてひさしく口にしていなかった。数か月ぶりにかじる果実はすっきりと甘酸っぱく、卵液の染みた焼きたてのフレンチトーストは、ほんのり甘くてあたたかく、バターの香りと一緒にふわふわと口の中で蕩《とろ》けていった。

ってたんだ」

「車、会社辞めてからほとんど乗ってなかったし、ひとりだと使うこともないから手放そうかと思ってたんだ」

運転席の窓を数センチだけ開けて、そのうねった髪に風を浴びながら、冬馬は言った。コンビニに駆けつけてくれたときよりはいくらか手直されていたけれど、風を受けた髪は風圧にまた乱れている。

後部座席の窓にはスモークフィルムが貼ってあって、日射しをも遮るそのフィルムの存在を、ぼくは外があかるくなったあとの車中で見て、ようやく気がついた。軽自動車になど乗せられ慣れていないので、落ち着かない気持ちになりながら、浅い振動に揺られている。

「車酔いとか、しない？」

「た、ぶん」

「もし気分悪くなったり、なんかむかむかするなって思ったりしたら、教えて。止まるから」

言われて頷いた。無言のまま進む車内で、ときどきすれ違う対向車に乗っている人の姿を目に入れないよううつむく。車だけなら大丈夫だけれど、うっかりその中にいる人の姿まで見てしまうと心臓が激しく動いた。何度か失敗して、ばくばくとせわしなくなった胸を押さえながら、ぼくは手中の携帯を握りしめる。

画面に明かりが灯《とも》ると、メールの受信画面が表示された。

ぼくにはいささか量の多かった朝食を食べきって、休憩をはさんだのちの出発前。冬馬がお手洗いに行っているあいだにぼくは美夜子にメールを打った。美夜子が「星みたい」と言っていた、彼女の父親の住んでいるマンションの名前を訊《たず》ねる。朝早い時間だったけれど、返信はすぐに来た。

〈セントポラリス＊＊のこと？〉

おはよう、と絵文字のまたたく前置きを挟んで、星みたいな言葉に市の名前がついた、そのマンション名が液晶で光った。

それからすぐ、冬馬がお手洗いから戻ってきて行こうかと言ったので、ぼくは携帯をポケットに押しこんだ。だから、そのあと彼女から届いていたメールに、しばらく気づいていなかった。

〈どうして？〉

冬馬の車が、スモークフィルムで暗く濁った青空を、高速で過ぎていく。

〈たしかめたかったから〉

そう返したあと美夜子から返信はなく、学校ではそろそろホームルームがはじまるころなのかなと思った。あるいは友達と話しているのかもしれない。彼女の一日は、今日も「普通」にはじまっている。

車のなだらかな振動に身を預けながら、ぼくは教えてもらったマンションの名前を、検索サイトに打ちこんでみた。学校に行っていたとき、同年代の子たちが、携帯を操作して調べものをしたり、SNSを楽しんだり音楽を聴いたりしているのを、何度か見たことを思いだして。画面はすぐに切り替わって、住所と地図が液晶に大きく表示された。そのなんのためらいもないような速度、文明に驚かされながら、地図をひらいて拡大してみてさらに驚く。その地図にうっすらと見憶えがあった。でも、なぜ？　記憶を遡《さかのぼ》って考える。その県は、かつて母と冬馬と暮らしていたところだった。そのマンションの名前は、まだ憶えている。それも検索してみると、つい数十秒前に見ていたのと、ほとんど同じ地図が液晶に浮かんだ。

そのわけを飲みこむのに、少し時間がかかる。

美夜子の父親が住んでいるマンションと、かつて自分が住んでいたことのあるマンション。小さな画面で見るそのふたつは、まるで目と鼻の先の位置に建っているように見えた。

「晴野くん、起きてる？」

ふいに前から声がして、反射で肩を揺らす。あのさ、と冬馬はどこかぼやけたようなトーンで、ゆっくり言葉を繋いだ。

「眠くなったら寝てくれてもいいんだけど。もし起きてたら、話し相手になってもらってもいい？」

「……はなし、あいて？」

「黙って運転してると、ちょっと眠くて。でもいま寝たらやばいし」

その声がどこかぼんやりして聞こえるのは、眠気のせいなんだろうか。ゆうべコンビニに来てくれたときの冬馬は、やっぱり寝ていたのかもしれなかった。せっかく眠れていたのに、冬馬の睡眠を阻害して、こうして運転をさせているのはほかでもないぼくだ。罪悪感を覚えて、けれどその「話し相手」になるために、なにを話せばよいのかわからなかった。

「なんでもいいよ。もしくは、俺が喋《しゃべ》っててもいいか？」

車はなめらかに国道を走っている。頷くと、「ありがと」と冬馬はゆっくり話しはじめた。

「――昔さ、よく一緒に家の近所を散歩したよね。憶えてるかな」

ちょうどその、「一緒に散歩」したであろうあたりの地図を目にしたところだった。

「翔子さん――きみのお母さんが、晴野くんは全然外に遊びに行かない子だから、元気がないって。近くで遊ばせてあげてほしいって言うからさ」

母が冬馬にそんなことを言ったとは、知らなかった。同時に、これまで思いつきもしなかったけれど、そのころのぼくにはみずから外へ遊びに行くという選択肢もあったのだろうか、と思う。

「俺からしたら、近所の道なんて見慣れたものだったし、近くにはしょぼい公園しかないし、遊ぶっていったってな、と思ったけど。でもいざ一緒に歩いてみると、いつもよりゆっくり歩くからかな、紅葉とか、雪の上に残った人の足跡とか、普段は気に留めないようなものがふと意識の中に入りこんできて、そういうの、なんか新鮮だった」

共通の、それなのにぼくとは違う目で違うものを映していたその過去をふり返りながら、冬馬が言う。

「そういうことを、いま運転しながら、ひさしぶりにちょっと思いだしたんだ」

高い位置に上りはじめている太陽の光が、前方から射しこんで座席が白く照る。口を噤《つぐ》んでいると、ハンドルを握っている冬馬は、ぽつりと言葉をつづけた。

「晴野くんには、悪いことをしたのかな」

「……え」

「あの人……きみのお母さんはさ。なんていうかな、いつまでも子供みたいな人だった。嫌なことがあるとすぐに泣くし、でもうれしいと本当にうれしそうに笑う。上司に連れてかれた……まあ夜の店で、最初会って。はじめは、こういうところで働いてるのに純粋な人なんだなって思った。いや、これは偏見かもしれないんだけど。でも、そういうところがかわいいと、思ったんだ」

子供みたいな人。純粋。母がどんな人なのか、というのをやっぱりわかっていないぼくは、冬馬の口から語られるその、おぼろげな母の像が、合っているのかどうかもたしかめられなかった。ぼくの知らない母の形が、脳裏に作られていく。

「でも、基本的にあの人は、自分の感情しか見えてないから。お腹が空いたから食べる、眠くなったから寝る、みたいに、さびしくなったら人に会う、人に会って満たされたらほかのことは忘れる。ほかの人間がなにを考えているか、どう思っているかなんてことを、ほとんど想像しない」

俺も人のこと言えなかったけど、と冬馬は淡々と言葉を声に乗せた。ぼくはいちばん古い記憶にいる母のことを思いだす。古いアパートの一室で、母はぼくに背を向けて泣いていた。いま思うと、あれはどうしてだったんだろう。なにか悲しかったんだろうか？　でも、なにが悲しかったんだろう。ぼくはいまだにちゃんと理由を知らないまま、けれどずっと、知ろうともしていなかった。

「別れる少し前には、あの人のことも、もう少しちゃんとわかるようになってた。だから当時は余計に腹が立ったのかもしれないな。なんでそんなに自分のことばっかかなんだよって。だけど、自分のことしか見えてない親のもとに残されて、子供は幸せになれるのか。想像しなかったはずはないのに、もう全部関係ないって思ったんだよな。そのときは」

斜めうしろから見る白髪まじりの髪が、ぼくに、過ぎた年月のことを思わせた。

「あとになって、きみのことも一緒に出て行かせたのは、それはただしかったのかって、考えた。ときどき……でもここ三年ぐらいは、あまり思いださなくなってた。それも含めて、罰があったのかもしれないなと、思う」

罰？

「いまになって、また、考えるんだけど」

冬馬の言ったその「子供」というのが、どうやらぼくのことを指しているらしいと、ぼくは数拍置いてから気がついた。だけど、冬馬の人生に、本来はぼくは関わるはずのない存在だったのだ。彼がぼくの幸不幸を気にする必要はないはずだし、まして、それが冬馬の人生に影響するのはもっとおかしい。

でも、いまを、「罰」だと思っているのかもしれない冬馬は。

「晴野くんは、幸せか？」

冬馬は、ぼく自身が知らないその答えを、もうすでに知っているみたいに問いかけた。

「……しあ、わせ？」

ぼくはたどたどしく反芻《はんすう》してそれきり、返事を詰まらせる。答えになりそうな言葉を、自分の中に持ち合わせていなかった。「いや、ごめん」冬馬は困ったようにかぶりをふる。

「俺が訊くことじゃないな」

ハンドルを摑んでいる手に、青い血管が浮いていた。

「……人が、なにを考えているか、を冬馬くんは想像するの？」

訊ねる声が、車の走行音に溶けこみそうだった。『ほかの人間がなにを考えているか、どう思っているかなんてことを、ほとんど想像しない』、冬馬は母をそう評したけれど、人がなにを考えているのか、なんてそんな想像は、冬馬の語るぼくの母と同様に、ぼくだってほとんどしたことがなかったのだった。だれが、なにを思っているかなんて。わからない。だれの感情も見えなくて、だけど、見えても見えなくてもそれは、ぼくにとっておそろしいものだった。自覚しないほど深い、あるいは浅いところでずっと。

「……そうだな。俺の場合は、取引先や上司の気持ちは想像しないと、商談の成立も出世もなかったから。まあ部下や同僚の気持ちは考えてなかったからいまこうなってるんだけど……」

冬馬は自嘲《じちょう》して、言葉尻《ことばじり》を風に逃がす。

「まあ、でも、そんなこと、別にしたくなかったらしなくてもいいんだ。想像する価値ないやつもいるし」

「そう、なの」

「あ、悪いこと教えちゃった」

ほかの人間がどう思っているかを想像しない、と母のことを憤っていたのに、そんなことしなくてもいい、とも言う。どっちが本当なんだろうかと、翻弄《ほんろう》されていると、「そうだ」と冬馬は思いだしたようにつづけた。

「このあいだ、友達のことで俺に質問してきたでしょう。あれは、その友達のことを、理解しようと思ったからじゃないの?」

顔を上げたら、対向車を視界に捉《とら》えてしまい、あわててうつむいた。美夜子の顔がよぎる。彼女が苦しむことをとり除きたいと思う。これは、これもそうなのか。

「たぶん、それぐらいでいいんだと思うよ。本当はね。全員のお気持ちなんて考えてたらパンクするし。そんなのは、気持ちに余裕があって、かつ暇すぎて倒れそうなときにでもするといいんじゃないか」

ぼくは冬馬の問いかけに答えそこねたことを思い返した。ぼくは幸せなのか。だけど前を向いて話しつづける冬馬が、その返答を求めているのかどうかもよくわからなかった。

話しているうち、車は県境へ入る。

どこに向かおうか? と冬馬にあらためて訊ねられて、はっとした。冬馬と話していた時間は、ここまで走ってきた分の長さであるはずなのに、それよりもっと短い、飲みものに浮かべた氷が溶けるような時間に思えた。

行き先を。話せばよいのかと思う。美夜子の父親の住居の名前を、言えばいいんだろうか。でも、ぼくの唇は本当の行き先とは違う場所をこぼしていた。

「……昔、住んでた、ところ」

「え?」

「冬馬くんと、昔、住んでたところに」

冬馬は、浮かんでいる氷を噛み砕くみたいに一瞬間を置いて、「わかった」と言った。車は法定速度を守りながら、まっすぐにしか泳げない魚のように、一直線に道路を進んだ。


冬馬とかつて住んでいたマンションは、いまもほとんど変わりなくそこにあった。

「お疲れ。着いたよ」

車はマンションのすぐそばのパーキングに停められ、ハンドルから手を離した冬馬は、運転席でぐっと伸びをした。通勤ラッシュの時間を過ぎたマンションの周囲にひとけはなく、燦々《さんさん》と注がれる日の光が、強く主張するように街を染めている。少しだけ倒したシートに背中を乗せて、冬馬は光を遮るように大きな手を目の上に翳《かざ》した。

「降りる?」

目を覆った手の隙間から、こちらをふり返ったのがわかる。ぼくは外の様子を、スモークフィルム越しに、それから前方のフロントガラス越しに注視した。人通りはない。ポケットの中の鍵に手を触れる。ちゃり、とぎりぎり聞こえるぐらいかすかに軽い金属音が鳴った。

「……やめとくか?」

冬馬が重ねて訊ねるとのほぼ同時に、後部座席のドアに手をかける。

指先にぐっと力をこめて押せば、外への扉はたやすくひらかれた。

「え、降りるの?」冬馬が座席に倒していた身体をこちらに捻る。

「冬馬くん」

「うん？」

数時間ぶりに冬馬と目が合って、けれどその目を見てもおそろしくはなかった。車中の懐かしいような匂いは、冬馬の匂いなのかもしれないとふいに思う。匂い、というほど強いものではないけれど、そこにある気配。車から出て、ドアのそばに立って車内を見つめると、日の光が背中に突き刺さってじくじくと熱かった。

「あの……」

うつむくと、上までボタンを留めたシャツの襟で首がゆるく絞まって、息苦しくなる。

「ここで、少し、待っててくれる？」

「は……」

「すぐ、戻る、から」

「いや、……ひとりで、歩くのか？」

座席から身体を起こした冬馬の表情が、困惑で揺れていた。

「大丈夫なの」

うかがうように見つめられる。大丈夫、だという保証はどこにもなかった。いまは運良く外に人がいないけれど、いつ、どこから現れるともしれない。それに、とこれからしようとしていることを冷静に考えて、少し怖気《おじけ》づく。

美夜子の父親の部屋の鍵。

たとえそれが、ぼくにとってはただしくて、すべきことだとしても。同時に、さまざまな罪状のつくおこないだということも、少なくとも頭では、わかっていた。もしかしたら、警察に連れて行かれて、少年院に入ることになるのかもしれない。そうなったら、きっと同年代の人たちと大人がたくさんいる中で、過ごさなければいけなくなるんだろう。その中を自分が耐えられるのかどうかが気がかりで、だけど、いまは訪れていないときのことを考えるのはやめようと、懸念を強引にふり払う。

美夜子が夜をおそれなくてもすむようになれば。

そのことだけを考えたかった。

「……大丈夫じゃなくなったら、呼んでも、いい?」

少しだけ震える声で、冬馬に問いかけた。冬馬は審議するように——あるいは日光がまぶしいみたいに——目を細めていたけれど、助手席に置いていた鞄《かばん》から携帯をとりだして、ダッシュボードに置いた。

「じゃあ待ってるから、なんかあったら連絡して」

ありがとう、と言って、ぼくは車を離れる。やや覚束ない足どりでアスファルトを踏みしめた。

かつて冬馬と暮らしていたマンション——のそばまで近づいて、建物を見上げた。各部屋のベランダが見えて、そのところどころで洗濯物がはためいている。もうどの部屋だったかはわからない。顔を上げたら日射しが目に入って、ひどくまぶしかった。目を伏せ、ぼくは冬馬の車が見えなくなるよう、だれとも出くわさないようマンションのまわりをそろそろと歩いた。

ぐるっとやや遠まわりをして、美夜子の父親の住居であるらしい、そのマンションの前に立つ。おそるおそるエントランスを潜《くぐ》ろうとして、けれどその透き通ったガラスの門は、ぴたりと隙間なく閉じていた。

「……あ」

マンションのエントランスは、暗証番号式のオートロックになっていた。0から9までの数字と「＊」と「#」のキーが並んでいて、番号を押さなければ中への扉は開かないようになっている。その場で立ち止まっていると、間が悪くガラス張りのドアの向こうから住人らしき人が出てきて、まっすぐこちらへ近づいてきた。

（――人、）

残暑の厳しさに汗をかいていたのに、とたんに悪寒が走る。その寒気に貫かれたみたいに、身体が震えはじめた。力が入らなくなる手足を引き摺《ず》るようにして、エントランスの真ん前から物陰に移動する。下を向いてその人が通り過ぎていくのを身をひそめてじっと待った。やがて靴音が鼓膜を擦り、難なくエントランスを抜け出てきた住人らしき人は、おそらくはぼくのほうに気づくことなくどこかへ出かけて行く。

汗が顔をつたって、顎の先に垂れた。

顔を上げると、走っても追いつけないくらい遠くなった、住人のうしろ姿が見えた。その人影が完全に見えなくなっても、震えと動悸《どうき》の止まらない身体にため息が落ちる。呼吸を必死で落ち着けながら、中に入る方法は、と考えて、ガラスで閉ざされたエントランスを見た。

なめらかにひらいて、住人を簡単に吐きだしたその扉。

「……あ」

さっき通っておくべきだった、と気がついて、瞼の裏のあたりが重くなった。

考えてみて、でも、ほかの方法は思いつかなかった。仕方なく、脇に身を隠したまま、もう一度だれかが通りかかるのを待つ。早く住人が現れないかと待機しながら、でも、だれにも訪れてほしくないとも思っていた。矛盾しながら胸に手をあてて、暴れる心臓をぐっと押さえつける。汗が噴き出して、全身がふつふつと煮られていくようだった。

長く待つことになったらそれはそれで気が重く思ったけれど、ほどなく、買いもの帰りと思われる主婦の人が、オートロックを解除してエントランスを潜っていくところに鉢合わせることができた。人の姿に、数秒、身体が動かなくなったけれど、行かなくてはと自分を鼓舞する。こわい。助かった。こわい。心と頭が別のことを考えている。相反する思考と感情に足を震わせながら、なるべく前を行く人の姿を目に映さないようにしてその門をすり抜けて、先を目ざした。

美夜子に借りた鍵には番号の記されたラベルが貼ってあって、それが部屋番号のようだった。軽く迷いながらも数分かけて、なんとか該当する部屋をさがしだす。建物内にいくつもあるドアのうちのそのひとつは、ほかの部屋のものと変わりない扉のはずなのに、どれよりも冷たく、暗くそびえ立っているみたいに見えた。

隔てられた先に繋がるドアの、鈍い銀にかがやくノブを捻ってみる。

と、当然のように施錠がなされていて、扉は押しても引いても動かない。

ぼくは周囲に人がいないことをたしかめ、深呼吸をひとつした。手にした鍵を静かに挿しこむ。そのまま時計まわりに動かせば、かちゃり、と小気味よい音がした。鍵を抜いて、ふたたびドアノブに手をかける。さっきまで部外者をはね除《の》けるように閉じていたドアは、なんでもないようにぼくを招き入れた。

(開いた?)

そのための鍵なのだけれど、いざ本当に開くと、なんだか信じられなくて驚いた。数秒立ちつくして、それから、一歩足をだす。

勝手に人の家の鍵を使って、勝手に人の部屋に入る。いよいよ悪いことをしているような気持ちになった。でも、と思う。美夜子の父親とぼくはちっともおたがいさまではないけれど、それでも、進まなければいけない。

ドアを薄くひらき、身体を捩《ね》じこませるようにして、中に忍びこんだ。玄関に靴はない。人の気配をいっさい感じない、だれも息をしていないかのような部屋だった。

美夜子の父親は、繁忙期を除いて、毎週仕事が終わると、その足でこのマンションではなく家族の住む家に戻るらしい。そして月曜の早朝までを家族と過ごして、仕事に戻る。なのでこの部屋は、金曜の朝から月曜の朝までは無人になるそうだった。

鍵もかかっていたし、靴もない。その人はいないとはわかりつつも、足音も立てないように廊下を進んだ。ひとり、もしくはふたり暮らし向けの広さのその部屋はひどく物が少なく、いくらか広くしただけの自分の住まいを見ているようだった。冷房の切られた室内は、カーテンで遮られてもなおこもった日光の熱でじっとりと暑い。汗を首すじに垂らしながら、ぼくは室内を見まわした。

浴室、お手洗い、キッチン、戸棚……一か所ずつ時間をかけて、見てまわる。そうっと窓も開けて、ベランダの隅までたしかめた。それらしいようなものは見あたらない。そのことに安堵《あんど》するような、けれどなにか見落としているのではないかと不安になるような、緊張感に身を苛《さいな》まれる。

必要最低限の家具しかない部屋は、物を隠すような場所もあまり見受けられなかった。部屋数も多くなく、一室だけ、扉できっぱりと仕切られた部屋があって、それが最後だった。足を踏み入れるとまっさきにベッドが目に入り、そこが寝室であるらしいと理解する。寝室と仕事部屋が一緒になったようなその室内には、大人がふたり寝そべれそうなベッドのほか、小さな本棚と書斎机が置かれていた。

マットレスとシーツのあいだやベッドの下にはなにもなく、簡素な造りの書斎机の、その机上には家族写真だけが置かれていた。横並びにふたつしかない机の引きだしを引けば、書類がファイルにしまってある。薄目で目を通してみると、ぼくにはほとんど意味がわからないそれらはすべて仕事の関連のもののようだった。

本棚を見やる。小ぶりの本棚には、それでも本がぎっしり詰まっていて、そのほとんどはビジネス書のようだった。背表紙だけ流し見て、けれどふと一冊手にとって、ひらいてみる。なにも挟まっていないことをたしかめて息をつき、だけど一冊はじめればほかも気になって、結局そこに挿しこまれているすべての本を確認してしまった。

汗が流れる。

あと見ていないのは、備えつけのクローゼットくらいだった。ここまでさがしてみて——ぼくの目では見落としもあるかもしれないけれど、そんなことのないようになるべく隅々までさがしたい——やっぱりそれらしいものは見受けられなかった。それらしい、がどういうものなのか、具体的な想像はついていないけれど——。

最後にここだけ見て、そうしたら、戻ろう。さぐった物の位置はなるべくもとに戻したつもりだけれど、美夜子の父親に気づかれはしないかと、不安感に気が急《せ》いた。ポケットの中が振動した気がしたけれど見る余裕もなく、汗ばむ手でクローゼットの扉をひらく。

衣服をしまっておくためのその場所。ただしい使用例そのもののように、クローゼットの下部にはコンパクトな衣装ケースが、上部にはハンガーバーに吊《つ》られたスーツが何着か、おさまっていた。なめらかな布地のスーツは、ささくれた指先が、ちょっと掠《かす》めただけで傷をつけてしまいそうでこわくなる。洗剤や石鹸《せっけん》に近いような、清潔な香りのする衣類をそっとかき分けて、クローゼットの奥深くまで手を伸ばした。

この先になにもなければ。ここまで来たことや、勝手に室内に侵入していることは、ぼくが犯罪者になるだけの、無駄なおこないなのかもしれなかった。

でも、そのほうが良かった。

なにもないほうがいい。そうしたら、美夜子の父親は、彼女に嘘まではついていなかったという証明になる。

全身に汗がにじんだまま、衣装ケースに手をかけた。二列あるケースの一段目には肌着のシャツと下着が、二段目には靴下とスウェットが、三段目にはタオルが、折りたたんだ状態で収納されている。それぞれのボックスに手を入れたら、しまわれたボクサーパンツにも指先が触れてしまい、なにか、自分がいかがわしいことをしてしまったような気になった。人の家のものに手を触れている時点で、それはじゅうぶん怪しい行為ではあるのだけれど――なんとも言えない、少なくとも快くはない落ち着かなさをぐっと抑えこんで、最後に、三段重なっている衣装ケースの、タオルのしまわれた一番下の段を引きだす。

柔軟剤の香るタオルを、指先で押しひらいた。新品のように白く、使用感の薄いタオルが、ひとりですべて使うと思えないくらいにふんだんに詰めこまれている。ケースの底を爪先でさらっていると、やわらかなタオルとは異なる硬い感触にぶつかった。

とっさに手を引っこめる。もう一度伸ばして触れると、やっぱり硬い。重なったタオルごと持ち上げて衣装ケースから引っぱりだすと、タオルにしては少し重かった。

呼吸が喉でつっかえる。

ポケットで、携帯が震えていた。今度は明確にそうと気づく。タオルに覆われたその先を見るのを躊躇《ちゅうちょ》して、一度手を離し、かわりに携帯をとりだした。

液晶を見て、冬馬から着信が来ていることを知る。冬馬の車を降りてから、どのぐらい経ったのだろうと思った。冬馬は待ちくたびれてはいないだろうか。待っててほしいとは言ったけど、痺《しび》れをきらして帰ってしまってもおかしくない。

けれどいま振動しているのは、美夜子からメールを受けとったからであるらしかった。

〈ごめんね、授業で、なかなか連絡できなくて。あの、そんなことないと思うんだけど……お父さんのマンションに行こうとしているとか、そんなことないよね?〉

返信に迷っていると、立てつづけに連絡が来た。

〈ごめん、そんなわけないよね〉

怯える手で、〈いまきてる〉と打つ。変換も句読点も諦めて送信すると、さらに重ねてメールが届いた。

〈いま? どういうこと?〉

〈どうやって……?〉

控えめな、でもたしかな疑問形の言葉。それを見つめて、美夜子から見たぼくには――ぼく自身の目で見ても、自分には――隣の隣の県まで移動する手段などないのだということを、あらためて思った。美夜子は冬馬のことを知らないから、それはなおさらかもしれない。考えていると今度は電話がかかってきて、思わず携帯をとり落とした。手を伸ばしつつ画面を見ると、電話は冬馬からだった。

冬馬。

まだ、待ってくれているだろうか？

優先順位に迷う。でも迷っている暇もきっとないのだ。ぶんと頭をふって、携帯を置いた。ぼくは、言葉を返すのにどうしようもなく時間がかかってしまうから。美夜子に返信を打ったり冬馬に連絡をしたりするのはあとにさせてもらうことにして、衣装ケースの中のタオルを指先でよけた。おそるおそる、さっき触れた硬質な手ざわりを目ざす。

タオルにくるまれた中から出てきたのは、ダイヤル式の、小型の金庫だった。

学校で使うノートやルーズリーフの束が収納できそうなぐらい。当然に鍵がかかっていて、中身はわからなかった。ただしい順番で適切な数字を三つ、入力しなければ解錠できない仕組みになっている。

金庫ごと持ちだそうか。凹凸のあるダイヤル部分に手を触れて、逡巡《しゅんじゅん》する。でもこの中身が、美夜子と関係のないものだったら。そうしたら、それはなんの意味もない窃盗だった。だけど、この中身が、もし美夜子の——考えると、見なかったことにはできない。

解錠の仕方を調べられたりはしないかと、置いたばかりの携帯をもう一度手にとった。真っ暗な画面に覇気のない自分の顔がぼんやりと浮かぶ。ボタンに触れると明かりが戻ってきて、パスコードを要求された。

『パスコードは、はるやの誕生日にしてあるからね』

母の言葉の通りに入力すると、さっき届いた美夜子からのメールが灯った。その液晶をなぞって、彼女のメールアドレスを見やる。その英数字の組み合わせの中で、三つ、数字が並んでいた。

『番号とアドレス入れといたよ、あと誕生日と血液型も』

電話帳をひらく。携帯に登録された情報を引っぱりだせば、3月21日、という数字が表示されていた。

もしかしたら、という思いがよぎる。ぼくは誕生日を、その年によって祝われたり祝われなかったりしたけれど、通常は毎年祝うものなのだということは知っていた。

この世にうまれてきたことを、祝う日。

その重大さは、ぼくにはよくわからないけれど。もし、その日が美夜子の父親にとって、大きな意味のあるものなら。

爪先をあてて、おそるおそる数字を合わせていく。

かちゃり、と施錠のほどける快い音がした。

こわばっていた筋肉がふっとゆるむ。鍵を開けることができたことに、全身で安堵していた。

でも、本当は、開いてほしくないとも思っていた。

汗で呆れるほど湿った手で、金庫の蓋《ふた》を持ち上げる。目を眇《すが》めながらその中を見下ろすと、USBメモリとアルバムが数冊、収納されていた。

眩暈《めまい》がする。

その、数字で、開いてほしくなかった。

でも、違う、という可能性を、まだ少しだけ捨てきれなかった。もしも美夜子に関係ないものだとしたら。そうであってほしい。そうと、たしかめられたらいい。だけどUSBメモリは、その外がわからでは中身はわからない。アルバムもまた、その表紙をめくってページをひらかないことには。アルバムだけでも中を確認して、もし、それが美夜子にかかわるものであるならば。そうであれば回収しようか？　けれどそれがもし美夜子にかかわるものであったとしたら、その中身は、ぼくが見るべきものではなかった。

アルバムとUSBメモリを抜きとって、からっぽになった金庫を見下ろす。金庫の蓋を閉め、番号を最初の状態に戻して――うろ憶えなのでもしかしたら間違っているかもしれない――立ち上がった。重要なのはきっとその中身だけで、金庫はぼくには必要なかった。USBメモリは胸ポケットに入れて、アルバムはどうやって運ぼうかと思う。深夜、あわてて家を出て冬馬に会いにコンビニへ向かったから、入れておけるような鞄も袋もなかった。悩んだ末にシャツの裾《すそ》をまくって、落とさないようにズボンの隙間にぐっと挿しこむ。ひやりとした感触が腹部にじかに触れて、違和感があるけれど無視して、持ち上げたシャツの裾を戻した。これで隠し持てているのかは微妙だけれど、ひとまずは。それから中身のない金庫をタオルにくるみ直して、衣装ケースの中に片づける。もしかしたらそうすることは無意味なのかもしれないけれど、それでもなるべく侵入した形跡を残さないようにと思いながら、そっと、部屋をあとにした。

それが犯罪でも、と思った。

鍵を閉めて、まわりに人がいないことをまた、くどいぐらいにたしかめながらエレベーターを目ざす。服の下に挟んでいるアルバムを気にしながら、下に降りてエントランスに近づいたとき、そのガラスの扉の向こうで右往左往している人の影が見えた。一瞬肩を揺らしてしまうけれど、……冬馬？

歩を進めつつ、そういえば電話がかかってきていた、と思いだした。携帯に手を伸ばすのと、彼がこちらをふり向くのとは、同時だった。

その口が、大袈裟《おおげさ》なぐらいに大きくひらく。

ドアに阻まれて音声はほとんど遮断されていたけれど、ぼくに向かってなにか言ったのだということは、わかった。

お腹に手をあてて、アルバムを押さえながら足を動かす。扉は、出るときは番号を入力する必要もないらしい。すんなりとひらかれた入り口を抜けて、

「晴野くん！」

外に出ると、日光のまばゆさよりも先に、叫ぶような冬馬の声が飛びこんできた。

光よりも先にぼくの前によこされた音は、まもなく、冬馬の全身になる。

「なかなか戻ってこないから、どうしたのかと思ってたんだ」

すぐ目の前に、冬馬の大きな身体があった。見上げた冬馬は、心なしか顔が赤い。

「それで、さがしてたらこのマンションの前にいるから……」

冬馬は言葉を切って、ぼくのかかえている腹部のあたりで視線をとめた。

「なに、持ってるの？」

やっぱり全然隠せていないらしかった。だけど説明のしようがなくて、ぼくはとっさにお腹をかかえる手に力をこめる。反射で下を見て、おそるおそる、目線だけ上げてふたたび見つめた冬

馬は、険しい顔をしてこちらを向いていた。

太陽は冬馬の後方から射している。光がまぶしいというわけではなさそうだった。冬馬を見ると必然的にその向こうの景色も見ることになり、ちょうどマンションに面した通りを人が通り過ぎていった。人の形を視界に捉えてしまった瞬間、膝《ひざ》から力が抜ける。

「わ、」

あわてたような冬馬の声がした。体勢を立て直すこともできずにぐしゃりと地面にへたりこむと、アルバムがゆるく曲がって腹部を圧迫した。

「大丈夫？」

冬馬が手を差し伸べる。けれど、その手を摑むことができない。頷いて、足に力を乗せようとして、うまくいかなかった。指先が激しく震えている。ぼくがひとりで立ち上がれるまで、冬馬の手が、摑まれることのないままそばに伸ばされつづけていた。


日が高くなっていた。さっき乗ってきた車まで戻ると、冬馬が後部座席の扉を開けてくれて、ぼくはおずおずと足を乗せた。車内は日光の熱が溜まってひどく蒸している。ぼくが車に乗りこむと、ドアを閉めた冬馬はぐるりとまわって運転席のドアを開けた。立ったままに鍵を挿しこんでエンジンをかけ、と思えば運転席の扉はさっと閉めて、さっき開けてくれたのとは反対の後部座席のドアから、ぼくの隣に腰かける。冬馬が運転席に座るものと思いこんでいたぼくは、狭い空間で一気に近くなったような距離にぐっと息を詰めた。

「……なにから訊こうかな」

冬馬は後頭部を掻きむしって、それから、乱れた感情を落ち着けるみたいに息を吐いた。ぼくは、どうしてよいかわからないまま、小刻みに震える指先を強く握りこむ。

「このマンションに、知り合いでもいたのか？」

なにか押さえつけているような声音で、冬馬はぼくに問いかけた。知り合い。そうなるんだろうかと考えてみる。けれどぼくは美夜子の父親のことは聞いた話でしか知らないし、美夜子の父親だってぼくのことは知らないだろうから、それはたぶん知り合いとは呼ばないと思った。

「なんかあって、昔住んでた町に来たくなったのかなって、勝手に思ってたけど。でも、たぶんそうじゃないんだよな？」

冷静に考えたら、また来たくなるような良い思い出なんかあるわけないのにな。冬馬は少しだけ遠くを見て、それからぼくに視線を戻した。暑そうに、よれたシャツの首許をつまんで風を送る。

「晴野くんがエントランスの陰にいるのは見てた。声、かけるか迷ったけど……ちょうど人が来て、その人のあとについて入っていくから、最初はその人が知り合いなのかと思った。でも、エントランスを抜けたあとは、やけに距離とって歩いてるし完全に別の方向に歩いていくし、なんなんだと思って……」

冬馬のこめかみを、滝のような汗が流れていた。

「この中に用事があるのかと思って、昔のこと思いだしてみても心あたりはなかったけど、まあ一緒にいない時間のほうが圧倒的なんだし、俺の心あたりがなくてもおかしくないよな。だからとりあえずしばらく待ってたけど——一時間か？　それぐらい経っても戻ってこないし、連絡もないし」

電話したけど全然繋がらないし、と言った冬馬は、少しだけ声音をゆるめ、それはわずかに、どこか拗《す》ねているみたいな音にも聞こえた。

「ごめん、なさい」

「いや。大丈夫ならいいんだ。だからその言葉は、最後まで聞いたうえで必要かどうか考える」

話を戻すね、と冬馬は、ぼくがアルバムを隠し持っている腹部に視線と指先を落とした。

「それは、なにを持ってるの？」

でも、ぼくは答えられない。

「なんで隠してるの。というか、それは隠さないといけないものなの？」

エンジン音が狭い空間で小さくうねっていた。冷房が稼働しはじめて、ひやりとした空気が汗ばんだ肌を撫《な》でる。口を利けないまま、冬馬の視線が痛い。

「話す気はない？　あるいは、俺には言いたくないってこと？」

肯定も否定もできないで、うつむくばかりだった。気温にあたためられて茹だったような身体の熱さと、けれどその芯《しん》は凍えているような相反する感覚が、邪魔してうまくものを考えられない。

「晴野くん？」

冬馬はぼくの言葉を待っている。彼の声が少しだけ苛立《いらだ》っているように波うって、それでも、ぼくは身体を揺らすことしかできなかった。

――冬馬は怒っている。

抑えているけれど、そうだとわかった。

ぼくは、行きの車内で冬馬が話したことを思い返す。『きみのことも一緒に出て行かせたのは、それはただしかったのかって、考えてた』――ただしいもなにも、それが当然の形だった。冬馬は、ぼくのことでなにか煩わされる必要は、少しもないのだ。だから運転までさせて、ここまで乗せてきてもらったことだって、本当は間違っていた。

これ以上、この人の荷物になってはいけない。

鈍る頭で思う。このままなにも言わなければ。冬馬は呆れてなにも言わなくなるだろうか。ぼくのもとを去って行くだろうか？

もし、そうなるなら、それもまたただしいのだと思った。

そうなる時を、静かに待てばよいのかもしれない。そう思う気持ちの裏で、けれど、心臓がざわざわして、ちゃんと、なにか言わねばならないような気もした。

「……あー、ごめん、言い方きつかったか」

やがて、冬馬のほうが、折れるみたいに言葉を漏らす。

「どうしても言いたくないんなら、いいんだ。ただ、心配してるだけだよ」

心配？

「晴野くんのこと」

冬馬はわずかに細めた目線をこちらに投げた。

「……ど、して」

「どうしてと訊かれるとわかんないな。過去の罪滅ぼしのつもりなのかもしれないけど、たいした理由はないんじゃないか。いまの俺が、ただ心配だっただけだよ」

いまさらなに言ってんだって思うかもしれないけど、と低い声は自嘲するように言った。ぼくはかぶりをふる。冬馬の言動で、いまさら、と思うようなことはなにもなかった。そもそも、冬馬のふるまいは、ぼくが批評をするようなことでもない。

心配してる、と冬馬は言った。でも、その言葉を、感情をぼくはうまく咀嚼することができない。

「そんな震えてさ。そうまでして、来ないといけなかったのかなって、思ったから」

たとえ指先を隠しても、全身が震えているからばればれなのか。だけどぼくの身体が震えているのは、さっきマンションを出たときに、人の姿を見てしまったからだと思っていた。呆《ほう》けていると、冬馬は唇を尖《とが》らせた。

「気づいてないの？　あのさ、かなり顔色悪いからね。車降りたときもあんまり元気そうじゃなかったけど、マンションから出てきたとき、死にそうな顔してたからな」

本当のことを突きつけるような瞳。

「いま、無理してるんだなってぐらいはわかるよ」

早口なのに、ゆっくり言い聞かせているようにも聞こえて不思議だった。

「どうしても言いたくないんならいいよ。でもせめてこれだけは答えて。危ないこととか、なにも、してないよな？」

ここで、頷くべきだったんだろう。けれど普通に喋ることさえろくにできないのに、嘘をつく能力なんて備わっていないぼくは、冬馬の言葉に、とっさに首肯することができなかった。黙って下を見てしまい、その無意味な沈黙は、肯定とは受けとられなかった。

「あー……」

冬馬は眉をひそめてそれから、ごめん、とまた口にした。

「ちょっと、乱暴するね」

ぼくがなにか思う間もなく、ずっとお腹をかかえていた腕を、とんでもない力で引き剥がされていた。勢いよくシャツをたくし上げられ、その中を暴かれる。車のシートに座った体勢で、腹部をぎゅうぎゅうと押していたアルバムが車内の冷房に晒された。表紙にぼくの汗と体温の移ったアルバムが、もう片方の骨ばった大きな手に抜きとられかけて——

「だめっ」

自分の大声が反響して、鼓膜を痺れさせた。ぼくが声を上げるのと、冬馬が手を止めるのはほとんど同じタイミングだった。

「……晴野くん」

だけど、もしかしたら、冬馬の手が止まるほうが少しだけ早かったかもしれない。

シャツを摑まれて、その引っぱられるような感触に、遅れて肌が粟立った。勢い余って首許近くまでたくし上げられたシャツの、その先を握っている冬馬が、固まったままこちらを凝視しているのがわかる。

「これ……どうしたの」

冬馬の視線は、アルバムよりも少し上、ほとんど剝きだしにされた胸のあたりに及んでいた。

「まさか、あの人に？」

冬馬がなんのことを言っているのか、瞬時に理解ができない。大きな手の感触に、暑いのに寒気がした。首すじからつま先まで、全身を悪寒が這《は》いまわる。

「なんで、こんな痕」

その顔がスローモーションでゆがんで見えた。顔じゅうのパーツを中心に寄せたような顔をして、冬馬は唇を嚙む。でも、それに気をまわす余裕もない。服を持ち上げられている感触に、触れる手に、神経が、耐えきれない。

「……と、ま、くん」

絞りだした自分の声は、どうしようもなく震えていた。はっとしたように冬馬は手を離し、乱れたぼくのシャツをもとに戻す。

「ごめん」

近づいていた身体が少し離れて、それでもまだ心臓が大きく脈うっていた。冬馬はひとことずつ、輪郭をはっきり浮かび上がらせるみたいに問う。

「それ、だれに、やられたの」

冬馬がなんのことを言っているのか、手が離れてしばらくして、ようやく理解した。けれどおそろしい顔をした冬馬に見つめられて、喉から少しも声が出なくなる。枯葉のようにかさかさの声しか出なくて、何度か、口内にほとんどない唾《つば》を飲み直した。

それは、母によるものではないこと。かつて母の連れてきた男の人のつけたものだということ。たったそれだけの説明で済むのに、たったそれだけ説明するのに、何分もかかった。ぼくの詰まりながらで要領の得ない釈明を聞いた冬馬は、ひととおりの説明を聞き終えると、深く深く息を吐いた。ため息をつくと幸せが逃げる、という言葉が本当であれば、もうこれ以上逃げる幸福もないだろうというぐらい。

「ごめん」

冬馬はもう一度謝って、足許を向いてぐしゃぐしゃと髪を掻いた。

「……いまは、されてない？」

「え、あ……うん」

「本当に？」

「もう痛くない、し、いまは、大丈夫」

「もう痛くないとか、いまは大丈夫とかそういう話じゃないんだよ」

冬馬が痕のことを気にしているのなら、そう言えば納得してもらえるかと思ったのに、彼はかえって不機嫌そうに、眉間《みけん》の皺《しわ》を深くした。俺は、本当に。うんざりしたような声が後部座席に響いて、その低い音にぼくはぎゅっと目をつぶる。

「ちょっと、聞かないといけないことがいっぱいあるな」

「え……」

「あー、もう。晴野くんが嫌だって言っても訊くから。教えてくれるまで」

聞かないと帰れない、と、冬馬はてこでも動かないみたいに腕を組んだ。その姿勢のまま、学校の校庭にある銅像のように、後部座席に身体を固定する。

「さっき『だめ』って言ったのは、痕を見せないため？」

冬馬が車を動かさなければ、けれど、とぼくは少しずつ思いだす。

本当は、ここまで来るのは予定にはないことだった。美夜子が家族とレストランに行っているあいだに、家に置かれた彼女の父親の荷物を持ちだす。そういうつもりで、彼女から鍵を受けとったのだ。その、自分が第一にはたすべき行動のことを、ないがしろにしては意味がない。冬馬が帰ってしまってもおかしくない、などとさっきは考えていたけれど、そうなればこのあとの自分が困ることは目に見えている。ひどく悠長な思考だった。

戻らなくてはいけない。

美夜子の父親が持っている、彼女を脅かすものを、どうにかして。

「……あ、の。いま、何時、かな」

「は？」

脈絡なく訊ねたぼくに面食らったような冬馬は、それでも、時計をたしかめて「一時五分だな」と答えてくれた。それを聞いて驚く。一時？　部屋の中をさがしはじめたときは、まだ九時台だったのではないか。もうそんなに時間が経っていたとは思わなかった。

「ここから、えと、戻る……までに、どのぐらい、かかる？」

「戻るのは……混んでなければ二時間ちょっとぐらい、道の状況によっては三時間ぐらいかかるかもしれないな」

　美夜子も車でそのぐらいかかると言っていた。三時間、もかかってしまったら、もう四時だ。美夜子が学校を終えるころだろう。夕方には美夜子の家に行かなくてはいけない。のに。

「なにか、急いでるの？」

　ぼくの表情を覗きこんだ冬馬は、ぽつり、と問いかけた。

「でも、きみがなにも言わないなら俺は運転しないぞ」

　冬馬は、固い決意の表れのように、腕をさらにぐっと深く組み合わせた。

「その、いまかかえてるものは、なんなの。アルバム？　そんなにだいじなものなのか？」

　急速に、焦りがうまれはじめる。

　いまから戻れば間に合うと思う。だけど、もしぼくがなにも言わずにいたら、ずっと、このまま、冬馬とふたりきりで車の中で見つめ合うことになるんだろうか？

　そうしたら、美夜子はどうなるのか。

　彼女にとっての悪夢のような週末を、また、くり返す？

　ぼくは首を横にふった。どんなにふり払いたくても、おそろしい現実がすぐそばにあって、足を掬《すく》っていく。

「……もどっ、て、ほしい」

「それなら」

「わがまま言って、ごめんなさい、でも、お願い、します」

「……別にわがままだとは思ってないけどさ」

冬馬はさっきから困った顔と怒った顔のどちらかをしきりに浮かべている。ぼくのせいだった。

「なあ、言える範囲でいいから、訊かれたことに逃げないで答えて。どうしても言いたくないことなら言いたくないって言え。俺だから言いたくないんだったらおまえになんか話したくないって怒ればいい。どう言っていいかわからないなら、ぐちゃぐちゃの言葉でも、一回で伝わらなくてもいいから、諦めるな。間違って伝わったとしたら言い直せばいいし、それは違うって言えばいい。俺はせっかちかもしれないけど、待ってほしいと思うなら待つから」

時間が過ぎていく。

「きみが話してくれるまで、俺はここにいる」

それは、運転はしない、と、そういう意味であるはずだった。だからぼくはいっそうあわてるべきなのに。それなのに、ここにいる、と言われた瞬間に、心のどこかで少しだけ安心しているような気がした。

自分の身体から、角がなくなって丸くなっていくような、やわらかな心地がする。

「晴野くんは、なにと戦ってるんだよ」

「ぼく、は、戦って、ない」

「ええ？」

「でも、……友達、が、困ってる、から。だから……」

「この前言ってた友達か？」

肯定していいか迷って、迷ったまま、首を縦にふった。

「だから、戻って、ほしい」

冬馬は腕を組んだままじっとなにか考えるように顔をしかめていたけれど、じゃあ、と妥協案を提示する。

「戻ってもいいけど、その途中でつづきを話して」

ほかに道もないのだと思う。ひとりではなにもできなかった。それは正解なのか。選択にいつまでも迷いながら、ぼくは小さく頷いた。

9

快晴の中を、車が走っている。

「くり返し訊《き》くけどさ。あのマンションに、知り合いがいたの？」

少し前まで後部座席にいた冬馬は、運転席に戻って車を走らせながらぼくに問いかけた。

「知り合い、は……い、ない」

たどたどしく答えると、冬馬はもうすでに用意していたみたいに、すぐさま言葉をつづけた。

どうして知り合いもいないマンションにわざわざ入っていったのか。そのあと何時間も出てこなかったのはなぜか。いったいなにをしていたのか。矢継ぎ早に訊かれて、なにから答えればいいのかも、なんと答えたらいいのかもわからなくなる。

――なにをしていたのか。少しでも説明をしようとすると、美夜子のことを話さなければならなかった。でも、それはできない。ぼくはすぐに口を噤《つぐ》むことになる。

「さっき、危ないことはしてないかって訊いたら、言い澱《よど》んだよね。そんなことないなら、すぐ頷《うなず》けば済むことなのに。ここまで来たのは、ずっと持ってるその、アルバム？　が目的なのか？」

目的、と言われるとわからない。そうなんだろうか。できればそこにあってほしくなかったものだった。存在しないことを、たしかめたかった。

「それは、たいせつなものなの？」

中身は見ていないので、正確なところはわからない。ただ、もしこれが、存在して、だれかの目に触れて、美夜子が困るものならば、それは。

「たいせつ、じゃ、ない」

少しだけ目線を持ち上げる。運転席にいる冬馬の、その表情は見えそうで見えなかった。

「そのわりには必死でかかえてるよね？」

けれど冬馬の目にはぼくの姿がいまも見えているみたいに語られる。声だけがうしろまで届いて、そのひとつひとつに身体が揺れた。

「……だれにも、見られないように」

「え、本当に隠さないといけないものなのか？」

薄く笑った冬馬の声が、本当に笑っているのか、呆《あき》れているのか判別できない。たいせつじゃない。でも。アルバムを、もうこれ以上近づけないのにさらに抱き寄せた。

美夜子のことを、勝手に話せない。それに、と思う。いまの時点でぼくがしたことというのは、不法侵入と窃盗なのだ。冬馬がそれを認識すれば、車を運転してマンションのそばまで連れてきてくれた彼が、幇助《ほうじょ》犯ということになってしまうかもしれない。犯罪を手助けすれば、実行犯でなくとも罪に問われるらしいということは、知識としては知っていた。ぼくが黙っていれば、知らなかった、で済ませられるかもしれないけれど――

「……話したら、冬馬くんが犯罪者になるかもしれない、から、言えない」

「は？」

冬馬は運転したまますうしろをふり返って、そのはずみで車の進行が少しふらついた。「あ、やば」あわてたように前を向き直し、なんだよそれと冬馬はつぶやく。

「そんなん、なおさら言ってもらわなきゃ困るわ。なんで俺が犯罪者になるかもしれないの」

俺が知らないうちに悪いことしてるってことなのか？　と、冬馬は運転席で首を傾けた。

「心あたりがないわけでもないから参るな。ひとり殺しかけてるんだから、もうすでに犯罪者みたいなものだけど、そのほかにあるって話？」

冬馬は、関係ないのに。なのに、冬馬は自分が悪者であることにも納得するみたいに言う。冬

馬が悪いみたいに、彼に言わせてしまったことに焦った。冬馬じゃなくて、ぼくが、

「……ぼくが、犯罪者、だから」

「はあ？　晴野くんが？」

今度は前こそ向いているものの、冬馬の驚いた声は、さっきと同じぐらいに大きく車の中の空気を震わせた。

「俺じゃなかったのかよ。なんで晴野くんが」

「……不法侵入、と、窃盗、は、罪になるでしょう」

どうにかぎりぎり説明できる範囲で話そうと、境界線をさがしたのが仇《あだ》になった。その範疇《はんちゅう》を越えた言葉になってしまったかもしれないと、あとになって思ってももう遅かった。不穏な単語を乗せながら、車はなめらかに、まっすぐに道を走っている。

「そのふたつをしてきたってことなの」

これから器物損壊もつく予定だ、とまでは言わず唇を結んだ。まじか、とつぶやいたあと、冬馬は「そんなだいそれたようなことする子だったか……いや、じゃなくて」としばらく口許《くちもと》をもごもごさせていた。

「窃盗、って、そのアルバムを盗ってきたってこと？」

「……と、USBメモリ、も、ある」

その存在をたしかめるみたいに、左胸のあたりに手を置く。さっき冬馬にシャツをめくられたときにも、それはなんとか落ちることなくポケットにおさまっていた。

「それは……盗まないといけないものだったのか？」

「たぶ、ん」

「たぶん？」

「中は見てない、けど、たぶん」

「まじか」

冬馬が言葉を飲む。

車が走りだして、二十分ほど経っただろうか。ぼくは車の外を極力見ないようにしているから、道が空《す》いているかどうかはわからなかった。対向車線とは反対がわの窓を向けば、道路の端を覆うように植わっている雑木林が目に映る。風景は見憶《みおぼ》えのないもので、美夜子の父親のマンションはもうすっかり遠かった。

冬馬は考えるみたいに口を閉ざして、車中は静かになった。ポケットに入れた携帯が、ほとんど音を立てずに振動する。反射的に手を伸ばして、ぼくは、美夜子からのメールに長らく返事をできていないことを思いだした。

美夜子からのメールは何件も溜《た》まっていて、いま届いたメールも彼女からのものだった。〈大丈夫？〉〈なにかあった？〉〈ぶじ？〉そのどれもがぼくの安否をうかがうもので、それらより前、美夜子の父親の部屋で見ていた〈どうやって……？〉の問いかけまで戻るのに、時間を要する。

〈ごめん、大丈夫です。マンションには、ぼくの〉

返信を打ちかけ、手が止まった。冬馬のことは、なんと説明したらいいだろうと迷う。お父さん、ではないし、友達というのでもない。知り合い？　その言葉が妥当なんだろうか。

「……メール？」

運転席から冬馬が問うた。

「あ……」

「その、友達か？」

ぼくは逡巡《しゅんじゅん》したのち、ゆっくり頷いた。口をひらいた勢いのままに訊《たず》ねる。

「……あの。冬馬くんと、ぼくは、知り合いになる？」

冬馬は少し間を置いて、ぎりぎり音を拾えるかどうかという声で、ただの知り合いにこんな構うかよ、とつぶやいた。それから後部座席にもはっきり聞こえる声で、

「晴野くんが思うように捉《とら》えたらいいんじゃないか」

と言った。

逆に選択肢を与えられてしまい、さらに困惑する。迷った末、〈ぼくの〉を消して、〈昔お母さんと結婚していた人〉として、文章のつづきを打った。

〈昔お母さんと結婚していた人が、運転してくれました。美夜子ちゃんのことは言ってません。〉

そう書いて送り、膝《ひざ》の上に携帯を置くと冬馬がふたたび声を発した。

「このまま戻って大丈夫なの？」

「え？」

「それ、返しにいかなくていいものなのか」

なにを言われているんだろうかと、うろたえる。

「いまなら間に合うんじゃないの。いや、間に合うもなにもないというか、もうアウトかもしれないけど……」

運転中の冬馬は、ぼくを一瞬だけふり向いて言った。

「もうすぐコンビニあるから、そこでUターンしようか」

言葉を理解したぼくは、首をふって、その申し出を拒絶する。

「でも、中身を知らないんだろ？　それは本当に晴野くんのさがしてるものなのか？　もし違ったら？　というか、晴野くんの目的がわからないけど――それで合ってるんだとしたって、なんで人の家に盗《と》りに入るなんてそんな、危険なこと。部屋の鍵《かぎ》は？　かかってなかったの」

一気に言葉が飛んできて、すぐに追いつききれなくなった。返しにいく、という提案に、首を左右にふるのがせいいっぱいになる。ぐらぐらと目がまわり、喉《のど》が締めつけられた。どうしていいかわからなくなっていると、腿《もも》のあたりでまた携帯が震える。

メールが届いたのだと、液晶を見てわかった。携帯を手で摑《つか》んで、逃げるようにメール画面をひらく。

〈晴野くんに無理をさせてしまってごめんなさい。晴野くんの、お母さんの元パートナーさん？にも迷惑をかけてしまったよね。〉

冬馬の問いかけに答えることを忘れて、何行にもわたって書かれた文章に目を奪われた。

〈やっぱり、間違ってた。わたしは大丈夫だから、なにもしなくて大丈夫だから、ぶじに帰ってきてほしい。昨日話していたことは、なしにしよう？　一緒に考えてくれてありがとう。このことはもう忘れてくれるとうれしいです。本当にごめんね。〉

改行されて、最後の段落に、短い文章が記されている。

〈また、遊びに行ってもいい？〉

携帯を持った手に、知らず、力がこもった。薄暗い世界をあかるくするみたいに、文末の一行だけが、絵文字に囲まれてぴかぴかと浮かび上がっている。

「晴野くん？」

違う、と思った。

だけど、ぼくは、ぼくの力ではどうしてなにもできないのか。

「……だめ」

「でも」

「間違って、ない」

「晴野くん」

「返さ、ない」

美夜子も冬馬も止めている。自分ひとりが駄々をこねている子供であるかのような気持ちになった。それでいて、自分が、幼少期よりもいまのほうがずっと、幼くて無力な生きもののように思える。

だけど、ここでやめたら。

「美夜子ちゃんが、困る」

美夜子が犠牲になりながら守られるものだって、それこそ、ぜんぶ、間違っている。

「だから、駄目」

胸の内がわが破裂しそうだと思った。うっかり口をすべらせていることに、ぼくはすぐに気づくことができない。押しこめるように、片手を胸許に置くと、煙草の火の熱が灯《とも》されたときのように、のたうちまわりたい心臓の気配があった。悔しい。そういう感情だと、教わったのでもないのに気がついた。

悔しい。

「ミヤコちゃん」

冬馬が言ったのが片言に聞こえた。

「……友達のこと？」

ほとんど確証しているように言葉を乗せられて、ぼくは自分で彼女の名前を口にだしてしまっていたことに、遅れて思いあたった。

「その子のために、きみが悪いことをする理由はなんなんだよ」

逃れるところがなくなっていく。〈このことはもう忘れてくれるとうれしいです。〉メールの文章がちらついた。忘れて。それで、そうしたら美夜子は、いつまでも週末に怯《おび》えながら生きるのか。笑いたくなくても笑って、日焼けしたくない女の子のふりをして、欲しくないものやしたくないことに、望んでいるふりをして手を伸ばしながら？

「ほかに、方法はないの」

冬馬が、宥《なだ》めるみたいな声で言う。方法が、もしあっても。ぼくは。

「あっても、全部、燃やしたい」

「燃やしたい？」

雑木林を抜けて、住居や飲食店のまばらに建ち並ぶ通りに出た。そのまま、車は一本道を走っている。

「晴野くんにも、そんな過激な一面があったのか」

冬馬はハンドルを片手で支えながら、その場所が痒《かゆ》いみたいにしきりに後頭部を掻《か》いた。知らない場所で迷子になったように、片方の目がちらとふり返る。でも、大人も迷子になるんだろうか。

「そんなに言うなら、なにかよっぽどのことがあるんだよね？」

「美夜子ちゃん、が」

「困るって？」

ぼくが黙ると、冬馬が言葉を継ぐ。

「言ってくれないと助けられるものも助けられないし。どうせならちゃんと共犯にしてよ。わけもわかんないまま逮捕はちょっと笑えないだろ」

いや案外笑えるか？　と冬馬は、あまり面白くはなさそうに笑った。

「助け……」

「晴野くんが望むならね。大した力はないけどさ」

ぼくひとりの力では、どうにもできなかった。それはわかる。いまだって、彼が運転してくれていなければ、ぼくはどこにも行けない。冬馬は助けてくれるのか。助けを、求めてもいいの。

薄く唇をひらくと、フロントガラスから射しこんでくる光が、口の中をわずかにあたためるような気がした。

「……暴、力を」

だけど、そこまで言って、止まる。

彼女はそれを、だれにも知られたくないと言ったのに。そう思うとやっぱり、部分的にだって口にすることはできないような気がして、ぼくはかぶりをふった。

「うん？」

「……やっぱり、友達、が、言いたくないことだから」

いまさら友達と言い直しても、もう名前を口にしてしまった。美夜子のことを、勝手にすべてうち明けることはできなくて、かといって、事情を伏せながらも伝わるように話すということは困難だ。ぼくは口を閉ざした。

「暴力……」

けれど、ぼくのこぼしたひとことを冬馬はつぶやいて、うわ、と嫌悪感をあらわにした声を上げた。

「めちゃくちゃ嫌な可能性を思いついてしまった」

苦虫を嚙《か》みつぶしたような顔を、一瞬だけ向ける。

「暴力を受けてて、写真とか撮られてるってこと？」

ぼくのかかえているアルバムを、見たのかもしれなかった。

「それをダシにして関係を強要されてるとか？」

肯定も否定もできないまま、問いかけに対してぽっかりと空いた間で、冬馬はなにか悟ったようにハンドルを切った。

「ずいぶんやばいやつと関わってるのな」

呆れているのか、困っているのか、笑っているのか。どうともとれるし、どれも違うような気がした。

「相手は？　羽目外して、悪いやつにでも騙《だま》されたのか」

「……羽目？」

えらく離れたところに住んでるよな、と朝走ってきた道のりをなぞる冬馬に、違う、と言葉が唇を割って出た。でも声が小さすぎて、冬馬に届いたのかどうかわからない。自分の声より車の走行音のほうがずっと、大きく、よく響いているように感じた。

それを、騙されたというのかどうか、ぼくは知らない。だけど冬馬の言いかただと、美夜子に落ち度があるみたいだ。もしもそうなんだとしたら、彼女がやさしいだけだと思った。

ふいに、車が減速する。

その違和感に顔を上げると、「ちょっと飲みもの買ってくる」と冬馬は前方に見えたコンビニの駐車場に車を入れた。店の入り口にもっとも遠い位置に駐車して、すばやく車を降りていく。駐車場の隅に停められた車からは、店に入っていく冬馬の姿は追えなかった。

ぼくは視線を落とす。

〈ぼくは、美夜子ちゃんが、悪い人間になりたいと思わなくてもいいのが、いい〉

握りっぱなしだった手の中の液晶を、じっと見つめた。丸めてくずかごに放った紙のような、言葉にならない感覚が喉許に積み上がっていく。改行して、しばらく考えて、ほかにどう言ったらいいのか迷ったまま送信ボタンを押した。

後部座席のシートに、重い身体を預ける。

冬馬の降りた車は、とたんに静かになった。リアガラスから外をうかがい見る。ここはどこなんだろう。ここまで走って、全体の道のりのどのくらい、戻ってきたんだろう。冬馬を待ちながら、くり返し考える。

ぼくを残して車を降りた冬馬は、五分、十分と経っても帰ってこなかった。こうして待っていれば、帰ってくるんだろうか。待つことは苦ではないけれど、待っていていいのかわからないまま、うずくまっている時間は、ひどく長く感じられた。かたく目を閉じる。閉じて、開けて、冬馬がいないことをたしかめてまた目を伏せる。そのさなか、もしかしたら冬馬はもう戻ってこないのだろうかとも、何度か考えた。

動作と思考をどれだけ反復したかさっぱり追えなくなったころ、運転席のドアが開いた。

大きな人影が差して、顔を上げる。

「ごめん、遅くなった。水飲む？　あとこれ、お昼ごはん適当に買ってきたから食べなよ」

現れた冬馬は、後部座席に手を伸ばしてコンビニのビニール袋をこちらへよこした。がさがさと揺れるビニールを、流されるように受けとりながら、口をひらく。

「冬馬くん」

「ん？」

「帰ってこないのかなと、思った」

そう言ったら、冬馬は、「そんな鬼のような人間だと思われてるんなら、信頼回復につとめるよ」と眉《まゆ》をひそめた。

「てか、さすがに車乗り捨ててはいかないい」

一本ちょうだい、と冬馬が指した袋から、二本入っているペットボトルのうちの一本を抜きとって渡す。キャップを開けて勢いよく流しこむように水を飲んだ冬馬は、「買いものしつつ、ちょっと整理してきた」と濡《ぬ》れた口許を手の甲で拭《ぬぐ》った。そしてこちらを指さす。

「晴野くんがいま持ってるアルバムとUSBメモリが、撮影したものの写真とかデータだってこと?」

問いかけられ、ぼくは反射でアルバムをかかえる腕に力をこめた。なにも言っていなくても、それが、返事のかわりになってしまう。

「前、家族って壊れるのか、とかって訊いてきたよな。その子を……脅してるのも、家族だってことなの」

ぼくでも見てとれるほど嫌そうな顔で、冬馬は重ねた。ぼくはまたうつむいてしまう。否定しなければ気づかれるのに、そのことにとっさに思い至れない。

「……はは」

乾いた笑いを漏らして、冬馬は先に、答えにたどり着く。

「晴野くんは嘘のつけない子だな」

冬馬は小さく笑って、ぼくをやさしく追いつめた。

美夜子が、家族——父親から、暴力を受けているということ。そのさいに写真や動画を撮影されているということ。彼はそのデータをたくさん所持しているらしいということ。そのデータを回収して、処分したいのだということ。そのために、その人のマンションを訪れる必要があったということ——少しずつほどかれて、冬馬に明らかにされてしまう。ぼくは隠さねばならないことをごまかす能力が、どうしようもなく欠けていた。

「よく部屋に入れたな？」

冬馬はふたたび運転席に座って、けれど運転はせずに、コンビニで買ってきたサンドイッチにかじりついている。

「……借りてた、鍵の中に、鍵が」

「借りてた鍵の中に鍵が？」

ぼくはポケットの中のキーチェーンに連なった鍵に手を伸ばしたけれど、それをとりだす前に、冬馬が言葉をつづけた。

「その友達のお父さんはどう考えてもアウトだけど、かといって晴野くんが——というか第三者がへたに動くのは、危険なことだよ」

クーラーの効いた車内は、外の熱気を遮断して、身体を冷やしてくれている。

「証拠があるんなら、然《しか》るべきところに相談するのが、妥当かとは思うけど。その子の母親は？」

涼しいのに、ぼくはずっと汗をかいていた。

「……言え、ば、悲しむ、だろうから、って」

「だれも幸せじゃないな」

冬馬は捨て置くみたいにつぶやいた。

「回収ったってさ、データのコピーは複数持ってる可能性が高い——てか絶対持ってるだろうし、できることならなんとか警察に引き渡して全部明るみに出したほうが、確実に全部回収できるんじゃないか。言い逃れされないかが懸念ではあるけど、でも証拠を自分で持ってるんなら、それを事前に消されさえしなければ、警察も動かんわけにはいかないでしょう」

そんな変態野郎は野放しにしておくほうが家族全員不幸になる気もするし、と眉間《みけん》に皺《しわ》を集めて言う、ぼくが暴力としか言わなくても、冬馬は、彼女が父親からもたらされていることの、その中身まで理解しているみたいだった。ぼくは目を伏せる。冬馬の言うことは、きっと、もっともだった。アルバムを服の中に閉じこめながら、これだけが本当に家の中にあったすべてなのか、わからない。それに、これから、美夜子の父親が持ち歩いているという分も、奪いとらなくてはいけなかった。それがどれだけ存在しているともしれないし、うまく回収しきれるのかもわからない。

「その、晴野くんがいま持ってるのだって、証拠になるものかもしれないってことだよね？」

でも、それが証拠になってほしくなかった。できることなら。

「警察の人に、言ったら」

発した声が揺れてしまう。

「その、データ、を、警察の人も見るんでしょう」

「うん？」

「それが、証拠、だから」

冬馬は口をうっすら開いて、無音で空気を飲むように、数秒黙った。

「……それが嫌ってわけね」

そして小さく唸《うな》って、白髪混じりの後頭部を、大きな手のひらががしがしと乱す。

「俺はさ」と困ったような声が、ゆっくり、車内に音をもたらした。

「できることなら、きみには、危険なこととか、間違ってることからは、なるべく遠ざかってい

てほしいよ。ただしいことを選んで、できるだけ、綺麗《きれい》なものを多く、見てほしい。こんな社会

の底辺みたいな人間が、しかもいまさら、なに言ってんだ？ って思うかもしれないけど」

いまさら？

「もちろんその友達にもね。でも、ただしい選択と、本人にとって最善の選択が、同じとは限ら

ないんだよな。警察か——あるいは児相か？　そういうところに相談したほうがいいって、俺は思ってしまうけど。でも父親が犯罪者だってことは、きみの友達は、被害者だけど、母親とか親族も含めて、犯罪者の家族って扱いを受けることもあるかもしれないんだよな」

フロントガラスの先、のコンビニの壁を見つめる冬馬は、なにか、もっと遠いところを見ているような目を一瞬だけ見せた。——人殺しって言われるんだ。ふと、冬馬の言葉がよみがえる。その言葉を、会社の人に言われたと冬馬は言ったけど、彼が自分の両親と絶縁状態にあるというのは、もしかしたら、両親にも、冬馬がその言葉のような人間として、接されたことがあるんだろうかと、ふいに思った。

「それも含めて、その友達が嫌だったら、やっぱり勝手に通報するのはためらうな。や、まっとうな大人なら、ここでためらったら駄目なのかもしれないけど」

ぼくは、美夜子が、この世にあるものをこわがらなくて済むことを、選びたい。それが悪いことなのだとしても。ただしい選択、というものが、わかりやすく目に見えて、その道が光って見えていたとしても、ぼくはきっと同じ行動を選んでしまう。

「ちゃんと、助けたいのにな。どうやって助けたらいいかわかんないとか。ろくな大人じゃなくてごめん」

冬馬は参ったように運転席にもたれかかり、大きな手でその顔を覆った。「だいたいそのクソみたいな親父が全部悪いんだからそいつが死ねばいいんじゃないか」と悪辣《あくらつ》に憤って、かと思えば、その表情を見せたくないみたいに、手を顔に翳《かざ》す。それでも、冬馬くん、と呼びかけたら、冬馬は「うん?」と首を動かして、やさしい顔でこちらを見た。

「……冬馬くんは、すごい、よ」

「は?」

「人と……ぼくのお母さんと、結婚、して。働いて、お金を稼いで、お母さんだけじゃなくて、ぼくとまで……他人と、生活しようだなんて、すごい、こと、だよ」

「いや、それは、別に」

「ぼくには、絶対、できない」

「や、したくなければしなくても別にいいことだし。ていうか俺だって三年ぐらいしか保《も》たなかったし。なにも、すごいことなんか」

「嫌、なことが、あっても。ちゃんと、仕事に行って、お仕事、辞めても、また自分で新しい仕事をさがして、働いてる。……ちゃんと、生きてる」

挙句、構う必要もないはずなのに、ぼくの世話まで焼いている。そのうえ、ぼくや、美夜子のことを一緒に考えて、悩んで、助けになろうだなんて。

「……すごい、よ」

冬馬を見ると、彼は目線を逸《そ》らして、顔に置いた手の中に、その瞳《ひとみ》をしまいこんでいた。一瞬静まり返る車内で、エンジンの稼動音が鳴りつづけている。冬馬の髪の白い部分が、ところどころ透明に光った。

「……はは」

ふいに、その口の端から笑い声をこぼしだす。

ぎょっとして、その動向を見つめていると、冬馬は背中を座席から離し、ごつごつした手も顔から外した。

「晴野くんは、やっぱかわいいな」

そして顔をくしゃくしゃにして笑う。かわいい、という言葉の意図が理解できなくて反応が遅れた。後部座席と違い、運転席はサイドガラスから外の日射しが入りこんでいる。一瞬なにをも忘れたかのように笑ってみせた冬馬の頬は、横から浴びた光でまぶしく見えた。感情がそのまま表れたような笑み。もうあまり憶えていないけど、会ったばかりのころも、冬馬はこういう顔をしていたんじゃないかと思った。

冬馬はどこかすっきりしたような面持ちになって、膝の上を払ってハンドルに手をかける。

「こうなったら乗りかかった船だな、行けるところまで行くか」

「……あり、がとう。ぼくは運転できないから……お願い、します」

「運転だけかよ？」

「え？」

「運転以外もつき合うよ。条件があるけど協力もする」

自分の目がめいっぱいに見ひらかれるのがわかった。

「とりあえず戻ればいいいんだよね？」

「う、ん」

ぼくが頷くやいなや、車はぎゅんとバックして、切り返し、颯爽《さっそう》と駐車場から飛びだした。

冬馬は運転席の横の窓を少しだけ開けて、行きと同じようにまた、その風を浴びていた。

「晴野くんは、これから、どうするつもりなの？」

――単身赴任をしている美夜子の父親は、夕方ごろに家族のもとに戻ってくる。今日は、美夜子の父親と母親の結婚記念日なのだそうだった。だから少し奮発して、家族でホテルのレストランへ食事に行くらしい。美夜子は学校が終わったらすぐに帰宅して、服を替え、数駅離れた場所にあるホテルのレストランへ、車に乗っていく。家族四人で。

「……夕方、に、家に行って」

その家族全員が留守のタイミング。その数時間のあいだに家に入って、父親の手荷物をはじめ、家の中に隠されているかもしれないデータの類《たぐい》を、可能なかぎりさがしだして、とり除く。あとは、肌身離さず持ち歩いているであろう携帯を、美夜子が、隙を見て奪いとる。その隙、があるかどうかも懸念だけれど、うまくやれたらぼくの部屋で合流して、浴室かどこかで、該当するものに火を点《つ》ける。

それはきっと、計画、と呼べるほど、緻密《ちみつ》じゃないけれど。

心づもりを聞いた冬馬は、小さく唸りながら、その、さがせばいくらでも見つかりそうな穴のひとつを、指摘した。

「それは、なにか対策はある？」

「……たいさく？」

「気づかれたときとか、もし鉢合わせした場合とか。そんなやばいやつが、自分が『だいじに』してるデータを持ちだされて、黙ってるわけないでしょ」

対策も、弁明の言葉もなくて、なにも言えない。口を噤むと、冬馬は「……まあ、なるようになるしかないとは思うけど」と短くため息をついた。あとで簡単な護身用具くらいは見繕おう、と車を走らせながら言う。

「それ、食べときなよ？」

冬馬の言葉が示した足の上に、携帯と、いまだに手をつけられていなかったサンドイッチが載っていた。促され、ようやくそのセロハンを開ける。コンビニの駐車場でメールを送って以降は美夜子からの返事はまだなくて、いまは午後の授業を受けているんだろうか、とぼんやり想像した。こんなときでも、彼女は授業中には携帯をさわらないし、そもそも、休むこともしないできちんと学校へ行く。

記憶のおぼろげな教室の形を、思い浮かべた。そこには生徒がたくさんいるはずだけれど、だれの姿もはっきりとしない。ぼくにとってひどく遠い、彼女の日常がそこにある。ぼくは想像の中でさえ、たくさんある座席のどこに座ればいいのかわからなくて、ぼやける教室の風景の中で、どこにも向かうことができなかった。

「で、条件なんだけど」

サンドイッチをかじりながら、晩夏の光の射す教室を頭に描いていると、冬馬がふたたび口をひらいた。

「もしうまくいかなかったら、首謀者を俺にして」

運転席で前方を睨《にら》みながら、冬馬は言った。

「向こうもかなりのことをしてるわけだから、こっちだけが百パーセント悪っていうのは冗談だろと思うけど……一応、最悪のパターンとしてね。もし警察になんか言われたら、俺に言われて仕方なくやりました、って言ってよ？」

淡々と、当然みたいに言うから、ぼくは混乱する。

「でも、冬馬くんは、ぼくに言われて運転してくれただけだよ」

「そういうわけにはいかないよ」

「でも」

そんなことをしては、冬馬が逮捕されて犯罪者にされてしまう。幇助どころではない。それでは冬馬の人生がめちゃくちゃになるのではないかと、ぼくはうろたえた。

「はは、もうめちゃくちゃは一回通り過ぎてるから、別にいいよ。ていうかいまもめちゃくちゃだし、そんなに変わんないでしょ」

冬馬の言いようは、朗らかなようで投げやりでもあるし、自棄《やけ》になっているようでなにも諦《あきら》めていないような、表現しがたい調子だった。

「『吉永さんに言われてやりました』ってちゃんと言うんだよ」

しっかり憶えさせるみたいに言ったあと、そういえば、と冬馬は、その件に関してぼくの反論など聞く気はないみたいに話を変えた。

「疑問だったんだけど、晴野くんは、マンションの部屋の鍵、持ってたんだよね？」

「え？」

「マンション入るとき、エントランスで、住人が通るの待ってたでしょ。あれ、部屋の鍵あるなら、それで入れたんじゃないの？」

「え」

「エントランスの鍵の形状まで見なかったから絶対かはわかんないけど。部屋の鍵あるならそれで入れなかったのかなって」

ぼくはポケットの上から鍵に手を触れた。

「そう、なの」

「知らなかったの？」

やっぱり天然だ、と笑われる。

でも、それは天然というか、ぼくがものを知らないだけではないかと思った。ぼくは知らないことのほうがずっと多くて、それはたぶん、一生そうなんだろう。未知のものからなるべく目を背けながら、この先を生きていくんだろうという、漠とした予感があった。自分の一生というものがどれほどつづくのかさだかでないし、なんなら明日に終わるかもしれないけれど。

考えたそのとき、膝の上に置いていた携帯がまたメールを受信した。美夜子だろうか、と躊躇《ちゅうちょ》しないまま画面を確認すると、それは母からだった。指が勢いのままに、受信ボックスをひらいてしまう。

〈学校の先生から、出席数が足りないから、留年か退学になるって連絡をもらいました。お母さんびっくりしちゃった。お休みはほどほどにねって言ったのに、どうして全然行ってないの？　留年してでもがんばるっていうなら、もう一年ぐらい余分には、学費を出してくれるって、トシアキさんは言ってくれてます。もし学校を辞めるのなら、働き先を見つけて、自分で生活できるようにがんばらなきゃだめよ。〉

そんなに長い文章じゃないのに、最後まで読むのにひどく時間がかかった。

文面を見下ろしながら、ぼくは自分の身体の重心を見失う。

「晴野くん？」

前方から、冬馬の声がぼくを呼んだ。

「どうした。友達か？」

言葉が出なくて答えられない。携帯を握りしめて、画面と向き合ったまま硬直していると、冬馬の左腕がぐいと伸びてきた。

「ちょっと見せて」

右の手はハンドルから離さず、前を見ながらも器用に少しだけ身体をうしろへ反らす。大人の腕はこんなに長いのか、とへんなところで妙に感心してしまった。言われるがまま携帯を冬馬の手に近づけると、彼はそれをするっと攫《さら》っていって、運転しながらその文面を見た。ぼくはそのメールを最初から最後まで読むのに数分かかったけれど、冬馬はものの五秒ほどで、すべて読み

切ってしまったようだった。そして、

「きみのお母さんは、本当に……」

心底困りはてたように息を吐いた。そして腕をうしろにまわして携帯をぼくの手に返す。冬馬は少し黙って、深呼吸をして、また口をひらいた。

「あのさ、もしこれがうまくいったら」

条件、の話が、どうやらまだつづいているらしかった。

「きみはまず、病院に行くこと」

顔を上げて、前方の光も対向車もまともに見てしまう。冬馬はもうすっかり進行方向だけを見ながら、ゆっくり、ぼくに言い聞かせた。

「晴野くんのこと、バイトの子にもちょっと聞いた。対人恐怖症、なのかな。素人判断はできないけど。できれば専門の人間に診てもらったほうがいいと思う。俺がいたほうがよければ一緒に行ってもいいし。まあ、そのとき俺が警察のお世話になっていなければの話だけども……」

学校とか働くとかは、それからだと思うよと冬馬は言った。

「一応訊くけど、きみは、高校には行きたいの」

ぼくは少し考えて、首を左右にふった。見えなかっただろうか、と思ったけれど、バックミラーで確認したらしい。じゃあ、と冬馬はつづけた。

「いったん辞めてもいいかもな。もし行きたくなったらまたどっか受け直してもいいんだし、公立なら授業料いらないし、通信もあるし。なんなりとできると思うよ」

冬馬はぼくにいくつも選択肢を提示したあと、「しかしきみのお母さんは……本当に……まったく……」と、さっきもつぶやいたようなことを、苛立ったようにくり返した。本当に、まったく、なんなのだろう。冬馬はそれより先の言葉は濁しながら、なにか怒りのようなものを、車中に撒《ま》いていた。ぼくは斜めうしろから、彼の後頭部を見る。いまはその顔の左耳のあたりまでしか見えなくて、でも、見えなくても構わない。耳の上半分ほどを隠している、その白髪まじりの髪を見つめた。

「話にならんという感じもするけど、一応、はっきり話したほうがいいのかもな」

数年前と比べて、その風貌《ふうぼう》はかなり老けこんだように見えるけれど。それでも、冬馬は冬馬なのだと思った。ぼくが幼いころと変わらない、というのでもない。でも、すっかり変わってしまったというのでもない。

「それも、俺がいたほうがよければ一緒にいるよ」

ていうか俺ががつんと言おうか、と不思議なことを言うのを、呆《ほう》けながら聞いてしまった。

冬馬が、パワハラ上司でも、フリーターでも、殺人犯であっても、ぼくにとっては、彼は人の好《い》い青年だった。冬馬は自分の人生や過去を見つめて、「終わってる」「めちゃくちゃ」などと揶《や》揄《ゆ》しながらも、いまここにいて、生きている。他人のぼくのことまで、その視界の中に入れて。

フロントガラスから見える太陽は、真上から少しずれた位置でまぶしかった。

もう一度携帯が揺れる。今度はちゃんと、美夜子からだった。

〈ごめんね。もう悪い人間になりたいなんて言わないから、ぶじに帰ってきてほしい。いまはど

こにいるの？〉

ぼくは彼女に、悪い人間になりたいと言わないでほしいのではなかった。いま戻っている途中だと、文章の後半のほうの返事から先に打つ。それから、美夜子の父親の部屋に、アルバムとUSBメモリがあったから持ってきたこと、中身は見てないこと、それは美夜子に関係ないものかもしれないけれど金庫の中に入っていたということを書き並べた。

〈ぼくは、美夜子ちゃんが、なりたくない悪い人間になりたいと思わなくてもいいのが、いい〉

夕方に美夜子の家に行くことを最後に添えて、メールを送信する。

美夜子は、本当の自分がわからないと言ったけど。本当の自分、なんてぼくも自分でわからないけれど、彼女がありたいと思う自分でいられたら。そう生きて、笑ってくれたらと、それは押しつけかもしれないけれど、思った。

そうしたら、それが、彼女の本当になりはしないだろうか。

晴天の中を、なめらかな運転で、車は進みつづけている。

「あ、あともう一個あった」

運転席で、冬馬が思いだしたように口をひらいた。

「いいかげん新しい財布を買いな。このあいだ気づいたけど、あれ俺が買ったやつでしょ。いったいいつのだよ」

少しだけ開いていた窓から、すれ違った車のだろうか、排気ガスのような匂いが入りこむ。呆れたような声が聞こえていて、斜めうしろから、その表情のかけらが見えた。この人は笑っているのが似合うな、と、たぶんそれどころではないようなことを、ぼうっと考える。煙たさにくすぐられながら、ぼくは頷いた。

冬馬の運転で戻ってくるころには、夕方になっていた。まだあかるいけれど、日射しは大きく傾いている。

昨日のうちに聞いていた、美夜子の家にほど近い空き地に車を停めてもらった。庭のあるその一軒家は、夕日を受けてオレンジに光っている。ぼくの住んでいる部屋がいくつも入りそうな大きさは、四人で生活する設計のものなのだなとぼんやり思った。

時間的には、美夜子はもうその家に帰ってきて、いまは準備をしているころのはずだった。彼女の家族が全員出てきて、その家が無人になるまで、その場で待機する。

「出てきたよ」

やがて、美夜子の家を見はってくれていた冬馬が、鉛を含んだような音で言った。「いま鍵かけてるっぽい」と、ろくに他者を見つめられないぼくにかわって、玄関先の様子を解説してくれる。

「ねえ、父親も、一緒に出かけるんだったよね?」

その声に、ふいに戸惑いが含まれた。

「父親は、いない、ように見えるけど……」

とっさに顔を上げて、少し離れた先を見やった。その家の玄関の前に、人影を三つ、捉える。

とたんに身体がこわばった。ひとりは美夜子だとわかる。あとのふたり——どちらも美夜子より少しだけ小さく見える——は、美夜子の母親と弟だと思われた。悪寒をこらえながら、何度も目を凝らす。でも、何度見ても、そこには三人分の姿しかない。

だけど、美夜子の父親も、家に荷物を置いて、一緒に向かうのではなかったか。

携帯をたしかめてみても、美夜子から、訂正のようなメールは届いていなかった。事前に、家族と一緒にいるうちはあまり連絡ができなくなると思う、とは聞いていたから、連絡がこなくても仕方ないけれど——

「晴野くん。本当に行くの？」

こちらをふり返った冬馬が、ぼくに問いかけた。

「ていうか俺が行こうか。鍵、貸してくれたら別に俺が行っても」

「冬馬くん、あの」

もし、予定外のことが起きているのなら。

冬馬の言葉を遮って、ぼくは唇を押し開ける。

「もし、助けてくれるなら……」

勝手に震える身体に力をこめた。

「美夜子ちゃんを、助けて、ほしい」

掠れる声で、頼る言葉を口にする。

窓の向こうで、車が一台、住宅街を抜けていった。美夜子の家族の車だろうか。ぼくと冬馬が少し視線を外したあいだに、出かけてしまったのかもしれなかった。

「でも晴野くんは」

「お願い、します」

もし、一連のことが美夜子の父親に知れて、美夜子がその場でおそろしい目に遭ったら。けれどぼくの力では、数駅分離れたその場所にはどうしたって行けない。行けたとしても、きっとなにひとつ役立たない。

ぼくは近くに人がいないことを願って、ドアに手をかけた。ふらつく足で車を降りて、「でも」とためらう冬馬に向かって、頭を下げる。

焦る気持ちで冬馬を見た。

「……わかったよ」

折れるみたいに、冬馬は、切っていた車のエンジンをかけた。

「でも、気をつけて。なんかあったらすぐ連絡して」

エネルギーを得た車は、唸りを上げて、細い道をまたたくまに駆けていった。それを見送りながら、ぼくは無人になったその家へ、意を決して近づいてゆく。

ドアの横にインターホンがあった。押して、人が出てきたら困るけれど、一応押してみる。応答はない。ノブを引けば、ドアは冬馬が言っていたように、きちんと施錠されていて動かなかった。鍵穴に鍵を挿し、彼女の家族と入れ替わるようにして中へすべりこむ。

美夜子の父親のひとりで住むマンションとは違い、そこには生きている人の気配がした。玄関先には靴がいくつか並び、芳香剤の涼やかな香りが漂っている。物音はしないけれど、ついさっきまで人がここにいたとわかる、ぬるい温度があった。

鍵を閉めて、チェーンをかける。指先が震えるのをこらえて、携帯をとりだした。覚束《おぼつか》ない手つきで画面をなぞり、冬馬に教えてもらって入れたアプリを起動する。

それは、監視カメラなどが設置されていないか、調べることができるアプリらしかった。監視システムに使用される周波数を検知して、カメラの存在を知らせてくれるそうだ。美夜子の家のそばに来る前に一度自宅に戻った冬馬は、一応ね、と言ってほかにも、防犯グッズをあれこれとリュックに入れてぼくによこしてくれた。リュックには、さっき持ちだしてきたアルバムとUSBメモリも入れてある。

室内に携帯のカメラを翳してみた。するとアプリはすぐに反応を示し、室内にある小型カメラの存在を暴きだす。

夕立に襲われるみたいに、青ざめた。

起動したまま進めば、アプリはつぎつぎに、隠された小型カメラを検知した。カーテンレールの上や、リビングにある大きなソファーの隙間。脱衣所の棚の隅や、お手洗いに置かれた観葉植物の陰……。震える身体で、見つかった小型カメラをひとつずつ外す。それらは冬馬に貸してもらったリュックに、乱雑に詰めこんだ。そのたびに、美夜子はここに住んでいるのだということを、思いだす。

言葉にならない声が、喉許で鈍く鳴る。

ぼくの姿さえ、もしかしたらいまこの瞬間も、どこかのカメラに捉えられて、美夜子の父親に見つかっているのかもしれなかった。その可能性にも、身体がぎゅっと縮み上がる。もしそうなら、異変に気づいた美夜子の父親が、いまここに帰ってきたらどうしよう？　そのとき美夜子は？　考えるほどに、自分で自分の不安感を煽《あお》るばかりになっていく。

力の抜けそうになる足を無理やり動かして、廊下を歩いた。家族それぞれに与えられているらしい部屋の扉に手をかけていく。美夜子の母親のものと思《おぼ》しき部屋にはカメラはなさそうで、次にひらいた、本棚に図鑑や小説がたくさん並んだ部屋には、小型カメラがひとつ、模型のパーツの中に紛れて忍んでいた。

『でも、わたしじゃなくて、みっちゃん――弟でも、いいんだって』

美夜子の言葉がよぎる。これは、美夜子の弟の部屋？　カメラを、模型を傷つけないように苦戦しながらとり外して、額の汗を拭った。模型をできるだけもとあった通りの位置に戻して、向かいの部屋へ移動する。

そこは、美夜子の父親の部屋であるらしかった。ドアの上部の金具に、カメラがひとつついているようだけれど手が届かない。自分の部屋にさえ監視を置くのか、と驚いて、あるいは自分の部屋だからなんだろうか、と思う。

侵入者を阻むかのように作動しているカメラのことは、ひとまず諦めて中に足を踏み入れた。美夜子の父親が単身赴任で住んでいるマンションの室内に少し似て、物はさして多くなく、本棚にはたくさんの本と大きくて分厚いアルバムが挿しこまれている。

「あ、」

分厚いアルバムの一冊に指をかけた。すると、その重量のためにアルバムは勢い余って棚から抜け落ち、ばさ、と表紙がひらいてしまう。

大きな鳥の翼のようにページが広がって、中にしまってある写真があらわになった。

いまよりずっと幼い美夜子が、そこに写っている。美夜子は弟らしき幼児と一緒に、母親と思しき女性のそばに座って屈託なく笑っていた。晴れた野原にはレジャーシートが敷かれ、その上におかずの詰まったお弁当箱が広げられている。きょうだいで色とりどりのお弁当の中身を見つめて、この世のおそろしいものなどまだひとつも知らないような、あどけない表情を浮かべていた。いまにも動きだしそうな、丸くてやわらかい瞳。どこにも澱みのない、のどかで、平和な家族の写真。

しばらく、その写真を呆けて見てしまった。

それ以外の写真や動画は、こんな、簡単に目に触れてしまうところには、保管しないだろう。そう思いながら、でも、この部屋にもカメラがついていた、とも思う。ほかのページは見ないように閉じると、糊《のり》の乾いたような音がした。それ以外にも何冊かあるアルバムをリュックに詰めこみ、室内を見まわしてから、最後の部屋に向かう。

順当にいけば、そこが美夜子の部屋ということになるはずだった。扉をひらけば、またアプリが反応を示す。窓べりに置かれたぬいぐるみの目の中に埋めこまれているカメラを、ぬいぐるみごとリュックに入れると、もうリュックがぱんぱんになってしまった。美夜子の部屋の物にも勝手に触れるのは申し訳ない気がしながら、捜索をつづける。データは持ち歩いているらしい、という話の通りに、小型カメラのほかは、それらしいものは出てこなかった。父親が一度家に置いていくだろうと聞いていた、スーツケース。それも、見あたらない。

美夜子の部屋のカーテンが、西日の色をごく薄く通していた。家じゅうをさがしているうちに、外は徐々に薄暗くなっている。

〈スーツケースがみつからない〉

メールを打ったけれど、美夜子が返信を打つ余裕があるかは、わからなかった。暑さなのか緊張なのかわからない汗がにじむ。

家族が生活をしている場所。アルバム。無音でまわっている小型カメラ。防犯のためにカメラを設置することはあっても、それはもう、きっと防犯の域を越えていた。夜明け前からずっとぼくの汗を吸っているシャツの襟がくたびれている。

もし、部屋に忍びこんだことが、もうばれていたら？　いまごろ美夜子は。縋《すが》るような気持ちで美夜子からの連絡が来ることを祈っていると、携帯が震えて着信を告げた。

画面を確認する。すどう、とその登録名が表示されていた。

電話？

ぼくは息を大きく吸って、心構えをしながら応答ボタンを押した。

「きみは誰だ？」

美夜子の声が出ると、思いこんでいた。

でも、美夜子は最初の一回以来、たぶんぼくを気づかって、電話をかけないようにしてくれていた。違う声が鳴ってから、やっと、そのことに気がついた。多くの人の場合、メールで交互にやりとりを交わすより、電話のほうが早いということはぼくにもわかる。それでも、今日、この瞬間までだって、彼女は決して電話をかけずにいてくれたのだった。

その低い猫撫《ねこな》で声は、聞き憶えのない、知らない人間のものだった。

「聞こえなかったかな。きみは誰なのか、訊いているんだけど」

でも最初の一声で、それが、美夜子の父親のものなのだと、わかった。

全身が冷たくなっていく。手足がどうしようもなく震えて、喉がぐっと締めつけられた。音声だけで身体が竦《すく》んで、末端から凍りついていくように、指先がこわばる。携帯を握る手のひらが、汗でぐしゃぐしゃに濡れていった。

電話口で響いた低音が、頭の奥を殴りつける。

美夜子はずっと、この人と戦ってきたのかと思った。

声をふり絞る。

「……美夜子ちゃん、の、友達、です」

「友達？」

負けるな、と自分に言い聞かせた。でも、

「人の家を荒らすような人は、友達とは呼ばないんじゃないかな」

言われて、すぐに血の気が引く。

もう、気づかれている。どこまで？　美夜子は。どこにいるんだろう？　この電話の向こうに、彼女もいるんだろうか。この携帯は美夜子のもののはずだ。なのにどうして、美夜子じゃない人が喋《しゃべ》っているんだろう。

「この、電話は……美夜子ちゃんの、じゃ、ないんですか」

負けるなと思うのに、息も絶え絶えになっていく。声はがくがくと揺れて、自分でもなにを言っているのか判然としない。電波を通じて聞こえる声が、小さく笑ったのがわかった。

「犯罪者に、かわいい娘のことは教えられないよ」

口調も声音もおだやかなのに、有無を言わせないような圧があった。

「きみのことは少し美夜子に教えてもらったよ。鹿野晴野くん」

暑い、と思っていたはずなのに、背すじが寒くてかなわない。「鹿野といえば」と彼は話をつづけた。

「取引先にひとり、そんな名字の人がいたな」

でも急に、なんの話になったのか、一瞬わからない。

「鹿野俊明さん。もしかしてきみのお父さん？」

言葉に詰まるぼくの向こうで、彼は低く笑った。

「鹿野さん、四十過ぎまで独身で、真面目なのが取り柄の人だったけど。そういえば去年結婚したんだよね。相手に、中学生の……いまは高校生かな？　連れ子がいるって聞いたなあ」

手汗で携帯がすべり落ちそうになった。

「否定しないということは、やっぱりそうなんだ。世間は狭いね」

指先に力をこめようとするのに、神経がうまく繫《つな》がっていないかのように、うまくいかない。電話を、いますぐ手放したい気持ちをこらえながら、両手で携帯を押さえて、どうにか耳に押しあてる。

「来年には子供がうまれるらしいね」

子供、という単語は、聞き慣れない外国の言葉のように聞こえた。

「少し前に街で偶然お会いしたときに聞いたよ。夫婦揃って仲良さそうにショッピングをしていらしたな。ベビー用品なんか眺めて。ちょっと気が早いんじゃないかと思ったけど、まあ、さぞ楽しみなんだろうね」

震える全身の思考の隅に、乗った記憶のないベビーベッドが浮かび、月や星の飾りのついたベッドメリーがまわる。

「彼も真面目に生きてきて、ようやく人生の伴侶《はんりょ》と、血の繫がった子供に恵まれたのに。義理の息子は人の家に勝手に忍びこむような不良だなんて気の毒だね。きみは、悪いことをしたら謝らないといけないって、わかるかな。お母さんや先生から習わなかった？」

間違ったことをしたら、謝る。最初にぼくにそれを教えたのは、冬馬だった。

「ああでも、別に謝罪なんかいらないし。それより不祥事のひとつやふたつでも、明らかになったほうが、鹿野さんも困るかな」

「……ど、いう」

「そうだな、うちの社員へのセクハラ、とか？　あるいは数字の改竄《かいざん》？　痴漢でもいい。幸せな家族がめちゃくちゃになれば、きみも反省して罪の重さに気づくかもしれないよね」

ぼくが犯罪者だという話から、なぜ、鹿野さんの不祥事が出てくるのかがよくわからない。そこからぼくの罪の重さに戻ってくる意味も。ぼくは鹿野さんの姿を思い返そうとした。けれどちっとも目を合わせたことなどなかったから、顔の造形もその輪郭も、ほとんど記憶からとりだせなかった。この世の悪とはおよそ縁のなさそうな、おだやかそうな人だった、とはわかる。真面目が取り柄だと、ついさっき、この人も自分の口で言ったのに。あの人が、なにか悪いことをするだろうか？　もし、そんなことがあれば、母はまた泣くことになるんだろうか。

「悪事なんて、どうとでも作れるんだ」

携帯の向こうから届く低音に、気が遠のきそうになる。いまこの瞬間も見られているかのような、完璧《かんぺき》なタイミングで、うろたえるぼくを綺麗に笑っていた。

「……部屋にあった、カメラ」

「ああ。うん、きみ、勝手に外したでしょう。高いものなのにな。そういうのなんていうか知らない？　窃盗だよ？」

買ったばかりなのに、とまるで嘆くみたいに言う。

「そんなこと、を、どう、して」

「どうして？　かわいい娘が毎晩抜けだして夜遊びしてるってわかったら、親なら心配して当然だよね。若いうちはまだ善悪の区別がつかないから仕方ないけど、誤った道に進まないように、大人がちゃんと見ていてあげないと。人の親になったことのないきみにはわからないかもしれないけれど」

泥水の中に落ちたように、頭の中がぐるぐると混濁する。耳許で吐きだされる言葉に、声に、身体を支配されるみたいだった。濁りのまじった波は全身のいたるところを嬲《なぶ》って、払い落とせない。

「勝手なことされると困るんだ。いまから帰って話を聞くから、そこから動かないでね。きみは、美夜子のことが好きなんだろう？　俺と同じだ。でもね」

美夜子の父親は、かつて母が部屋に連れてきた男性のように、声を荒らげたり、乱暴な言葉を使ったりするわけではなかった。ゆったり、言い聞かせるように話す。

「美夜子を愛していいのは家族だけだよ」

それがかえっておそろしかった。

「大人しくそこで待っていて。逃げようなんて考えても駄目だよ、美夜子がだいじだと思うなら」

美夜子がだいじだと、思うなら。

頭の中が熱いのか冷たいのか、わからない。自分が脅されていることをうっすらと理解して、ますますわけがわからなくなる。

——この人は、愛しているはずの美夜子を、恐喝の材料として使うのか。

愛している、とは？

思考が鈍って、なにも、言葉をとりだせない。こわい。でも、駄目だ。なにか。なにか言わないと。美夜子は無事なんだろうか？　だけどこの人が、ぼくの欲しい、正確な答えをはたして教えてくれるだろうか。

ぐちゃぐちゃになった感情で、喉が焼けそうだった。

なにも言えないまま、膝から力が抜ける。腑《ふぬ》抜けた身体に力を入れ直せないまま、からからの口が、なんの意味もなさない、無音の言葉を吐きだした。無音だからそれは、ぼくの耳にさえ入らないで、静かな室内に溶けていく。


「あああ、あああ、ああああああ」

その、無音の中に、鼓膜が裂けるかと思うような大きな音が響いた。

唐突な大音量に、反射で身を縮める。びりびりと耳の中が痺《しび》れるような感覚に、指を這わせて耳殻を押さえた。

なに、いまのは。

戸惑いながら、耳に携帯を近づける。人の声を聞きたくない、けれどかすかに鳴る音声に、必死で耳を傾けた。行動と反比例して、さっきまでそばで響いていた音声は遠くなっていく。

少し遠のいて、やっとわかった。ぼくに向かって話していた、絡みつくような声とはかけ離れた、けれど同じ声が、あつい、いたい、と遠くで悲鳴を上げていた。鼓膜を割るような大きな音も、人の叫び声だったと気づく。

美夜子、と男ががなる声がする。

状況を把握できないまま、それを最後に通話は途絶えてしまった。

——なにが、起きたんだろう？

美夜子の部屋の中心で座りこんだ。身体をすぐに動かせず、室内に視線だけさまよわせる。美夜子の部屋は、本棚に小説や漫画が並んでいて、窓辺だけでなくベッドの上部にもぬいぐるみが置いてあって、整頓《せいとん》されつつも、物がたくさん置かれている部屋だった。

きっと、「普通」の、高校生の部屋。

しばらく呆然《ぼうぜん》としていると、握りしめていた携帯に、ふたたび着信が入った。液晶を見ると、今度は登録されていない、知らない番号からだった。震えながら、でもほかにどうしようもなくて、おそるおそる応答ボタンを押す。

「……晴野くん？」

聴き慣れたやさしい声が、電波を通じてぼくの聴覚を揺らした。

「美夜子、ちゃん」

呼んだら、うん、とその声が答えた。木琴の鳴っているようななめらかなその声を、昨日も聴いていたはずなのに、ひさしぶりに聴いたような気がする。

「大丈夫、なの」

「うん。ごめんね、電話で……あの、ホテル、出て……駅、電車に乗って、帰る、ね」

美夜子はぜいぜいと息を切らしながら、ぶつ切りに喋った。

「駅?」

ここからいくつか離れた、美夜子のいるはずのホテルの最寄り。その名前を聞く。苦しそうな、荒い呼吸が鼓膜をうった。

「ぼ、ぼく、も、行く」

「え?」

美夜子は乱れた吐息の隙間で、ひどく驚いたような声を上げた。ぼくはアルバムやカメラでずしりと重いリュックを摑《つか》んで、須藤家を抜けだした。


外に出ると、もうほとんど夜だった。空の一端だけがわずかに赤くて、その方角が西なのだとかろうじてわかる。あとはもう、星の点在する紺に塗られて青々とした空が広がっていた。

駅に行く、と言ったはいいものの、ぼくはこのあたりの最寄駅を利用したこともなかった。美夜子の言っていた駅の名前で検索をかけて――でも、目的地の駅は現在地から離れすぎていて、いまどこにいるのかも、いまいる場所からいちばん近い駅がどこなのかもわからない。GPS、を使えば現在地もわかるのだっけ。でもその機能はオフになっているらしく、どうすればオンにできるのかわからなくて四苦八苦する。

もう一度、電話をかけ直そうか。着信履歴を見下ろしながら迷った。その番号は美夜子の携帯のものではない。じゃあ、だれの? 不透明なことが、ぼくをためらわせる。美夜子は荒く息を吐きながら、必死に走っているみたいだった。どちらへ走ればそこに行けるのか、考えて、立ちつくしてしまう。

「片倉?」

すぐそばで、ブレーキ音がした。

混乱する思考の中に、人の声が割りこむ。背後からしたその音と声に肩を揺らし、こわごわふり返ると、自転車に跨《また》がった少年が足を止めていた。

「あ、ごめん。いまは片倉じゃないんだよな? 美夜子から聞いた。えーと……晴野?」

言ってすぐ、「同じ名前だからへんな感じだな」と谷口遥矢は笑った。学校帰りなのか、制服のカッターシャツが、鮮やかな西日に染まっている。ぼくはとっさに言葉を返せなかった。身体が震える。でも、と電話口の美夜子の呼吸を思いだした。こわくても、動けなくても。それでも、行かなくてはいけない。

「……あ、あの」

「ん?」

「え、駅、ってどっちに、ある?」

「へ?」

彼はぽかんと口を開け、それから、「あっちだけど」と、太陽の沈んでいく方向を指さしてくれた。

「あ、あ、ありがと、う」

急いで駆けだそうとする。と、あわてすぎて足がもつれ、ぼくはその場に転げてしまった。

「わ、大丈夫か？」

谷口遥矢は自転車のハンドルを片手で支えながら、転んだぼくを覗《のぞ》きこんだ。でも、このあいだとは違って、少しだけ距離を保ったまま、ぼくの様子をうかがう。

「駅、歩くと二十分ぐらいあるよ。急いでるんなら、乗ってく？」

彼は自転車の荷台を指して言った。思わず躊躇してしまう、けれどぼくがひとりで道に迷いながら駅まで走るより、そのほうがずっと早かった。ぼくは頭を下げる。

「ん。じゃあ、嫌かもしれないけど、危ないからしっかり掴まって」

おそるおそるそのうしろに乗せてもらうと、腰のあたりを持たされ、たまらず震え上がった。でもそんなことに構っている暇はない。心を決めて、そのシャツをぎゅっと握る。自転車は重たげに、ゆっくりと前に進みはじめた。

振動が、じかに身体を打つ。跨っている荷台はひどく硬くて、少し体重を乗せただけでお尻《しり》が痛かった。それでも、ぼく自身はほとんどなんの労力も使わずに町をぐんぐん移動していく。その勢いは、人に触れていることと二重でこわかったけれど、ぼくの恐怖などいまはとるに足りないものだった。うしろに乗せてもらいつつ、でもふたり乗りもたしか違反なのだよな、と思う。今日だけでたくさん悪いことをしている。

「そういや、喋ってる声とか、あんまり聞こえないほうがいいんだっけ」

これつけとく？　と、彼はその肩に下げていた有線イヤホンを片手でこちらに寄こした。そのはずみで自転車の軌道がぐらっと傾いて、ひやりとする。おそろしいのでできれば真っ直ぐに前を見てほしい。シャツから手を離せばふり落とされてしまいそうで、かなり手間どりながらイヤホンを受けとったのち、時間をかけて、それを片方ずつ耳に挿しこんだ。

鋭いギターの音が鳴っている。

イヤホンを貸してくれたのはいいけれど、それはボーカルの歌が入っている、日本のロックバンドの音楽だった。あわてて外そうとしたけれど、自転車がちょうどカーブに差しかかってしまってかなわない。そのまま歌を聴きっぱなしになってしまい、容赦なくなだれこんでくる音楽に浸されていると、ふと、そのメロディーと歌詞に、聴き憶えがあるような気がした。

美夜子がカラオケで歌っていた曲だ、と気づく。アーティスト名か曲名か忘れてしまった、どちらかの名前をつぶやくと、「お、知ってるの？」と谷口遥矢はぼくの前でうれしそうに笑った。背を向けていても、いま笑ったんだなとわかる声と肩の振動。「ハイトーンがいかしてるんだよなあ」「晴野はふだん音楽聴く？」「どんなのが好きなの？」「そろそろ次の曲？」一度口を利いてしまったら、彼は堰《せき》をきったように、つぎつぎ楽しそうに話した。彼のことを美夜子が、音楽好きな友達、と言っていたのを震えながら思いだす。

うしろから、その広い背中を見ていた。同級生のはずだけど、あらためて目の前にして、身体の大きさもつくりも骨太さも、自分とはまるで別のものに思える。彼で高校一年生なのだから、それはぼくが中学生に見られてもおかしくないよなと考えていると、流れている曲が変わった。

「お、次はそれ流れてんの？　恰好《かっこう》いいよな、痺れない？　現代社会の闇とゆーか問題とゆーか、そういうのにずばっと切りこんでいく感じがさあ」

イヤホンを貸してくれた谷口遥矢は、ぼくが人の話し声も苦手だということは、美夜子に聞いたのだろうか。だけど、その「苦手」の中に自分の声も含まれるとは思いもしていないみたいに、陽気に喋りつづけた。人の声が聞こえているのは、落ち着かないことだ。けれど、谷口遥矢の普段聴いているらしい歌と彼が話すのを、震える頬に風を受けながら、そのまま聴きつづけた。

ペダルを漕《こ》ぐ力が強い。自転車はぼくと、ぼくの背負っている重いリュックを乗せているとは感じさせないほどに、たくましく前へ前へ進んだ。目には見えないはずの風が、光っているような気がする。震える手で谷口遥矢の服の裾《すそ》を摑んでいると、もうちょっとちゃんと持ってないと落ちるよ、と笑われた。落ちそうな恐怖もつねに感じながら、ほとんど日の沈みかけた遠い空が、朱にかがやいているのを見た。


人通りの少ない駅の裏がわで、自転車から降ろしてもらう。イヤホンを外し、ありがとう、と震える声でお礼を言うと、谷口遥矢はにっと歯を見せた。

「これからどっか行くの？　気をつけてなあ」

そして屈託ない笑顔のまま去っていく。ぼくが呆気《あっけ》にとられているうちに、快活なその姿は軽やかに町中へ溶けこんでいった。

自転車を降りた直後は人の姿は見えなかったけれど、駅の構内へ向かうにつれて、帰宅中と思しきサラリーマンや学生、ＯＬ、老人と、さまざまな人が行き交っていた。それを把握したとたん、息が詰まってとっさに目を伏せる。足が、いまにも動きを止めそうになった。気力をふり絞って、なるべく人の姿を視界に入れないように、足を必死に動かして改札を目ざす。

美夜子が言っていた、ホテルの最寄り駅は。いますぐにでも崩れ落ちてしまいそうな足に力をこめて、なんとか券売機までたどり着いた。運賃表を見上げて、切符代をたしかめる。震える指先で財布のチャックをひらいた。必要な分だけ小銭をだして、閉じようとするとチャックが途中で引っかかる。数時間前、冬馬に、新しいものを買えと言われた。チャックが噛んで、ときどきうまく開閉できない財布。でも、いまは、ぼくはこの財布をまだ使っていたいような気がした。

美夜子も、冬馬も、無事でいるだろうか。

切符を購入し、壁づたいに歩いて人の波を避けながらホームに向かった。雑踏をまともに認識すれば、その場に立ってもいられなくなる。こわい。嫌だ。でも、行かなくては。その一心で、なるべくまわりの人や風景を視界に入れないようにして、身体を動かす。

ホームに上がると、ちょうど電車が停まっていた。閉まってしまう前にあわてて乗りこむ。ほっと息をついて迂闊《うかつ》に視線を上げると、車内に乗っている数えきれない人の姿を、視界いっぱいに捉えてしまった。

目の前が一瞬、ブラックアウトするみたいに暗くなる。

満員、というほどではないのだろう。それでも座席がほとんど埋まる程度には人が乗っていて、乗車口のそばで立っている人もちらほらといた。

こんなにもたくさんの人が。

その、他者の形や気配だけで、またたくまに呼吸を奪われた。は、と息を吐きだしたら、失った分の酸素をどうやってとり戻せばいいのかわからなくなる。

いまここにいる人たちにとっては、それはきっとあたりまえの光景なのだろう。そのあたりまえの中で、息ができなかった。冬馬の、うまくいったら病院に行くこと、という言葉を、息を乱しながら思い返す。けれどどこんな調子では、病院まで足を運ぶことがもう、困難なことであるように思われた。そのまま、立っていられなくてずるずるとしゃがみこむ。

ボックス席の裏に背中をつけると、背負っているリュックがつぶれる感触があった。ぎゅうぎゅうに詰まった中身が、布を隔てて動き、小さく音がする。胸がむかむかして、ぼくは目に見えない酸素をいつまでも躍起になってさがした。世界にはちっとも適合できていないのに、それでも生きようとしているのだなと、冷静な部分で思う。電車に揺られながら、目的の駅に着くまでの時間をひたすらにやり過ごすうち、瞼《まぶた》を下ろしていた。

腿のあたりにかすかな振動を感じる。はっとして顔を上げ、身体をまさぐって振動のもとをたどると、ズボンのポケットに入れた携帯だった。

だれの番号なのかわからない、でもさっき美夜子の家でかかってきたのと同じ番号が、ディスプレイに表示されている。

電車内での通話はよくないけれど、心の中で謝って通話ボタンを押した。

「もし、もし。晴野くん?」

「……美夜子ちゃん?」

人の気配には、酔ったみたいに気持ち悪くなるけれど。それでもその声に安堵《あんど》する自分がいた。

「ごめんね、あの、わたし、電車を間違えてしまって。逆方向に向かう電車に乗っちゃったみたいで。それでこれ、新快速みたいで、しばらく止まらないみたいなの」

さっき繋がった電話のときのように、美夜子は息を切らしながら、焦ったように話した。「いまどこにいる?」と安否をうかがう言葉に、目線を上げて車窓から外を見る。当然のように、憶えのない、暗くて判然としない光景が目に映った。窓は外の景色のほかに、反射する車内の光と人の姿を映しだしていて、ぼくはあわてて視線を逸らす。

車内アナウンスが、次の行き先を告げた。乗降口の上の簡易的な路線図に目をやってしばらく眺めたのち、どうやら降りるべきだった駅をすでに通過してしまっているらしいことに気づく。

「いま、……電車の、なか、にいる」

「え!」

驚いたような声ののち、ごめん、大きな声、とひそめた吐息のような言葉が返ってきた。

「どうしよう、入れ違ってしまったかな。どこの駅にいる? あ、どこっていうか、いま走ってるか」

電話の向こうで美夜子があわてている。ぼくは、美夜子が利用するだろうと思った、ホテルの最寄駅で降りようとしていたけれど乗り過ごしてしまったことを、たどたどしく口にした。そして次に停まるらしい駅名を伝えると、「そうなの?」と力の抜けたような声が、電波に乗せられてぼくの耳許まで運ばれる。

「もしかしたら、同じ電車にいる、かも」

「……そうなの？」

全身に力が入らなくて、ものを考えるための頭の容量が足りなかった。何両目に乗っているかと訊かれたけれど、返事ができない。

「待ってて、さがしてみる。そこにいてくれる？」

「え……」

さがすって、と思いながら視線を持ち上げると、どうしても人の姿が目に入って駄目だった。なにも見つめられない。ぐるぐると眼裏が痛んで、そのまま、膝をかかえる自分の腕に額を置いた。話し声、息づかい、温度、さまざまなものが五感を刺激して、身体を、締めつけるように撫でている。

電車が、揺れている。

長く時間が流れたような気がしたけれど、じっさいのところはわからなかった。

「――晴野くん？」

通話を繋いだままの耳許の携帯と、すぐ頭上からと、声が同時に鳴った気がした。

脛《すね》あたりまでの丈の、黒のロングスカートがまず目に入る。とっさにあとずさりしかけて、でも下がれる場所なんてなくて、ずる、と尻もちをついた。そのはずみで視線が上がる。細い腰をつつんでいるスカート。白い月みたいな色のブラウスに、首許まで留まったボタンに――

「晴野くん」

瞼を刺す、賑《にぎ》やかな世界に覆いをかけるように、目の前に美夜子が立っていた。

なさけなく抜けた腰で、うまく立ち上がれない。美夜子がそこにいる、ということを認識して、全身の筋肉が弛緩《しかん》して、ますます使いものにならなくなっていく。

「大丈夫？」

美夜子はそのかたわらに、スーツケースを連れていた。「ごめんね」とその顔をくしゃっとゆがめる。でもそれから、どこか安心したように頬をゆるめて、ぼくの目線に腰をかがめた。

「……痛いところは、ない？」

「え？」

「どこも、痛く、ない？」

訊ねると、美夜子はぱちぱちとまばたきをして、ゆっくり頷いた。

「うん、大丈夫」

笑って答えた彼女の、その手が震えていることに気がつく。

「ごめん」

「ええ？　どうして晴野くんが謝るの？」

「……こわいことが、あった？」

美夜子は口角は上げたまま、少し眉を下げて、「ちょっとこわかった」と口にした。

「晴野くん？」

震えている手に、手を伸ばす。その手の甲に触れたら、美夜子は驚いたように目をひらいて、その瞳を星の明滅のようにまたたかせた。

ぼくも震えているから、どっちの身体が揺れているのかわからなくなる。

手を繋げたまま、どうにか立ち上がって、ボックス席のうしろに寄りかかった。手の震えを、自分のごと握りこむと、美夜子が小さくつぶやいた。

「……お父さんに、火、つけちゃった」

「火？」

言うと、美夜子はぼくに握られていないほうの手で、スカートのポケットからライターをとりだした。そういえば、電話口で、あつい、と聞こえていたような気がする。

「こんなこと、はじめて、した。人に、火をつけるなんて」

美夜子の声が、電車の走行音と車内にこもる物音に、ところどころまざって聞こえた。

「……そう何回もある人、いないんじゃない」

「あはは、たしかにそうだねえ」

もしそうであったら、世の中の人の大半が、痛い思いをして生きていないといけないことになる。火は熱くて痛い。あたりまえのことを、思い返すように考えた。

「でも、お父さんに、ひどいことしちゃった」

震えた声で言って窓の外を見たあと、美夜子はぽつりぽつりと、ホテルでのことを順を追って口にした。

美夜子の父親は、仕事が少し押したとかで家には寄らずにホテルに直接やってきたそうだった。

そのことを伝えようにも、美夜子の母親は自分の運転中に人が携帯を見ると良い顔をしないらしく、連絡するタイミングを逃してしまったという。ホテルに着いてから、お手洗いに寄ってぼくにメールを入れようとしたところで、合流した父親に捕まってしまったそうだった。そのときに携帯を奪われ、ぼくとのメールのやりとりの一部や電話帳に入っている個人情報を覗かれてしまったということを、美夜子は申し訳なさそうに言った。

「ごめんなさい」

美夜子が謝るけれど、ぼくには知られて困るほどの個人情報はない。あっても、それは美夜子が悪いのではなかった。彼女の父親は『美夜子に教えてもらった』と言っていたけれど、それはたぶん少し違っているんだろう。

「……あのね、写真……とか。燃やしたい、って、言ってくれてたでしょう。だからね、一応これ、ポケットに入れてたの」

美夜子は小さな手にライターを握りしめた。

「火、を。つけたとき、わたしの携帯はお父さんがお手洗いの床に落としちゃって、拾えなくて……これ、お父さんの携帯なの。こっち、持ってかなきゃと思って、それで……晴野くんの電話番号は憶えてたから、とっさに、電話して」

そして父親の携帯とスーツケースを引き摺《ず》って、命からがらに逃げてきたのかと思った。

「ライター、使ったら、火災報知器？　が作動しちゃって。あわてて飛びだしちゃった。もしお父さんが追いかけてきたら、すぐに捕まっちゃうと思って、必死で走って……。でも、思いだしたら、お父さん、すごく痛そうだった。それはそうだよね。火をつけられたら、熱いし、痛いに決まってるよね」

泣いていないけれど、その目は潤んでいるように見えた。痕《あと》が残るかもしれない、と自分こそおそろしい目に遭わされながら、その脅威の張本人を気にしている。

やっぱり、悪い人間には向いていなかった。

「これから、わたし、どうしたらいいんだろう」

いっこうに止まらない電車に揺られて、知らない場所へと運ばれていく。

ぼくは、彼女の望まない場所に、彼女を連れて行こうとしているんだろうかと思った。

かなり長い時間乗っているような気がするのに、電車はずっと変わらないスピードで、つぎつぎと町を通過しつづけている。美夜子いわく、これは主要駅に停まる新快速電車らしく、あと十分ほどは駅に停まらないそうだった。

流れる外の景色が、完全に、夜に浸かっている。

美夜子が火をつけたという彼女の父親は、追いかけてくるだろうかと考えた。火傷《やけど》から立ち直ったら、美夜子の居場所をさがしだして、彼女とぼくを捕まえにくるだろうか。追いつかれたらどうしよう。だけど、こうしてずっと逃げつづけることも、ほとんど不可能に近いことだとわかっていた。そう遠くないところに待ち構えているはずの、けれどいまは見えない未来が、人混みにあてられて滅入った気持ちを、いっそう頼りなくさせる。

美夜子の手が、ずっと震えていた。

その手を摑んでいるぼくの手も、どうしようもなく震えている。電車の中は空調がついていて、暑くも寒くもないから、それはきっと車内の温度のせいではなかった。

震えながら、ぼくはでも、美夜子の手をずっと摑んでいた。


ようやく電車の停車した駅で、大勢の人が、車両から吐きだされるように降車していった。その波の最後にそっと抜けだして、数十分ぶりに外の風に触れると存外冷たくて驚いた。

これからどうするか。

逃げつづけることはできないけど、かといって、戻って美夜子の父親と対峙《たいじ》することも避けたかった。ぼくは背中に負ったリュックの重みを思いだし、それから、美夜子の引き摺っているスーツケースを見下ろした。せめて、これらをどうにかするまでは。でも、そのためにはどこへ行けばいい？　ぼくはどこに行ける？

電車を降りた人々が改札へ向かっていき、ホームはまもなく閑散としはじめる。時刻表を眺めていた美夜子が、晴野くん、とつぶやいた。

「あのね。ここから、乗り換えて少しいったら、海があるんだって」

「……うみ？」

くり返した声が舌足らずになった。海。あいまいでおだやかな記憶だけが、そこにたゆたっている。

「晴野くんが、もし、つらくなければ、行ってみない？」

美夜子の黒い髪が、駅の照明でまぶしい夜の中に靡《なび》いた。言葉の意味を精査しないまま、ぼくは頷く。

「ふふ、ありがとう。そしたら……海に行ったら、帰ろう」

「……帰る、の」

「ずっと逃げることは、できないから」

次にやってくる電車を報《しら》せるアナウンスが、スピーカーから流れていた。

ぼくも美夜子もわかっていた。でも、もしぼくが冬馬みたいな大人だったら、ぼくは、車を走らせて、彼女を安全な場所まで、乗せていくことができたんだろうか。考えても仕方ないことを、考えた。

電車を待つ列に並ぼうとして、美夜子はふと、画面を凝視してその動きを止める。

「……どうか、した？」

「あ、いや。これ、GPSついてるから、もしかしたら場所がわかったりするのかな、って」

「場所？」

「うん、……わたしのいる場所」

美夜子と見下ろした携帯の、液晶の上部に矢印に似たマークが浮いていた。美夜子の父親の携帯。

「……携帯、これ、まだ必要？」

「え……必要、ではない、かな……？」

「壊したら、GPS機能は、機能しなくなる?」

「……たぶん?」

ぼくは携帯を美夜子から借り受けた。そしてせいいっぱいの、ない力をこめて腕をふり上げる。地面に近づいたところで手を離すと、ホームのコンクリートに携帯は勢いよく叩《たた》きつけられた。

乾いた音に美夜子が息を呑《の》む。

液晶が砕け、灰色のコンクリートの上に、その破片が光った。真っ暗になった携帯を拾い上げ、手を切らないようにリュックの隙間にしまう。壊す、ということの凶暴さと脆《もろ》さが、塩の結晶のように、指先に付着した。ズボンで擦《こす》って、でも、拭えているのかわからない。反対の手を差しだす。

「行こ、う」

もう一度美夜子の手を摑んだ。やんわりと握り返す手の温度が、風よりも冷たくて、でも、あたたかい。


海に向かえるという電車に乗ると、今度はさっきよりも乗客が少なかった。空いた座席に並んで座る。たまに言葉を交わしながら、身体は相変わらず震えているのに、手を握ったまま運ばれた。海辺であれば、物を燃やしても大丈夫だろうか。とひどく物騒なことを考えていると、ポケットに入れていた携帯に着信がある。

「……冬馬くん」

車内を見まわした。視界が捉える人の姿にどうしようもなく怯えてしまうけど、離れた席に座っている人たちはだれも、こちらを見てはいなかった。

「……少し、出ても、いいかな」

さっきと同様、乗客全員に許可をとることもできない。今度は美夜子に言って、応答ボタンを押した。

通話を繋げた瞬間、どこか焦ったような冬馬の声が、携帯を通じて流れこんでくる。

「もしもし、晴野くんか？」

「う、ん」

「ごめん、なかなか連絡できなくて。いまどこ？」

「いま……」

電車は知らない場所を走っていて、ぼくはその位置を説明することができなかった。戸惑いながら美夜子のほうを見やると、「メールで言ってた人？」と、彼女は声をひそめて言う。頷くと、美夜子はさっき通過したばかりの駅の名前をささやいてくれて、ぼくはそれをそのまま口にした。

「え!?　またそんな遠いところになんで――よく、行けたな？」

「うん、あの、まだ電車なんだけど。いま海に向かってる」

「は？　なんで海？」

「海、に行って、から、戻る」

「いや、だからなんで海」

「ぜんぶ、燃やしに、いく」

そう言うと、冬馬は少し黙りこんだ。それから、大丈夫なのとぼくに訊ねる。

「電車、平気なの？　お金はある？」

「お金は……ある。あまり、平気では、ないけど……」

ある、とは言いながら、それは鹿野さんの懐から出ているはずのお金だった。鹿野さん。もしかしたらぼくのせいで叶《かな》わなくなるかもしれないけれど、母と、子供、と、脅かされずに暮らせたらと、ただ、思った。母も、好きになった人と、また別れたり、それで泣いたりしないで過ごせたらと、いちばん古い記憶に立ち返りながら、願う。

「友達も一緒？」

「うん」

「よかった。晴野くんに、助けてほしいって言われたのに追いかけられなくて。ごめん」

美夜子が隣でまばたいてみせている。その温度をたしかめて、ぼくは口をひらいた。

「……冬馬くん、は、大丈夫？」

訊ねると、冬馬は少しだけ虚を衝《つ》かれたように息を止め、それからふっと笑う。

「ちょっと大変だったけど、大丈夫」

そう言って、冬馬は美夜子の家族を追ってホテルに着いたところから、追って説明してくれた。

美夜子が父親から逃げだしたあと、ホテル内はちょっとした騒ぎになったようだった。

ホテルに着いた冬馬が中をさがし歩いていると、スーツケースを引き摺って駆けていく女の子が——美夜子が、急いだように駆けていった。そしてそのうしろに、美夜子、と叫びながら彼女を追いかける父親の姿があった。美夜子、なんで。熱い、痛い。手に火をつけられた父親は、悶《もだ》え苦しみながら大声でわめいていた。

「どうしたんですか」

冬馬がとっさにその腕を摑むと、なんだ、と美夜子の父親は慄《おのの》きながら、冬馬の手をふり払うような力をこめた。その力に気がつかなかったふりをして、冬馬は彼の腕をしっかり摑み直す。そしてその手の火傷を見た。

「大丈夫ですか。これ、早く手当てしたほうが」

美夜子の父親の手は、人さし指のつけ根から手首にかけて爛《ただ》れ、スーツの袖《そで》が焦げて縮れていた。とりあえず冷やしましょう、と冬馬は、脂汗を浮かべる美夜子の父親を強引に手洗い場へ連れていく。痛い。美夜子。離してくれ。くそ、戻ってこい。なんでだ。美夜子。俺は……。支離滅裂に呻《うめ》きながら、冬馬に腕をとられて美夜子の父親は連れられるままになった。ほどなく、美夜子の父親自身が発した大声と、ライターの炎に反応してけたたましく鳴った火災報知器の音に、ホテルスタッフやほかの利用客が集まってきて、美夜子の父親も、冬馬も身動きがとれなくなった。

「すみません。この人が怪我をしています」

美夜子の父親は、まずは応急処置を受け、そののちホテルのスタッフに事情を問われることとなった。一緒に話を聞いたり訊かれたりしながら、「普通の火傷じゃないですよね」「病院に行ったほうが」「だれかにやられたんですか」「警察呼びますか?」等々、冬馬は心配しているていで美夜子の父親を問い詰めた。美夜子の父親は病院も警察も、「いいです、そんな、たいしたことじゃないですから」とかたくなに言い、収拾をつけようとしていたけれど、火災報知器が鳴る騒ぎを、たいしたことじゃない、のひとことでおさめられるはずもなかった。渋々語られた美夜子の父親の証言によれば、火傷と火災報知器の作動は、高校生の娘と口論になり、反抗期の彼女がライターをふりまわし、それを止めようとしたさいに起きた、ということだった。

騒ぎのもとに駆けつけた美夜子の母親は、なぜ娘が父親に火をつけるのかわからず、ひどくとり乱した。美夜子がいなくなった理由もその行き先も不明で、美夜子の父親がとり上げた携帯は男性用トイレに落ちているし、美夜子が持ちだした父親の携帯には何度かけても繋がらない。家族は当然食事どころではなくなった。

捜索願をだす、と警察に電話をかけようとする母親と、これ以上大事にしなくてもいいだろうとそれを諫《いさ》める父親。「行くところなんてどこにもないんだから、待ってたら帰ってくるよ」と父親が言えば、「どうしてそんな悠長なことが言えるの? そもそも、どうして美夜子があなたに火をつけるのよ」と母親が疑問を呈する。その平行線の攻防を、美夜子の弟がおろおろと見つめさせられていた。

冬馬が話を区切って、息をつく。ぼくが携帯を耳にあてている横で、通話に耳をそばだてていた美夜子が、手は、とつぶやいた。

「おとうさん、……手、だいじょうぶだった……？」

美夜子は空いているほうの手を胸にあてて、服を握りしめる。ぼくは美夜子にかわって、手は、と冬馬に訊ねた。

「手？」

その火傷の具合を近くで見たであろう冬馬は、怪訝《けげん》そうな声を上げたあと、ああ、と納得したみたいに息をこぼす。

「生きてるし元気だし大丈夫でしょ。あんな火傷ひとつで足るかよ、法律がなかったら俺がバーナーで焼いてるわ」

過激な言葉と口調なのに、冬馬の声はやさしかった。

電車がカーブに差しかかり、身体が斜めに傾く。美夜子の髪が肩にぶつかって、ごめんね、と彼女の唇が動いた。

冬馬が電波の先で、ふたたび言葉を重ねる。

「いま、友達も一緒なんだよね。それなら訊いてほしいんだけど」

「……う、ん」

「警察に相談するかどうかで、きみの友達の両親はホテルの外でまだ揉《も》めてるよ。いや、『きみの管理と愛情が行き届いていないから』『あなたが仕事ばかり優先して、家族を第一に考えてないからでしょう？』みたいな口論に発展してるから、まだ揉めてるんだけど」

冬馬は美夜子の父親と母親の台詞《せりふ》をそれぞれうっすら再現し、苦く笑った。冬馬もまだ、その近くにいるんだろうか。

「でも、たぶん、このままなら捜索願がだされるんじゃないかな」

美夜子をさがしたい母親の手によって。

美夜子の父親は、でも、警察を呼びたくない。

美夜子の父親が、ぼくが、彼が単身で住んでいるマンションに入ったこともう知っているのか、わからなかったけれど――もしまだどこかに「証拠」が残っていたとして、万一、その存在が見つかれば――そうでなくても、彼がしてきたことのかけらでも、警察に知られれば、美夜子の父親は困るのだった。

「もしきみの友達が、大事にはしたくないんなら……信じてもらえるかわからないけど、俺から、居場所がわかったって言うことはできるよ。戻ってきても、ここはいま地獄だし、地獄のままになるかもしれないけど」

それとも、警察を、呼んでもらう？

冬馬はたしかめるように訊ねた。美夜子には冬馬の声が、すべて聞こえているだろうか。美夜子は唇をゆがめてこちらに耳を寄せている。警察の人が介入すれば、美夜子は、どうして父親に火をつけて逃げだしたのか、事情を訊ねられることになるのかもしれなかった。

「もし、すぐ決められそうになかったら……とりあえず、迎えに行くよ」

「え？」

「警察にさがされて保護されざるを得なくなったとしても、まあ、もし言いたくないことがあったら黙っていればいい。いまから車ぶっ飛ばして二時間……いや、一時間半ぐらいかな」

でも、不法侵入や窃盗に加担させられている冬馬もまた、警察沙汰《ざた》になれば困るはずだった。

「電車あんまり平気じゃないんでしょ。もし警察が追いかけてきたら、晴野くん困るだろうし。それとも、このままずっと帰ってこない気か？」

そういうわけではないけれど、とっさになにも言えなくて、黙りこんでしまう。言葉に詰まったぼくのすぐそばで、冬馬の話す温度が、ゆるやかに色づく紅葉のようなあかるさを灯した。

「きみはさ」

冬馬はほんの少しだけ怒ったような声で、電話口に言葉を吹きこむ。

「きみらは、幸せにならないと駄目だよ」

だから迎えに行く、と、幼いころにいくつかのことを教えてくれたときのように、冬馬は語りかけた。

beginning:

電車を降りると、地上より高い位置にあるホームから、広々とした海が見下ろせた。その輪郭は夜と融《と》け合っていて、どこからが波なのか遠目には判然としない。美夜子の引いているスーツケースのキャスターが、駅のホームを擦ってがらがらと音を立てた。

風に服の袖《そで》を攫《さら》われながらホームを歩く。

ぼくは、美夜子に謝らなくてはいけなかった。彼女のことを、冬馬に、悟られてしまったことを。冬馬との通話を終えたあと、ぼくは美夜子に向かって頭《こうべ》を垂れた。

「ごめん、なさい」

ちゃんと、説明しなくてはいけない、と思った。でもそれ以上の言葉が、うまく見つからない。

美夜子は首を横にふって、「晴野くんに、気を許せるような人がいてよかった」と言った。

手を握っている指先に、美夜子はささやかなやさしい力を乗せる。

人を避けて歩きながら、駅の改札を抜けた。少し歩けばもう海岸で、潮の匂いがする、と美夜子が水辺の空気を吸う。コンクリートに固められた段差を下りると砂浜で、踏み入れると靴がやわく沈んだ。足をとられつつ歩くたび靴にこまかな砂が入りこむから、足の裏がざらざらする。

美夜子は立ち止まり、スーツケースの持ち手部分を縮めて持ち上げた。砂の上ではスーツケースを引けないことに、その動作を見て気がつく。彼女は重心を半分奪われたみたいに身体を斜めに傾けながら、そろそろと砂を踏みしめた。

　砂粒が靴の中で踊る。

　砂浜を歩いて水ぎわへ近づく。

「だれもいないねえ」

　美夜子ははしゃいだように、けれど内緒話をするみたいな音で言った。でも、ここにはほかにだれもいないから、声をひそめる必要もない。夏の盛りを過ぎた夜の海は静かで、涼しかった。寄せては返す波の音は、濁りを洗い流すみたいに清らかに澄んでいる。

　波の透明が目に見えるところまで歩いて、砂浜の上にリュックを下ろした。美夜子はスーツケースを置いて、海辺に落ちていた松葉や木の枝を拾って戻ってくる。そして手際よく木の枝で土台のようなものをつくって、ポケットからライターをとりだした。その慣れたような手つきを、呆《ほう》けて見守ってしまう。

「えへへ、昔、家族で焚《た》き火したことがあって」

　美夜子は笑って、ライターの火を翳《かざ》した。

　小さな炎が暗がりの中に熾《おこ》される。

　少しずつ大きく育っていく炎を前にして、その熱さにたまらず、慄《おのの》いた。びくびくしながら、砂上に置いたリュックを開けると、まっさきにぬいぐるみが出てきてぎょっとする。そうだった。いまはそれには怯《おび》える必要はないとしてもついうろたえて、その、黒々とした硬い瞳《ひとみ》を、見つめてしまわないように下向ける。

「これ、お父さんがこのあいだ買ってきたぬいぐるみ……」

美夜子は不思議そうにつぶやいていた。カメラのことは、彼女は知らないのだろうか。言ってもいいものかどうか迷った。ぬいぐるみをとりだしたリュックの中には、小型カメラと、美夜子の家から持ってきたアルバムと、美夜子の父親のマンションから持ってきたアルバムが入っている。

「……こっちは、全部、家族写真かも。中は見てない、から、燃やさなくていいものもあるかもしれない」

ぼくは画面の砕けた美夜子の父親の携帯に手を伸ばし、さっき伏せたぬいぐるみと併せて炎の中へ投じた。

火がはじける。

ちゃんと燃えるんだろうか。炎は壊れた携帯とぬいぐるみをゆっくりと飲みこんで、それでも消えることはなく煌々《こうこう》と、光と熱を放ちつづけた。美夜子を脅かすものを、手放していく。大きな目に炎を映していた美夜子は、やがて少しだけ楽しそうな顔になって、「綺麗《きれい》だね」と目くばせした。

暗い夜を燃やしている炎の、清潔さの縁に触れている。

しばらく炎を見ていた美夜子は、ゆっくり時間をかけて、スーツケースに手を触れた。白い手が、中に入っていたカメラやノートパソコンをひとつずつ摑《つか》む。それらをじっと見下ろし、しばらく考えてから、火にくべた。ぼくはリュックからＵＳＢメモリとアルバムをとりだし、美夜子がアルバムを見ているあいだに、小型カメラを火の中に足していく。

「これは、残して、おきたいな」

美夜子はしばらくめくって見ていた、家族写真の挟んであるアルバムを、一度胸の前で抱いて、それからかたわらに置いた。

ぼくはかわりに、マンションから持ちだしてきたほうのアルバムを炎の中へ放った。火はつぎつぎに異物を飲まされて、食べ切れないで残してしまったみたいな物の形を、熱の牢《ろう》にぐずぐずと閉じこめている。揺らめく炎のまばゆい色を、頰に映して美夜子はそのさまを見守っていた。揺らぎを増す炎の熱に怯えて、ぼくは一歩下がる。爆《は》ぜる明かりに目を眇《すが》めると、晴野くん、と美夜子がぼくを呼んだ。

「ありがとうね」

そのまなざしが、光る髪の先が、ずっと綺麗だ。

荷物の検分を終え、これ以上火に入れるものがなくなると、美夜子はポケットに指を伸ばした。その手の中から、見憶《みおぼ》えのあるかががやきが現れる。

「もう、いらないかな？」

月を模した小さなピアスが、手のひらの上でまたたいていた。

「どうして？」

「もう、悪い人間にならなくても、いいのかな、って」

「ピアスを開けるのは、でも、悪いことなの」

訊《たず》ねると、美夜子は目から鱗《うろこ》が落ちたみたいに、ぱちぱちとまばたきをした。

「そう言われると、たしかに悪いことじゃあないね」

それじゃあもう少し大人になったら開けよう、と笑って、美夜子はピアスをポケットにしまった。

水面が光を抱いている。

冬馬が来るまでにも、炎が消えるまでにも、きっとまだ時間があった。火を見つめるかたわら、ぼくはときどき美夜子の横顔を見た。もしかしたらもう死んでいるのかもしれない、けれどまだ生きているかもしれない星の光が遠くにある。目に見えない、月の裏がわごと夜を見る。大人になったら。美夜子の中に、大人になった彼女がいるのだと気がついて、胸の底が震えた。そこに自分の手が届かなくてもよかった。いつまでも鼓膜を撫《な》でるおだやかな潮騒《しおさい》に、身体ごと預けるような気持ちで、砂浜に座りこむ。暗さに紛れてうまく見つからない水平線の、それよりずっと遠いところ、あるいはずっと近いところで、どんどんまぶしくなる夜を見つめていた。

本書は、魔法のｉらんど大賞２０２２　小説大賞〈文芸総合部門〉特別賞受賞作を改稿の上、書籍化したものです。

この物語はフィクションであり、実在の人物・地名・団体等とは一切関係ありません。

中山史花（なかやま　あやか）

小説投稿サイトにて小説を発表し、魔法のｉらんど大賞2022　小説大賞〈文芸総合部門〉特別賞を「美しい夜」で受賞。美しい言葉選びと描写力が特長の新鋭。

美《うつく》しい夜《よる》

2024年5月21日　初版発行

著者／中山史花《なかやまあやか》

発行者／山下直久

発行／株式会社KADOKAWA
〒102-8177　東京都千代田区富士見2-13-3
電話 0570-002-301（ナビダイヤル）

印刷所／株式会社KADOKAWA

製本所／株式会社KADOKAWA

ISBN 978-4-04-114613-2　C0093

◆◇◇